Martina Mettner

Das Blaue vom Himmel

Roman

Piper München Zürich

Von Martina Mettner liegt in der Serie Piper außerdem vor:
Karriere in Aspik (2514)

Ungekürzte Taschenbuchausgabe
Piper Verlag GmbH, München
November 1998

Umschlag: Büro Hamburg
Simone Leitenberger, Susanne Schmitt, Annette Hartwig
Foto Umschlagvorderseite: Ricki Rusing/Tony Stone
Foto Umschlagrückseite: Susanne Zielonka
Satz: Reinhard Amann, Aichstetten
Druck und Bindung: Clausen & Bosse, Leck
Printed in Germany ISBN 3-492-22661-2

ALOHA

Reisefieber

Mona Hallstein hielt beim Kofferpacken inne und schaute besorgt durchs Schlafzimmerfenster. Die frisch gepflanzten Primeln verschwanden unter schweren weißen Flocken. Der Winter schien überhaupt nicht enden zu wollen.

Kaum zu glauben, daß sie bald im warmen Meer baden konnte! Sie stellte sich vor, wie sie auf dem Rücken liegend im Ultramarinen schwamm, hinter sich eine Insel mit einem rauchenden Vulkan. Allerdings sah die Insel aus wie Lummerland und die Wellen waberten aus Plastikfolie. Lächelnd schloß Mona die imaginäre *Augsburger Puppenkiste* und stopfte ihre Badeanzüge in einen der beiden Koffer. Der leere war für Lars. Seit sie mal die Golfschuhe vergessen hatte, packte er seine Sachen selbst.

Mona hörte ihren Mann den Wagen in die Garage fahren. Kaum daß er die Eingangstür hinter sich geschlossen hatte, hallte seine routinemäßige Frage durch das Haus, »Hallo Schatz! War was?«

»Deine Mutter hat angerufen!« antwortete ihm Mona aus dem Schlafzimmer.

»Und? Was hat sie gesagt?« Er blieb im Türrahmen stehen und schaute seiner Frau beim Falten ihrer Kleider zu.

»Sie wünscht dir einen schönen Urlaub und hat gemeint, du würdest auf Hawaii sicher Golf spielen, aber was ich denn da täte. Ich habe dann leichtfertig geantwortet, ich wolle dort Lomi Lomi ausprobieren, die traditionelle hawaiische Massage. Da müsse sie mal ihren wertvollen Masseur fragen, was das wohl für ein Firlefanz sei, hat sie geantwortet. Die ändert sich wirklich nie!«

»Daß ihr euch immer gleich in die Haare geraten müßt!«

»Soll ich dir wenigstens deine Unterwäsche rauslegen?«

»Ne, laß nur, mache ich später. Ich muß noch mal kurz telefonieren und dann essen wir, ja?«

»Und du möchtest ihr unbedingt eine Ansichtskarte schicken!«

»Wem?«

»Deiner wertvollen Mutter selbstverständlich.«

»Gehst du raus!« Die Dicke Bertha war gerade im Begriff, es sich in Monas Koffer gemütlich zu machen. »Jetzt gibt's Futter!« versprach Mona der Katze, die ihr maunzend in die blendend weiße Küche mit dem glatten Fliesenboden folgte.

Lars hatte das Haus vor gut einem Jahr von einem umtriebigen Geschäftsfreund gekauft, der unter anderem mit Konkurswaren handelte. Beim Bau des Hauses war er günstig an eine Havarieladung weißer Kacheln gekommen. *Alle* Böden waren weiß gekachelt. Auf Socken rutschte man, mit Noppenslippern an den Füßen quietschte es beim Gehen, und wenn man Schuhe mit Ledersohlen und Absätzen trug, hörte es sich an, als zöge eine Stepptanztruppe durchs Haus.

Mona hatte darauf bestanden, wenigstens im Schlafzimmer Teppichboden zu verlegen. Hier hatte sie ihr Refugium, wo sie sich ihren Yoga-Übungen widmete, fernsah oder las. Ihre Bücher stapelten sich neben dem Audio-Video-Center. Lars liebte es, sich vor dem Einschlafen durch die Kanäle zu zappen. Er fand das entspannend. Meist jedoch nächtigte er gar nicht hier, sondern vor dem Fernseher im Gästezimmer.

Mona gab der Dicken Bertha Futter und öffnete den schrankgroßen amerikanischen Kühlschrank. Sie nahm die beiden gebratenen Hühnerhälften heraus, die sie auf dem Heimweg gekauft hatte, und schob sie in das Mikrowellengerät. Zum Blattsalat aus der Tüte brauchte sie nur noch Dressing anzurühren.

»Was? Ist das alles?« Lars sah auf die Hühnerhälfte und dann auf Mona.

»Wo wir doch morgen verreisen, dachte ich, es lohne sich nicht mehr, groß einzukaufen. Entschuldige, ich wollte keine Lebensmittel im Kühlschrank zurücklassen.«

Lars war anzusehen, daß er es bereute, nicht auswärts gegessen zu haben. Mona ging auf die andere Seite der Theke, wo sie sich auf den Barhocker neben ihn setzte. Die offene Küche sah ganz schön aus, aber daran, daß sie sich bei den wenigen gemeinsamen Mahlzeiten nicht mehr anschauten, würde sie sich nie gewöhnen. Mona sagte, sie freue sich darauf, im Urlaub mal wieder an einem richtigen Tisch zu essen, doch von Lars kam keine Antwort.

Sie sah ihrem Mann von der Seite dabei zu, wie er das Huhn fein säuberlich mit Messer und Gabel zerlegte. Er wurde mit zunehmendem Alter attraktiver: sportlich, ohne übertrieben muskulös zu sein, volles dunkles Haar, dunkler Teint und immer perfekt in Manieren und Kleidung – der ideale Schwiegersohn.

Hawaii! Sie wäre schon mit der Karibik zufrieden gewesen, aber Lars meinte, die Karibik käme nicht in Frage, die sei inzwischen passé, da führen höchstens noch Steuerberater und Zahnärzte hin.

Er bevorzugte Orte, in denen er Golf spielen konnte. Er brauche das geschäftlich, behauptete er und hoffte, auf Hawaii täglich trainieren zu können, um sein Handicap entscheidend zu verbessern. Andernfalls hätte er sich einen so langen Urlaub niemals genehmigt. Er betrachtete es als Investition.

»Lars!«

»Ja, was denn?«

»Alles in Ordnung? Ich meine, können wir morgen auch wirklich fliegen? Ich kann's noch gar nicht so recht glauben.«

»Ich habe es dir doch versprochen. Hochzeitstag unter Palmen, die zweiten Flitterwochen, sozusagen.«

Mona wiederholte im stillen ›sozusagen‹, denn erste Flitterwochen hatten sie schließlich keine gehabt.

»Es wird bestimmt schön. Wir haben schon so lange nichts mehr gemeinsam unternommen!«

»Mona, also wirklich! Wir waren erst am Montag zusammen essen!«

»Das war ein Geschäftsessen.« Mit einem ganz wichtigen Kunden und dessen Gattin, die gekichert hatte, als sie erfuhr, Mona sei Masseurin. Und dann wieder das übliche »Ach, Ihre Frau muß arbeiten?« »Nein, natürlich nicht, aber wir haben kein Kind!« – Treuherziger Blick von Lars, mitleidiger Blick der gebärfreudigen Gattin, verständiges Irgendeine-Beschäftigung-braucht-eine-Ehefrau-Nicken des Geschäftsfreundes. Lars hatte während des ganzen Abends keine fünf Sätze mit ihr gesprochen, aber Rosen gekauft. Kaum betrat so ein hilflos aussehender Pakistani blumenschwenkend das Lokal, wurde er von Lars herbeibeordert. Eine rote Rose für die Kunden-Gattin, die sich wahnsinnig geschmeichelt fühlte, eine für sie, die es für das nahm, was es war: eine leere Geste. Sie ließ ihre in der San Pellegrino-Flasche auf dem Tisch zurück.

Wie er es zwei Wochen ohne Arbeit aushalten würde? Bestimmt nervte er wie üblich jeden Tag sein Büro mit Anrufen. Dann fiel ihr ein, daß elf Stunden Zeitverschiebung das wohl verhindern würden. Ob er daran gedacht hatte? Als könne er Gedanken lesen, pries Lars genau in diesem Moment den Segen von Fax und E-Mail.

Mona erwachte wie gerädert nach einer unruhigen Nacht. Sie war ziemlich aufgeregt wegen der weiten Reise. Hawaii! Schöne, blumengeschmückte Menschen auf sechs paradiesischen Inseln mitten im Pazifik. Wärme, Ruhe, Erholung, wunderbare klare Luft, sauberes Wasser, dazu amerikanischer Komfort. Und bestimmt viel schöner als Florida, wo sie zweimal waren, wegen der Golfplätze natürlich.

Lars hatte erst mitten in der Nacht seinen Koffer gepackt und war bereits aufgestanden. Es roch nach Kaffee. Im Wohnzimmer rumorte Frau Slatkovice, ihre Hilfe, die dreimal in der Woche kam. Die weißen Kachelböden erforderten es.

Mona absolvierte ihre Yoga-Übungen, ging in die Küche und bereitete sich grünen Tee. Sie hörte Lars in seinem Arbeitszimmer telefonieren. Da sie warten mußte, bis das Teewasser auf 70 Grad abgekühlt war, begrüßte sie inzwischen die im kühl-elegant eingerichteten Wohnzimmer staubwischende Haushaltshilfe. Beim Blick über die Terrasse in den schneebedeckten Garten schien es Mona, als würden sich die Kachelböden ins Freie fortsetzen.

Sie fragte Frau Slatkovice, wie es den Kindern gehe und erinnerte sie daran, daß der Kühlschrank abgetaut werden solle. Frau Slatkovice ging auf den Kühlschrank nicht ein, sagte nur »Kinder gut«, lächelte und stellte den Staubsauger an. Die Dicke Bertha flüchtete vom schwarzen Ledersofa. Mittwochs wurden die Kacheln im Wohnzimmer nur abgesaugt.

Unter der Dusche überlegte Mona noch einmal, ob sie etwas vergessen hatte. Sie war froh, daß Lars diesmal nicht darauf bestand, in einem Hotel zu wohnen. Sie freute sich auf das Apartment auf Maui. In jeder Ferienwohnung würde sie sich geborgener fühlen als in der heimischen Keramikwelt. Letzte Nacht hatte sie mal wieder von dem alten rosenbewachsenen Landhaus mit seinem bärtigen Gärtner geträumt. Wie eine Figur in einem Computerspiel lief sie an der Hausmauer hin und her, in der Hoffnung, ein Fenster oder eine Tür zu finden, die sich öffnete. Ob der Gärtner der Schlüssel war?

Lars telefonierte immer noch! In einer Stunde mußten sie das Taxi bestellen. Mona war in den Reisewehen: sie schaute alle zehn Minuten auf die Uhr und kontrollierte alle fünfzehn Minuten den Inhalt ihrer Handtasche. Paß? Führerschein? Kreditkarten? Dollars? Alles da. Gerade, als sie mal wieder den Inhalt ihrer Tasche durchgezählt hatte, kam Lars mit angespanntem Gesichtsausdruck ins Schlafzimmer und warf die Mappe mit den Reiseunterlagen neben sie aufs Bett. Entsetzt schaute Mona ihn an.

Gewonnen!

»Los, wir können jetzt beide einen gebrauchen!« Mützchen hielt die Tür auf und schüttelte die Schneeflocken von seiner Kappe. Er hieß eigentlich Mützig, aber alle nannten ihn Mützchen, seit er vor Jahren einmal mit einem Toupet erschienen war. Das trug er jetzt, wie man hörte, nur noch im Winterurlaub. Er war erst Mitte dreißig und kahl bis auf einen Haarkranz. Rauch und Stimmengewirr schlugen Frank Plötzen entgegen, als er mit seinem Kollegen nach Feierabend die Eckkneipe betrat.

»Karl, machst du uns mal zwei Pils!« rief Mützchen, noch bevor er sich mit Frank an den Tresen gesetzt hatte. Er klopfte ihm aufmunternd den Rücken. »Nun guck mal nicht so belämmert! Immerhin fährst du morgen nach Hawaii. Du hast es gut!«

»Hör bloß auf! Hätte nicht ungünstiger kommen können!«

»Unsinn!« Er grinste. »Hohbeck war ja ganz grün vor Neid. Ich hab' gehört, seine Alte macht ihm schon lange die Hölle heiß, weil er immer bloß nach Österreich fährt, das alte Sparbrötchen. Stell dir vor, der erzählt zu Hause, daß einer seiner Mitarbeiter Urlaub auf Hawaii macht! Was meinst du, was da los ist!«

»Um so schlimmer. Der hat mich doch sowieso auf dem Kieker. Gestern hat er mir die Umsatzzahlen unter die Nase gehalten und gesagt, ›an Ihrer Stelle würde ich mir das noch mal überlegen, ob ich *jetzt* Urlaub mache‹. Verstehst du, ich bin ganz schön unter Plan. Ich hab' natürlich gleich gesagt, da kommt sicher noch ein dicker Auftrag rein, aber das war eine reine Schutzbehauptung.«

»Ich bin echt froh, daß ich nicht auch Frau und Kinder zu versorgen habe!«

»Du glaubst also auch, daß ich auf der Abschußliste stehe!«

»Na ja, sagen wir mal so: daß alle, die ihr Soll nicht erfüllen, stempeln gehen können, hat Hohbeck ja deutlich genug betont. Aber du schaffst das schon. Zeig dem Alten, was Sache ist!«

»Mann, ich kann mir die Aufträge nicht aus den Rippen schneiden! Und ich hab' jedes Jahr weniger Umsatz. Gitte und ich kommen jetzt schon kaum über die Runden.«

»Na, da habt ihr euch ja das richtige Reiseziel ausgesucht!« Mützchen lachte.

»Ne du, ist alles bezahlt. Im Grunde fahren wir ja umsonst.«

»Klasse, echt! Jetzt erst mal Prost, mein Alter! Du mußt schließlich vorsorgen.«

»Wie?«

»Na, es gibt doch kein Bier auf Hawaii!«

Gitte Plötzen plazierte ihren Kosmetikkoffer oben auf das braune MCM-Reisegepäck, das sie letztes Jahr äußerst preisgünstig in der Türkei gekauft hatte, warf einen zufriedenen Blick darauf und ging in die Küche.

»Wie sehe ich aus?« Sie drehte in ihrem neuen ärmellosen schwarzen Stretchkleid eine Pirouette.

»Du kannst dir so was leisten«, sagte ihre Mutter, unter deren Kittelschürze das Nachthemd hervorschaute, »bei deiner Figur. Aber zieh eine warme Jacke drüber, draußen ist es kalt!«

»Sicher, Mutti. Frank, wie findest du mich?«

»Ist es nicht etwas eng?« wandte ihr Mann ein.

»Also hör mal! Das trägt man jetzt so. Mutti findet auch, daß ich mir das leisten kann.«

»Na, dann ist ja gut.« Frank stellte seine Kaffeetasse samt Untertasse auf den Teller, um Platz für den Aschenbecher zu schaffen.

Gitte, die wegen Franks mangelnder Begeisterung normalerweise geschmollt hätte, war so in Hochstimmung, daß sie statt dessen enthusiastisch ausrief: »Frank, wir fahren nach Hawaii!«

»Ich weiß.«

»Mutti, was sagst du dazu? Wir fahren nach Hawaii! Hast du mal geguckt, wo das liegt? Ganz schön weit weg, nicht?«

»Mitten im Ozean, gehört aber zu Amerika. Hat mir Tanja gezeigt. Toll!«

Gitte setzte sich endlich zu ihrem Mann und ihrer Mutter an den Küchentisch und goß sich noch eine Tasse Kaffee ein.

Gittes Mutter, die ganz in der Nähe wohnte, hatte sich gerne bereit erklärt, auf die Kinder aufzupassen. Gitte mußte sich also keine Sorgen um Sven und Tanja machen. Tanja, mit vierzehn zwei Jahre älter als ihr Bruder, war heftig in der Pubertät und hatte gerade ihren ersten großen Liebeskummer. Sven, der unter Tanjas Launen litt, war der Meinung, seine Mutter hätte mit seiner Schwester fahren sollen, statt mit Frank, der kaum störte.

»Da kannste mal sehen, wie gut das war, daß ich das Preisrätsel für euch ausgefüllt habe!«

»Ja, Mutti. Wir bringen dir auch was Schönes mit!«

»Kind, das ist gar nicht nötig. Ich freu' mich doch für euch. Frank, was machste denn, wenn's wirklich kein Bier gibt auf Hawaii?«

»Der Frank soll sowieso weniger Bier trinken. Der kriegt ja schon einen richtigen Hefespoiler! Wie sollen wir denn da tanzen? Der muß runter, bevor wir wieder bei Rot-Weiß eintreten. Nicht Frank?«

»Hast du auch an das Maggi gedacht? Und den Nescafé eingepackt? So'n fremdes Essen, also, das wär nichts für mich!«

»Ja, alles dabei. Mach dir keine Gedanken, Mutti.«

»Ihr müßt jetzt das Taxi bestellen!«

»Ne, Mutti, ist noch Zeit. Der Zug nach Frankfurt geht erst in einer Stunde. *Rail and Fly*, heißt das! Alles erster Klasse!«

»Siehste mal, wenn ich nicht schon so lange Sammelbestellerin wäre, hätte ich nie das Rätsel gekriegt und ihr würdet jetzt nicht nach Hawaii fahren! Da kann man mal sehen, wozu das gut ist. Und es gibt noch fünf Prozent auf alles!«

»Ich denke, es ist alles umsonst?«

»Ja, Frank. Mutti meint beim Sammelbestellen, da gibt's fünf Prozent. Du legst dich aber wieder hin, wenn wir weg sind, Mutti. Ist ja noch mitten in der Nacht. Und sag den Kindern, wir bringen ihnen auch was Schönes mit. Wir rufen dann mal an aus Hawaii, ob auch alles in Ordnung ist.«

»Macht euch bloß keine Sorgen! Aber jetzt müßt ihr das Taxi holen.«

Frank wählte im Flur die Nummer der Taxizentrale. Mutti drückte ihrer Gitte derweil in der Küche einen Hundertmarkschein in die Hand. Gitte umarmte ihre Mutter ganz gerührt.

»Und laß dich nicht von den Kindern nerven, hörst du!«

Im Zug nach Frankfurt konnte sich Gitte gar nicht darüber beruhigen, daß der Taxifahrer gemeint hatte, sie kämen bereits aus dem Urlaub. »Was ich immer sage, Bräune macht was her! Ist ja auch viel besser, man kommt schon vorgebräunt im Urlaub an. Also, ich wundere mich immer über Leute, die sich, käsig wie sie sind, trauen, einen Badeanzug anzuziehen.«

Gitte und Frank hatten sich im völlig leeren Erster-Klasse-Abteil diagonal einander gegenüber gesetzt.

»Hoffentlich kommt nicht wieder ein Fotograf!«

»Wieso?« antwortete Gitte, »das war doch super, wie sie

mir den Blumenstrauß überreicht haben. Das Foto erscheint bestimmt im nächsten Katalog. Im Flugzeug trinken wir nur Champagner, das sage ich dir! Wieso gibt's hier eigentlich keine Bedienung? Wir sitzen doch erster Klasse, oder?«

Frank murmelte »sieht ganz so aus« und experimentierte mit seinem Sitz, bis er endlich eine bequeme Position gefunden hatte. Er schloß die Augen, konnte jedoch nicht, wie erhofft, sofort einschlafen. Statt auf dem Weg nach Hawaii sollte er auf dem Weg zu Kunden sein. Er brauchte jeden Tag, jede Stunde, um sein Soll zu erfüllen. Daß man von Entlassungen sprach, hatte er Gitte bisher verheimlicht. Na, wenigstens war der Urlaub gratis & franko. Hawaii! Er sah Hula-Mädchen lächelnd die Arme nach ihm ausstrecken ...

Gitte überprüfte wieder einmal den Inhalt ihrer Umhängetasche, auf der lose goldene Buchstaben an einem Band den Namen *Moschino* ergaben. Kosmetiktäschchen? Haarbürste? Der Umschlag mit den Reiseunterlagen? Paß? Kreditkarte? Dollars? Alles klar! Sie schloß die Tasche und starrte auf das Fenster, hinter dem es so schwarz war, als würden sie durch einen Tunnel fahren. Sie sah keine Lichter, keine Bahnhöfe, nur ihr Spiegelbild. Reflexartig drückte sie an ihrer Fönfrisur herum. Seit einiger Zeit trug sie die blondierten Haare kurz. Eine Strähne stand ab. Mutti nannte das »Herrenwinker«. Gitte vergewisserte sich, ob auch wirklich niemand zusah, befeuchtete die Fingerspitzen mit etwas Spucke und knetete an der widerspenstigen Strähne herum, bis diese nachgab. Über der Frage, ob es eine gute Idee gewesen war, das Nackenhaar schwarz färben zu lassen, schlief auch sie ein.

Der Zug hielt direkt unter dem Frankfurter Flughafen, so daß sie ihr Gepäck nur auf ein Wägelchen laden und diverse Rolltreppen hochfahren mußten. Frank zögerte vor den Piktogrammen, mit denen die korrekte Position des Kofferkulis auf der Rolltreppe erläutert wurde.

»Los, nun mach schon!« drängte Gitte. »Wartest du auf besseres Wetter, oder was?«

Frank mißtraute dem Verfahren zutiefst. Wie konnte ein so schwerer Wagen mit rutschendem Gepäck sicher auf zwei Stufen einer Rolltreppe stehen? Noch dazu würde er sich quasi darunter befinden und müßte damit rechnen, von drei Teilen falschem MCM erschlagen zu werden. Kein schöner Tod!

»Wollen wir die Sachen nicht doch besser rauftragen?«

»Bei dir piept's wohl! Wie sieht das denn aus?«

»Dann nimm wenigstens deinen Kosmetikkoffer runter. Der rutscht jetzt schon!«

Gitte nahm ihren Beauty Case an sich und drängte Frank, nicht länger den Verkehr aufzuhalten. Er schob den Wagen mit den Vorderrädern auf eine Stufe, die sich aufwärts bewegte, die Hinterräder hingen auf der nächsten, das Gepäck ruckelte sich in die Schräglage, und Frank, die Hände fest am Bügelgriff, wurde vom Aufwärtstrend erfaßt. Oben angekommen sagte er: »Eigentlich kein Problem!«

»Na also! Siehst du irgendwo Delta?«

»Nö. Frag doch mal bei Lufthansa. Die müßten das doch wissen.«

Mit kirschrotem Kopf kehrte Gitte zu Frank und dem Kofferkuli zurück.

»Du glaubst es nicht! Delta ist in Terminal 2! Weißt du was das heißt?«

Frank schüttelte pflichtschuldigst den Kopf und zündete sich eine Zigarette an.

»Wir müssen mit einem Shuttle fahren. Zum Terminal 2. Fängt ja gut an!«

Mona war der Verzweiflung nahe. Was sollte sie machen? Hilfesuchend blickte sie in das pockennarbige Gesicht des uniformierten älteren Herrn hinter dem Counter. Er sah aus wie ein Vietnam-Veteran, den nichts mehr erschüttern konnte.

»Mein Mann kommt womöglich in letzter Minute!«

»Dann schlage ich vor, Sie lassen erst einmal die anderen Passagiere vor.«

Mona fügte sich, wuchtete das Gepäck von der Waage zurück auf den Kofferkuli und räumte den Platz vor dem Schalter.

Am nächsten Telefon wählte sie ihre Privatnummer, hörte aber nur ihre eigene Stimme vom Band, die ihr mitteilte, daß sie nicht zu Hause sei. Unter Lars' Autotelefonnummer kam eine Ansage, daß zur Zeit keine Verbindung bestünde. In seinem Büro meldete sich eine ihr unbekannte Sekretärin, eine Babs Sowieso, die sie wissen ließ, daß Herr Hallstein heute seinen Urlaub anträte und leider nicht mehr erreichbar sei. Ob *sie* etwas für sie tun könne. Ja, sie könne ihr die Nummer seines Handys geben, die fände sie nämlich nicht. Babs Dingsbums erklärte ihr herablassend, das sei völlig sinnlos, Herr Hallstein sei, wie gesagt, in Urlaub, außerdem sei sie ohnehin nicht befugt, irgendwelche Telefonnummern herauszugeben. Bevor Mona nochmals ausdrücklich darauf hinweisen konnte, daß sie Frau Hallstein sei, sagte die Sekretärin, jetzt klingle es auf der anderen Leitung, man möge sie bitte entschuldigen und legte auf.

Mona gab einen wütenden Laut von sich und trat gegen die Wand, an der das Telefon hing. Man solle seine Aggressionen rauslassen, hatte sie gelernt. Die führten sonst zu Verkrampfungen der Nackenmuskulatur, wenn nicht zu Schlimmerem.

Er habe noch was Dringendes zu erledigen, hatte Lars gesagt. Hätte er vorher nicht absehen können. Aber er käme dann nach. Sie könne ruhig schon mal losfahren und im Duty-free-Shop einkaufen. Er hätte ohnehin nicht vorgehabt, zwei Stunden sinnlos am Flughafen rumzustehen. Sie solle sich das mal vorstellen, was er in zwei Stunden noch alles *händeln* könne...

Jetzt stand sie da, mit dem Gepäck, das sie nicht aufgeben konnte, weil für die Ausgabe der Bordkarte und die Abgabe der Gepäckstücke persönliche Anwesenheit erforderlich war. Wieso hatte Lars das nicht gewußt? Und was, wenn er nicht rechtzeitig eintraf? Sollte sie den Flug dann stornieren? Dabei hatte sie sich so auf Hawaii gefreut!

Ihre Kolleginnen beneideten sie um die Reise. Würde sie nicht fahren, dann konnte sie sich garantiert eine Woche lang das schadenfrohe Getuschel über die Intimität vortäuschenden Kabinenwände hinweg anhören.

Mona setzte sich auf eine Bank, von der aus sie den Counter im Blickfeld hatte und sah auf die Uhr. Sicher wurde gleich zum Boarding aufgerufen. Da kam auch schon die Durchsage.

Sie schob den Wagen mit den beiden Koffern und Lars' Golfsack erneut zum Schalter und mußte dabei wieder an der Sicherheitsbeamtin mit dem strengen Gesicht und den lächerlichen Fragen vorbei, ob ihr jemand ein Geschenk mitgegeben oder sie das Gepäck aus den Augen gelassen habe. Den Einwand, sie hätte die Prozedur eben erst durchlaufen, ließ diese nicht gelten.

Mona trat erneut vor den Vietnam-Veteran.

»Haben Sie vielleicht eine Nachricht für mich? Mona Hallstein.«

»Nep«, schnalzte er mit den Lippen und streckt die Hand nach dem Flugschein aus.

»Wirklich nicht?«

»Wir schließen gleich, wenn Sie also mitwollen...«

»Eine Sekunde noch, ja?« bat Mona mit Panik im Blick. Sie wandte sich ab, um sich besser konzentrieren zu können.

Sollte sie wirklich wieder nach Hause fahren? Und wenn Lars gerade zum Flughafen unterwegs war? Er würde durchdrehen, wenn er hier ankäme und sie wäre mit dem Gepäck zurückgefahren. Dann wäre es eindeutig ihre Schuld, daß »die zweiten Flitterwochen« geplatzt waren. Lars würde ihr das ewig vorwerfen. Und wenn er sagte, er käme nach, dann kam er auch. Wieso sollte sie an seinem Wort zweifeln?

Das beste war wohl, sie gab die Koffer auf ihren Namen auf, zahlte für das Übergepäck und wartete in der Abflughalle. Und wenn er die Maschine verpaßte, weil sein Taxi im Stau stand? Wenn sie ohne ihn in den Flieger steigen mußte? Würde sie ohne ihn überhaupt zurechtkommen? Er kümmerte sich immer um alles. Andererseits mußte sie ja nicht selbst fliegen. Notfalls kam er mit der nächsten Maschine nach, beruhigte sie sich.

Mona ließ sich eine Bordkarte aushändigen. Hinter ihr wurde der Schalter geschlossen.

Als sie durch die Handgepäckkontrolle in den Warteraum kam, standen die anderen Passagiere schon in einer Schlange vor dem Gate für den Abflug nach Los Angeles. In plötzlicher Angst, Lars könnte etwas zugestoßen sein, stürzte sie noch einmal zu einem Telefon. Kaum hatte sie den Hörer in der Hand, wurde sie ausgerufen. Es dauerte seine Zeit, bis eine hilfsbereite Stewardeß telefonisch herausfand, daß Lars hinterlassen hatte, ihm sei geschäftlich etwas dazwischengekommen. Er ließ Mona wissen, sie möge ohne ihn abreisen und sein Ticket am Schalter deponieren. Mona, die sich bis dahin an den Gedanken geklammert hatte, Lars würde im letzten Moment auftauchen und alles löse sich in Wohlgefallen auf, fühlte sich, als habe ihr die Stewardeß einen Schlag in die Magengrube versetzt. Das Frühstück legte kurzfristig den Rückwärtsgang ein.

»Hat er denn gesagt, wann er nachkommt?« fragte Mona und preßte ihre Nägel in die Handinnenfläche, um die Tränen aufzuhalten, die bereits auf dem Weg ins Freie waren.

»Ich kann Ihnen auch nur weitergeben, was mir mitgeteilt wurde«, antwortete die Stewardeß bedauernd. »Tut mir echt leid.«

Der Andrang vor der Gangway hatte sich inzwischen gelegt. Mona nahm kaum wahr, wie ihr die Bordkarte abgenommen, durch einen Automaten geschoben und der Abschnitt mit der Sitznummer wieder ausgehändigt wurde. Das war ein Alptraum! Gleich würde sie wach werden und lag wohlbehalten in ihrem Bett, oder? Da sie keine Anstalten machte, weiterzugehen, drängte die Stewardeß sie sanft in den abschüssigen Schlauch. Der Schwerkraft folgend, bewegte sich Mona mechanisch auf den Schlund des Flugzeuges zu.

Die meisten Passagiere saßen erwartungsvoll auf ihren Sitzen. Sie starrten sie an! Alles Paare, nur sie war allein! Mona fühlte sich wie auf dem Präsentierteller. Ihr Platz lag ganz hinten in der mittleren Reihe. Ein Fensterplatz wäre ihr lieber gewesen. Sie öffnete das Gepäckfach. Die Klappe senkte sich langsam zu ihr hinab und spie eine speckige Wachstuchjacke aus, die ihr auf den Kopf fiel. Jemand lachte, während ihr das muffig riechende Kleidungsstück die Sicht nahm. Das raubte ihr den letzten Rest Selbstbeherrschung. Widerwillig nahm sie hin, daß sie gegen die einsetzende Tränenflut machtlos war. Sollten die Leute doch denken, was sie wollten!

Sie ließ sich auf den freien Platz am Gang fallen und wich dabei dem musternden Blick ihres Sitznachbarn aus. Auf der Suche nach Papiertaschentüchern wäre sie am liebsten mit dem Kopf in ihrer Prada-Tasche verschwunden – ein Geschenk von Lars, natürlich! Das war mal wieder typisch für ihn! Sie vorzuschicken, damit sie im Duty-free-Shop einkaufen könne. Genau dazu war sie in der Aufregung gar nicht gekommen. Mit ihr konnte er es ja machen! Mona kontrollierte, ob eine Kotztüte in der Sitztasche vor ihr steckte.

»Würden Sie sich bitte anschnallen«, sagte die Stewardeß zu einer Frau in einem engen schwarzen Stretchkleid, die schon seit einer Weile meckerte. Mona lenkte das für einen Moment von ihren eigenen Problemen ab.

»Ich denke gar nicht daran!« ereiferte sich die Frau in der Fensterreihe.

Es entspann sich eine heftige Diskussion. Das professionelle Lächeln der Stewardeß wurde zusehends eisiger. Sie entfernte sich schließlich mit der Bordkarte, kam nach einer Weile zurück und begleitete die gestikulierende Frau nach vorne. Ob sie aussteigen mußte?

Auf der Leinwand über den mittleren Sitzen erschien nun ein Dia, das darauf hinwies, Delta veranstalte ausschließlich Nichtraucherflüge.

»Wie?« rief nun der Mann am Fenster, neben dem die aufgebrachte Frau gesessen hatte, »heißt das, man darf nicht rauchen?«

»Beruhigen Sie sich«, sagte der Mann hinter ihm, »ich hab' Nikotinkaugummis dabei. Können Sie was von abhaben.«

»Danke. Eine Marlboro wäre mir lieber!« grollte der Mann.

Das Dia mit dem Nichtraucherhinweis erlosch, das Flugzeug rollte auf den Taxiway und es folgte der Film mit den Sicherheitshinweisen. Früher standen Stewardessen ärmchenschwingend im Gang. Lars hatte sich darüber immer köstlich amüsiert. Was dachte er sich eigentlich dabei, sie alleine loszuschicken?

Im Fluge

In ihrem ganzen Leben war sie noch nie alleine in die Ferien gefahren. Doch, einmal als Kind. Als sie zehn oder elf war, hatten sie ihre Stiefeltern für sechs Wochen in ein Kinderheim an die Nordsee geschickt. Zwanzig Mädchen lagen in einem Schlafsaal mit zu kurzen Betten. In der Nähe der Tür stand ein roter Plastikeimer, in den man nachts vor aller Ohren pinkeln mußte. Tagsüber wurden sie, heimwehkrank wie sie alle waren, animiert, fröhlich die *Mundorgel* rauf und runter zu singen. Seitdem bekam sie einen Koller, wenn jemand *Im Frühtau zu Berge* oder *Hohe Tannen* anstimmte.

Mona zog die dünne, dunkelblaue Synthetikdecke enger um sich. Hoffentlich würde sie sich nicht anstecken. Die kleine Dicke zwei Sitze weiter putzte sich ohne Unterlaß die Nase. Ihrem Dialekt nach waren ihre Sitznachbarn eindeutig Schwaben, auch wenn der Heiko genannte Typ neben ihr in einem amerikanischen Reiseführer las. Die beiden sahen aus wie Alternativ-Touristen, wahrscheinlich Studenten, vermutete Mona.

Das Tablett mit dem Essen lehnte sie ab, ihr war der Appetit vergangen. Nur Mineralwasser ohne Kohlensäure ließ sie sich auf Vorrat geben, da man, um der Dehydrierung vorzubeugen, viel trinken mußte. Leider ließ sich die Enttäuschung über Lars mit Wasser nicht herunterspülen.

Wie konnte man mir nichts, dir nichts seine Reisepläne ändern? Woran sollte man sich denn halten, wenn nicht an das, was jemand sagte? Allerdings war auf Lars nicht allzuviel Verlaß. Aber so einen Klops hatte er sich noch nie geleistet. Daran, daß er überraschend ankündigte, er bringe abends Kunden mit, sie ein Menü improvisierte und er dann irgendwann alleine ankam, weil sich die Geschäftspartner längst auf dem Nachhauseweg befanden, hatte sie sich schon fast gewöhnt. Wenn sie ihn dann zur Rede stellte, lachte er bloß, küßte sie amüsiert und meinte, sie solle alles nicht immer so wörtlich nehmen, man müsse schließlich flexibel sein.

Seit er für seine Unternehmensberatung im Ausland akquirierte, verreiste er manchmal ganz plötzlich. Morgens sagte er noch »Tschüs, bis heute abend!« Und wenn sie um sieben nach Hause kam, war von ihm bloß seine schmutzige Wäsche und statt eines Zettels eine Nachricht auf dem Anrufbeantworter vorhanden.

Als in der abgedunkelten Kabine tonlos ein amerikanischer Spielfilm über die Leinwand flimmerte, den sie schon mit einer Kollegin zusammen im Kino gesehen hatte, döste Mona schicksalsergeben vor sich hin.

Sie wachte auf, als es in der Kabine wieder hell wurde und jemand sagte: »Schau: Grönland!«

Sie erhob sich, versuchte, so gut es ging, den Rücken zu strecken, Arme und Beine zu lockern. Der Mann nebenan am Gang sah von seinem dicken Taschenbuch hoch und grinste sie an, wobei er reichlich Zähne zeigte.

»Entschuldigung«, sagte Mona, »darf ich mal kurz raus sehen?«

»Sicher!« Der Mann beugte seinen Oberkörper zurück und ließ Mona aus dem kleinen Fenster einen Blick auf das Packeis werfen.

»Unglaublich, diese Schatten! Die Spitzen der Eisberge!« Mona war von der Aussicht fasziniert und nahm gerne das Angebot an, sich einen Moment ans Fenster zu setzen.

»Frank Plötzen«, stellte sich der Mann vor. Mona reichte ihm die Hand und sagte ihren Namen.

»Fliegen Sie auch nach Hawaii?«

»Ja richtig! Wie kommen Sie darauf?«

»Ich sah Sie in Frankfurt mit Ihrer Golftasche. Und die meisten fliegen doch nach Hawaii, um Golf zu spielen.«

»Das stimmt wohl.« Mona wurde jetzt wieder richtig bewußt, daß sie sich tausende von Kilometern von der vertrauten Umgebung entfernte.

»Habe ich etwas Dummes gesagt?«

»Nein, nein. Es ist nur so: eigentlich wollte ich zusammen mit meinem Mann verreisen. Es ist seine Golftasche.«

»Ich hoffe, es ist ihm nichts passiert.«

»Das nicht, zum Glück. Er ist geschäftlich verhindert.«

»Das ist ja nicht so prickelnd für Sie. Tut mir echt leid.«

»Er kommt sicher bald nach.«

Frank Plötzen nickte. Mona fand ihn nicht unsympathisch, ein bißchen zu braun, vielleicht. Wahrscheinlich war er erst vor kurzem im Skiurlaub gewesen.

»Aber komisch ist es schon.«

Mona sah ihn fragend an.

»Na, daß Ihr Mann Sie einfach alleine abreisen läßt. So eine attraktive Frau! Ist er denn gar nicht eifersüchtig?«

»Eifersüchtig?« wiederholte Mona die seltsame Frage, »was für einen Grund sollte er dazu haben?«

»Och«, meinte ihr Sitznachbar und grinste sie zweideutig an, »da ließe sich schon was arrangieren!«

»Ich bitte Sie!« antwortete Mona ein wenig ungehalten. Aber wenn Lars sie abgeschoben hatte, um freie Bahn zu haben? Ihr wurde ganz heiß bei dem Gedanken. Nein, er hatte was von dringenden Geschäften gesagt und dann war das sicher auch richtig, beruhigte sie sich. Trotzdem! Wieso war immer alles wichtiger als sie? Er schickte sie allein auf eine einsame Insel und wahrscheinlich kam er sich noch unglaublich großzügig dabei vor.

Eine Träne schlängelte sich an Monas Nase entlang. Frank Plötzen hielt ihr eine der Cocktailservietten hin, die zu den Drinks gereicht wurden.

»Nun seien Sie nicht traurig. Dazu gibt es doch keinen Grund. Auf Hawaii sind bestimmt noch mehr Singles, da finden Sie schnell Anschluß. Seien Sie doch froh, daß Sie den

Alten mal für eine Weile los sind. Abwechslung bringt die Ehe wieder in Schwung!«

Ungläubig sah Mona ihn an. Während sie sich unfähig fühlte, in fremder Umgebung alleine auch nur einen Schritt zu tun, faselte er von der Freiheit der Singles.

»Das war ja ein fürchterlicher Aufstand vorhin«, wechselte Mona das Thema. »Mit dieser hysterischen Zicke.«

Frank Plötzen grinste. »Das war Gitte, meine Frau.«

»Oh, das ist mir jetzt aber peinlich!« Mona wurde rot.

»Muß Ihnen nicht unangenehm sein! Meiner Frau war es ja auch nicht peinlich, so einen Zirkus zu veranstalten. Wissen Sie, wir haben die Reise gewonnen.«

»Glückwunsch! Ich habe noch nie jemanden getroffen, der so was Tolles gewonnen hat. Mein Mann sagt, die Preise bekommen immer die Chefs der Werbeagenturen, die das Preisausschreiben gestalten, beziehungsweise deren Frauen oder Mütter.«

»Denen geht es normalerweise nur um die Adressen. Ist doch klar. Ich war selbst ziemlich erstaunt. Meine Schwiegermutter ist Sammelbestellerin bei einem Versandhaus, wissen Sie, die hat das für meine Frau ausgefüllt. Zwei Wochen Hawaii für zwei Personen!«

»Zwei Wochen! Das ist doch was!«

»Ja, finde ich auch. So ein super Hotel auf Maui. Aber meine Frau, na ja, also, da stand *ein erstklassiger Luxusurlaub für zwei Personen* und Gitte hat das so verstanden, als ob alles erster Klasse wäre. Auch die Bahnfahrt und der Flug. Mann, wenn wir im Zug kontrolliert worden wären! Ich hab' mir die Tickets gar nicht angeschaut. Das macht alles die Gitte. Auf jeden Fall war sie davon nicht abzubringen und hat der Stewardeß die Hölle heiß gemacht. Ich schätze, sie hat Gitte in die erste Klasse gesetzt, damit endlich Ruhe ist. Jedenfalls nehme ich an, daß sie vorne sitzt. Hab' sie seitdem nicht mehr gesehen.«

»Und Sie? Wollten Sie nicht lieber mit Ihrer Frau zusammensitzen?«

»Och, ist schon okay so.« Er grinste Mona augenzwinkernd an. »Wir sehen uns ja zwei Wochen ununterbrochen, wenn wir erst da sind.«

Erstklassig

Gitte gähnte. Sie hatte bereits diverse Gläser Champagner intus. Jetzt wurde ihr langweilig.

»Möchten Sie vielleicht ein Perrier?« fragte die Stewardeß.

»Nö, die Sorte, die ich bisher hatte, war in Ordnung.«

Gitte zerbrach sich schon die ganze Zeit den Kopf, ob der Mann hinter der Zeitung Sean Connery war. Bei der Stewardeß hatte sie sich natürlich längst erkundigt, aber die weigerte sich standhaft, Auskünfte über Passagiere zu erteilen.

Gitte stand auf. Sie mußte mal. Das WC kam ihr nicht größer vor als in der Touristenklasse. Sie hatte sich schon lange gefragt, wie es möglich war, auf der Flugzeugtoilette eine schnelle Nummer zu schieben. In vielen Romanen kam das vor. Im Flieger nach Gran Canaria hatte sie vor Jahren versucht, sich mit Frank in so ein Pipischränkchen reinzuquetschen. Ging unmöglich! Und als sie gerade versuchten, sich zu zweit durch die schmale Tür zu drängen, hatte die Stewardeß Frank angeraunzt, er solle doch der Dame den Vortritt lassen.

Frank hatte das sowieso für eine merkwürdige Idee gehalten. Der klemmte jetzt unter den Touris in seinem engen Sitz. In den spannenden Situationen des Lebens neigte Frank dazu, komplett zu versagen. Dabei hätte er nur ein bißchen Terz machen müssen, um mit in die *First* zu kommen. Dann würde sie sich eben ohne ihn vergnügen!

Gitte steckte Lippenstift und Rouge wieder ein. Sie entnahm ihrer Moschino-Tasche einen Flakon *Trésor* und sprühte sich das Eau de Toilette an den Hals und in die Kniekehlen – ein raffinierter Tip aus einer Illustrierten. Denn auf den Strümpfen hielt es sich besonders gut und es duftete bei jedem Schritt. Nachdem sie ihr Stretchkleid in Form gezogen hatte, verließ sie, hoch zufrieden mit sich und der Welt, das enge Örtchen.

Ob wirklich ein Luftloch daran schuld war, daß sie auf dem Schoß von Sean Connery landete? Zumindest behauptete sie es dem Herrn gegenüber, dessen Zeitung nun arg zerknüllt aussah.

»Sorry«, sagte Gitte. »You are James Bond, äh, Sean Connery?«

»Sehr schmeichelhaft. Aber leider nein.« Er stand auf und stellte sich vor: »Vonhof, Dr. Robert Vonhof.«

»Schade! Ich meine, sehr nett, Sie kennenzulernen. Gitte von Plötzen. Äh, Gitte Plötzen, wollte ich sagen. Ich bin irgendwie ganz durcheinander. Das ist der Jetlag.«

»Sollten wir uns nicht wieder setzen?« Robert Vonhof wies auf Gittes Platz. Der war jedoch so weit weg, daß sich das Gespräch nur über die Köpfe anderer Passagiere hätte fortsetzen lassen. Schnell sagte sie deshalb: »Ich fliege nach Hawaii. Sie auch?«

»In der Tat.« Vonhof ließ sich wieder in seinen Sessel fallen.

Gitte sagte: »Ich darf doch?« und setzte sich auf die Armlehne seines Sitzes. Das Stretchkleid rutschte dabei so hoch, daß sich ein Amerikaner an seinem hauptsächlich aus Eiswürfeln bestehenden Drink verschluckte und ihm seine Mutter den Rücken klopfen mußte.

»Ja, also ich mache zwei Wochen Urlaub auf Maui. First Class Hotel, natürlich.«

»Natürlich!« Vonhof musterte Gitte von der Seite.

»Und Sie?«

»Ich spiele Golf.«

»Was Sie nicht sagen. Ist ja interessant. Kann man da mal zuschauen?«

»Das dürfte wenig aufregend sein. Da wandert man von Grün zu Grün und schlägt ab und an auf einen kleinen weißen Ball ein. Das ist doch keine Unterhaltung für eine Frau wie Sie.«

»Also, ich fände es aufregend, Ihnen dabei zuzuschauen.«

»Wenn Sie meinen. Vielleicht sieht man sich ja auf der Insel.«

Mit den Augen gab Vonhof der Stewardeß ein Zeichen. Diese stellte sich vor Gitte und bat auf englisch darum, sich zurück auf den Platz zu begeben, da man möglicherweise eine Schlechtwetterzone streifen würde. Gitte reagierte nicht, da sie von dem Genuschel kein Wort verstanden hatte. Die Stewardeß faßte Gitte unter den Arm und begleitete sie, über die Schulter Sean Connery zuzwinkernd, an ihren Platz zurück.

Zwischenlandung in L. A.

Die Maschine verlor rasch an Höhe. Das kleine Flugzeug auf der projizierten Landkarte, das ihre Position markierte, befand sich schon auf dem Punkt, neben dem *Los Angeles* stand. Unruhe machte sich breit. Wahrscheinlich waren alle anderen auch froh, wenn sie ihre angeschwollenen Beine endlich wieder bewegen konnten, dachte Mona und ließ sich von der Aufbruchstimmung anstecken. Sie hätte gerne ihre Aufregung mit jemandem geteilt. Mit Lars zum Beispiel. Sie vermißte ihn.

»Wir sehen uns!« Mit dem Kosmetikkoffer seiner Frau und zwei Plastiktüten aus dem Duty-free-Shop drängte sich Frank

Plötzen hektisch an Mona und den anderen Passagieren vorbei in den Bereich mit den breiteren Sitzen. Von Gitte keine Spur. Enttäuscht folgte er dem Hinweis des Bodenpersonals zum Einwanderungsschalter. Spätestens am Gate für den Flug nach Maui würde sich seine Frau wohl einfinden. Aber der Flieger ging erst in drei Stunden! Er war müde, hatte Hunger und vor allem Sucht auf eine Marlboro. Wenn er nur nicht die ganze Zeit diesen dämlichen Kosmetikkoffer rumschleppen müßte. Er kam sich vor wie eine Tunte.

Im Coffeeshop entdeckte er eine knappe Stunde später zwar nicht Gitte, dafür Mona mit einem großen Becher Kaffee und zwei Muffins.

»Haben Sie auch so'n Hunger?«

»Ja, furchtbar. Die Muffins sind okay. Viel Auswahl gibt's nicht.«

»Dann schau ich mal. Ich darf den Kosmetikkoffer solange hier lassen, ja? Und die Tüten?«

»Klar, ich passe auf.«

Frank stellte sich in die Schlange an der Kaffee-Ausgabe und fixierte den Inhalt des Glasschrankes, in dem Muffins und Donuts lagen. Ein Steak wäre ihm jetzt lieber gewesen.

»Da bist du ja endlich!« kreischte Gitte mehr, als daß sie es rief. Frank zuckte zusammen. Seine Frau kam auf ihn zu. Sie sah irgendwie grün aus unter der Bräune.

»Ist was mit dir?« fragte er.

Gitte drängelte sich neben ihn in die murrende Schlange.

»Willst du auch einen Kaffee? Oder was zu essen?«

»Bloß nicht. Ein Wasser, vielleicht. Mir ist ja so was von schlecht!«

»Ist dir die erste Klasse nicht bekommen?«

Frank erreichte, die erstandenen Sachen mit beiden Händen tragend, Monas Tisch. Gitte folgte ihm auf dem Fuße.

»Darf ich vorstellen: meine Frau Gitte, Frau äh, wie war noch mal der Name?

»Hallstein.«

»Wir dürfen doch?«

»Aber bitte!« Mona räumte Franks Tüten von einem der Sitze um das runde Tischchen. Gitte sank stöhnend auf das Plastikpolster, aus dem zischend Luft entwich.

»Stellen Sie sich vor«, wandte sich Frank an Mona, »was für ein Glück, daß meine Frau gerade vorbeikam. Ich hatte gar kein Geld, um zu bezahlen! Sie hat die ganzen Dollars eingesteckt.«

»Ich hätte Ihnen ausgeholfen«, antwortete Mona, »Sie hätten mich nur rufen müssen.«

»Ach?« ächzte Gitte. »Woher kennt ihr euch eigentlich?«

»Aus dem Flieger, woher sonst? Du hast mich ja sitzenlassen. Du hättest wenigstens mal zwischendurch nach mir sehen können.«

»Ist Ihnen nicht gut?« Mona sah Gitte an, die an ihrem Mineralwasser nippte.

»Geht schon wieder. Tolle Toiletten haben die hier, übrigens. Schon mal drauf gewesen?«

»Ähm, ja. Sauber, in der Tat. Etwas unangehm war nur, daß sich die ganze Zeit jemand übergeben hat. Dieser Geruch, widerlich!«

Gitte schaute schuldbewußt ihre mit pinkfarbenem Perlmuttlack manikürten Nägel an, als hätte sie diese längere Zeit nicht gesehen. »Sie sagen es.«

Frank wischte sich mit einer Serviette die Krümel vom Mund. »Apropos. Wie fanden Sie denn die Toiletten im Terminal 2 in Frankfurt?«

»Ziemlich weit weg!«

»Genau.« Er lachte. »Geschlossen, weil sie geputzt wurden. Ich bin durchs halbe Gebäude gelaufen. Gitte dachte schon, ich sei verlorengegangen. Stimmt doch, Gitte?«

»Stimmt!« Gitte hatte die Inspektion ihrer Nägel immer noch nicht beendet und knibbelte etwas Lack ab, den sie übers Nagelbett hinaus gemalt hatte.

»Aber der Knüller war«, fuhr Frank fort, »daß sie bei dem Typ, der genau vor uns durch den Sicherheitscheck mußte, im Handgepäck so ein Dings gefunden haben, so einen Massagestab. Dem Typ war das wahnsinnig peinlich, daß er ihn einschalten mußte, und er wurde total nervös. Gitte hat ja auch die ganze Zeit gekichert. Mir ist ehrlich gesagt völlig schleierhaft, was ein Mann mit so was macht. Seltsam, nicht? Auf jeden Fall ist ihm der Vibrator aus der Hand gefallen und durch die Halle gerollt. Ich hätte platzen können vor Lachen. Wie der gebückt hinter dem Ding herlief... Ein Bild für die Götter, echt!«

»Ja, lustig. Ich denke, ich lasse Sie beide jetzt alleine. Wir sehen uns am Gate. Bis dann. Und passen Sie auf Ihren Kosmetikkoffer auf!«

»Das ist nicht meiner!« rief Frank, jede Silbe betonend, Mona hinterher.

Blumige Begrüßung

Am Kahului Airport auf Maui herrschte Gedränge. Warmer Nachtwind umfing die aufgeregten Ankömmlinge. Nach der sauerstoffarmen Luft im Flugzeug und dem hermetisch geschlossenen Flughafengebäude von Los Angeles, fand Frank diese offene Konstruktion schlichtweg paradiesisch.

Während er jedes Gepäckstück, das auf das Kofferkarussell plumpste, in gespannter Aufmerksamkeit musterte, hielt Gitte, auf den Zehenspitzen stehend, nach Robert Vonhof Ausschau, konnte ihn aber nirgends entdecken. Frank schickte Mona über das Transportband hinweg ein nervöses Grinsen. Als ihr Gepäck endlich beisammen war, freute er sich auf spärlich bekleidete Hawaiianerinnen, die ihn sicherlich gleich mit einem Blumenkranz begrüßen würden, auf eine Zigarette und ein großes Bett. Sie waren jetzt mehr als vierundzwanzig Stunden unterwegs und, er zumindest, hundemüde.

In der Halle sah er ein Schild mit dem Namen des Veranstalters und steuerte drauflos.

»Aloha und guten Abend!« sagte die Frau darunter. Auf ihrer weißen Bluse steckte ein Namensschild. Darauf stand: *Inge Müller-Schw.*, mehr Platz war nicht.

»Plötzen«, sagte Frank.

»Wir sind die Gewinner!« fügte Gitte hinzu.

»Wir hoffen, Sie hatten einen guten Flug.«

»Joh«, sagte Frank, »war ziemlich lang.«

»Wir haben eine kleine Begrüßung für Sie vorbereitet! Mein Name ist Inge Müller-Schwurnitz.«

Sie stieß ihren korpulenten Kollegen an, der die vor ihm liegende Namensliste studierte. Er hob seinen Aktenkoffer auf das Tischchen, ließ ihn aufschnappen und entnahm diesem eine luftgefüllte Plastiktüte, in der sich weiße Plumeria-Leis befanden. Um den Knoten in der Tüte zu öffnen, brauchte er eine Weile. Er hatte ziemlich dicke Finger.

»Mein Kollege Klaus-Peter Bäumig wird Sie jetzt auf die traditionelle hawaiische Art begrüßen«, kündigte Inge Müller-Schwurnitz ohne Emphase an.

Klaus-Peter Bäumig hatte Schwitzflecken unter den Achseln, die selbst Frank auffielen; er schaute unauffällig auf sein eigenes Hemd.

»Aloha. Herzlich willkomm' auf Maui!« Kurzatmig hängte Herr Bäumig Gitte einen duftenden Lei um.

»Aloha. Willkomm' auf Maui!« Frank wurde der Lei über den Kopf geworfen.

Inge Müller-Schwurnitz zupfte die Blumenketten an Frank und Gitte zurecht. »Sehr hübsch, nicht? Extra nur für Sie.«

Sie wandte sich an ihren Kollegen, der inzwischen mit anderen Gästen beschäftigt war. »Klaus-Peter, hast du sie schon abgehakt?«

Klaus-Peter schnaufte.

»Gut! Dann gib mal den Transfer-Voucher.«

Klaus-Peter reichte ihr einen Zettel, sie reichte den Zettel Frank, der den Empfang ablehnte und auf seine Frau wies.

»Draußen stehen Taxis. Sie geben dem Fahrer einfach den Gutschein und sagen ihm, wo Sie hinwollen, ja?« Und ohne Pause fügte Sie an: »Schönen Urlaub. Wir schauen dann gelegentlich mal bei Ihnen im Hotel vorbei, ob auch alles in Ordnung ist.«

Den Ellenbogen auf den Kosmetikkoffer zwischen sich gestützt und den Kopf in der Handfläche, nickten beide während der zwanzigminütigen Fahrt über den nächtlichen Highway ein.

Geblendet von der Beleuchtung des Hotels setzte Gitte ihre Sonnenbrille auf. Ein junger Mann eilte herbei und hängte, Aloha-rufend, jedem von ihnen einen lilafarbenen Lei über den weißen.

»Nun ist aber bald gut!« meinte Gitte unwillig und kratzte sich am Hals. »Ich glaube, ich bin gegen diese komischen Blüten allergisch. – Gottchen, warm hier, nicht? Dabei ist es Nacht!«

Frank nickte schlapp.

Während sich das Personal um ihr Gepäck kümmerte, wankten sie schlaftrunken zur Rezeption. Gitte erledigte die Formalitäten. Frank kam sich in der riesigen Halle, durch die ein warmer Wind wehte, verloren vor. Es glänzte und spiegelte, daß man davon schneeblind werden konnte. Im Eingangsbereich plätscherte ein Wasserfall. Das drückte auf die Blase.

»Komm jetzt!« sagte er zu Gitte.

Wortlos fuhren sie im verspiegelten Aufzug nach oben. Leise Hawaii-Musik lullte sie ein. Der Boy führte sie durch einen nicht enden wollenden Gang, in dem die Aufzugsmusik die Klimaanlage übertönte.

Das gar nicht mal besonders große Zimmer war ganz in

Beige- und Weißtönen eingerichtet. Mehrere erleuchtete Tisch- und Wandlampen tauchten den Raum in ein warmes Licht. Gitte strich ehrfürchtig über die edlen Hölzer. Frank suchte das Bad auf.

»Mann, ey! Das mußt du sehen.«

Gitte kam mit ihrem Beauty Case in der Hand hinzu, stellte ihn auf die breite Marmorumrandung und betrachtete sich in der Spiegelwand.

»Doppelwaschbecken!« sagte Frank von der Toilette aus, als müsse er Gitte das Bad erklären.

»Ein separater beleuchteter Schminkspiegel!« jauchzte Gitte, »und Kleenex! Aber wieso steht hier eine Kaffeemaschine drin?«

»Ist doch nett!« meinte Frank und bediente die Wasserspülung. »Hast du gesehen? Auf dem Bett liegen Kimonos! Super!«

»Sogar ein Kamm, auf dem der Name des Hotels eingraviert ist. Den nehmen wir Mutti mit. Die wird staunen!«

»Und was sagst du dazu?« Frank zeigte auf die Fläschchen mit Shampoo und Body Lotion. »Hast du so was schon mal gesehen?«

»Ja«, sagte Gitte, »die hatten wir im letzten Hotel schließlich auch.«

»Ich mein ja bloß! Schick hier, nicht?« Frank umarmte Gitte und hob sie hoch. »Was haben wir für ein Glück! Jetzt freue ich mich doch, daß wir hier sind!«

Eine gute Zigarre

»Have a nice stay!« wünschte die gutaussehende Rezeptionistin und winkte dem Bellboy. Dr. Robert Vonhof reichte diskret einen Tip über den Tresen und war sehr optimistisch, daß er den Aufenthalt hier wieder richtig genießen würde. Er wohnte nun schon zum dritten Mal in diesem Hotel und fühlte sich fast zu Hause. Wie üblich hatte er eine Junior Suite gebucht, obwohl Lore diesmal gar nicht mitkam. Lore! Fast dreißig Jahre hatten sie eine wunderbare Ehe geführt. Frauen konnten wirklich unberechenbar sein.

Nachdem er den Boy mit einer Fünf-Dollar-Note entlassen und sich in der Suite umgesehen hatte, dachte er, ein Bad wäre jetzt das richtige. Aus seinem Handgepäck entnahm er zwei Kisten mit einem Zigarrensortiment, das nicht nur für zwei Wochen reichen, sondern zudem eine gewisse Auswahl an Größen und Marken für unterschiedliche Tageszeiten und Anlässe bieten mußte. Schließlich war er völlig auf seine eigenen, erst kürzlich in Zürich vervollständigten Havanna-Vorräte angewiesen, da es wegen des Embargos gegen Kuba in den USA keine ordentlichen Zigarren zu kaufen gab.

Im warmen Wasser liegend mußte er aufpassen, nicht einzunicken. Während er dem Rauch der *La Gloria Cubana* nachblickte, malte er sich aus, wie *seine* Lore in *seinem* Haus in Marbella mit diesem Pascual die runde Wanne teilte. Widerliche Vorstellung. Er hatte ihr doch nicht die vielen kosmetischen Behandlungen bezahlt, damit sie ihn gegen so ein hergelaufenes Bübchen austauschte!

Nie hatte sie sich über etwas beklagen müssen. Er hatte ihr alles geboten, was sich eine Frau nur wünschen konnte. Selbst die vergoldeten Armaturen in Form von Delphinen oder so was ähnlichem, hatte er ihr, wenn auch widerwillig, durchgehen lassen. Nur weil sie es eingerichtet und dabei im übrigen maßlos übertrieben hatte, glaubte sie nun, es sei *ihr* Haus und sie könne darin leben mit wem sie wolle. Sicher, er hätte ein wenig mehr Zeit mit ihr verbringen müssen. Aber wenn sie das gewollt hätte, wieso verließ sie ihn, gerade als er sich entschloß, sehr viel weniger zu arbeiten, um auch mal das Leben zu genießen?

Während er das Haus Lore praktisch kampf- und formlos überlassen hatte – von Scheidung war bisher keine Rede gewesen – so mußte er sich doch nach der Rückkehr von Hawaii endlich um sein Boot kümmern, das in Marbella lag. *Lore II* zumindest würde er für sich beanspruchen und gegebenenfalls einen neuen Liegeplatz dafür suchen.

Er wollte hier auf Maui den immer wiederkehrenden Gedanken endgültig begraben, Lore käme eines Tages zu ihm zurück. »Vorbei ist vorbei!«

Robert sah aufmerksam und ein bißchen traurig zu, wie sich Kubas Glorie in Asche verwandelte. Da fiel ihm unversehens ein kryptisches Kipling-Zitat ein und er grinste: »A woman is only a woman, but a good cigar is a smoke.«

Draußen vor der Tür

Nur der tröstliche Gedanke an ein Bett mobilisierte Mona, sich ins ungewohnte Automatik-Auto zu setzen und die Fahrt durch die Nacht anzutreten. Die anstrengende Prozedur vor dem Mietwagenschalter hatte nach dem langen Flug und der Zeitverschiebung ihre letzten Kräfte gekostet. Ob sie bei Lars auch versucht hätten, ihm diverse Zusatzversicherungen aufzuschwatzen? Oder ein Cabrio zum Sonderpreis? Womöglich hätte Lars ja lieber ein Cabrio und er würde sie für blöd erklären, daß sie bei dem Sonderangebot nicht zugegriffen hatte. Sie machte das ganz unsicher, außerdem haßte sie jede Art von Formularen und Verträgen. Papierkram überließ sie Lars wirklich gerne.

Die Scheinwerfer streiften den Rand von Zuckerrohrfeldern. Mona fuhr mit offenen Fenstern und atmete tief durch. Auf dem Beifahrersitz lag ein Straßenplan von Maui. Die Apartmentanlage war darauf mit einem Pfeil markiert, daneben klebte ein gelber Merkzettel mit einem Buchstabencode. Da die Rezeption der Anlage nachts nicht besetzt war, würde, so hatte der Veranstalter versichert, ein Schloß vor dem Apartment hängen, das sich mit der Kombination öffnen ließ.

Monas Hände waren feucht vor Aufregung. Und wenn sie sich verirrte? Wer weiß, wo sie dann landete. Über ihr funkelte eine Myriade Sterne. Gespenstisch waren eben die beleuchteten Schlote einer Fabrik in den Feldern aufgetaucht. Sie erreichte die Abzweigung auf den Piilani Highway, der sie an Kihei vorbei nach Wailea führen würde, wie ihr die Schilder bestätigten. Anhand der Karte hatte sie sich eingeprägt, daß sie die achte Abfahrt nehmen mußte. Die Schnellstraße war mehrspurig ausgebaut, aber fast leer. Rechts, parallel zum Meer, zog sich kilometerlang der Ort Kihei hin. Wailea grenzte, wie sie wußte, unmittelbar an Kihei an. Es war der Nobelort mit diversen Luxushotels und Golfplätzen, hinter dem die Erschließung der Küste endete.

Und wenn sie das Schloß nicht öffnen konnte? Oder das Apartment gar nicht fand? Wie hatte sie sich nur darauf einlassen können, alleine herzufliegen?

Das Ferienresort erwies sich als weitläufig. Von der Hauptstraße aus gab es mehrere Wege, die hineinführten; auf Holzschildern standen Zahlenfolgen. Mona fuhr die Hinweisschilder nacheinander ab, doch ausgerechnet die Nummer, die sie suchte, fehlte. Auf gut Glück und weil ihr nichts Besseres einfiel, bog sie trotzdem in den letzten Weg ein. Im Schrittempo fuhr sie durch die wie ausgestorben wirkende Siedlung zweistöckiger Ferienhäuser. Zwar parkten Autos in den Buchten an dem abschüssigen Weg, aber niemand war zu sehen, den sie hätte fragen können. Auch von einer Rezeption keine Spur, aber die würde ja ohnehin nicht besetzt sein. Sie kehrte zurück zur Hauptstraße. Mit laufendem Motor hielt sie an der Kreuzung, an der sie ihre Suche begonnen hatte und wußte nicht mehr weiter. Geradeaus prangte der beleuchtete Name eines weiteren Ferienresorts, rechts ging's zurück auf die Schnellstraße, von der sie gekommen war und links abwärts, vermutlich zum Strand. Unfähig zu entscheiden, wohin sie sich wenden solle, ließ sie den Kopf auf das Lenkrad sinken. Dabei berührte sie die Hupe. Vor Schreck trat sie aufs Gas, riß in Panik das Steuer nach links und fuhr den Hügel hinab.

Als sie sich wieder unter Kontrolle hatte, entdeckte sie, daß es dort ebenfalls Zufahrten gab. Erleichtert bog sie schließlich in den Weg ein, an dem ein Schild mit der Nummer ihres Apartments stand, stellte den Wagen in einer freien Parkbucht ab und blieb noch einen Augenblick erschöpft sitzen.

»Geschafft!« sagte Mona laut zu sich selbst. Ganz ohne Hilfe. Wailea und ihre Bleibe hatte sie quasi auf Anhieb gefunden, ohne sich ein einziges Mal zu verfahren. Sie könnte stolz auf sich sein, aber sie war nur müde. Endlich angekommen! Jetzt schnell duschen und dann ins Bett.

Mit dem Notizzettel in der Hand stieg sie aus. Der Wind war so warm, als hätte jemand einen gigantischen Fön in Betrieb gesetzt. Dunkle Büsche und Bäume rauschten unheimlich. Mit klopfendem Herzen ging sie über Steinplatten zwischen Anpflanzungen auf die numerierte Eingangstür zu, die durch eine von Mücken umschwirrte Lampe schwach beleuchtet wurde. Am runden Türknauf hing lose ein dickes Vorhängeschloß, auf dessen Vorderseite sich ein Zahnrad wie von einem Tresor befand. Sie drehte es nach rechts auf M, nach links auf A und wieder nach rechts auf U, rüttelte am Bügel des Schlosses, aber er rührte sich nicht. »Ausgeschlossen! Nein, das darf nicht wahr sein!« Mit vor Nervosität zitternden Fingern startete sie immer wieder eine neue Versuchsreihe, doch das Schloß ließ sich nicht vom Türknauf entfernen.

Sie trat vom Eingang zurück, suchte nach beleuchteten Fenstern in einem der drei Häuser, die versetzt aneinandergrenzten. Auch in den oberen Stockwerken kein Lebenszeichen. Vielleicht waren die gar nicht bewohnt? Und sie stand hier mutterseelenallein vor verschlossener Tür. Ihr Magen rebellierte, Schweißperlen standen ihr auf der Stirn.

»Hilfe!« sagte sie kläglich. Wieso mußte bei ihr immer alles in einer Katastrophe enden? Sie zog das Unheil förmlich an. Ein Wunder, daß das Flugzeug nicht abgestürzt war. Dann wäre sie wenigstens tot und müßte nicht hier vor der Tür stehen, hinter der sich das Badezimmer und das Bett befanden, auf die sie schließlich ein Recht hatte.

Lars war wirklich gemein, sie alleine zu lassen. Der konnte sich auf was gefaßt machen, wenn er morgen eintraf. Da würde sie mal gründlich klarstellen, daß sie sich so was nicht ungestraft bieten ließ. Jetzt war er wirklich zu weit gegangen. Ob er das absichtlich eingefädelt hatte, um sie zu demütigen? Morgen kam er dann an, lachte und sagte: so ist das eben, wenn man nicht in ein Hotel will.

Sollte sie mal um das Haus herumgehen? Aber dazu müßte sie sich durch den dunklen Bambus schlängeln. Und wenn jemand in den Büschen lauerte, bereit, sie zu überfallen, gar zu vergewaltigen?

Neben ihr raschelte es. Ein Gecko flitzte die Mauer hoch. Mona flüchtete sich verschreckt ins Auto, verriegelte die Türen und heulte, bis die Fenster beschlugen.

Willkommen in Wailea

Zögernd öffnete sie die Augen. War das noch Traum oder war sie wach? Im milchigen Licht der Morgendämmerung identifizierte sie das Polster des Beifahrersitzes. Sie versuchte den Kopf zu bewegen. Ihr ganzer Körper war steif und ungelenk. Der Nacken schmerzte. Ihre Beine steckten unterhalb des

Lenkrades und schliefen noch. Da war es wieder, dieses Pochen auf Metall. Unter Mühen wandte sie den Kopf zum Seitenfenster – und blickte in den Lauf eines Revolvers. Mona schloß schicksalsergeben die Augen und öffnete sie erneut. Der Revolver war immer noch da. Dahinter bewegte sich etwas Blaues. Sie wischte mit der flachen Hand über die feuchte Scheibe und erkannte nun einen Uniformierten, der ihr bedeutete, die Tür zu öffnen. Auch schon egal, dachte Mona. Sollte er sie doch erschießen! Dann hatte der Horror wenigstens ein Ende.

Sie entriegelte per Knopfdruck die Türen und hielt die Hände hoch. Der Wachmann öffnete die Fahrertür und wünschte ihr einen schönen Morgen. Danke, dito, dachte Mona, der Tag könnte nicht besser anfangen.

Rühreier

Nach einem erholsamen Schlaf begab sich Robert Vonhof – bis auf die Schuhe schon fertig zum Golf gekleidet – in jenes der drei hoteleigenen Restaurants, in dem das Frühstück serviert wurde. Wie die letzten Jahre hatte er auf dem Balkon seiner Suite frühstücken wollen, sich das aber kurzfristig anders überlegt. Er würde viel eher auf dem Platz sein, wenn er sich am Buffet bediente. Und auf Lore mußte er schließlich keine Rücksicht mehr nehmen.

Gerade als er auf seinen Cholesterinspiegel pfiff und sich Rühreier auflegen ließ, meinte er, sein schlechtes Gewissen hinter sich zu hören.

»Na, Sie Schlimmer, Sie!« säuselte eine Frauenstimme. Irritiert drehte er sich um.

»Sie?« Das war doch die Aufdringliche aus dem Flugzeug!

»Da staunen Sie!« bemerkte Gitte freudestrahlend. »Was

für eine zauberhafte Überraschung! Ich hatte gleich das Gefühl, daß wir uns wiedersehen würden!«

»Was Sie nicht sagen.« Der Rühreiberg auf seinem Teller wuchs und er beeilte sich, den Koch zu bremsen.

»Ja«, sagte Gitte, »wer in der First Class fliegt, hat eben einen guten Geschmack. Da ist es doch kein Wunder, wenn man sich im besten Hotel am Ort wieder trifft.«

»Business Class.«

»Wie meinen Sie?« Gitte legte sich Ananasstückchen auf einen Teller.

»Wir sind in der Business Class geflogen. Die First ist weiter vorne.«

Gitte stutzte, lachte dann gekünstelt. »Sie scherzen!«

»Keineswegs. Wenn Sie mich bitte entschuldigen würden, meine Eier werden kalt.«

Er wandte sich ab, doch Gitte zupfte ihn am Ärmel.

»Aber vergessen Sie nicht, was Sie mir versprochen haben!«

»Bitte?«

»Na, Sie wissen schon. Daß Sie mich mit auf den Golfplatz nehmen.«

Auf nüchternen Magen

Steifbeinig folgte Mona dem Wachmann zur Eingangstür. Er drehte das Zahnrad auf die Buchstaben, die Mona ihm nannte, und zog mühelos den vorderen Teil des Schlosses samt Zahnrad heraus. Darin lag ein Schlüssel. Erleichtert stöhnte Mona auf. Ein Schloß, das ein Tresor war, hatte sie noch nie gesehen. Jetzt, bei Tageslicht betrachtet, wäre ihr vielleicht selbst aufgegangen, daß das am Knauf hängende Schloß nicht die Tür absperrte.

Sie bedankte sich überschwenglich bei dem Sicherheitsbediensteten, der ihr noch half, das Gepäck hineinzutragen und sich dann verabschiedete.

Mona inspizierte gespannt das Apartment. Der langflorig-flauschige Teppichboden im geräumigen Wohnzimmer versöhnte sie sogleich mit dieser so schwer zu erobernden Ferienwohnung. Sie stellte die auf höchster Stufe laufende Klimaanlage ab, bemerkte jetzt das laute Vogelgezwitscher und öffnete die Schiebetüren. Pink- und lilablühende Bougainvilleen wucherten üppig durch das die Terrasse überspannende Spalier. Mona vermutete im ersten Moment, die könnten gar nicht echt sein. Im Blütenschatten standen Tisch, Stühle, eine Liege und rechts, neben der Tür zur Küche, ein für zwei Personen vollkommen überdimensionierter Grill. Mona reckte sich mit ausgestreckten Armen, blickte über den tropischen Garten zum Horizont, an dem Meer und Himmel graublau verschmolzen und sog tief die klare Luft ein.

Nachdem sie geduscht hatte, fühlte sie sich wie neugeboren – sie hätte schreien können vor Hunger.

Die offene Küche betrat man vom Eßplatz im Wohnraum durch eine Western-Saloon-Schwingtür. »Hände hoch!« rief Mona in einem Anfall von Galgenhumor, aber der Treck der winzig kleinen Ameisen, der vom Küchenfenster bis in die hellblaue Spülmaschine zog, ließ sich davon nicht beeindrucken.

Sie fand ein Körbchen mit Teebeuteln, Proben des berühmten Kona-Kaffees, der auf Hawaii wuchs, Toast und Marmelade. Für das Nötigste war also gesorgt. Sie setzte die Kaffeemaschine in Gang.

Jetzt mußte sie unbedingt einmal kurz auf den Schalter über dem Spülbecken drücken. Ein ohrenbetäubender Lärm ertönte. Nur hier gab es Küchenabflüsse, in die man Abfälle hineinstopfen konnte, die von einer eingebauten Maschine kurz und klein gehackt wurden. Es gurgelte noch ein wenig im Rohr. Ja, sie war in den USA!

Allerdings alleine. Einen Moment versank sie in den Anblick des Telefons, das auf der Durchreiche zum Wohnraum stand. Sollte sie versuchen, Lars anzurufen? Es wäre an der Zeit, ihm zu sagen, was sie davon hielt, daß er sie so übel versetzt hatte. Aber bestimmt war er schon hierher unterwegs.

Neben dem Apparat lagen Schlüssel und ein Umschlag mit ihrem Namen darauf. Ihr Herz schlug schneller. Eine Nachricht von Lars! Er hatte ein Fax geschickt. Besser gesagt: schicken lassen. Auf Firmenpapier. Mit Diktatzeichen. Und nicht mal unterschrieben!

Liebe Mona, es ist etwas passiert, das meine Anwesenheit zwingend erfordert. Geschäfte gehen nun mal leider vor. Du wirst mich in den nächsten Tagen telefonisch nicht erreichen können, aber ich melde mich wieder bei Dir und komme dann so bald wie möglich nach Maui. Ich hoffe, Du findest Dich alleine zurecht und langweilst Dich nicht. Vielleicht kannst Du ja die Zeit nutzen, um schon mal ein Geschenk für meine Mutter zu besorgen. Der Preis spielt keine Rolle. Und kauf Dir auch was! Darunter stand: *Mit freundlichen Grüßen, Lars A. Hallstein, Geschäftsführer.*

Benommen verharrte Mona mit dem Blatt in der Hand. Die Textzeilen verschwammen ihr vor den Augen. Nur ein einziges Wort hallte in ihrem Kopf: alleine, alleine, alleine …

»Verdammt!« Mona versetzte stellvertretend dem Küchenschrank einen Tritt, daß es darin schepperte. Mutlos ließ sie sich auf den kalten Kachelboden sinken und guckte den Kühlschrank an. In die Verzweiflung über ihr Schicksal mischte sich Wut, als sie nochmals Wort für Wort die Nachricht las, die sie eben nur rasch überflogen hatte.

Mister Wichtigtuer war unabkömmlich – und zu feige, sie anzurufen! Jetzt konnte sie ihm nicht mal sagen, was sie von ihm hielt. Er hätte sich wenigstens entschuldigen können! Aber an wen dachte er? An sie etwa? Nein, Sohni dachte immer zuerst an Mami! Man könnte meinen, sie sei mit einem

Italiener verheiratet. Lars, der unabkömmliche Angeber, hatte Sorge, sie würde sich ohne ihn langweilen und verordnete eine Beschäftigungstherapie. »Arschloch!« schrie Mona den Kühlschrank an; der war schließlich genauso eiskalt und gefühllos wie Lars. So was hätte er sich früher nicht erlaubt. Sie war ihm wirklich scheißegal.

Sie stand auf und durchmaß mit vier Schritten den Raum – von der Terrassentür zum Spülbecken und wieder zurück, als sei sie in der Küche gefangen.

Und was, um Himmels willen, sollte sie hier tagelang alleine machen? Wenn sie das gewußt hätte, wäre sie zu Hause geblieben. Das war doch wohl das Allerletzte. »Du verdammter Egoist!« Sie knüllte das Blatt mit aller Kraft zusammen und stopfte dann, Mordlust in den Augen, die Papierkugel durch die sternförmigen Gummilippen des Ausgusses. Befriedigt hörte sie zu, wie Lars' Nachricht in Stücke gerissen wurde.

Ganz schön clever

»Draußen ist die Luft wärmer als drinnen!« stellte Beate fest, als sie durch die Tür traten, die das klimatisierte Foyer ihres Hotels mitten in Waikiki vom Poolbereich trennte. Dort sollte es das Frühstück geben, für das ihr Heiko einen Gutschein in der Hand hielt.

Der bepflanzte Innenhof mit dem Schwimmbecken erinnerte Heiko an Südfrankreich. »Weißt du, ich war mal auf dem berühmten Fotofestival in Arles. Das war noch vor deiner Zeit.«

»Aha«, sagte Beate und begann, die zahlreichen, laut zirpenden Vögel, die aussahen wie Spatzen und zu klein geratene Tauben, mit Krümeln zu füttern. »Und du bist sicher, daß du als Amateur eine Reisereportage über Hawaii verkaufen kannst?«

»Semi-Profi, bitte! Und keine Reportage, eine Diashow. So was bringt echt Geld. In den Semesterferien reise ich damit durch ganz Deutschland. Überall hängen dann Plakate mit meinem Namen drauf! *Heiko Fichtel proudly presents – Hawaii.* Du wirst sehen!«

»Ich dachte, mir wären hier, um zu heiraten!«

»Das auch. Aber man kann ja das angenehme mit dem nützlichen verbinden. Das Heiraten dauert schließlich nicht drei Wochen!«

Beate schluckte betreten und fütterte weiter die Vögel. Heiko interessierte sich nicht für Vögel. Die waren ohnehin schwer zu fotografieren, damit fing er besser gar nicht erst an.

Es war ein merkwürdiger Gedanke, bald verheiratet zu sein. So lange kannten sie sich eigentlich noch gar nicht, außer vom Sehen, denn schließlich waren sie beide in einem Vorort von Esslingen aufgewachsen. Gefunkt hatte es aber erst beim gelben Sack.

Heiko war bei ihnen im Ort der Pionier des Recycling. Bevor eine regelmäßige Abholung sich lohnte, hatte er eine Ecke des Tankstellengeländes seiner Eltern als Depot für die gelben Säcke mit den Wertstoffen eingerichtet. Darüber berichtete sogar die Zeitung. Sie war lange Zeit die einzige gewesen, die ihre Joghurtbecher ausgespült und gesammelt hatte. So waren sie zu Komplizen der Wiederverwertung geworden. Heikos Idee, für zehn gelbe Säcke eine kostenlose Autowäsche anzubieten, hatte das ökologische Bewußtsein bei der motorisierten Nachbarschaft sehr befördert. Aber da gingen sie schon fest miteinander. Ja, er war clever, der Heiko. So clever, daß er nun sogar ihre Hochzeitsreise vermarkten wollte.

Er war eben immer für eine Überraschung gut. Bei der Ankunft in Honolulu hatte er zwei Zettel in der Hand gehalten, sie einem älteren, dunkelhäutigen Herrn mit asiatischen Gesichtszügen überreicht, dessen Hawaiihemd über dem Bauch spannte, und der ihnen daraufhin Blumenketten über die Schultern legte. So eine romantische Anwandlung hatte sie ihrem Heiko gar nicht zugetraut und gesagt, das wäre doch nicht nötig gewesen. Er hatte tatsächlich geantwortet, das gehöre doch dazu, auf die dreißig Mark solle es ihm nicht ankommen!

Ihr wurde dann sehr warm, aber nicht vom Fieber, das ihre Erkältung begleitete, sondern vom Passatwind, der durch die Halle wehte. Der Weg zur Gepäckausgabe führte quasi durchs Freie und sie war stehengeblieben, um einen tropischen Garten zu betrachten, in dem Fackeln exotische Pflanzen und einen Fischteich in geheimnisvolles Licht tauchten. Heiko hatte sie jedoch rasch weitergezogen.

»Mir müssen los!« meinte Heiko, kaum daß er sein Frühstück heruntergeschlungen hatte.

»Wohin?«

»Na zur Kodak-Hula-Show im Kapiolani Park. Die älteste Hula-Show auf den Inseln und«, Heiko ließ eine Pause, »die ist umsonst. Also mach hin!«

Alles umsonst

Gitte und Frank hingen im Whirlpool, im Blickfeld einen künstlichen Wasserfall in einer tropischen Anpflanzung und den Pool mit Liegestühlen und Tischen drumherum. Blütenweiße Schirme hielten die Sonne ab.

»Zauberhaft!« sagte Gitte. »Und alles praktisch umsonst!« Sie schaute der roten Badehose des knackigen Blonden hinterher. Er war im Poolbereich für die Sicherheit der Gäste zuständig. Dann stieß sie Frank, dessen Kopf am Beckenrand lehnte und der, durch die Sonnenbrille getarnt, womöglich schlief, in die Rippen.

»Sag doch auch mal was!«

»Sehr schön, alles. Du siehst gut aus. Und jetzt laß mich bitte.«

»Idiot«, zischte Gitte.

»Du kannst ruhig laut reden, hier versteht uns keiner!«

»Wenn du dich da mal nicht irrst, mein Lieber. Hier sind mehr Deutsche als du denkst.«

»Mir egal.«

»Ahhh!« Gitte sah auf ihre Finger. »Meine Hände!«

»Was?«

»Wir müssen raus. Meine Hände sehen aus wie die von Mutti, wenn sie gespült hat!«

»Wenn du sowieso raus gehst, kannst du mir dann ein Bier bringen? *Schatz*!«

»Mal sehen. *Schatz*!«

»A beer for my man and for me ...?« Gitte sah dem hawaiischen Barkeeper tief in die Augen. »What cocktails do you have?«

»Planters Punch, Mai Tai, Blue Hawaiian, whatever you like, Ma'am.«

»I take a Mai Tai«, den kannte sie aus früheren Urlauben, »and a beer for my man.«

»Budweiser?«

Gitte zog gleichgültig die Schultern hoch, schwang sich auf einen Barhocker und sah dem Keeper zu, wie er den Mai Tai mixte. Er stellte die beiden Getränke auf ein Tablett, reichte ihr einen Zettel und einen Hotelkugelschreiber. »Room and signature, please.«

»Frank, jetzt komm endlich da raus!« sagte Gitte, als die Getränke auf einem Tischchen neben ihren Liegestühlen standen.

Frank gehorchte, trocknete sich mit dem duftenden weißen Hotelhandtuch ab, das sie aus dem Zimmer mitgebracht hatten und setzte sich neben Gitte.

»Wieso haben *wir* eigentlich nicht solche Handtücher?«

Gitte stöhnte und ließ dabei das Weiße ihrer Augäpfel sehen. »Jetzt spiel nicht das Lenor-Gewissen! Mutti und ich haben schon genug zu waschen. Trink lieber dein Bier.«

»Du, wie teuer ist eigentlich das Bier? Die Getränke gehen doch extra? «

»Mach dir darum mal keine Sorgen.«

»Und heute morgen, nach dem Frühstück, hat der Kellner so komisch geguckt als wir gingen. Ich glaube, man muß ein Trinkgeld geben.«

»Überlaß das nur alles mir, und misch dich bitte nicht in die Finanzen ein. Wenn du Taschengeld brauchst, sag es einfach.«

»Taschengeld? Spinnst du?«

»Ich meine natürlich Kleingeld. Jetzt hab dich nicht so.«

Gitte streckte das linke Bein aus, winkelte das rechte an und hielt in der Hand lässig ihren Mai Tai. So wie sie auf dem Liegestuhl lag, müßte das aussehen, wie in den Ferienprospekten. Schade, daß sie sich nicht selbst dabei zusehen konnte.

»Frank?«

»Ja.«

»Hol doch mal den Video runter. Unser erster Urlaubstag muß für die Nachwelt festgehalten werden. Mutti wäre ganz enttäuscht, wenn wir keine Aufnahmen mitbringen.«

Frank, der sich gerade eine Zigarette angezündet und überhaupt keine Lust hatte, ins Zimmer hochzugehen, konnte Gitte das mit der Videoaufnahme ausreden. Und zwar mit dem Argument, sie sähe noch nicht braun genug aus. Man könne ja denken, sie hätten im Urlaub schlechtes Wetter gehabt. Das wirkte! Gitte legte sich wenig später auf den Bauch, öffnete das Bikinioberteil und ließ sich den Rücken eincremen. Ein paar Minuten später war sie eingeschlafen.

Frank ging zu dem Blonden in der roten Badehose, drückte ihm einen Dollar in die Hand und bat ihn, seine Frau rechtzeitig zu wecken, damit sie keinen Sonnenbrand bekam. Sonst würde ihm der ganze Urlaub verdorben sein. Er kannte das: Mallorca, vor drei Jahren. Das war ein Drama gewesen! Gitte lag mit einem Sonnenstich im abgedunkelten Zimmer, und er mußte sich ganz alleine um die Kinder kümmern. Obwohl das ganz lustig war – bis auf das Genöle von Gitte am Abend. Jetzt jedenfalls würde er mal genauer den Strand inspizieren. Gitte war vom Pool gar nicht wegzubekommen. Der Pazifik war ihr schnuppe.

Pick Up

Mona fuhr, nach einem Supermarkt Ausschau haltend, langsam in einem Korso von Ampel zu Ampel rollend, die Straße durch Kihei entlang. Links lockte das Meer, rechts standen Hotel- und Apartmentanlagen soweit man blickte. Irgendwie hatte sie sich die Umgebung exotischer vorgestellt. Es folgten Souvenirläden, Tankstellen und Shopping Malls dicht an dicht. Das war zwar durchaus praktisch, ließ jedoch nicht gerade Südseeträume in Erfüllung gehen. Ruckartig kam sie vor einer roten Ampel zum Stehen.

Die Reiseprospekte logen das Blaue vom Himmel herunter – wie Lars, im übrigen. Aus Wut über sein Fax hatte sie trotz Müdigkeit nicht schlafen können und sich entschlossen, dann wenigstens etwas gegen den Hunger zu unternehmen. Die Küche mußte mit Lebensmitteln ausgestattet werden, auch wenn sie alleine war. Was mochten das für Geschäfte sein, die seine Anwesenheit erforderten? Da heute schon Donnerstag war, hieß *in den nächsten Tagen* vermutlich, er würde frühestens am Sonntag nachkommen. Und wenn er so kurzfristig keinen Flug bekam? Na wunderbar! Ihren Hochzeitstag konnte sie dann alleine feiern! Dabei hatte ihr Lars bei dem wertvollen Leben seiner Mutter versprochen, der Urlaub solle ein Wendepunkt für ihre verkorkste Ehe werden. In ihrer grenzenlosen Naivität hatte sie das für bare Münze genommen und sogar zum erstenmal seit fast fünfzehn Jahren mit dem Gedanken an eine erneute Schwangerschaft gespielt. Und jetzt ließ er sie sitzen!

Vor Wut vergaß Mona, daß sie in einem Wagen mit Automatikgetriebe fuhr und trat gleichzeitig auf Gas- und Bremspedal. Das Auto machte einen Bocksprung zur Stoßstange des vor ihr bremsenden offenen Lieferwagens.

Auch das noch! Mona wäre am liebsten weggelaufen, weit weg, irgendwohin ans Ende der Welt. Aber da war sie ja schon. Wenn Lars erfuhr, daß sie einen Unfall gebaut hatte! Zum Glück war es nicht sein Auto, aber trotzdem. Garantiert würde er ihr Vorwürfe machen.

Das gab jetzt schon genug Ärger. Die Ampel zeigte Grün, aber niemand hupte. Mona suchte den Schalter für die Warnblinkanlage. Als sie wieder aufsah, blickte sie nicht in den Lauf eines Revolvers, sondern auf einen knackigen Hintern in Jeans. Der Fahrer inspizierte die Heckseite seines Pick-up Trucks. Als er sich aufrichtete, glänzten seine fast hüftlangen schwarzen Haare in der Sonne. Geblendet hielt Mona die Hand über die Augen und stieg aus. Obwohl sie nicht gerade klein war, reichte sie dem breitschultrigen Einheimischen, der ihr gelassen gegenüberstand, gerade bis zur Schulter. Er sah verdammt gut aus, beinahe indianisch, wie sie fand, und das machte ihr Mißgeschick nur noch peinlicher.

»I am so sorry«, stammelte Mona und schielte zu der Stoßstange seines Fahrzeugs. »Is there much damage? I pay for it. But please do not call the police, please!«

»Hi, I am Mike«, antwortete ihr Unfallgegner. »What's your name?«

»Mona, Mona Hallstein, you want to see my papers?«

Mike lachte. »Don't worry, everything's fine 'my pick up.«

»Oh, really?« fragte Mona ungläubig und wandte sich nun endlich den Fahrzeugen zu.

In der Tat waren an der Stoßstange seines Gefährtes einige Beulen, aber die konnten genausogut älter sein. Und an ihrem Mietwagen ließen sich keine Beschädigungen feststellen. Da hatte sie ja nochmal Glück gehabt.

»Take care!« sagte Mike und stieg in sein Auto.

Mona schaute ihm hinterher wie einer Erscheinung. Ein Winnetou der Landstraße. Daß solche Männer hier frei herumliefen!

Als die Ampel erneut auf Grün wechselte, lehnte sich Mike aus dem Fenster, winkte ihr zu und gab Gas.

Beach Boy

Ohrenbetäubendes Vogelgezwitscher weckte Mona am nächsten Morgen. Unternehmungslustig sprang sie aus dem Bett und absolvierte ihre Yogaübungen. Durch die Saloontür betrat sie die Küche und rief den kleinen, emsigen Ameisen ein freundliches Hallo zu. Wenn Lars nicht bald käme, würde sie denen noch ihre Lebensgeschichte erzählen!

Sie entriegelte die auf die Terrasse führende Küchentür und lief über den pieksenden Rasen. Gestern nachmittag hatte sie auf dem Weg zum Strand entdeckt, daß sich nur wenige Schritte vom Apartment ein von hohen Palmen gesäumter Pool befand. Wahnsinn! Kein Mensch weit und breit! Ein Schwimmbecken für sie ganz alleine! Mona drehte Runden, bis das wohlige Gefühl, in der Morgensonne im Wasser zu liegen, vom Hunger verdrängt wurde.

Auf der Terrasse erhielt sie Besuch von einem kleinen grünen Leguan, der ihr mit seinen kugelrunden Augen, die er in alle Richtungen drehte, vom Stamm der Bougainvillea aus beim Frühstücken zusah. Wenigstens interessierte sich überhaupt ein lebendes Wesen für sie.

Den Vormittag verbrachte sie damit, sich die verschiedenen Strände von Kihei näher anzusehen. Da sie an der Straße lagen, gefielen sie ihr jedoch nicht so gut wie die geschützte Bucht am Resort. Ohne es sich so recht eingestehen zu wollen, hielt sie in Kihei Ausschau nach Mike, aber alle dunkelhäutigen Männer, die ihr begegneten, hatten weichere Gesichtszüge und auch sonst reichlich weiche Stellen am Körper, die beim Gehen mitschwangen.

Es hatte schon etwas Komisches, dachte Mona, daß ausgerechnet sie gleich am ersten Tag auf Maui einen schönen Einheimischen angebumst hatte.

Die gestrige Begegnung verlor sich bald im Ungewissen, wurde verdrängt durch den Geruch von Kokosnußsonnenmilch und Frittiertem, den im Wind flatternden bunten Stoffleis und einem Sonderposten T-Shirts vor einem ABC-Store, den sich verändernden Perspektiven auf die schroffen Abhänge des Haleakala-Kraters, den Musikfetzen aus Autoradios, den vollkommen entspannt wirkenden Menschen, die ihrer Arbeit nachgingen oder sich am Strand die Zeit vertrieben.

Nach einem mittäglichen Imbiß im Apartment machte sich Mona zum am Strand befindlichen Hauptpool des Resorts auf. In ihrem Reisehandbuch lesend verbrachte sie dort einige Zeit im Schatten. Erst als die Kraft der Sonne nachzulassen begann und der Wind auffrischte, spazierte sie den Strand bis zum Ende der Bucht entlang und beobachtete Jugendliche beim Surfen. Sie wunderte sich, daß auch an diesem Strand keinerlei Unrat angeschwemmt wurde – bis auf einzelne, vom Sand glattgeschliffene Glasscherben – keine Plastikflaschen oder einzelne Gummischlappen, leider auch keine Muscheln.

Als sie wieder ihren Ausgangspunkt am Anfang der Bucht erreicht hatte, war sie neugierig, was sich wohl hinter der Biegung verbarg. Sie kletterte über schwarze Lavabrocken und konnte dahinter unter niedrig hängenden Ästen nur geduckt laufen. Hier war der schmale Sandstreifen übersät mit schwarzen Bröckchen und abgestorbenen, glattgewaschenen Korallen, manche mit einem zartrosa Schimmer. Aber auch hier gab es keine einzige Muschel, mit der sie ihre Sammlung auf der Fensterbank des heimischen Badezimmers hätte bereichern können.

Im Buschwerk oberhalb von ihr gackerte es. Wilde Hühner! Wo gibt's denn so was? dachte Mona amüsiert. Ein schwarzer Hahn mit rotem Kamm guckte sie richtig machomäßig an. Er erinnerte sie an Lars. Wieso, wußte sie nicht genau. Wegen der schwarzen Federn vielleicht? Er hatte zwei Hennen bei sich. *Zwei Hennen*? Was, wenn sie mal wieder nicht Lars' einzige Henne war? Wenn er jetzt bei einer anderen seinen Kamm schwellen ließ? Nein: Die andere war in ihrem Haus! Lag in ihrem Bett! Ganz ungestört. Das hatte Lars clever arrangiert. Sie befand sich 8360 Flugmeilen vom gekachelten Wohnzimmer entfernt und er vergnügte sich mit einer Geliebten vor dem offenen amerikanischen Eisschrank. Und hielt sich dabei für Mickey Rourke!

Mona starrte dem Hahn in die Glubschaugen. Er starrte zurück und zuckte dabei unentwegt mit dem Kopf. Sie sah im Geiste, wie er sich langsam an einem Grill drehte, den sie bediente. Er hatte Lars' Gesichtszüge. Laut kreischend flüchtete das Hähnchen zurück ins Buschwerk.

Sie erreichte die nächste Bucht. Auf dem Strand standen leere Liegestühle und ein *Hobie Cat* Katamaran. Offensichtlich gehörten die zur dahinterliegenden Hotelanlage, deren Gebäudeflügel inmitten von tropischem Grün die Bucht nachformten. Die unzähligen kleinen Balkone erinnerten sie an Bienenwaben.

Mona setzte sich in einen Liegestuhl unterhalb der Holzbrüstung, die das begrünte Hotelgelände abgrenzte. Welche Insel war das noch mal, die man da im Dunst sah? Das mußte das unbewohnte Kahoolawe sein. Links, wesentlich näher, die kleine Sichelinsel Molokini. Davor ankerten weiße Boote, die, wie sie gelesen hatte, Ausflügler zum Schnorcheln in das Kraterhalbrund brachten.

Neben ihr rief eine männliche Stimme »Hallo!« Deutsche waren auch wirklich überall zu finden, dachte Mona und sah nicht hin. Jemand tippte ihr auf die Schulter. Sie zuckte zusammen und hielt instinktiv ihren Beutel mit den Papieren und den Schlüsseln fest.

»Hallo, Frau, äh, ...!«

Das war doch dieser braungebrannte Typ aus dem Flugzeug mit der dominanten Beißleiste.

»Hallo!« sagte Mona und hielt die Hand über die Augen, da die Sonne sie blendete, »was für eine Überraschung.«

»Kann ich mich einen Moment zu Ihnen setzen?« Frank legte sein Boogie Board in den Sand und zog sich einen Liegestuhl heran. »Sagen Sie bloß, Sie sind auch hier im Hotel.«

Mona drehte sich zu dem Gebäude um, als müsse sie sich dessen vergewissern. »Ne, also wirklich nicht. Sie etwa?«

»Na klar. Das Hotel ist Spitze, echt Luxusklasse mit allem Pipapo.«

»Ist wahr?« fragte Mona zweifelnd, »denkt man gar nicht, wenn man die vielen Balkone sieht. Es wirkt doch eher eng.«

»Nur der Pool ist etwas klein geraten, aber man ist ja direkt am Strand. Und das Wasser ist absolut super. Wahnsinnige Wellen. Waren Sie schon mal drin?«

»Noch nicht. Die Brandung sieht ziemlich heftig aus. Ich bin keine besonders gute Schwimmerin, muß ich zugeben.«

»Verstehe. Ne, also, man braucht da schon so'n Board.« Er zeigte auf das blaue Teil zu seinen Füßen. »Damit bringt's echt Fun. Kann man im Hotel leihen.«

»Ist das nicht eher was für Kinder?«

Frank schaute ertappt, grinste dann jungenhaft. »Wollen Sie's mal ausprobieren?«

»Also, ich weiß nicht.« Mona fühlte sich überrumpelt. »Wofür ist denn eigentlich das Kabel an dem Ding? Sagen Sie bloß, dafür gibt's 'nen Stromanschluß.«

Frank lachte über Monas Witz und stand auf. »Los, kommen Sie. Ich zeig's Ihnen. Das macht echt Spaß und wenn selbst Kinder...«

»Nun gut, bin schon überredet.«

Frank ging voran ins Wasser. Mona blieb stehen, als es ihr bis zur Hüfte reichte. Frank befestigte die Klettbandmanschette, die mit dem Brett über ein Spiralkabel verbunden war, an seinem Handgelenk, warf sich mit dem Oberkörper auf das Brett, paddelte mit den Armen, wartete auf die nächste Welle und ließ sich von ihr zurück zum Strand tragen.

»Ach so«, sagte Mona, als er wieder neben ihr ankam, »ich dachte schon, Sie wollten auf dem kleinen Ding stehen.«

»Quatsch!« Frank lachte wieder und ließ dabei seine perlweißen Zähne sehen. Er reichte ihr das Boogie Board. »Los, jetzt Sie!«

Mona griff nach dem Board, befestigte es an ihrer Hand, und warf sich mutig in die Fluten. Die Wellen kamen in unregelmäßigen Abständen und in ganz unterschiedlicher Höhe. Manche überschlugen sich mit lautem Krachen weiter vom Strand entfernt, andere wirkten zwar bedrohlich, liefen jedoch sacht aus. Mona sah eine Wuchtwelle auf sich zukommen, wollte sich mit dem Board auf deren Kamm schwingen, doch da schlug sie schon über ihr zusammen. Alles um sie herum wurde weiß. Es gurgelte in den Ohren. Mona schluckte Wasser. Sie hustete.

»Nicht aufgeben!« rief Frank ihr zu.

Sie probierte es noch mal und jetzt klappte es. War doch ganz leicht! In schneller Fahrt schoß sie mit der Welle dahin und jauchzte innerlich. Wieder und wieder schwang sie sich auf die Wogenkämme. Frank stand untätig in den warmen Fluten und begann sich zu langweilen.

»Kann ich das Brett...«, rief er ihr zu, der Name fiel ihm nicht mehr ein, und er vergaß, vor der heranrollenden Welle hochzuspringen. Kurzzeitig tauchte auch er ab. Entnervt kämpfte er sich gegen den starken Sog des abfließenden Wassers zum Ufer zurück und strich sich die Haare aus der Stirn. Mona folgte ihm kurz darauf.

»Toll!« rief sie begeistert. »Danke, daß Sie mir das Ding geliehen haben.«

Sie gab ihm das Board zurück und griff nach ihrem Handtuch.

»Sie sind ja ein echtes Naturtalent«, meinte Frank und setzte sich.

Ein wenig erschöpft von dieser aufregenden neuen Erfahrung streckte sich Mona auf der Liege aus und blinzelte in die Sonne.

Sie wollte gerade, um die Unterhaltung wieder anzukurbeln, fragen, wo seine Frau sei, verkniff sich das jedoch, da er dann fragen würde, wo denn ihr Mann bliebe. Frank begann unterdessen von seinem Luxushotel zu erzählen, das sie sich unbedingt ansehen müsse. Auch seine Frau würde sich bestimmt freuen, sie zu treffen.

»Sicher«, sagte Mona, »warum nicht?«

»Wissen Sie, meine Frau liegt ja die ganze Zeit nur am Pool. Mir ist das zu langweilig. Der Strand ist auch nicht abendfüllend. Ich würde gerne mal was von der Insel sehen.«

»Haben Sie denn keinen Mietwagen?« fragte Mona.

»Nein, Sie?«

»Sicher.«

»Ist ja super! Vielleicht könnten Sie mich mal mitnehmen. Sie machen doch Ausflüge?«

»Darüber habe ich noch gar nicht nachgedacht«, antwortete Mona von der Frage überrascht. »Kann schon sein, später womöglich, wenn mein Mann ... Was würde denn Ihre Frau dazu sagen, wenn Sie mit mir ... Also, ich weiß nicht.«

»Och, mit Gitte ist das kein Problem. Wissen Sie, wir führen eine recht tolerante Ehe. Das muß man ja auch, in der heutigen Zeit. So Spießer wie unsere Eltern sind wir nicht!«

»Was Sie nicht sagen!«

»Nein, nein«, er lachte sein breites, zähnebleckendes Lachen, »machen Sie sich da mal keine Sorgen. Außerdem kann sie ja mitfahren, wenn sie will, stimmt's?«

»Ich möchte mich noch nicht festlegen. Ich bin noch gar nicht so richtig hier. Mal abwarten, wie sich alles entwickelt. Wir haben ja noch Zeit.«

»Schon, aber so'n Urlaub ist schneller vorbei als man denkt. Wo ist denn eigentlich Ihre Bleibe?«

Mona wies in Richtung der Bäume am Ende der Bucht.

Mit Schirmchen

»Hab' ich Sie endlich mal erwischt!« Gitte sprach Robert Vonhof von hinten an. Er saß gelassen und zufrieden an der Poolbar, einen Dry Martini vor sich und eine *Cohiba Exquisitos* in der Hand.

»Ich darf doch?« Gitte erklomm den Barhocker neben ihm.

»Aber bitte!« sagte Robert Vonhof erst, als sie schon saß.

»Wie geht's denn so?«

»Recht passabel.«

»Was haben Sie denn den ganzen Tag lang getrieben? Wir haben uns heute morgen mal gründlich im Hotel umgesehen. Sehr komfortabel, wirklich. Waren Sie schon im Fitneßraum?«

»Ja.«

Meine Güte, dachte Gitte, ist der einsilbig. »Und auch auf dem Golfplatz?«

»Genau.« Er blies den Rauch seiner Havanna bewußt, nein, nicht in ihr Gesicht, aber in ihre Richtung.

Gitte hüstelte: »Ich rieche *so* gerne gute Zigarren!«

»Schön«, sagte Vonhof, »findet man selten bei Frauen.« Er konnte ein Grinsen nicht unterdrücken und nahm zur Tarnung einen Schluck. Der Barkeeper wischte die Theke vor Gitte und erwartete sichtlich eine Order.

»Ich möchte nicht unhöflich erscheinen. Darf ich Ihnen etwas bestellen?«

»Wie nett, gerne! Irgendwas mit einem Schirmchen drauf. Ich liebe Schirmchen!«

Er bestellte Gitte einen »Melville with a little umbrella«. Der Barmann lächelte.

»Und, haben Sie gewonnen?«

»Wie meinen Sie das?«

»Na, beim Golf, natürlich.«

»Ich habe Golf gespielt, meine Beste, nicht Poker.«

Der Keeper stellte den mit einem japanischen Schirmchen garnierten, rotschimmernden Drink auf einem Tellerchen vor Gitte hin.

»Da ist ja Eis drin!«

»Sorbet, um genau zu sein. Wissen Sie, nach wem der Drink benannt ist?« Es war eine rhetorische Frage, er ahnte es.

Gitte kicherte unsicher und versuchte die flutschende Eiskugel mit dem langstieligen Löffel zu erwischen.

»Nach Herman Melville, einem amerikanischen Erzähler des 19. Jahrhunderts. Er war als Walfänger in der Südsee, kam auch nach Hawaii, nach Lahaina hier auf Maui. Er ist der Autor von *Moby Dick*. Davon haben Sie bestimmt schon gehört.«

»Sicher. Das ist doch so ein Kinderbuch, nicht? Und nach dem wurde der Cocktail benannt? Da ist doch Alkohol drin. Das ist nichts für Kinder.«

»Haben Sie Kinder?«

»Zwei, den Sven, der ist zwölf und die Tanja, die ist vierzehn. Und Sie?«

»Einen Sohn.«

»Ach, und hat er Sie schon zum Opa gemacht?«

»Nein!« knurrte Vonhof unwillig.

»Tschuldigung!« sagte Gitte leicht beleidigt. »Und was sind Sie eigentlich für ein ... nein, lassen Sie mich raten!«

Gitte taxierte Robert ausführlich. Er sah leicht irritiert an sich herunter, doch der Reißverschluß war zu. Und auch ansonsten war er doch tadellos gekleidet, oder?

»Sie sind Löwe!« sagte Gitte triumphierend.

»Wie bitte?«

»Na, Ihr Sternzeichen! Sie sind Löwe, stimmt's?«

»Keine Ahnung.«

»Wann haben Sie denn Geburtstag?« fragte Gitte geduldig.

»Im Mai, wieso?«

»Anfang oder Ende?«

»Mitte Mai. Was soll denn das?«

»Dann sind Sie Stier. Auch nicht schlecht! Ein zuverlässiger Typ, auf materielle Sicherheit bedacht. Und *sehr* sinnlich!«

»Ach?«

»Ja! Und Sie haben einen Sinn für Romantik, stimmt's?«

»Falls der Genuß einer guten Havanna darunter fällt, schon.«

»Sie trinken ja nichts!« Gitte wies auf das leere Glas, in dem nur noch ein kleines Zitronenstückchen lag. »Sie wissen doch, auf einem Bein kann man nicht stehen!«

Vonhof seufzte leise und bestellte sich einen zweiten Dry Martini – noch trockener als den ersten.

»Nun kommen Sie doch!« Frank ging der zögernden Mona über die Wiese voraus in Richtung Pool. Wieso ließ sie sich überhaupt darauf ein, diesem grinsenden Hansel in sein Hotel zu folgen? Wahrscheinlich hatte sie zu lange in der Sonne gelegen. Oder das waren die Auswirkungen des Jetlags. Frank steuerte zielstrebig auf die Poolbar zu, an der er seine Frau vermutete.

»Hallo Gitte, schau mal, wen ich hier habe!«

Die Angerufene drehte sich wie elektrisiert um. Ihr Mann hatte ihr jetzt gerade gefehlt!

»Ach, Frank, du!«

»Erinnerst du dich? Wir trafen uns auf dem Flug. Stell dir vor, sie wohnt in der Apartmentanlage nebenan und hat einen Mietwagen.«

»Na und?« meinte Gitte schnippisch.

»Hallo«, sagte Mona, die sich vorgeführt fühlte.

»Wenn ich mich vorstellen darf«, erwiderte Vonhof, der gleich aufgestanden war. »Robert Vonhof.« Er reichte dabei Mona die Hand und hielt sie länger als unbedingt nötig.

»Mona Hallstein«, sagte Mona und registrierte Lachfältchen um seine Augen. Wieso bekam sie weiche Knie?

»*Doktor* Robert Vonhof, nun seien Sie mal nicht so bescheiden!« mischte sich Gitte ein.

»Ach, Sie sind Arzt?« fragte Mona und dachte, daß sie sicher furchtbar aussah. Guckte er sie deshalb so schmunzelnd an? Hatte sie Sand im Gesicht? War was mit den Haaren?

Vonhof lachte. »Nein, nein, bloß ein Doktor ehrenhalber.« Er reichte Frank die Hand. »Und Sie sind ... ?«

»Frank Plötzen, aber sagen Sie doch einfach Frank.«

Mona war froh, daß sie auf diese Weise den Namen erfuhr, den sie längst vergessen hatte.

Gitte mußte sofort wieder das Wort ergreifen. »Wollen wir uns nicht alle mit dem Vornamen anreden? Wir sind doch hier im Urlaub.«

Robert Vonhof lud sie ein, sich gemeinsam an einen der Tische zu setzen. Er guckte dabei nur Mona an. Mona senkte den Kopf und bemerkte, daß unter dem dünnen Textil ihres Badeanzugs kleine Raketen auf Robert zielten.

»Ist Ihnen kalt?« fragte Vonhof prompt.

Mona ignorierte die Frage und verschränkte die Arme. Er hatte den ausgeprägten Brustkorb eines ehemaligen Leistungssportlers. Bei ihm wirkten die aus dem oben offenen Hemd herausstehenden Haare seltsamerweise nicht albern, wie bei Goldkettchenträgern, sondern animalisch. Ja, sie fand ihn attraktiv, gestand sie sich. Wie peinlich, daß ihm das nicht entgangen war. Sonst zeigte sie nie solche spontanen körperlichen Reaktionen. Das mußte an der Sonne liegen.

Gitte schwärmte von den tollen Cocktails und Robert schlug vor, die Cobbler zu probieren. Er bot sich an, für jeden einen passenden auszusuchen. Damit stieß er auf allgemeine Zustimmung. Sie unterhielten sich übers Wetter, warm, jedoch nicht schwül und immer windig, was natürlich, wie Robert Vonhof versicherte, dem Golfspiel erst den rechten Reiz verlieh.

»Mann, ist der blau«, sagte Frank über seinen Drink, der, wie alle anderen, mit Schnitzen von frischen Früchten dekoriert war.

»Paß nur auf, daß du nicht auch gleich blau bist!« zischte Gitte, die ihren Mann samt Mona zum Mond wünschte.

Wie auf Kommando beugten sich alle zu ihren Gläsern hinunter. Das zerstoßene Eis klemmte sich bei Gitte in die untere Öffnung des Trinkhalms und vom angestrengten Saugen rötete sich ihr Gesicht.

»Du solltest nicht so gierig trinken«, ermahnte Frank sie. »Der Alkohol steigt dir bereits zu Kopf.«

Unter dem Tisch trat ihn Gitte kräftig ans Bein. Mona sah, wie Frank zuckte, doch er verzog keine Miene. Offenbar schien er diese Art der Zurechtweisung gewohnt zu sein.

»Sie wohnen wohl nicht in unserem Luxushotel?« wandte Gitte sich an Mona.

»Ich habe, wie Ihr Mann schon sagte, ein Apartment in der Nähe.«

»Das ist ja sicher unbequem, wenn man sich um alles selbst kümmern muß. So ganz ohne Servicepersonal.«

»Man hat mehr Platz und ist ungebundener. Ich kann frühstücken, wann ich mag. Und ich koche ganz gerne, wenn ich Zeit dazu habe.«

»So«, sagte Gitte spitz, »na, ich bin froh, wenn ich mich nicht auch noch im Urlaub um den Haushalt kümmern muß.«

»Zu Hause«, sagte Mona, »habe ich eine Hilfe. Da improvisiere ich im Urlaub ganz gerne.«

Gitte guckte neidisch.

»Sind Sie ganz alleine hier?« wollte Robert von Mona wissen.

»Ja, aber ich erwarte meinen Mann praktisch jeden Tag. Er hat noch geschäftlich zu tun und will nachkommen.«

»Das ging mir früher gelegentlich auch so. Sie scheinen das mit Fassung zu tragen.«

»Was bleibt mir anderes übrig?« Sie überlegte schon eine Weile, ob sie diesen sehr souverän wirkenden Vonhof nicht schon mal irgendwo gesehen hatte. Er kam ihr seltsam vertraut vor. »Was meinen Sie mit ›früher‹, Sie sind doch sicher berufstätig?«

»Seit wir die Geysir Werke in eine Aktiengesellschaft umgewandelt haben, sitze ich nur noch im Aufsichtsrat und genieße meine Freizeit.«

»Heißwasserbereiter, stimmt's?«

»Richtig. Und natürlich Anlagen für die Industrie. Aber lassen Sie uns nicht vom Geschäft reden.«

»Da haben Sie recht!« mischte sich Gitte ein. »Gerade als ihr kamt, haben wir uns so nett unterhalten, nicht Robert? Er hat mir von einem Kinderbuch erzählt, nach dem der Cocktail benannt war, den er mir bestellt hat. Haben Sie auch Kinder?«

»Nein«, sagte Mona, »leider nicht.«

»Wie schrecklich für Sie. Also ich könnte mir ein Leben ohne Kinder überhaupt nicht vorstellen. Ich sage immer, meine Kinder sind mein ein und alles. Stimmt doch, Frank.«

Frank nickte und ließ seinen Blick schweifen. Die Palmen warfen lange Schatten. Das Wasser im Pool leuchtete in einem dunklen Türkis. Über dem Meer würde gleich die Sonne untergehen. Etliche Hotelgäste rüsteten sich noch schnell mit Getränken aus und rückten die Liegestühle in Position, um das allabendliche Naturschauspiel zu genießen.

»Schauen Sie nur!« Robert beugte sich näher zu Mona und wies zum Horizont, an dem sich die Wolken gelb und rosa färbten.

»Wie schön!« sagte Mona.

Robert strahlte sie von der Seite an, während sie ihr Gesicht dem Meer zugewandt hielt. Sie roch eine Mischung aus Zigarre und Herrenparfüm dicht neben sich. Unwillkürlich richtete sich der Flaum unterhalb der Haarspange um ihren Pferdeschwanz auf.

»Was halten Sie davon«, sagte er leise zu ihr, »wenn wir beiden Alleinreisenden uns verbünden und heute abend zusammen essen?«

»Also, ich weiß nicht«, antwortete Mona unsicher. Es war ja durchaus verlockend, nicht alleine im Apartment zu sitzen, aber konnte sie mit einem Mann ausgehen, den sie gerade kennengelernt hatte? Wenn er sie wenigstens nicht so elektrisierend ansehen würde. Sie sprang darauf an wie einer seiner Durchlauferhitzer. Ihre Haut glühte. Oder war das nicht doch eher eine Folge der Sonnenenergie?

Gitte, die schon die ganze Zeit Ohren wie Rhabarberblätter machte, rief, bevor Mona etwas antworten konnte, »eine ganz zauberhafte Idee! Lassen Sie uns gemeinsam speisen.«

Frank sah Gitte an. So geknödelt drückte sie sich doch sonst nicht aus!

Mona machte noch einen halbherzigen Versuch, das Rendezvous abzubiegen, indem sie einwandte, sie müsse sich erst duschen und umziehen. Das müßten sie schließlich auch, meinten Gitte und Frank, und es sei ja noch genug Zeit.

»Na gut«, sagte Mona, »wenn Sie auch mitkommen.«

Gitte nickte heftig und sie verabredeten, sich in zwei Stunden im Foyer des Hotels zu treffen.

Tolles Angebot

Heiko lag in T-Shirt und Unterhose bäuchlings auf dem Bett und studierte den Reiseführer.

»Morgen gehen mir auf jeden Fall auf den Flohmarkt.«

»Was hast du gesagt?« Beate trat aus dem Badezimmer, in dem bei eingeschalteter Beleuchtung laut schnarrend ein Ventilator lief. Sie versuchte gerade, Fettflecke aus ihren Shorts zu waschen. Sie hatten heute in einem japanischen Imbiß zum erstenmal Nudelsuppe mit Stäbchen gegessen.

»Flohmarkt am Samstag, habe ich gesagt. Und? Klappt's?«

»Die Hotelseife ist eben kein Ariel Futur, mal abwarten, wie's aussieht, wenn sie trocken sind.«

»Hoffemer's beschte!«

Sie ging wieder ins Bad, kam wenig später mit den beiden nassen Hosen heraus und hängte sie über den Stuhl auf dem Balkon zum Trocknen. Von dort aus konnte man in die beleuchteten Zimmer der angrenzenden Jugendherberge sehen.

»Übereinanderbetten!« sagte Beate, als sie wieder reinkam.

»Was?«

»Die haben da drüben Doppelstockbetten. In den Zimmern sieht es echt chaotisch aus. Was ein Glück, daß wir uns ein Hotel leisten können.«

»Thanks to Aunt Frieda«, murmelte Heiko.

Sie waren sich schnell einig gewesen, daß man die Trauung besser im Ausland vollzog, wo nicht der ganze Ort zuguckte. Außerdem kam das im Endeffekt preiswerter, meinte jedenfalls Heiko. Sie war sich da nicht so sicher. Heikos Mutter hatte dann Hawaii vorgeschlagen, weil das ihr eigenes, unerreichbares Traumziel war.

Da sie nach der Hochzeit sowieso bei Fichtels wohnen würden, brauchten sie keine Haushaltsgegenstände. Heikos Mutter hatte ihr – nach der Devise Liebe geht durch den Magen – ohnehin schon zu Weihnachten ein Spätzlebrett geschenkt. Man beschloß also, ihnen die Hawaii-Reise zu finanzieren. Damit alle trotzdem ein »persönliches« Hochzeitspräsent überreichen konnten, durfte jeder selbst bestimmen, was er aus dem Katalog eines Hawaii-Reiseveranstalters schenken wollte. So kam es, daß sie in ganz unterschiedlichen Unterkünften wohnen würden. Tante Frieda bezahlte ihnen ein einfaches Hotel in Waikiki, das aber für eine Woche. Heikos Onkel und Tante hatten ihnen zwei Nächte im Hotel *Hilo Hawaiian* auf Big Island inklusive der Hochzeitsfeier geschenkt, und Beates Bruder, der gut verdiente, überreichte einen Gutschein für vier Nächte in einem Apartment auf der Kona-Seite von Big Island. Die drei Omas hatten zusammengelegt, obwohl sie sich nicht so gut leiden konnten, und ihnen eine schöne Unterkunft auf der kleinen Insel Molokai ausgesucht. Beates Eltern spendierten ein Apartment auf Maui, Heikos Eltern übernahmen großzügigerweise den Flug, die Flüge zwischen den Inseln und die Mietwagenkosten. So kamen sie auf vier verschiedene Inseln und mußten nur die täglichen Ausgaben selbst übernehmen.

Beate setzte sich mit der Kleenex-Packung aus dem Bad zu Heiko aufs Bett. Eigentlich sollte sie endlich ihr Reisetagebuch beginnen, aber das war gar nicht so leicht. Schließlich standen die sachlichen Informationen alle in Heikos amerikanischem Travel Guide. Blieben persönliche Eindrücke.

Sollte sie etwa reinschreiben, daß Heiko die diversen Papierkörbe im Hotelzimmer in eine Reihe gestellt und ihr gesagt hatte, welche Abfälle wohinein kämen, obwohl eine Getrenntmüllsammlung im Hotelzimmer doch völlig sinnlos war? Wenn er es läse, fände er das sicher gar nicht witzig.

Aber über die Hula-Show, die sie gestern besucht hatten, sollte sie etwas notieren. Das war wirklich authentisch polynesisch gewesen und sie hatte begeistert applaudiert. *Ich fand es gut*, schrieb sie, *daß einige Tänzerinnen zwar sehr schlank, andere jedoch ziemlich füllig waren, aber alle äußerst anmutig. Außerdem tragen die gar keine Baströckchen, sondern weite, ärmellose Stoffkleider oder Röcke aus glänzenden grünen Ti-Blättern.*

Heiko will aus unserer Hochzeitsreise eine Diashow machen und denkt ausschließlich ans Fotografieren.

Während Beate Tagebuch führte, blätterte Heiko durch die bunten Heftchen, die es überall kostenlos gab: *Guide to Oahu* mit einer hawaiischen Traumfrau auf dem Titel, *Oahu Gold* mit einer blumengeschmückten Strandnixe, *This Week Oahu* mit einer gutgebauten Hula-Tänzerin.

»Und was machen mir nach dem Flohmarkt?« wollte Beate, die sich aufgrund ihrer Erkältung laufend die Nase putzen mußte, von Heiko wissen.

»Ha no, das ist die Frage. Also, mir könnten ins Bishop Museum gehen, dann hätten mir das erledigt. Weißt du, das ist das beste Museum im ganzen polynesischen Kulturkreis. Mir könnten uns aber auch die Chinatown von Honolulu ansehen. Mordsmäßig interessant wäre natürlich Pearl Harbor. Auf jeden Fall aber zuerst auf den Flohmarkt.«

»Ach, guck mal«, sagte Beate, die nun auch in den Heftchen

blätterte, »hier gibt's ganz viele Coupons, für Preisnachlässe und so.« Beate hielt Heiko die Seiten hin.

»Herrgottsack!« rief er empört, »da gibt's ja ein Shuttle von Waikiki zum Flughafen für vier Dollar! Mir haben sieben bezahlt. Man wird eben immer beschissen. Die Coupons müssen mir uns unbedingt genauer ansehen. Da kann man echt was sparen. Hier zum Beispiel: Akupunktur mit fünfzig Prozent Rabatt. – Ach, im Kleingedruckten steht, das ist nur für Raucher, die aufhören wollen.«

»Heiko-Schätzle«, sagte Beate nasal und legte sich neben ihn, »laß uns morgen den Nachmittag genießen, ja?«

»Wohin willst du denn, Möhrli?«

»Am liebsten würde ich an den Strand gehen.«

»Bei deiner Grippe? – Ich mach' dir ein Angebot: mir gehen erst später essen und du läßt mich jetzt mit dir…, weißt schon.« Heiko legte sein behaartes Bein über Beates Rücken und küßte sie im Nacken.

»Bei meiner Grippe?«

Verabredung

Zurück in ihrem Apartment zweifelte Mona, ob sie überhaupt hingehen solle. Wenn Lars das erfuhr! Er würde bestimmt meinen, sie verhalte sich unmöglich, schließlich kannte sie die Leute überhaupt nicht. Dann fiel ihr die Begegnung mit den wilden Hühnern wieder ein. Angenommen, Lars gockelte um eine grazile Achtzehnjährige herum, dann konnte sie doch ganz gesittet mit anderen Urlaubern essen gehen. Da mußte sie wirklich kein schlechtes Gewissen haben.

Nun überlegte Mona, was sie anziehen solle. Da Lars auch im Urlaub gerne abends ausging, hatte sie dafür zwei schicke, einigermaßen knitterresistente Kleider eingepackt. Für das Schwarze war sie noch zu blaß. Doch das ärmellose, irisierend-türkisfarbene Kleid ließ ihren geröteten Teint brauner erscheinen als er war. Sollte sie die dunklen Haare wie sonst streng zum Pferdeschwanz gebunden tragen oder offen lassen? Sie probierte eine Weile herum. Schließlich verschlang sie ihre Haare auf dem Hinterkopf zur Banane und zupfte vorne eine lange Strähne heraus, die ihr vor dem Gesicht baumelte. Dann befestigte sie ihre Perlenohrstecker und drehte sich noch einmal vor dem Garderobenspiegel.

Als sie zur verabredeten Zeit die Hotelhalle betrat, wurde sie von einem strahlenden Robert Vonhof bereits erwartet. Mona war froh, daß sie nicht alleine am Empfang rumstehen mußte, wie sie unterwegs plötzlich befürchtet hatte.

»Nett, daß Sie so pünktlich sind!« Er reichte ihr die Hand. »Es freut mich sehr, daß Sie mir Gesellschaft leisten. Ich hatte im stillen schon die Befürchtung, Sie würden es sich anders überlegen.«

»Bin ich zu früh?« fragte Mona unsicher. Er hielt ihre Hand schon wieder einen Tick zu lange. Noch dazu sah er in dem lässigen hellen Leinenanzug, unter dem er ein schwarzes T-Shirt trug, geradezu beängstigend gut aus. Wieso verabredete er sich ausgerechnet mit ihr? Frauen jeden Alters mußten ihm doch scharenweise nachlaufen.

»Die Frisur steht Ihnen hervorragend, das Kleid sowieso! Wollen wir einen Aperitif nehmen?« fragte er übergangslos und wies auf die Lobbybar.

»Lieber nicht. Ich spüre noch die Nachwirkungen des Cocktails.«

»Verstehe. Dann sollten wir zu unserem Tisch gehen.«

»Ja, aber«, sagte Mona, besorgt, ohne Begleitschutz seinem Charme ausgeliefert zu sein, »was ist mit den beiden anderen?«

»Ich bin überzeugt, daß sie uns auch finden werden, wenn

wir in einem der Restaurants sitzen. Wundert mich übrigens, daß sie noch nicht da sind.«

»Meinen Sie, die kommen noch?«

»Ganz bestimmt!« Robert bot ihr seinen Arm. Lars, dachte sie, hatte immer bloß sein Telefon in der Hand. Wie Filmstars schritten sie die breite Freitreppe zum Restaurant hinunter.

Sie wurden an den vorbestellten Tisch geführt, der, was Mona beruhigte, für vier Personen gedeckt war.

»Sie haben noch gar nichts von der Insel gesehen?«

»Nein«, sagte Mona, aber sie sei sehr gespannt.

»Es ist wirklich schön hier. Ich hätte direkt Lust, auch mal wieder etwas herumzufahren. Wissen Sie, die beiden letzten Male habe ich fast ausschließlich bei den Fahnen verbracht. Meine Frau spielt auch Golf.«

»Ach, Sie sind verheiratet?« platzte Mona heraus und genierte sich sofort für die unangemessene Entrüstung, die in der Frage mitgeschwungen hatte.

»Ja, sicherlich. Genau wie Sie.« Er räusperte sich. »Meine Frau lebt jedoch von mir getrennt in unserem Haus in Marbella. Wunderbare Gegend, übrigens.«

»Ich weiß. Mein Mann ist ebenfalls passionierter Golfer, deshalb haben wir dort in der Nähe einen Urlaub verbracht.«

»Hätten Sie vielleicht Lust auf eine Tour nach Lahaina?«

»Sie meinen«, Mona ließ eine kurze Pause, »mit Ihnen?«

»Ja, wieso denn nicht?« Robert lachte.

»Ich möchte Sie wirklich nicht vom Spiel abhalten«, antwortete Mona reserviert.

»Nein, das tun Sie nicht.« Robert schaute ihr direkt in die Augen. »Sagen Sie doch einfach ja!«

Mona befürchtete, sie würde rot werden. Überall auf ihrer Haut kribbelte es, als führe sie die Küchenameisen zum Abendessen aus. Eines war klar: wenn er sie noch länger so warmherzig und zugleich begehrlich anschaute, würde sie Mühe haben, ihm zu widerstehen.

»Na gut, wenn's Ihnen nichts ausmacht«, antwortete sie leise.

»Gar nicht, im Gegenteil, ich freue mich. Ganz im Nordwesten, beim *Ritz-Carlton*, gibt es drei wundervolle Plätze. Aber meine Frau fand, das Ritz liege zu weit ab von allem. Deshalb sind wir nach Wailea, obwohl, wenn Sie mich fragen, das Hotel und die Plätze sind grandios. Ich hätte ja diesmal auch dorthin gehen können, aber so ist das nun mal mit den Gewohnheiten. Außerdem«, er griff nach Monas Hand und hauchte einen Kuß darüber, »hätte ich Sie dann nicht kennengelernt.«

Seine Hand war kräftig und warm. Er machte keine Anstalten, ihre Fingerspitzen loszulassen und Mona entzog sie ihm sanft. Wie alt er wohl war? Bestimmt zwanzig Jahre älter als sie.

»Was ich Sie schon heute nachmittag fragen wollte: sind Sie Nur-Hausfrau, wie man so sagt, oder berufstätig?«

»Ich bin berufstätig.« Ob er grinsen würde, wenn sie sagte, sie sei Masseurin? »Ich bin Masseurin.« Nun war es raus.

»Nein, wie praktisch!« rief Vonhof aus.

»Wie bitte?« fragte Mona konsterniert.

»Ich meine, das ist ja wirklich ein schöner Beruf, Menschen zu helfen. Darüber müssen Sie mir unbedingt mehr erzählen. Aber jetzt sollten wir langsam bestellen, ich habe jedenfalls ziemlichen Appetit. Und Sie?« Er reichte Mona die Speisekarte.

»Ja, durchaus.«

»Ich hoffe, Sie mögen die *Pacific Rim Cuisine*.«

Robert und Mona vertieften sich in das Speiseangebot.

»Oh Gott!« stöhnte Robert und legte seine Karte beiseite. Mona drehte sich um. Gitte Plötzen im schwarzen Stretchkleid winkte ihnen quer durchs Lokal zu. Sie hatte sich aus einem Goldlamétuch eine Art Turban geknotet und sich mit großen Kreolen behängt.

»Karneval ist doch schon vorbei, oder?« sagte Robert leise.

»Es tut uns so leid, daß wir uns verspäten!« tönte Gitte von weitem. Sie eilte vor der Bedienung her auf den Tisch zu und begrüßte Mona wie eine alte Freundin mit Küßchen auf beide Wangen. Robert streckte sie, ein wenig theatralisch, den Arm zum Handkuß hin. Frank sagte: »'n Abend!« und setzte sich.

Gitte bekam vom Kellner den Stuhl untergeschoben und legte los: Erst habe die Dusche nicht richtig funktioniert, dann sei der Fön ausgefallen und Frank habe nicht gewußt, was er anziehen solle. Es täte ihr so leid, daß man habe warten müssen. Dann hätten sie noch schnell zu Hause angerufen, wegen der Kinder.

»Und? Geht's gut?« fragte Robert mit deutlich ironischem Unterton.

»Na, wie Kinder so sind. Tanja ist letzte Nacht erst um zwei nach Hause gekommen, was meine Mutter natürlich an den Rand eines Herzinfarktes gebracht hat. Sven will immer nur Pommes essen und paßt wahrscheinlich bald nicht mehr in seine Sachen. Und das Wetter in Deutschland ist fürchterlich!«

»So was! Können wir nun bestellen?«

»Aber sicher, uns knurrt auch schon der Magen«, antwortete Gitte aufgekratzt.

»Fühlen Sie sich bitte eingeladen.«

»Eingeladen? Wie witzig!« lachte Frank.

»Was ist daran so lächerlich?« fragte Robert pikiert.

»Na, wegen der Halbpension, Frühstück und Abendessen.«

»Davon habe ich noch nie gehört«, antwortete Robert, »so was ist in amerikanischen Hotels absolut unüblich.«

»Gitte, stimmt doch, oder?« fragte Frank verunsichert.

Gitte wich seinem Blick aus.

»Dies ist das *Raffles*, Herr Plötzen.«

»Das ist mir keineswegs entgangen, Herr Vonhof! Aber

hast du nicht was von Halbpension erzählt?« wandte er sich wieder an seine Frau.

»Na ja, nicht direkt. Das mußt du irgendwie falsch verstanden haben. Wissen Sie«, sagte Gitte, die zwischenzeitlich etwas blasser geworden war und nun ihre Fassung zurückgewann, »ich halte die kleinen Alltagsdinge von meinem Mann fern, so gut es geht, damit er mal richtig ausspannen kann.« Sie tätschelte Franks Arm, als sei er ein debiles Kind, um das sie sich aufopfernd kümmere und bedankte sich bei Robert für die Einladung.

Robert gab dem Kellner ein Zeichen, Wein einzuschenken und fragte dann Mona, ob sie schon etwas auf der Karte gefunden habe.

Frank nutzte die Gelegenheit, Gitte anzustoßen, die ihre Karte in beiden Händen hielt und die Ellenbogen auf dem Tisch aufgestützt hatte. Sie hatte mit dem Stupps nicht gerechnet, ihr Ellenbogen rutschte über die Tischkante, sie knickte in der Hüfte ein und ihre Kreolen gerieten in Schwingungen.

Mona, die das im Augenwinkel mitbekommen hatte, hielt sich die Stoffserviette vors Gesicht, damit man ihr Grinsen nicht sah.

Wütend guckte Gitte ihren Mann an. »Was denn?« fragte sie genervt.

»Ach nichts«, sagte Frank und lächelte verlegen zu Mona herüber. Durch die Zähne zischte er in Gittes Richtung: »Wir sprechen uns noch.«

»Haben Sie sich schon entschieden?« wandte sich Robert einen Moment später an Gitte und Frank. »Wir sollten jetzt wirklich bestellen.«

»Ich nehme das *Dinner Selections* Menü«, sagte Frank, weil ihm ein festes Menü die Entscheidung abnahm und es zudem am wenigsten teuer war, »und meine Frau auch.«

»Aber ich ...« Gitte brach den Satz ab, als sie Franks Gesicht sah.

»Schön«, sagte Robert. »Wir«, Mona zuckte erschrocken, als er das sagte, »wir nehmen den ganzen Fisch mit Coconut Curry und Nasi Goreng.«

Gitte lachte. »Nasi Goreng! Das gibt's bei uns auch oft. Ist ja nichts Besonderes. Diese Tiefkühlsachen sind wirklich wahnsinnig praktisch.«

Mona lächelte Gitte verbindlich an. Frank schaute sich nach einem Aschenbecher um, entdeckte jedoch auf keinem der Tische einen. Niemand rauchte. Der Abend fing ja gut an.

Robert bestellte beim Ober die Vorspeisen, die Mona und er sich ausgesucht hatten. Frank und Gitte überlegten hin und her, welche der beiden Möglichkeiten ihrer Menü-Vorspeisen und Hauptgerichte es denn nun sein solle. Frank beendete die immer peinlicher werdende Diskussion dann damit, daß er kurz entschlossen sowohl das eine wie das andere bestellte und zu Gitte meinte, sie könnten dann ja immer noch tauschen, wenn das Essen käme. Gitte nickte ergeben.

Als Robert einen Toast auf Hawaii ausbrachte, stießen Plötzens leicht verstimmt auf den schönen Urlaub an.

Gitte war eine Weile ganz in Gedanken versunken. An der sich im theoretischen Bereich bewegenden Unterhaltung über die Vielzahl der Sportarten, die man auf den Inseln ausüben konnte, beteiligte sie sich nicht. Sie aß, immer noch wortlos, die schön angerichtete, mit Kräutern und Tomaten gratinierte Aubergine, während Frank sich mit einem Hummer abmühte.

Zwischen Vorspeise und Hauptgang brachte Frank das Thema geschickt auf die Frage, welche Touren man wohl auf Maui unternehmen könne. Mona und Robert tauschten Blicke. Robert wies auf die hervorragenden Möglichkeiten hin, die das Hotel böte. Man könne einen Schnorchelausflug nach Molokini buchen oder *Bike down a vulcano*, das sei eine Radtour den Haleakala hinab bei Sonnenaufgang, sehr beliebt wären auch Helikopterrundflüge.

Frank meinte bedächtig: »Aber das sind ja mehr so kommerzielle Touren, nicht?«

Robert stimmte ihm zu. »Und nicht ganz billig!«

»Eben. Ich dachte, wir könnten vielleicht zusammen ...?«

»Was könnten wir zusammen?« wollte Gitte wissen.

»Ich meine, zusammen nach Lahaina fahren oder so«, erklärte Frank.

»Im Prinzip gerne«, sagte Mona, »aber Sie wissen ja, daß ich täglich meinen Mann erwarte und da würde ich ungern wegfahren. Eventuell später einmal.«

Robert sah sie erstaunt von der Seite an.

»Haben Sie denn inzwischen noch nichts von ihm gehört?« fragte Gitte.

»Nein«, erwiderte Mona eisig.

»Aber er könnte doch gerade jetzt anrufen, oder? Und dann sind Sie nicht da. Sie haben doch Telefon in Ihrem Apartment?«

»Ich denke«, entlastete Robert Mona von einer Erwiderung, »wir sollten noch mal auf den schönen Urlaub trinken.«

Ein deutsches Kind kam an den Tisch, zupfte Robert am Ärmel und sagte, die Mama habe es geschickt, ob es ein Autogramm haben könne. Robert lachte herzlich.

»Sag deiner Mama einen schönen Gruß, aber ich bin nicht der, für den sie mich hält.«

Verständnislos schaute ihn das Mädchen an.

»So, jetzt geh schön wieder zurück zur Mami!«

Mit traurigem Gesicht zog das Mädchen ab. Am Tisch der Eltern fing es an zu weinen. Die Mutter nahm es in den Arm und schaute mißbilligend zu Robert herüber.

»Mit wem hat Sie das Kind denn verwechselt?« wollte Mona wissen.

Gitte und Frank lachten überlegen. Robert blieb ganz ernst.

»Ach, das wissen Sie nicht?« fragte Frank.

»Nein«, sagte Mona, »was ist daran so komisch?«

»Na, er sieht doch aus wie 007!« erklärte Gitte.

»Bond, James Bond!« fügte Frank hinzu.

»Sicher«, sagte Robert nicht ohne Stolz, »ich sehe Sean Connery ein wenig ähnlich. Finden Sie nicht?«

»Also, ich weiß nicht. Vom Typ her schon. Jetzt, wo Sie's sagen. Ich muß mich entschuldigen, ich hab' ewig keinen Film mit Sean Connery mehr gesehen. Tut mir leid.«

»Ich bitte Sie. Das muß Ihnen doch nicht leid tun. Außerdem ist er älter als ich.«

»Ach was?« sagte Gitte und fragte schnell, bevor Robert seiner Empörung Luft machen konnte, Mona nach ihrem Sternzeichen.

»Stier«, antwortete Mona.

»Nein!« sagte Gitte verblüfft.

»Doch«, bekräftigte Mona. »29. April, das ist Stier.«

»Dann haben Sie ja das gleiche Sternzeichen wie Robert! Na«, fügte sie neckisch hinzu, »wenn das mal nicht was zu bedeuten hat!«

In diesem Moment wurde von vier Kellnern der Hauptgang aufgetragen.

Während des Essens wollte Robert von Mona wissen, ob sie eine eigene Massagepraxis führe. Sie habe sich das zwar immer wieder überlegt, erklärte Mona, sich aber letztlich doch nicht dazu durchringen können, den Schritt in die Selbständigkeit zu wagen. Robert verwickelte sie daraufhin so intensiv in ein Gespräch, daß sie gegenüber Frank und Gitte ein schlechtes Gewissen bekam. Deshalb fragte sie, ob Gitte auch berufstätig sei.

»Als ich mit Tanja schwanger war, habe ich natürlich im Büro aufgehört«, erwiderte Gitte. »Die Kinder brauchen schließlich eine Mutter!«

Was sie denn vorher gemacht habe, wollte Mona wissen.

»Was man in einem Büro so macht!« erläuterte Gitte.

»Meine Frau war Sachbearbeiterin beim Finanzamt!« sagte Frank.

»Kann man schon verstehen, daß sie das gerne aufgegeben haben«, meinte Robert.

»Die meisten reagieren so, wenn sie hören, daß meine Frau beim Finanzamt war. Jetzt verwaltet sie nur noch das Haushaltsgeld und die Urlaubskasse.«

»Und Sie?« Mona wollte es nun genau wissen. «Was machen Sie?«

»Anzeigenleiter.«

Von einer Haushaltsleiter hatte Mona schon gehört, aber einer Anzeigenleiter? War sie beschwippst?

»Ich akquiriere Anzeigen für eine Tageszeitung. Ziemlich stressiger Job. Bin viel unterwegs und so.«

»Auf Provisionsbasis, nehme ich an«, sagte Robert und traf damit, ohne es zu wissen, den wunden Punkt.

»Überwiegend. Aber nur von den Provisionen … Natürlich bekomme ich ein festes Gehalt. Ich bin kein Vertreter, müssen Sie wissen.«

»Schon klar! – Dann wollen wir uns mal der Auswahl des Desserts zuwenden.«

Nach dem Essen brachte Robert Vonhof Mona zu ihrem Auto und bot an, sie zu fahren. Dankend lehnte sie ab. Sie hätte es ja nicht weit bis zu ihrem Apartment. Hoch über dem spärlich beleuchteten Parkplatz fegte der Wind geräuschvoll durch die Palmkronen. Schweigend standen sie am Heck von Monas Mietwagen. Und was machte sie, wenn er jetzt versuchen würde, sie zu küssen? Die Vorstellung war ihr gar nicht mal unangenehm. Wäre das nicht der übliche Abschluß eines gelungenen Abends? Aber vielleicht küßte er gar nicht so gut, wie er aussah. Das würde zweifellos alles zerstören.

»Wie wollen wir es denn mit unserem Ausflug halten?« unterbrach Robert ihre Mutmaßungen.

Daran hatte sie inzwischen gar nicht mehr gedacht. Vor lauter Verblüffung über die, im Vergleich zu ihrer Phantasie, harmlose Frage, antwortete sie rasch, da würde sie sich ganz nach ihm richten. Robert meinte, er habe für morgen früh schon eine Tee Time, wie es mit übermorgen sei. Das sei ihr recht, antwortete Mona.

»Sie spielen nicht zufällig Golf?«

»Nein«, sagte Mona, spiele sie nicht.

»Ah ja.« Robert zögerte die Verabschiedung hinaus. «Vielleicht könnten wir morgen nachmittag etwas zusammen unternehmen?«

»Ich dachte, ich schaue mir mal den großen Strand an, der irgendwo hinter den Golfplätzen liegen soll.«

»Verstehe. Da wollen Sie sicher alleine sein.«

»Haben Sie denn Lust mitzukommen?« fragte Mona zweifelnd.

»Wenn es Ihnen nichts ausmacht.«

»Nein, ich denke nicht. Es würde mich sogar freuen. Soll ich Sie vielleicht am Golfplatz abholen?«

»Um zwölf am Makena Clubhaus, wenn es Ihnen wirklich nichts ausmacht.«

»Überhaupt nicht. Also dann um zwölf. Und vielen Dank für das Essen.«

Sie stieg ein und Robert wünschte ihr eine gute Nacht. Die Rücklichter ihres Autos waren längst aus seinem Blickfeld verschwunden, als er zurück ins Hotel ging.

Kassensturz

»Jetzt mal raus mit der Sprache!« forderte Frank seine Frau auf, kaum daß sie die Zimmertür hinter sich geschlossen hatten und er endlich rauchen konnte. »Wie war das mit der Halbpension?«

»Na hör mal, davon war nie die Rede! Ich weiß gar nicht, wie du darauf kommst!«

»Stimmt, du hast sogar behauptet, es sei alles inklusive!«

»Hab' ich nicht!«

»Hast du doch! Weil du genau weißt, daß wir nicht gefahren wären, wenn mir klar gewesen wäre, was da finanziell auf uns zukommt.«

»Eben! Und das, wo wir endlich mal was Schickes gewonnen haben!« Gitte wechselte in einen weinerlichen Tonfall. »Du gönnst mir bloß nicht, daß ich auch mal ein bißchen Luxus genieße. Ich hab ja sonst nichts, außer Windelwechseln und Kochen!«

»Aus dem Alter sind Tanja uns Sven längst raus!« Frank sog hörbar an seiner Zigarette. Daß ausgerechnet er Urlaub im Nichtraucherland machen mußte! Für umsonst wäre das okay gewesen, aber auch noch dafür bezahlen? «Jetzt sag mal ehrlich, wieviel wir schon ausgegeben haben!«

Da Mitleidstour bei Frank nicht zündete, wechselte Gitte die Taktik. »Wenn du's unbedingt wissen willst, kannst du ja runtergehen und an der Rezeption fragen.«

»Never!« weigerte sich Frank. »Das ist mir zu peinlich!«

Sie saßen jetzt einander gegenüber; Frank auf dem Bett, Gitte auf einem der beiden Rattansessel.

»Sonst kümmerst du dich nie um unsere Finanzen. Also, was soll der Streß?«

»Na, hör mal, das stimmt doch gar nicht. Wer bringt denn die Kohle nach Hause?«

»Und wer trinkt abends die Minibar leer?«

»Ich hab' mir *mal* ein Bier rausgenommen!« antwortete Frank entrüstet. »Außerdem sind wir erst zwei Tage hier! Aber allein das Frühstück hat sicher ein Vermögen gekostet! Und dann das Abendessen gestern, die Drinks an der Poolbar! Ich darf gar nicht daran denken. Weißt du eigentlich, wieviel Geld wir noch auf unserem Konto haben?«

»Na ja, dein letztes Gehalt, abzüglich der Miete und der anderen laufenden Kosten, denke ich.«

»Und der Dispokredit ist teuer, nicht? – Wir reisen ab!«

»Hast du einen Sprung in der Schüssel?« Gitte stand auf und lief im Zimmer umher. »Kommt überhaupt nicht in Frage! Wir schaffen das schon irgendwie. Wir können uns ja einschränken, die nächste Zeit.«

»Und Tanjas Reitstunden? Wovon sollen wir die bezahlen?«

Gitte setzte sich neben ihren Mann und kraulte ihm den Nacken. »Jetzt laß uns den Urlaub genießen. So was erleben wir vielleicht nie wieder! Und selbst wenn wir das Konto überziehen! Andere machen auch Schulden!«

»Ist es denn überhaupt sicher, daß wir die Mahlzeiten bezahlen müssen?« fragte Frank, um sich selbst zu beruhigen. »Wir sollten uns mal bei den Reiseleitern erkundigen. Was meinst du?«

»Du hast ganz recht. Immerhin haben wir die Reise gewonnen. Ich finde auch, die können nicht verlangen, daß wir die Mahlzeiten selbst bezahlen! Aber wer weiß, wann man diese Reiseleiter erreicht. Die sind doch sicher dauernd unterwegs.« Gitte ließ von Franks Haaren ab.

»Hast du denn eine Idee, was wir so ausgeben?«

»Nö, nicht genau.«

»Dann sollten wir das für alle Fälle überschlagen!«

»Muß das sein?«

»Ja sicher. Vielleicht ist es gar nicht so viel.«

»Na gut, gib mir mal die Karten!«

»Willst du unserer finanziellen Zukunft die Karten legen? Ich wußte gar nicht, daß wir ein Skatblatt dabeihaben.«

»Mein Gott, da auf dem Schreibtisch, in dem Ständer sind die Karten der Restaurants!«

Frank reichte sie ihr. Gitte nahm den Block, der neben dem Telefon lag, den dazugehörigen Kugelschreiber und notierte eine Zahlenkolonne. Frank stellte den Fernseher an. Er öffnete die Tür der Minibar, um sich ein Bier rauszunehmen.

»Frank!« rief Gitte schrill.

Schuldbewußt stellte Frank die Bierflasche zurück.

»Also«, sagte sie eine Weile später, »ich schätze, wir geben, wenn wir so weitermachen, weit über tausend Mark pro Woche aus.«

»Unmöglich!«

»Wenn ich es dir sage! Das Frühstück kostet pro Person dreißig Mark, macht in einer Woche für zwei Personen 420 Mark. Dein Filet Mignon von gestern kommt auf vierzig Mark. Plus Vorspeise, Desserts und Getränken sind wir bei den Abendessen locker mit einem Hunderter dabei, die Mittagessen noch nicht gerechnet. Deine diversen Bierchen gehen auch noch extra!«

»Das können wir uns doch gar nicht leisten!«

»Also komm, so arm sind wir auch wieder nicht!«

»Verdammt! Und dann die Trinkgelder! Wieso mußte deine Mutter dieses blöde Preisausschreiben mitmachen? Für das, was wir hier an Getränken und Essen ausgeben, hätten wir zu fünft an die Costa Brava fahren können! Morgen gehen wir im Supermarkt einkaufen!«

150 Exotische Gerüche

Die letzten Meter mußten sie rennen, um den Bus zu erreichen, der sie zum Aloha Stadion am anderen Ende von Honolulu bringen würde.

Heiko kontrollierte die Uhrzeit. »Fünf Minuten zu früh! Es ist erst dreiviertel sieben!« bemerkte er pedantisch.

»Ist doch egal«, meinte Beate. »Hauptsache, mir sitzen drin.«

»Das stand aber Spitz auf Knopf! Der nächste fährt erst um neun!«

Heiko war voller Erwartung auf den Flohmarkt. Er würde ein paar kleine hawaiische Antiquitäten erstehen, die in den Rucksack paßten. Wer kaufte wohl den billigen Touristenkitsch, wie sie ihn in Waikiki im International Market Place, an dem sie gestern vorbeigekommen waren, anboten? Die bunten Kerzen mit Gesichtern. Und erst die Götter-Figuren mit den rotleuchtenden Augen, die angeblich aus Lavastein sein sollten. Die fühlten sich an wie aus Vollgummi. So einen Mist konnte man ihm jedenfalls nicht andrehen. Aber hier, auf dem Flohmarkt, da gab es sicher authentische Sachen. Anschließend würde er Beate noch mit einem Abstecher nach Pearl Harbor überraschen. Das USS Arizona Memorial mußte man schließlich gesehen haben und es lag gar nicht so weit vom Flohmarkt entfernt.

Am Baseballstadion angekommen, um das herum der Flohmarkt stattfand, steuerte Beate sofort auf einen Stand zu, an dem Shorts feilgeboten wurden.

»Heiko, guck mal, wär' das nicht was für dich? Wo doch die Fettflecken nicht mehr rausgehen, kaufst du dir besser eine neue Hose. Die ist ganz billig.«

»Die Farbe ist blöd«, sagte Heiko. »Und ganz gewiß miese Qualität.«

»Aber vielleicht haben die auch noch andere«, wandte Beate ein, doch Heiko ging schon weiter. Gleich mußten schließlich die Stände mit den polynesischen Reliquien kommen. Bis jetzt sah er allerdings nur bergeweise buntbedruckte T-Shirts.

»Heiko, guck mal!« brüllte Beate erneut hinter ihm her. Sie verschwand unter dem Zeltdach eines Standes mit Räucherstäbchen in 150 verschiedenen Duftnoten.

»Ist das nicht super?« Sie schmiegte sich an Heiko, schon ganz in Gedanken an gemütliche Stunden bei Vanilletee und

Kuschelrock. »Wenn man zwanzig Stück nimmt, gibt's Rabatt. Was meinst du?«

»Wenn du meinst«, brummelte Heiko, »aber kein Weihrauch, ich will aus der Kirche austreten.«

Oh je, dachte Beate und sah eine Katastrophe auf sich zukommen. Ihre Mutter hatte sie am Abend vor der Abreise im Wäschekeller abgepaßt, wo sie schnell noch die Hose für die Fahrt bügelte, und ihr ganz im Vertrauen eröffnet, daß sie ihr eigenes Hochzeitskleid in die Reinigung gebracht habe. Ob sie Papi etwa nochmal heiraten wolle, hatte sie ihre Mutter gefragt. Nein, das sei für sie, hatte ihre Mutter geantwortet und ihr auf diese Weise schonend beizubringen versucht, daß sie mal ruhig auf Hawaii heiraten solle, aber danach natürlich noch eine kirchliche Trauung und ein ordentliches Familienfest stattfände. Das *Romantik Restaurant Zum Ochsen* sei bereits reserviert. Sie hatte fassungslos neben dem Bügelbrett gestanden und es nicht glauben wollen. »Weiß Heiko davon?« hatte sie gefragt. »Kind«, sagte ihre Mutter, »die Männer lassen wir da erstmal raus. Aber mit Frau Fichtel ist alles besprochen.« Über unsere Köpfe hinweg! dachte Beate auch jetzt noch aufgebracht. Sie hatte dann noch eingewandt, wie das denn mit dem Aufgebot und so gehen solle. Da hatte ihre Mutter schmallippig gelächelt und gemeint, den Pfarrer übernähme Frau Fichtel, das sei kein Problem. Heiko und sie würden ihr noch dankbar sein.

Aber wie sollte sie das Heiko beibringen und was, wenn er wirklich aus der Kirche austreten wollte? Schnell sagte sie: »Nein, schau nur: Mango und Papaya, Zitronengras und Ingwer. So was gibt's bei uns nicht!«

»Da stinkt dann das ganze Haus nach verkohltem Obst.«

»Och Heiko, sei kein Spielverderber. Such lieber mit aus.«

Desinteressiert wanderte Heiko an den Reihen mit den hohen Gläsern entlang, in denen die Stäbchen in den diversen Geruchsvarianten steckten. Beate nahm jeweils immer nur eines aus dem Glas, damit sie zwanzig verschiedene Gerüche aussuchen konnte. Nur bei Kokos war sie unschlüssig, ob sie nicht doch drei nehmen sollte.

»Bist du jetzt endlich soweit?« wollte Heiko wissen.

»Ich komm' ja schon!« Beate hielt bereits ihren Brustbeutel in der Hand, um zu bezahlen.

Forsch schritt Heiko durch die Gasse zwischen den Ständen, begierig, auf Trouvaillen zu stoßen, um die ihn jeder beneiden würde. Als sie das Stadion zur Hälfte umrundet hatten, war Beate schon ein kleines bißchen verärgert. Die Hitze wurde durch den ständig wehenden Passatwind erträglich, aber trotzdem war es zu warm für einen Dauerlauf. Erst redete er die ganze Zeit davon, auf den Flohmarkt zu gehen, und wenn sie dort waren, hastete er an den Buden mit den Souvenirs entlang, ohne sie eines Blickes zu würdigen. Das sollte mal einer verstehen. Sie kamen am Ausgangspunkt ihrer Tour an und Heiko ließ enttäuscht Kopf und Arme hängen.

»So'n Scheiß! Nichts als kommerzieller Kram!«

»Was hast du denn erwartet?«

»Ha, was Ausgefallenes eben.«

»Aber Heiko, das haben mir doch! Ich freu' mich schon, wenn mir daheim gemütlich schwätzen und die Räucherstäbchen anzünden.«

Big Beach

Die gut ausgebaute Straße ging in einen schmalen Asphaltstreifen voller Schlaglöcher über. »Ich denke, hier wird es sein!« Mona ließ Robert vorsichtshalber aussteigen, bevor sie den Wagen dicht am Buschwerk parkte.

Sie hatte eben schon wieder mit ihm gegessen, denn Roberts Argument, sich mittags der Sonne auszusetzen, sei ungesund, konnte sie schlecht etwas entgegenhalten.

Während er ihr den Weg durch die dornigen Kiawe-Bäume bahnte, fragte sich Mona, ob sie seine Gegenwart genoß, weil er sie vor dem Alleinsein bewahrte oder ob sie sich wirklich zu ihm hingezogen fühlte. Wäre sie mit ihm essen gegangen, wenn sie ihn unter alltäglichen Umständen getroffen hätte? Es war ihr immer noch ein Rätsel, warum er ausgerechnet mit ihr seine Zeit verbrachte.

Sie mochte die Lachfältchen um seine Augen, seine unaufgeregte Art zu sprechen, sich für das zu interessieren, was sie sagte. Dabei hatte sie eigentlich gar nichts zu erzählen. Doch es kam ihr vor, als habe sie während des Essens die Unterhaltung ganz alleine bestritten. Lars ließ sie nie länger als drei Sätze zu Wort kommen. Redebeiträge von anderen langweilten ihn.

Sie hörten schon, wie sich die Brecher überschlugen, bevor sie, von der Sonne geblendet, den breiten weißen Sandstreifen erreichten, der sich weit nach rechts und links erstreckte.

»Fantastisch!« rief Mona. »Und was für eine Brandung! Wollen wir unsere Sachen gleich hier bei den Bäumen lassen?« Sie breitete ihr Strandtuch aus, beschwerte die Enden gegen den Wind mit Sandalen und Tasche und zögerte. Sich in Roberts Gegenwart auszuziehen kam ihr ziemlich intim vor. Auch er schien irgendwie unentschlossen. Er stand immer noch am selben Platz und schaute aufs Meer. Andere nackt zu sehen, machte ihr nun wirklich nichts aus. Aber was sie selbst betraf...

Robert drehte sich um. »Soll ich Ihnen beim Reißverschluß helfen?«

»Danke, danke, es geht schon.«

Robert entblößte seinen graumelierten Oberkörper und stand gleich darauf in Schwimmshorts vor Mona, die, immer noch im Stehen, angefangen hatte, sich die Schultern mit einem Sonnenschutzmittel einzureiben.

Er nahm ihr die Flasche aus der Hand und cremte ihr mit langsamen, aber durchaus kräftigen Bewegungen den Rücken ein. Die Härchen in ihrem Nacken gingen in Hab-Acht-Stellung. Ob er das sah?

»Wer zuerst im Wasser ist!« rief Mona aus Verlegenheit und rannte los.

Am Wasser angekommen hielt sie inne. Die Wellen überschlugen sich mit einer Macht, als wollten sie die kleinen menschlichen Störenfriede am Ufer verschlingen. Robert griff nach ihrer Hand und zog sie mit sich in die krachenden Fluten.

»Sie können doch schwimmen?« fragte er erst, als sich eine besonders hohe Woge auftürmte.

Mona blieb keine Zeit zu antworten. Wie auf einer Schaukel ließ sie sich von dem Wellenkamm hochtragen. Hinter sich hörte sie den schäumenden Überschlag und Kindergekreische. Sie fühlte wieder Boden unter den Füßen und streckte ihre Hand, ohne sich dessen recht bewußt zu sein, zu Robert aus.

»Achtung! Durchtauchen!« warnte Robert und schwamm auf die heranrollenden Wassermassen zu.

Sonnenbrand

»Sie haben mir das Leben gerettet. Ich dachte wirklich, ich ertrinke.« Mona wrang Wasser aus den Haaren.

»Ach was. Wir konnten an der Stelle noch stehen. Darf ich?« Robert nahm, ohne das Fehlen von Gläsern zu beklagen, einen tiefen Zug aus Monas Mineralwasserflasche, rollte sein feuchtes Handtuch zu einer Kopfstütze ein und legte sich in die Sonne.

Mona rutschte an den Rand des Strandlakens, um diskret Abstand zu halten. Ihr war auf dem Weg aus dem Wasser aufgefallen, daß ihm auf dem Rücken kaum Haare wuchsen. Mit Genugtuung hatte sie das zur Kenntnis genommen, denn stark behaarte Männerrücken verabscheute sie. Würde sie gerne in Haaren wühlen, wäre sie Friseurin geworden.

»Ich habe Ihnen heute mittag schon sämtliche Massage-Anekdoten erzählt, die mir eingefallen sind, und Sie sind kaum zu Wort gekommen.«

»Ich fand das sehr amüsant. Was sollte ich schon erzählen? Fragen Sie mich was.«

Mona lachte ganz entspannt. »Na gut. Fangen wir mit etwas Einfachem an. Wo wohnen Sie eigentlich?«

»In Düsseldorf.«

»Ach? Und?«

»Wie meinen Sie das?«

»Na, wie ist es da? Ein schönes Haus, sicherlich.«

»Ich weiß nicht, ob es schön ist. Wie diese Gründerzeithäuser eben so sind, ständig renovierungsbedürftig. Es ist mein Elternhaus, wissen Sie.«

»Hat es einen Garten?«

»Schon, aber ich mache mir nicht so viel daraus. Wenn ich frische Luft brauche, gehe ich auf den Golfplatz.«

Mona hätte gerne gewußt, ob Rosen am Haus rankten, traute sich jedoch nicht, so etwas Seltsames zu fragen. Sie schloß die Augen und sah in ihrer Phantasie eine wunderschöne alte Villa mit Schnörkeln, Erkern und dicken Teppichen vor einem Kamin, in dem Holzscheite glimmten. Sofort stieg das schlechte Gewissen in ihr hoch. Sie lag neben einem fremden Mann und träumte von seinem Haus! Um Himmels willen! Sie gehörte zu Lars und seiner aseptischen Kachel-Kate.

»Ich habe eine Katze«, sagte Mona nach einer Pause. »Sie heißt Dicke Bertha.«

»Merkwürdiger Name.«

»Na ja, mein Mann hat sie mir geschenkt, und ich habe erst später gemerkt, daß sie so heißt, wie seine Golfschläger, *Big Bertha*, kennen Sie bestimmt. Aber sie ist wirklich ziemlich dick. Mögen Sie Katzen?«

»Schon, aber ich habe eine Katzenhaarallergie.«

»Verstehe.«

Das Gespräch versandete. Mona schloß die Augen und genoß die Sonne auf ihrem Gesicht.

»Sie haben eine so schöne helle Haut. Ich möchte nicht, daß Sie sich einen Sonnenbrand holen.«

Robert stützte den Kopf auf und betrachtete sie. Es machte sie verlegen, von ihm angesehen zu werden. Rasch griff sie nach der Sonnenmilch, setzte sich und verteilte die weiße Lotion großzügig auf Armen und Schultern. Robert schaute ihr aufmerksam dabei zu.

Ein Gesprächsthema! Was sie jetzt brauchte, war dringend ein solides Gesprächsthema: die Sonne, der breite, weiße Strand, das Meer – zu blöd. Sollte sie nach seinen Hobbys fragen? Wie in den Seminaren, in denen die Frauen sagten: meine Hobbys sind Seidenmalerei und Hermann. Anfangs hatte sie das witzig gefunden. Sonst sagten schließlich nur Männer, Frauen seien ihr Hobby. Doch dann war sie dahinter gekommen, daß es sich bei der eigenartigen Inflation von Hermanns keineswegs um Männer, sondern um eine gesuchte Teigkultur zum Backen handelte.

Wieso fiel ihr nichts Gescheites ein? Sie war mit dem Einreiben schon bei den Beinen angelangt. Hoffentlich sah er nicht so genau hin. Lars behauptete, ihre Oberschenkel seien auch schon mal straffer gewesen. Cellulitis war jedoch als Unterhaltungsstoff eher das Gegenteil von dem, was ihr vorschwebte.

»Ja«, sagte Mona gedehnt und guckte Robert in der vagen Hoffnung an, ihr würde beim Sprechen schon irgendwas einfallen. »Also«, sie atmete laut aus, was sich anhörte wie ein Seufzer, und dann entfuhr ihr unabsichtlich ein Geständnis. »Schön mit Ihnen hier zu sein!«

Die Fältchen um Roberts Augenwinkel zogen sich zusammen, ohne daß sich die Mundwinkel bewegten. Lag in diesem Blick nicht etwas Spöttisches? Eine leichte Belustigung über ihr kindisches Verhalten?

Beklommen schaute sie zwischen den Knien hindurch auf das blau-gelbe Wellenmuster des Lakens. Robert sagte immer noch nichts, sie aber spürte seinen Blick in ihrem Rücken. Sie merkte es immer, wenn sie angesehen wurde. Reflexartig spannte sie ihren Kaputzenmuskel. Die Schulterblätter stießen fast aneinander, so aufrecht saß sie da.

Robert schmunzelte. »Ich finde es auch sehr schön. Nett von Ihnen, daß Sie einem älteren Herrn wie mir Gesellschaft leisten.«

Mit hochgezogenen Augenbrauen blickte ihn Mona über die Schulter hinweg an.

Reiseleiter

»Jetzt ruf doch mal diese Reiseleiterin an!« forderte Frank seine Frau auf, als sie, bepackt mit zwei Sixpacks Bier, Taco Chips, einer Familienpackung *Haagen Däsz* mit Erdbeergeschmack, zehn Ansichtskarten, einer Rolle französischer Kekse, einer Gallone eines undefinierbaren Fruchtsaft-Mischgetränks, einer Zitrone und einer Packung japanischer Schirmchen, einem Sortiment Plastikbesteck, geschnittenem Brot, einer Packung Schweizer Käse in Scheiben, einer Teewurst von Herta und zwei vorgebratenen Fleischstücken in einer Blisterpackung ins Hotel zurückkehrten.

»Wieso ich? Ruf du sie an!«

»Ich hab die Nummer nicht.« Frank legte sich aufs Bett und rauchte.

»Meinst du, ich?«

»Sicher. Guck mal in die Mappe mit den Tickets.«

»Immer muß ich mich um alles kümmern!« Gitte faltete den Begleitbrief zu den Reiseunterlagen auseinander und griff zum Telefon.

»Yes, hallo, Frau – Frank, wie hieß die noch gleich?«

»Müller-Schwurbelinsky oder so.«

»Frau Müller-Schwurbelinsky bitte.« Gitte klopfte unruhig mit den langen, pinkfarben lackierten Fingernägeln auf das Nachttischchen, bis sich Frau Müller-Schwurnitz endlich meldete.

»Gitte Plötzen hier. Die Gewinner, Sie wissen schon. Wollten Sie nicht mal im Hotel vorbeikommen?«

Frank wedelte mit der Hand, in der er die Zigarette hielt, vor seinem Gesicht herum. »Das ist doch nun egal!«

»So so. Ja, was ich fragen wollte. Müssen wir eigentlich die Mahlzeiten selbst ... oder ist das alles inklusive?«

»So. Aha. Man wird ja noch mal fragen dürfen. Ich meine, da heißt es, wir hätten eine Traumreise *gewonnen* und dann sollen wir alles selbst bezahlen. Wissen Sie eigentlich, wie lange meine Mutter schon Sammelbestellerin ist? Und wir haben immer pünktlich bezahlt. Aber das kann ich Ihnen sagen, damit ist jetzt Schluß. Nächstens bestellen wir beim Otto Versand. Wenn Sie treue Kunden nicht zu schätzen wissen! Also wirklich!«

»Was heißt hier, das täte Ihnen leid? Dafür ist es nun zu spät, meine Beste.«

Gitte knallte den Hörer auf. »Blöde Zicke!«

»Ich muß dich wohl nicht fragen, was sie gesagt hat.«

Zum Glück sind die auf'm Zimmer!« keuchte der Reiseleiter, »stell dir vor, wir hätten sie überall suchen müssen!«

»Du röchelst wieder mal, als würden wir die Treppe rauflaufen!«

Inge Müller-Schwurnitz kontrollierte ihre Frisur im Aufzugspiegel und korrigierte den Sitz ihres Hermès Seidentuchs, das sie preiswert in Hongkong erworben hatte. Und immer wenn sie es trug, nagte der Zweifel an ihr, es könnte sich um eine teuer bezahlte Fälschung handeln. »Da müssen wir jetzt durch!«

»Leider!« Klaus-Peter Bäumig, in Shorts gepreßt, die von hinten im Schritt Falten zogen, ließ seiner Kollegin beim Verlassen des Lifts den Vortritt.

»Laß mich das machen, ja? Psychologie ist nicht gerade deine Stärke!« Sie klopfte. Frank öffnete die Tür. »Herr Plötzen, wie nett!« strahlend begrüßte Inge Müller-Schwurnitz den vermutlich renitenten Gast. »Meinen Kollegen, Herrn Klaus-Peter Bäumig, muß ich ja nicht mehr vorstellen.«

»Tag«, sagte Frank. »Wir sitzen draußen. Kommen Sie!«

»Da ist ja auch Ihre reizende Frau! Schönen Tag, Frau Plötzen, bleiben Sie nur liegen!«

Gitte hatte nicht die Absicht gehabt, aufzustehen. Sie rekelte sich auf der Liege in einem schmalen Streifen Sonne, der mittags auf den kleinen Balkon fiel. In der einen Hand hielt sie ein Longdrinkglas mit einem zähflüssigen rötlichen Inhalt, in der anderen drehte sie ein japanisches Zierschirmchen zwischen Daumen und Zeigefinger nervös hin und her.

»Was ist das denn?« Entsetzt zeigte die Reiseleiterin auf Gittes Glas. »Das müssen wir unbedingt reklamieren! Dabei hat die Bar einen so guten Ruf!«

»Setzen Sie sich!« forderte Frank die beiden auf.

Klaus-Peter Bäumig ließ sich mit einem lauten Schnaufer in einen der Rattanstühle fallen. Es knarzte. Inge Müller-Schwurnitz setzte sich auf die Kante eines anderen Sessels, legte ihren Aktenkoffer mit einem *Hang loose*-Aufkleber vor sich auf den Tisch und schaute immer noch fassungslos das Getränk an, das Gitte in der Hand hielt.

»Damit da kein Mißverständnis entsteht«, begann Frank, der sich auf das Fußende der Liege setzte, »das Getränk ist eine Eigenproduktion meiner Frau, müssen Sie wissen.«

»Da bin ich aber erleichtert! Ich konnte mir auch ehrlich gesagt kaum vorstellen, daß *so was* hier serviert wird.«

»Ach«, sagte ihr Kollege, »das ist wohl schon eine Sparmaßnahme, wie?«

Inge Müller-Schwurnitz sah ihn strafend an. »Mein Kollege findet das auch sehr originell. Wie ich sehe, fühlen Sie sich wohl hier. Ist ja auch ein sehr schönes Haus.«

»Sehr schön!« echote Frank. »Möchten Sie auch etwas trinken?«

»Oh nein, vielen Dank.« Frau Müller-Schwurnitz hob abwehrend beide Hände.

»Gerne«, sagte gleichzeitig der schwitzende Kollege. Frank holte ein Bier, das Herr Bäumig dankbar annahm.

»Was ist das denn?« fragte Frank, auf den Aktenkoffer der Schwurnitz zeigend, auf dem ein Sticker in Form einer Hand mit abgespreiztem Daumen und kleinem Finger klebte. »Das sieht ja aus wie das Zeichen für Telefonieren, nur nicht hochkant, sondern gerade gehalten. *Hang loose! Hawaii* – Was heißt denn das?«

»Ach, das ist nur so!« kommentierte die Reiseleiterin. »Locker sein ist angesagt. Früher hieß das *Aloha Spirit*, heute sagt man eben *Hang loose*. – Ja, also, was ich sagen wollte«, nahm sie den Faden wieder auf, »und ich will Sie auch nicht lange stören, aber es ist nun mal so, daß unsere Gäste unterschiedliche Ansprüche haben und dieses Haus hier drei Restaurants führt, für alle Geschmäcker und Geldbeutel, sozusagen. Also, das ist hier schon etwas exklusiver, und – äh – wir möchten da nicht vorgreifen, sondern jedem die Entscheidung überlassen, was er nutzen will. Als Ausgleich haben Sie ja immerhin Tausend Mark Taschengeld bekommen.«

»Ach!« Frank schaute zu Gitte, die ihren Blick in die Ferne gerichtet hielt, als ginge sie das alles nichts an. »Vielleicht sagst du mal was dazu!«

Widerwillig guckte Gitte die Reiseleiter an. »Na und? Das reicht ja nicht mal für *eine* Woche!«

Frank fehlten die Worte.

Klaus-Peter Bäumig wischte sich den Schaum von der Oberlippe.

Inge Müller-Schwurnitz räusperte sich und sagte: «Na ja, aber einem geschenkten Gaul...! Ich meine, das ist doch recht großzügig von uns«, und atmete tief die frische Brise ein, die vom Meer herwehte. »Die meisten wären froh, wenn sie so eine Reise gewinnen würden.«

»Sicher«, sagte Frank, »wir auch. Nicht Gitte? – Gitte!«

Gitte antwortete nicht.

»Also«, Frau Müller-Schwurnitz erhob sich, »das hätten wir ja nun bereinigt. Den Voucher für den Transfer am Abreisetag lasse ich Ihnen am besten gleich da. Dann muß ich Sie deswegen nicht noch mal stören.« Sie öffnete ihren Aktenkoffer und entnahm den Gutschein. »Stecken sie ihn gut weg und denken Sie bitte daran, frühzeitig vor dem Abflug am Flughafen zu sein. Und dann wünschen wir Ihnen noch einen schönen Aufenthalt.« Sie schloß den Aktenkoffer mit einer resoluten Bewegung.

Klaus-Peter Bäumig trank sein Bier aus und stand ebenfalls auf. »Ja, schön' Urlaub noch. Un' Danke für's Bier.«

Frank brachte sie zur Tür. »Sagen Sie mal, Herr Bäumig, das ist doch ein Hawaii-Hemd, das Sie tragen.«

»Ja«, sagte Klaus-Peter stolz, «gefällt's Ihnen? Original Aloha-wear.«

»Ist das nicht das Hemd von *Magnum*?«

»Stimmt. Gibt's aber nirgends mehr.«

»Schade.«

»Tschüs denn!« Er wies in Richtung Lift. »Meine Kollegin wartet.«

Inge Müller-Schwurnitz hielt die Aufzugtür fest. Klaus-Peter Bäumig stürmte kurzatmig hinein.

»Na endlich! Was gab's denn noch?«

»Hat nach mei'm Hemd gefragt.«

»Ach so!«

»Du, der wußte nichts von dem Geld. Hab's genau gemerkt. Was seine Alte wohl damit gemacht hat?«

»Mit Sicherheit nicht in Cocktails investiert! Ne, war das ein widerlicher Glibber!«

Mikrowellen

Weder Robert noch Mona waren in der Stimmung, den Abend alleine zu verbringen. Und da sie sich nicht schon wieder von Robert zum Essen einladen lassen wollte, schlug Mona vor, gleich vom Strand aus zu ihr ins Apartment zu fahren. Der Gedanke an Lars begann schon ein wenig zu verblassen. Zwar beschlich sie die vage Sorge, Lars könne eintreffen, aber so wie sie ihn kannte, rief er von unterwegs an. Und dann war sie wenigstens erreichbar.

Robert stieg mit ihr zusammen aus und betrachtete den Traveller's Tree auf dem Parkplatz vor Monas Apartment. Sie stellte sich zu ihm.

»Ich liebe diesen Baum der Reisenden ganz besonders«, sagte er, »man sieht ihn selten. Und dieser hat sogar einen Ableger.«

Die palmwedelähnlichen Blätter wuchsen in Form eines Fächers aus dem Stamm, und das sah ganz besonders apart aus, fand auch Mona. »Wieso heißt er Traveller's Tree?«

»Weil darin ein durstiger Reisender immer einen Schluck Wasser finden kann. Im Übergang zum Stamm, wo sich die Zweige überlappen, ist welches gespeichert.«

Wie überall auf Hawaii war auch hier die Umgebung der Apartments als tropischer Garten gestaltet. Natürlich hatte sie schon vorher auf die gelb und rot blühenden Bäume geachtet, aber eine der wenigen Pflanzen, die sie mit Namen kannte, waren die prächtig in Orange, Pink oder Lila wuchernden Bougainvilleen.

Drinnen lud Mona ihn ein, sich ganz wie zu Hause zu fühlen und sich auf die Terrasse zu setzen, während sie duschte. Als sie aus dem Bad kam, stand Robert in der Küche und goß Fruchtsaft in Gläser.

»Toll, das Apartment. Und die Küche ist wirklich geräumig. Würde es Ihnen etwas ausmachen, wenn ich auch kurz dusche?« Er reichte ihr ein Glas.

Mona stellte sich Robert nackt unter der Dusche vor, unter der sie eben gestanden hatte, schüttelte die nassen Haare und sagte, das mache ihr natürlich nichts aus. Sie holte ihm ein frisches Handtuch aus dem Schrank und ging zurück in die Küche, um Salat zuzubereiten.

»Kann ich Ihnen helfen?« fragte Robert kaum zehn Minuten später.

Mona lachte. »Sagen Sie bloß, Sie können kochen?«

»Nun ja«, sagte Robert, »ich habe eine Köchin, aber ich würde gerne. Zeigen Sie mir, was ich machen soll!«

»Wie wär's mit Spaghetti Alfredo? Das ist einfach und geht schnell.«

»Ich schätze zum Reiben von Parmesan reichen meine Fähigkeiten.«

Während sie darauf warteten, daß das Wasser kochte, deckte Mona den Tisch auf der Terrasse.

»Ich habe vergessen, Servietten zu kaufen!« entschuldigte sich Mona. »Das ist mir jetzt richtig unangenehm.«

»Ich bitte Sie! Schmecken wird es uns sicher auch ohne. Und für den Notfall gibt's ja das!« Robert zeigte auf die Rolle Küchenkrepp, die neben dem Herd an der Wand hing. »Das Wasser kocht! Salz und Öl, stimmt's?«

»Nur Salz, kein Öl!« verbesserte Mona.

»Ich denke, sonst kleben die Nudeln zusammen.«

»Nicht, wenn man genug Wasser nimmt. Durch den Fettfilm auf den Nudeln haftet eine Sauce schlecht daran.«

»Wieder was gelernt! Und gießen Sie die Nudeln nur ins Sieb ab, oder gehören Sie zu der Fraktion der Abschrecker?«

»Sehe ich so aus?«

»Im Gegenteil. Entschuldigen Sie die dumme Frage. Haben Sie Pfeffer?«

Mona wärmte die Schüssel für die Nudeln an. »Sicher, ich habe eine Mühle mitgebracht. Sie steht im Schrank.«

Robert öffnete die Oberschränke und entdeckte dabei eine flache, blaue Staniolpackung. »Popcorn für die Mikrowelle? Was es hier alles gibt!«

»Ja, toll nicht? Ich mußte das einfach kaufen.«

»Und das geht?«

»Ich hoffe. Wir können es nach dem Essen ausprobieren, wenn Sie möchten!«

»Wunderbare Idee! Soll ich die Nudeln probieren?«

»Nur zu!« Sie gab gerade Parmesan und Butter in die Schüssel.

»Also, ich weiß nicht so recht.« Robert hielt ihr die Gabel mit zwei Nudeln hin. »Das müssen Sie entscheiden.«

Er machte keine Anstalten, Mona die Gabel zu überlassen, sondern hielt sie hoch, um sie von den Spaghetti abbeißen zu lassen. Wenn sie mit dem Mund herankam, hielt er die Gabel wieder ein wenig höher. Sie mußte lachen und griff an sein Handgelenk, um die Gabel zu dirigieren. Als sie ihm dabei in die Augen sah, erstarb ihr Lachen und sie ließ ihn sofort los.

»Ich denke, jetzt werden sie gut sein!« sagte sie mit tonloser Stimme.

Beim Essen kamen sie auf den vorherigen Abend zu sprechen und stellten wilde Vermutungen darüber an, wie Frank Plötzen wohl auf die Idee gekommen sein konnte, das Hotel sei mit Halbpension. Dann erzählte Robert Begebenheiten mit Leuten, die er bei seinen letzten Aufenthalten getroffen hatte. Mona bekam einen Schluckauf vor Lachen und fragte sich, wann sie sich das letzte Mal so amüsiert hatte.

Dann erinnerte Robert an das geplante Dessert-Experiment.

Die Mikrowelle im Apartment hatte sogar eine Taste mit einem Popcorn-Symbol. Sie standen gespannt vor dem erleuchteten Fenster und schauten zu, wie sich die Tüte aufblähte. Als es darin fürchterlich zu Krachen begann, erschrak Mona.

Robert legte den Arm um ihre Schulter. »Keine Angst, da kann nichts passieren!«

»Na ja«, sagte Mona, »man muß schon aufpassen!« Sie machte sich frei und holte eine Schale aus dem Schrank.

»Und jetzt?« fragte Robert.

»Wir könnten einen Film ansehen!« schlug Mona vor.

»Okay! Tun wir so, als seien wir im Kino.«

Sonne auf Raten

»Ich fasse es immer noch nicht!« Frank zündete sich eine Marlboro an, während Gitte die restlichen Lebensmittel in den Kühlschrank räumte. »Für mich bleibt nur das kalte Kotelett! Ich bin in der Familie wirklich der letzte Arsch!«

»Reg dich bloß nicht künstlich auf!« Gitte setzte sich wieder auf den Balkon und nahm sich eine Zigarette aus Franks

Päckchen. »Bloß wegen der paar Piepen! – Vielleicht gibst du deiner Frau mal Feuer?«

»Ich denk', du wolltest nicht mehr rauchen?« Frank hielt ihr die Flamme hin und Gitte schloß beim ersten Zug genüßlich die Augen.

»Ich dachte mir, daß du sauer wirst, wenn du es erfährst. Deshalb habe ich ja nichts gesagt.«

»Als wenn ich ein Unmensch wäre!«

Frank war ein bißchen beleidigt. Wenn sie es sich leisten könnten, hätte er seinem Sohn selbst die echten Rollerblades zum Geburtstag geschenkt und er sah durchaus ein, daß Tanja nicht länger als einzige, wie sie immer sagte, in Jeans und Gummistiefeln reiten gehen konnte, sondern es besser aussah, wenn sie eine Breeches und Lederstiefel bekam – wenn man mal die Frage außer acht ließ, wie lange er ihr die Reitstunden überhaupt noch bezahlen konnte. Aber daß seine Frau außerdem und ohne ihn zu fragen, eine Sonnenbank für über zweitausend Mark angezahlt hatte, ging doch zu weit.

»Und wo bitte, sollen wir das Teil hinstellen?«

»In den Keller, dachte ich.«

»In den Keller! Und was ist mit meiner selbstgeschreinerten Tischtennisplatte?«

»Wann hast du denn das letzte Mal Tischtennis gespielt? Ich bitte dich! Von der Sonnenbank haben wir doch alle was! Sechzehn Röhren à 100 Watt! Später kaufen wir die Trimmgeräte dazu, dann sparen wir die Mitgliedsgebühren für die Fitneß-Oase. So mußt du das mal rechnen! Im Endeffekt ist das nämlich günstiger.«

»Vorausgesetzt, ich baue den Keller in Heimarbeit aus. Oder willst du dich etwa zwischen die Regale mit den Konserven und dem Eingemachten von deiner Mutter legen? Sehr gemütlich! Links die Tiefkühltruhe, rechts die Sonnenbank. Denk mal an den Stromverbrauch, Wartung und so.«

»Du mußt einem aber auch alles mies machen! Mutti hat schon gesagt, sie näht Vorhänge für die Regale. Wir legen einen Rest Teppichboden rein und schon sieht das alles ganz kuschelig aus.«

»Ich kann mir deine Mutter gar nicht in braun vorstellen.«

»Wieso? Was hat Mutti damit zu tun?«

»Du hast doch eben behauptet, da hätten alle was davon. Sven ist das piepegal, deine Mutter ist ziemlich uneitel, soweit ich das als Mann beurteilen kann, und Tanja hat durchblicken lassen, daß sie sich ihre Haut keinesfalls so ruinieren will wie du. Und ich leg mich nicht neben den Kartoffeln in die Sonne. So'n Trimmgerät okay, aber ein Solarium?«

»Hat sie das wirklich gesagt?«

»Wer hat was gesagt?«

»Na, Tanja.«

»Ja, aber du weißt doch wie Kinder sind! Vergiß es einfach!«

»Frank?«

»Ja.«

»Findest du auch, daß ich runzelig aussehe?«

»Ich mag dich so, wie du bist!«

»Also, du findest das auch«, stöhnte Gitte.

»Hab' ich nicht gesagt. Aber man liest ja auch immer, daß die Strahlung nicht gut sein soll für die Haut. Du solltest die Sonne eher in Raten genießen. Laß uns doch mal die Insel erkunden. Was meinst du?«

»Womit denn?«

»Da findet sich schon was!«

»Ich bin echt schockiert, daß du mich nicht mehr attraktiv findest.«

»Das stimmt doch gar nicht.« Frank kniete sich vor Gitte hin und schob eine Hand unter ihr Kleid. »Soll ich's dir beweisen?«

Beate seufzte. Heute hatte Heiko sie nach dem Flohmarkt und dem Besuch von Pearl Harbor auch noch durch's Bishop Museum geschleift. Sobald sie in ein Museum kam, taten ihr nach fünf Minuten die Füße weh. Heiko war endlos vor den Relikten aus der Zeit des Walfangs stehengeblieben. Er hatte als Kind *Moby Dick* gelesen und fühlte sich daher als Experte. Sie schaute sich währenddessen die langen warmen Kleider, Handarbeiten und Tagebücher der Missionarsfrauen an.

Die Federmasken der Häuptlinge hatten ihr nicht so gut gefallen. Hundezähne markierten ein furchterregendes Gebiß und wenn sie erst an all die kleinen gelben und roten Vögel dachte, die ihre Federn für die Umhänge lassen mußten! Daß das Surfen eine historische Sportart der hawaiischen Könige und nicht etwa eine neumodische Erfindung war, hatte sie dort gelernt. Das große Holz-Surfboard des berühmten Duke Kahanamoku, an dessen blumengeschmückter Statue am Strand von Waikiki sie schon vorbeigekommen waren, sah unglaublich schwer aus.

Aber daß Heiko angesichts der beiden historischen Holzfiguren – einer kleineren Frau mit struppigen braunen Haaren und ziemlich dicken, noch dazu hängenden Brüsten und einem gefährlich aussehenden Mann mit Bauchansatz, hochgezogenen Augenbrauen und herausgestreckter Zunge – gesagt hatte, die sähen aus, wie ihnen aus dem Gesicht geschnitten, war doch wohl der Gipfel!

Beate haderte mit ihrem Schicksal. Ihre sogenannte Hochzeitsreise hatte sie sich romantischer vorgestellt. Seit Heiko gleich am ersten Tag auf die Idee gekommen war, den Urlaub zu Hause als Diashow zu vermarkten, um die Ausgaben wieder einzuspielen, wie er sich ausdrückte, hastete er von einer Sehenswürdigkeit zur nächsten, um nur ja nichts zu verpassen. Er hatte sich schon einen richtigen Terminplan angefertigt. Sie fand das stressig.

Sie kaute an ihrem Kugelschreiber und überlegte, was sie nach dem Datum und der Bemerkung, daß ihre Erkältung fast weg sei, noch in ihr Reisetagebuch schreiben könnte. Sie war schon ein Pechvogel: kurz vor der Reise eine Wurzelvereiterung am Eckzahn, dann die schlimme Grippe und jetzt konnte sie kaum laufen. Heiko hatte sich angesichts ihrer Blasen freiwillig erboten, etwas zu essen zu besorgen, deshalb war sie nun zum erstenmal für einen Moment alleine im Hotelzimmer.

Als ob sein Besichtigungsterror alleine nicht reichen würde, mußte er stets zu ausführlichen Erklärungen ansetzen, die immer mit »Weisch eigentlich, daß ...« begannen. Natürlich bewunderte sie sein Wissen, aber warum vermittelte er ihr immer das Gefühl, sie befände sich auf einem Schulausflug? Schließlich hatte sie gerade ihr erstes Staatsexamen fürs Lehramt abgelegt und nicht er.

Den heutigen Tag mußte sie unbedingt noch eintragen: Flohmarkt und dann Pearl Harbor. Sie hatte ja schon vorher gewußt, daß durch den Luftangriff der Japaner auf die in Pearl Harbor liegenden amerikanischen Schlachtschiffe die USA in den Zweiten Weltkrieg eingetreten waren. Aber daß das hier auf Oahu gewesen war, ganz in der Nähe! Eigenartige Vorstellung! Und dann das USS Arizona Memorial. Ein Gefühl wie in einer Kirche. Man blickte von dem Denkmal auf das mit Mann und Maus gesunkene Schlachtschiffwrack, oder zumindest auf die Gefechtstürme, die aus dem Wasser ragten. Die Besucher waren wirklich ziemlich andächtig gewesen. War ja auch eine schreckliche Vorstellung, daß unter einem all diese Leichen ... Öl schwamm auf der grünen Wasseroberfläche, das trat wohl immer noch aus. Ihr war es die ganze Zeit ungemütlich gewesen, so über diesen Toten zu stehen. Sie war froh, als sie wieder zusammengetrommelt und auf das Boot gelotst wurden, das sie zurück zum Museum brachte. Die junge Frau, die es manövrierte, machte das sicher noch nicht lange, denn es klappte weder bei der Hin- noch bei der Rückfahrt ohne Rempler. Da hatte sie richtig mitgefühlt. Bestimmt dachten doch alle Männer wieder »typisch Frau am Steuer«. Ob Heiko sie mal fahren lassen würde, wenn sie erst ein Auto gemietet hatten? Darauf freute sie sich. Endlich würde sie nicht mehr so viel laufen müssen.

Sie betrachtete ihre Blasen am linken kleinen Zeh und an beiden Hacken. Heiko wollte sie aufstechen, aber da war sie ganz dagegen. Überhaupt wäre das doch ein guter Grund, sich morgen mal ein Auto zu mieten und über die Insel zu fahren. Was er wohl dazu sagen würde? »Gell, Beate, des is jetzt net dei Ernscht«, vermutlich.

Sie stand seufzend auf und ging ins kleine Badezimmer, um sich in der Wanne ein Fußbad einlaufen zu lassen.

Gute Verbindung

Als das Telefon läutete, bereitete sich Mona gerade gutgelaunt das Frühstück. Erschrocken hielt sie inne. Wer konnte das sein? Robert? Zu früh. Womöglich Lars? Zögernd und so vorsichtig, als könne der Hörer durch die Berührung lebendig werden, nahm sie ihn ab und meldete sich.

»Mona, bist du's?« fragte eine Männerstimme, die ihr bekannt vorkam.

»Ja.«

»Na endlich! Ich versuche schon seit Ewigkeiten, dich zu erreichen!«

»Lars?«

»Wer sonst?«

»Wo bist du?«

»In New York. Schön in Hawaii?«

»Was machst du in New York?«

»Eine ganz große Sache, Herzchen. Du kannst mir so gut wie zum Abschluß des Jahrzehnts gratulieren!«

»Schön für dich!«

»Und geht's dir gut?«

»Du hättest dich ruhig mal eher melden können.«

»Sag bloß, du hast das Fax nicht bekommen?«

»Schon, aber wie konntest du mir das antun?« Monas Stimme nahm einen leidenden Tonfall an. »Mich einfach am Flughafen stehen zu lassen! Das war wirklich gemein von dir!«

Bevor Lars zu einer Rechtfertigung ansetzen konnte, hörte sie, wie im Hintergrund eine Frauenstimme sagte, »Kommst du bitte, wir müssen los!«

»Gleich«, antwortete Lars und hielt dann die Sprechmuschel zu. Jedenfalls glaubte Mona, »Schätzchen, geh doch schon mal vor«, zu hören.

»Entschuldige, was hast du zuletzt gesagt?« meldete sich Lars zurück.

»Ich fasse es nicht! Wer war das denn?«

»Ach, bloß Babs, meine Sekretärin. Wir sind verabredet.«

»Und dazu mußtet ihr nach New York fahren?«

»Doch nicht miteinander, mit Geschäftsfreunden, natürlich.«

»Am Sonntag? Das kannst du mir doch nicht erzählen. Weißt du was, du bist doch echt das Letzte!« Wütend knallte Mona den Hörer auf.

Mona allein Zuhaus

Sie griff zu der Vase und warf sie an die Wand. Die Seidenblumen flogen in weitem Bogen auf den Boden, die Vase prallte von der Wand ab und landete mit einem dumpfen Schlag. Plastik! Mona kickte das Behältnis, noch wütender geworden, durch den Raum. Wenigstens hätte es kaputtgehen können! Draußen schrie ein Vogel, als würde sie versuchen, *ihn* zu massakrieren.

»Verdammter Scheißkerl!«

Sie ließ sich auf das Sofa fallen. Lars war also mit seiner Neuen in New York!

»Arrr!« schrie Mona, ballte dabei die Fäuste und preßte die Nägel in die Innenflächen der Hände. Die Fingerknöchel standen weiß hervor. »Arrr!« rief sie noch mal und spannte die Armmuskeln an.

»Urschreitherapie?« fragte Robert, der von Mona gänzlich unbemerkt in die offene Terrassentür getreten war.

»Nein, isometrische Übungen!« antwortete Mona, von ihrer Schlagfertigkeit selbst überrascht.

»Aha.«

»Ist es etwa schon neun?«

»Nein, erst acht. Ich konnte es bloß nicht erwarten, Sie wiederzusehen. Darf ich reinkommen?«

»Ja. – Nein. Ich komme raus. – Nein. Kommen Sie nur rein.«

Mona wies auf den Fernsehsessel, der ziemlich nah an der Terrasse stand, etwa drei Meter von ihr entfernt. Robert ignorierte den Hinweis, umrundete den Couchtisch und setzte sich neben sie aufs Sofa.

»Jetzt mal im Ernst«, sagte Robert. »Sie wirken verstört. Ist was passiert?«

»Da bin ich sogar ganz sicher. Natürlich passiert da was. Ich bin doch nicht blöd.«

Robert schmunzelte. »Nein, ganz bestimmt nicht.«

»Sie meinen, da passiert nichts? Wenn mein Mann mit seiner Sekretärin in New York ist? Das können Sie mir doch nicht erzählen.«

»So habe ich das nicht gemeint.«

»Ach? Sondern?« fragte Mona aufgebracht.

»Daß Sie blöd sind«, sagte Robert.

Mona sprang auf und stieß sich das Knie am Couchtisch. Sie jaulte auf wie ein junger Hund.

»Sie! Kommen hier rein und behaupten, ich sei blöd. Was fällt Ihnen eigentlich ein?«

Robert war gleichfalls aufgestanden und neben Mona getreten. Er legte fest den Arm um sie.

»Beruhigen Sie sich bitte. Sie haben das mißverstanden. Kein Mensch behauptet – na, Sie wissen schon.« Er lächelte sie an und führte sie auf die Terrasse. »So, jetzt legen Sie sich auf die Liege und erzählen mir in aller Ruhe, was Sie so aufgebracht hat.«

»Also«, sagte Mona, als Robert in einem Sessel neben ihr Platz genommen hatte, »mein Mann hat eben geruht, sich mal zu melden ...«

»Und wieso sind Sie so sicher«, fragte Robert, nachdem Mona das Telefonat haarklein wiedergegeben hatte, »daß Ihr Mann ein Verhältnis mit ihr hat? Das kann doch ganz harmlos sein.«

»Als Frau spürt man das.«

»Ach was?«

»Natürlich! Na ja, mein Mann ist viel unterwegs und da wir kaum noch ... Sie wissen schon.« Mona hielt inne. Das klang ja selten dämlich. Jetzt redete sie schon genauso wie ihre Patientinnen, die, entspannt auf dem Bauch liegend, ihre Eheprobleme zum Besten gaben.

»Wann trifft Ihr Mann denn nun hier ein?« fragte Robert aus eigenem Interesse.

»Keine Ahnung«, antwortete Mona in Gedanken, »ich hab vorher aufgelegt. Und glauben Sie, er hätte nochmal angerufen? Hätte er doch tun können, oder?«

Robert nickte. »Was macht er eigentlich beruflich?«

»So ganz genau kann ich Ihnen das nicht erklären. Er ist

selbständiger Unternehmensberater. Soweit ich weiß, will er zukünftig vor allem ausländische Firmen beraten, die mit ihren Produkten oder Dienstleistungen auf den deutschen Markt drängen. Er erzählt nicht viel über seine Arbeit und im Grunde interessiert es mich nicht sonderlich. Meinen Sie, er käme auf die Idee, mich zu fragen, wie mein Tag war? Ich arbeite schließlich auch, allerdings nicht in einem so weltbewegenden Job wie er.«

»Jede Ehe macht mal eine Krise durch. Das ist ganz normal.«

»Krise? Die dauert bei uns schon fünfzehn Jahre!« entrüstete sich Mona, »der Urlaub wäre vielleicht eine Chance gewesen, so was wie eine Ehe wiederherzustellen, aber Monsieur hat ja was Besseres vor!«

»Sind Sie wirklich schon so lange verheiratet? So alt sind Sie doch noch gar nicht!«

»Lars war mein erster fester Freund.«

»Und Sie haben gleich geheiratet?«

»Wir mußten, wie man so sagt.«

»Ich denke, Sie haben keine Kinder?«

»Stimmt.«

Robert schaute betreten zu Boden.

Inselpanorama

Es klingelte. Vor der Tür stand ein livrierter, dunkelhäutiger Chauffeur.

»Haben Sie einen Wagen bestellt? Wir hätten doch mit meinem fahren können.«

Robert war aufgestanden und schloß die Terrassentüren. »Sich fahren zu lassen, ist entspannender!«

Mit leisem Summen fuhr die Limousine über den Highway.

Nach dem gestrigen Tag hatte sie sich den Ausflug unkonventioneller vorgestellt. Robert erinnerte sie heute an einen Yachtbesitzer auf dem Trockenen: weißes Polohemd, weiße Hose, blaue Clubjacke, dazu dunkelblaue Leinenschuhe – immerhin ohne Socken. Sie betrachtete besorgt eine Marinemütze auf der Ablage. Die würde er doch wohl hoffentlich nicht aufsetzen?

»Was halten Sie von einem Picknick?« fragte Robert mitten in ihre Phantasien über Lars und Babs, die sich in New York prächtig amüsierten. Bestimmt führte er sie ins *Windows on the World* zum Essen und ging mit ihr bei *Bergdorf Goodman* shoppen. Da konnte er so richtig mit seiner goldenen Kreditkarte protzen. Das war echt Lars A. Hallstein: das ›A‹ stand für ›Angeber‹. Sie hätte kotzen können.

»Es gibt einen Platz bei Olowalu, von dem aus man angeblich vier andere Inseln sehen kann! Das ist einzigartig auf Hawaii. Gespannt?«

»Ja sicher!« antwortete Mona ohne große Begeisterung.

Sie betrachtete die Landschaft durch getönte Scheiben. In Höhe des grünen Isthmus zwischen den beiden bergigen Landmassen, aus denen Maui bestand, passierten sie ein Naturschutzgebiet. Mona wunderte sich über die gelben Hinweisschilder, die vor Schildkröten warnten. Ihr kam in den Sinn, daß sie als Kind, noch bevor ihre Eltern ums Leben kamen, ein Bilderbuch besaß, in dem eine Schildkröte den Verkehr regelte, aufrecht stehend mit einer Kelle in der Hand.

Die Straße führte nun am Meer entlang stetig nach oben. Rechts und links waren die Felsen mit Netzen abgedeckt, die herabfallende Steine auffingen. Sie sah Robert von der Seite an. Er lächelte ihr zu. Ihr wurde warm. Sie schaute wieder aus dem Seitenfenster und stellte sich vor, wie sich Lars mit Babs in einem King-Size-Bett wälzte. Das Meer war zu sehen. Die Straße führte bergab.

Der Fahrer verlangsamte die Geschwindigkeit und bog in

einen Schotterweg parallel zur Hauptstraße ein, an dem sich zwei niedrige Gebäude befanden: *Olowalu General Store* stand an dem einen, das andere beherbergte ein französisches Restaurant mit Namen *Chez Paul.*

Der Chauffeur hielt hinter einem BMW mit vergoldeten Stoßstangen (Mona fiel das auf, weil sie sich wunderte, hier ein deutsches Autofabrikat zu sehen) und sagte lakonisch, das sei Olowalu.

»Ach?« meinte Robert verwundert und fragte, ob er sich auch bestimmt nicht irre. Der Fahrer wies auf die abblätternde Aufschrift am Fenster des Gemischtwarenladens.

»Ich dachte, das sei ein richtiger Ort«, sagte Robert entschuldigend zu Mona. »Na, schaun wir mal.«

Robert und Mona standen wie Hänsel und Gretel mit ihrem Picknickkörbchen am Rand der Landstraße und spurteten schließlich durch eine Lücke im Verkehr auf die andere Seite zu einer unasphaltierten Zufahrt, die rechts von Zuckerrohrfeldern und links von einem Grundstück mit einem Wohnhaus begrenzt wurde. Je weiter sie gingen, desto mulmiger wurde es Mona.

»Da stehen doch überall Schilder, dies sei Privatgelände und das Betreten untersagt«, meinte sie zu Robert.

»Keine Angst. Ich bin ja bei Ihnen.« Robert marschierte unbeeindruckt von den schriftlichen Drohungen der Anwohner voraus. Besonders idyllisch wirkten die einfachen Holzhäuser mit den unaufgeräumten Vorplätzen nicht gerade. Mona jedenfalls hätte sich nicht gewundert, wenn plötzlich jemand mit einer Schrotflinte herausgetreten wäre, um sie aufzuhalten. Wo hier doch jeder Waffen besitzen durfte!

»Tja«, sagte Robert, als sie am Wasser ankamen, »hier sieht's ja ziemlich bescheiden aus.«

Sie standen am Beginn einer kleinen Landzunge, die zementiert zu sein schien, jedoch vollständig von etwa faustgroßen Steinen bedeckt und am Ende etwas zerfranst und verfallen war – vielleicht ein ehemaliger Bootsanleger. Im klaren seichten Wasser tummelte sich ein Schnorchler und auf dem handtuchbreiten Sandstück dessen Kinder und Frau.

»Das tut mir jetzt leid.« Robert blickte Mona entschuldigend an. »Sie sehen, ich war auch noch nie hier, und auf der Luftaufnahme im Reiseführer sah das ganz anders aus, aufgeräumter und – na, schöner irgendwie.«

»Macht doch nichts«, antwortete Mona. »Ist das nicht meistens so?«

Robert balancierte über die Steine. »Was?«

»Na, die Realität. Sie sieht doch immer anders aus, als man sich das nach der Beschreibung im Reiseführer vorstellt. Und die Fotos erst! Da ist man oft enttäuscht, wenn man sich an Ort und Stelle befindet.«

»Aber man hat wirklich einen guten Blick auf die anderen Inseln. – Okay, okay,« sagte er nach einer Pause und einem Blick auf Monas skeptisch hochgezogene Augenbrauen, »es ist ein wenig diesig.«

Sie lachten. Monas Kleid flatterte im Wind. Robert legte wie selbstverständlich den linken Arm um ihre Schulter, streckte den rechten aus und wies auf die sich im Dunst über dem Meer abzeichnenden Landmassen: auf die kleine Sichelinsel Molokini, auf Kahoolawe, das die amerikanische Navy als Testgelände für Bombenabwürfe mißbraucht hatte, auf Lanai, das vierzig Jahre lang eine riesige Ananasplantage war, »und dahinten das ist wahrscheinlich nicht Molokai – hat einen schönen Golfplatz –, sondern der westliche Teil von Maui. Überhaupt: Man kann Maui von hier aus sehr gut sehen.«

»Es ist komisch, die Küstenlinie der Insel zu betrachten, auf der man gerade steht. Als sei man irgendwie außerhalb.« Mona drehte sich im Kreis, um das Panorama in sich aufzunehmen. »Die Berge gefallen mir von Maui am besten. Sie sehen zu jeder Tageszeit anders aus.«

»Wollen wir trotzdem?« Er wies auf den Korb, den er neben sich abgestellt hatte.

Mona, die immer noch nichts im Magen hatte, war ganz froh über Roberts Weitsicht und setzte sich zu ihm auf die niedrige Betonbrüstung. Er goß ihr Tee aus einer Thermoskanne ein und bot ihr von den in Klarsichtfolie verpackten Sandwiches an.

»Sie wissen sicher, daß die Hawaii-Inseln früher *Sandwich Islands* hießen. James Cook hat sie bei der Entdeckung zu Ehren seines obersten Vorgesetzten in der Marine, des Earl of Sandwich, so getauft.«

»Ja, und vor Big Island ist Cook dann später umgekommen. Das mit Schinken und Käse, bitte.«

Robert reichte es ihr.

»Und der Earl hat übrigens das Sandwich erfunden.«

»Ach wirklich?« fragte Robert erstaunt.

»Ja, zumindest habe ich das mal gelesen. Der Earl pokerte nämlich leidenschaftlich gerne, oft Tag und Nacht. Er kam auf die Idee mit den belegten Toastscheiben, weil er keine Lust hatte, wegen des Essens das Spiel zu unterbrechen.«

Robert nahm einen Schluck Tee. Mona bot ihm von der Papaya an, die sie gerade entkernte. Er schüttelte den Kopf. Dabei wäre Vitamin C gerade für ihn als Raucher wichtig, dachte Mona.

»Um nochmal auf unser Gespräch von vorhin zurückzukommen«, begann Robert, »glauben sie wirklich, so ein Urlaub könnte alles ändern? Nur weil man mal in einer anderen Umgebung ist?«

»Im Urlaub hat man endlich Zeit füreinander.«

Mona wußte in dem Moment, wo sie das sagte, daß der Wunsch der Vater ihres Gedankens war. Erfahren hatte sie stets das genaue Gegenteil: Lars brachte die meiste Zeit schlägerschwingend auf Rasen zu und sie wartete auf ihn. Oder er schleppte irgendwelche Leute an. Kontakte knüpfen nannte er das. Man wisse nie, wozu das mal gut sein könne.

»Mit der ungeteilten Zweisamkeit im Urlaub kommen aber auch nicht alle Paare zurecht«, wandte Robert ein. »Bei den meisten brechen dann die Konflikte erst richtig aus. Sie müßten mal miterleben, was sich auf den Golfplätzen zwischen Ehepaaren abspielt.«

»Hören Sie mir bloß auf mit Golf! Ich will jetzt nicht mehr an meinen Mann denken.«

Robert war das ganz recht. Dieser Lars schien ein Musterexemplar seiner Gattung zu sein. Je später er hier aufkreuzte, desto besser. »Was kann ich denn tun, um Sie aufzuheitern?«

»Machen Sie einen Handstand«, sagte Mona mit Trauermiene.

»Aber nur, wenn Sie dann wieder lachen!« Robert stand auf, legte das karierte Handtuch aus dem Picknickkorb auf das rauhe niedrige Mäuerchen und ging in Position.

»Ich hab' das doch nicht im Ernst gemeint!« sagte Mona erschrocken, aber Robert stützte schon die Hände aufs Karierte und schwang sich auf. Die Hosenbeine rutschten und gaben braune behaarte Waden frei.

Mona gluckste vor Vergnügen.

Mit gerötetem Gesicht stand Robert wieder vor ihr. »Und jetzt Sie!«

»Sie machen Witze. Außerdem weiß ich gar nicht, ob ich das kann.«

»Los jetzt! Kneifen gilt nicht.«

Mona lockerte Arme und Beine, stützte die Hände auf, stieß sich mit den Beinen vom Boden ab, winkelte die Knie an und streckte die Beine gen Himmel. Ihr Kleid schlug um, hing ihr übers Gesicht. Sie hörte den Schnorchler vor sich gurgeln und Robert Beifall klatschen. Er genoß den kurzen Blick auf ihre langen Beine und den Tangaslip, in dem sie wohlgerundet endeten. Schnell setzte Mona die Füße wieder auf den unebenen Boden und strich das Kleid zurecht.

»Da haben Sie mich ja schön reingelegt.«

»Wieso? Wir sind doch wegen der guten Aussicht hergekommen. Sie war wirklich perfekt. Das muß ich schon sagen.«

Familienbande

Im Auto, das über die Straße nach Lahaina am Meer entlang schnurrte, war Mona dann doch wieder in Gedanken bei Lars und Babs.

»Sie haben mir heute morgen so geduldig zugehört. Ich bin Ihnen wirklich dankbar, daß ich mir das von der Seele reden konnte. Ihnen muß Eifersucht ziemlich lächerlich vorkommen. Sie als Mann haben natürlich keine derartigen Probleme.«

Roberts Augenfältchen signalisierten Belustigung. »Na, so kann man das nicht sagen. Ich war fast dreißig Jahre lang mit ein und derselben Frau verheiratet, Lore, die jetzt mit einem jugendlichen Liebhaber – übrigens jünger als Sie – in unserem Haus in Marbella …, aber lassen wir das.«

»Ach wirklich? Das muß schwer für Sie sein.«

»Was, das mit dem jugendlichen Liebhaber?«

»Das vielleicht auch. Vor allem, daß Ihre Frau Sie verlassen hat.«

»Sie meinen, wenn man so lange verheiratet ist, dann gehöre sich so was nicht mehr? Ich glaube, das Alter spielt in Liebesdingen eine ziemlich untergeordnete Rolle.«

Mit Robert konnte man wirklich reden, wie mit einer guten Freundin, ging es Mona durch den Sinn. Bei ihnen, meinte sie dann zu ihm, wäre sicher alles anders gelaufen, wenn sie ein Kind hätten. »Haben Sie Kinder?«

»Ja, einen erwachsenen Sohn«, antwortete Robert nicht ohne Stolz. »Er hat sich auf Marketing spezialisiert und arbeitet in unserem Unternehmen. Wissen Sie, meinen Vater und meinen Großvater haben sie praktisch auf der Bahre aus der Firma getragen. So wollte ich nicht auch enden. Ich finde, man muß der nächsten Generation das Feld überlassen. Sollen die ruhig auch mal Verantwortung tragen. Denen fällt doch sowieso alles in den Schoß. Ich habe gesehen, wie es Hansernst ging«, fuhr Robert fort, »ein sehr guter Freund von mir. Der einzige Sohn meint, er sei Künstler, Fotograf, um genau zu sein. Hansernst hatte kürzlich seinen zweiten Infarkt, und nun lebt er in der Schweiz. Nein, habe ich gedacht, man sollte das Leben genießen, so lange man das noch kann.«

Der Fahrer fuhr, auf der Suche nach einem Parkplatz, im Schrittempo die Front Street von Lahaina entlang.

»Da haben Sie verdammt recht!« stimmte ihm Mona zu. Sie war mit einem Mal wild entschlossen, das Beste aus ihrer Lage zu machen und das Zusammensein mit Robert zu genießen.

»Also, dann mal rein in den Trubel!« antwortete Robert gut gelaunt.

Sie stiegen aus und standen in der grellen Mittagssonne, zwischen in verschiedenen Sprachen schnatternden und unisono schwitzenden Touristen.

»Welche Richtung?« fragte Robert.

»Egal, Hauptsache Sie gehen mir in dem Rummel nicht verloren.«

»Das läßt sich leicht verhindern«, antwortete Robert amüsiert und griff nach ihrer Hand.

Nichts regt sich

Gitte schaute schon eine Weile aufs Meer. Das ewige Kommen und Gehen der Wellen schläferte sie ein. Der Typ, der lässig in dem kleinen Kiosk lehnte, an dem Boogie Boards verliehen wurden, hatte nichts zu tun und blickte unentwegt in ein Buch. Ab und an blätterte er eine Seite um. Wie üblich war es windig und die Palmen wedelten leise raschelnd mit ihrem Grün. Sonst hätte sich wahrscheinlich gar nichts geregt.

»Mir ist langweilig!« nölte Gitte und schob ihre Sonnenbrille in die Haare.

»Dann lies doch auch was«, antwortete Frank in sein Buch vertieft.

»Was denn?«

»Keine Ahnung.«

»Ich hab' nix zu lesen.«

Frank legte den Finger mitten auf die Seite, um die Zeile nicht zu verlieren und sah Gitte an. »Dann besorg dir von mir aus was in der Hotelboutique.«

»Da gibt's aber nix auf Deutsch. Oder meinst du was zum Anziehen?«

»Oh Mann!« stöhnte Frank. »Geh einfach mal gucken, ja? Ich will wenigstens noch das Kapitel zu Ende lesen.« Er schaute wieder in seinen Grisham.

»Frank?«

»Ja?«

»Ist das spannend?«

»Mmh.«

»Wie heißt das noch mal?«

Frank hielt ihr das Cover hin, so daß sie den Titel lesen konnte, ohne daß er die Lektüre unterbrechen mußte.

»Aha. – Ob ich heute mal ins Wasser gehen soll?«

»Gute Idee.«

»Meinst du ehrlich?«

»Klar.«

»Ach, vielleicht doch besser nicht. Die Sonne läßt bestimmt bald nach und da friert man leicht, wenn man naß ist.«

Frank schaute Gitte über den Rand seiner Sonnenbrille an. Es war wunderbar warm.

»Ich geh' dann mal.«

»Viel Spaß im Naß!«

»Ich gehe doch nicht ins Wasser! Ich will in die Hotelhalle. Mal sehen, ob ich jemanden treffe, den wir kennen.«

»Mmh.«

Einige Zeit später kam Gitte eiligen Schrittes zurück zu den Liegestühlen. Sie tippte Frank von hinten auf die Schulter. Er zuckte erschrocken und legte sein Buch beiseite.

»Schon wieder da?«

Gitte setzte sich, eine Plastiktüte in der Hand, auf ihre Liege. »Stell dir vor, um fünf gibt es einen Hula-Kurs!«

»Ach?«

»Ja. Ich habe mich natürlich gleich eingetragen. Ist doch super, nicht?«

»Ich denke, wir wollten nachher zusammen in den Whirlpool?«

»Jetzt sei nicht so ein Langweiler! In den Whirlpool gehen wir schließlich jeden Tag, aber der Hula-Kurs ist nur einmal die Woche. Und«, Gitte spielte ihren Trumpf aus, »er ist umsonst!«

»Mann!« sagte Frank anerkennend.

»Ja, da staunst du. Das muß man doch mitnehmen. Außerdem freue ich mich schon auf die dummen Gesichter, die Schröders und die von Rot-Weiß machen werden, wenn ich beim nächsten Treffen einen Hula hinlege.«

Frank seufzte bei dem Gedanken an den Tanzclub, in dem sie sich momentan wahrhaftig nicht leisten konnten mitzumachen und wollte vom Thema ablenken: »Hast du dir doch was gekauft?« Er wies auf die Tüte mit dem Namen des Hotels.

Voller Begeisterung zog Gitte ein weißes T-Shirt heraus und hielt es Frank zur Begutachtung hin. Es war in Brusthöhe mit einer goldenen Muschel bestickt und dem Schriftzug *Maui* darunter.

»Elegant, nicht? War sündhaft teuer. Aber das mußte ich einfach haben. Ich hoffe, du bist nicht sauer, deswegen. Aber das ist noch nicht alles! Achtung, jetzt kommt *der* Knüller!«

Wieder griff sie in die Plastiktüte und zog nun eine längliche Zellophanhülle heraus, in der ein langes grünes Bündel, zwei mit Stoffbändern verbundene Kokosnußschalen sowie ein Lei aus Stoffblumen steckten. Sie breitete alles auf der Liege aus.

»Na, was sagst du?«

»Willst du auf ein Kostümfest?«

»Unsinn! Das ist doch für den Hula-Kurs.« Gitte knotete das grüne Bündel auf und hielt Nylonfransen am Gummiband hoch. »Das ist ein Hula-Röckchen und das«, sie wies auf die Nußschalen, »das passende Oberteil. Scharf nicht?«

Unterm Banyan-Baum

Das Zentrum von Lahaina war nicht sehr groß, aber von Touristen überlaufen, die sich von einem Geschäft zum nächsten bewegten. Wenn man an den niedrigen Häusern hochsah, konnte man denken, in einer Western-Stadt zu sein. Über den Läden existierten noch die alten Holzfassaden, die über das obere Stockwerk hinaus Höhe vortäuschten.

Robert ließ Monas Hand nicht mehr los. Das verursachte bei ihr ein nervöses Flimmern in der Magengegend. War das erotische Spannung oder schlechtes Gewissen?

Die zahlreichen Galerien stellten anscheinend entweder Bilder von Lassen oder Wyland aus, beides angeblich weltberühmte Künstler der Richtung *Ocean Art*. Um sich in der klimatisierten Luft ein wenig abzukühlen, betraten Robert und Mona einen Ausstellungsraum. Sofort witterte ein Verkäufer finanzstarke Kundschaft und strebte auf sie zu.

»Meine Güte«, sagte Mona zu Robert, »was ist das denn?« Sie stand vor einem gut achtzig Zentimeter hohen springenden Delphin aus Bronze, um dessen Hals eine runde gläserne Tischplatte angebracht war.

Während Robert, wie sie annahm, damit befaßt war, den Verkäufer loszuwerden, betrachtete sie mit einer Mischung aus Belustigung und Abscheu die in Airbrush-Technik gemalten Bilder von Christian Riese Lassen. In übersteigertem Realismus sah man gleichzeitig unter Wasser sich tummelnde Fische und Delphine, darüber, auf einer schäumenden Woge, die Mickymaus! Mona schüttelte sich.

Der Verkäufer hielt Robert vor einer Vitrine mit kleinen Delphinen und Walen aus Glas oder Bronze fest. Offenbar hatte er schon erkannt, daß er an sie keines der Bilder verkaufen würde. Mona stellte sich dazu, um Robert zum Gehen zu bewegen. Der Verkäufer schlug daraufhin vor, der Gattin doch solch einen signierten und numerierten Meeressäuger, ein echtes Kunstwerk mit garantierter Wertsteigerung, als Souvenir zu schenken. Robert schaute sie an. Mona grinste. Der Verkäufer lächelte servil.

»Auf keinen Fall!« sagte Mona bestimmt, »kommen Sie, wir gehen«.

Robert bedankte sich beim Verkäufer und verließ mit ihr das Kunst-Ambiente.

»Aber ich hätte es Ihnen geschenkt«, sagte Robert.

»Sie machen Witze! Sagen Sie bloß, das hat Ihnen gefallen!« lachte Mona.

»Nicht unbedingt, aber ich kenne mich damit nicht so aus. Mit Nippsachen meine ich.«

Mona dachte, daß ihre Schwiegermutter, die alles in ihrem

Besitz mit dem Attribut »wertvoll« versah, daran möglicherweise Gefallen fände. Aber jetzt wollte sie lieber an etwas Angenehmeres denken. »Wer so einen Kitsch wohl kauft?«

Robert überlegte, ob er sagen sollte, daß Lore vor zwei Jahren einen echten Wyland für *ihr* Haus in Marbella erworben hatte. Die Schwanzflosse des Wals bei untergehender Sonne, alles ganz in Blau und Rosa gehalten. »Keine Ahnung«, antwortete er, das Thema beendend.

Sie kamen an einem ganz in Khaki gekleideten Amerikaner mit Tropenhelm vorbei, der unter japanischen Sonnenschirmen sechs oder sieben seiner zahlreichen Papageien Zahlungswilligen auf die Schulter setzte und von ihnen ein Polaroid knipste. Danach griff er den bunten Vögeln mit dem Zeigefinger in den Schnabel und beförderte sie an seinem Finger hängend wieder auf ihre Stangen.

Etwas weiter erreichten sie einen Banyan-Baum, dessen weitausladende, von dicken Luftwurzeln gestützte Äste einen großen Platz überspannten. Zu Monas Erstaunen schlug Robert vor, sich nicht auf eine Bank, sondern auf einen der niedrigen Äste zu setzen und einen Moment die Szenerie zu genießen. Die Hinweise, daß dies untersagt sei, ignorierend, schwang er sich drahtig auf einen der Ausleger und half Mona hinauf.

In der Nähe fotografierten sich gegenseitig ernsthafte Japaner aus einer Reisegruppe. Ein Ehepaar traute sich, die Konventionen zu brechen und das *Hang loose*-Zeichen in die Kamera zu halten, was bei den Mitreisenden für Heiterkeit sorgte. Das brachte Mona auf die Idee, Robert zu fotografieren. Ob Lars Fotos von sich und Babs in New York machte? Dann würden sie sich gegenseitig ihre Urlaubsfotos zeigen können, dachte sie bitter. Doch Lars war nicht der Typ, der sich leicht kompromittieren ließ.

Schweigend baumelten sie mit den Beinen und schauten dem Treiben, vor allem den tobenden Kindern zu. Vom Hafen hörte man über Lautsprecher die Ankündigungen von Ausflugsfahrten.

Mona nahm die Sonnenbrille ab. Ehe sie es recht bemerkte, liefen ihr Tränen über die Wangen. Robert reichte ihr ein Taschentuch und legte den Arm um sie.

»Es ist alles so verwirrend. Fünfzehn Jahre Ehe und jetzt sitze ich mit Ihnen unter dem Banyan-Baum!«

Robert blickte verlegen auf seine blauen Leinenschuhe. Bestimmt hatte Mona schon viel durchgemacht, zumal ihr Mann ein ziemlicher Windbeutel zu sein schien.

»Fährt mit seiner Sekretärin nach New York!«

Leise sagte Robert, um sie zu trösten: »Aber das muß doch nicht bedeuten, daß Ihr Mann Sie nicht mehr liebt.«

»Meinen Sie?« antwortete Mona wieder gefaßter. »Aber ich bin mir nicht sicher, ob *ich* ihn noch liebe. Wenn ich es recht bedenke, ist es fraglich, ob wir uns je wirklich geliebt haben, außer ganz am Anfang vielleicht. Bleibt man nicht einfach aus Gewohnheit zusammen?«

»Sie meinen aus Trägheit? Weil es bequemer ist?«

»Genau. Und wegen der Schicksalsschläge, die man gemeinsam erlebt hat. Bei uns ging es mit den Katastrophen los, gleich nachdem wir uns kennengelernt hatten. Lars und ich, wir sind gleich alt, waren mitten im Abitur, als bei seinem Vater Magenkrebs im fortgeschrittenen Stadium diagnostiziert wurde. Er starb kurz darauf. Das war schon schlimm genug, aber nun stellte sich auch noch heraus, daß Hallsteins – ich sage nur Villa, Segelboot, drei Autos – erheblich über ihre Verhältnisse gelebt hatten. Von dem, was nach Rückzahlung der Schulden übrig blieb, kaufte sich Lars' Mutter eine Eigentumswohnung in Bad Wörishofen, wegen ihrer angegriffenen Gesundheit. Lars war praktisch mittellos. Ich fand das damals ziemlich ungerecht. Auf jeden Fall, er absolvierte seinen Wehrdienst und ging anschließend nach Frankfurt, um dort BWL zu studieren.

Ich hätte zwar auch gerne studiert, das können Sie mir glauben, aber statt dessen rutschte ich in eine Ausbildung zur Krankengymnastin, eigentlich nur, weil die Schule in der Nähe von Lars' Kaserne lag. Am Wochenende hockten wir in meiner Miniwohnung und schmiedeten große Pläne für die Zukunft.«

Mona hielt inne und schaute in die Ferne. Robert sagte kein Wort. Sie schien, so kam es ihm vor, beinahe vergessen zu haben, daß er neben ihr saß. Nach einer Weile sprach sie weiter, ohne ihn dabei anzuschauen.

»Lars zog also nach Frankfurt. Ich besuchte ihn so oft es ging, und dann merkte ich eines Tages, daß ich schwanger war. Er war entsetzt und machte mir schreckliche Vorwürfe, daß ich nicht aufgepaßt hatte. Dabei wußte er genau, daß ich die Pille nicht vertrug. Dann freute er sich doch auf das Kind und beschloß, in einem Pflichtbewußtsein, das ich ihm gar nicht zugetraut hatte, das gerade begonnene Studium abzubrechen, um Geld zu verdienen. Heute denke ich, er hat das vielleicht nur als Vorwand genommen. Er ist einfach nicht der Typ, der sich in Bücher vergräbt. Und er hat's ja auch ohne Studium geschafft.

Ich machte dann noch die Zwischenprüfung, wir heirateten und zogen endlich zusammen. Ich war unglaublich glücklich. Ein Heim, eine Familie, das hatte ich mir immer gewünscht. Ich hab' sogar die Gardinen für unsere Wohnung selbst genäht, aus blauer Wildseide vom Sommerschlußverkauf. Im Herbst waren sie bereits ausgeblichen. Ja, und dann, dann hatte ich eine Frühgeburt.«

Robert konnte sich denken, was Mona nicht aussprechen wollte.

»Ich habe mich ziemlich abgekapselt. Ich bin einfach nicht damit fertig geworden. Man kann vor der eigenen Schuld nicht entkommen. Lars hat sich am Anfang liebevoll um mich gekümmert, wirklich. Aber mit der Zeit ...«

Und einen Moment später fügte sie hinzu: »Entschuldigung, daß ich Ihnen jetzt auch noch meine Lebensgeschichte erzähle. Ich weiß selbst nicht, wie das passieren konnte.«

»Sie müssen sich nicht entschuldigen. Sie müssen sich bei mir nie für etwas entschuldigen. Was halten Sie davon, wenn wir jetzt diesen Ort verlassen und ein Lokal suchen, in dem Sie sich frisch machen können?«

»Sehe ich arg verheult aus?«

»Überhaupt nicht, aber einen kühlen Drink können wir jetzt beide gebrauchen.«

Robert sprang vom Ast und reichte Mona die Hand, die er erst losließ, als sie die Terrasse des *Pioneer Inn* betraten.

Wind in den Segeln

»Reichlich rustikal hier.«

»Ich find's sehr hübsch!« antwortete Mona.

Sie setzten sich hinter die halb aufgerollten Segeltuchbahnen an den Rand der Veranda, über die eine erfrischende Brise strich. Schnell waren sie sich einig, sich wie auf einem Raddampfer zu fühlen, der den Mississippi entlang fährt. Das Hotel sei das älteste am Ort, es wäre 1901 für die Passagiere der damals zwischen den Inseln verkehrenden Fähren gebaut worden, erklärte Robert. Mona fand, es wirke älter. Errol Flynn und später Spencer Tracy hätten hier verkehrt, ergänzte Robert und bestellte einen kleinen Imbiß sowie Getränke bei einem der herumwieselnden Kellner, die wie Collegestudenten beim Ferienjob wirkten, aufgekratzt und leicht überfordert.

»Sagen Sie, woher wissen Sie das?«

»Was?«

»Na, wann das Hotel gebaut wurde und so.«

Robert lachte. »Das steht hinten auf der Speisekarte!«
»Sie schummeln!«
»Sie haben mich erwischt! Schön, daß Sie wieder lachen!« Er griff nach ihrer rechten Hand und nahm sie zwischen seine. Mona entschuldigte sich, sie wolle sich nun doch etwas frisch machen und stand auf.

Robert blickte ihr nach. In ihrem dünnen, fast durchsichtigen Stoffkleidchen wirkte sie, trotz ihrer durchaus weiblichen Figur, ein wenig kindlich.

Wie hatte Lore gesagt? Eine Frau müsse sich entscheiden, ob sie eine alte Ziege oder eine alte Kuh werden wolle. Lore hatte sich für die Ziege entschieden und sich die letzten weichen Stellen am Körper runtergehungert und abtrainiert. Monatelang waren damals Jane Fondas Aerobic-Kommandos durchs Haus geschallt, wann immer er es betrat. Dieses gesungene »Can you feel it? Can you feel it?« würde er wahrscheinlich nie mehr vergessen. Und es hatte ein Jahr lang makrobiotische Kost gegeben, bis die extra dafür eingestellte Köchin sich in einen Ashram verabschiedete. Die zierliche Lore war, als die Köchin sich selbst suchen ging, nur noch ein Strich in der Landschaft gewesen.

Er sah Mona mit einer Kellnerin etwas besprechen. Sie lächelte ihm zu und verschwand wieder.

Ob sie sich nach einem Kind sehnte? Vermutlich, aber anscheinend nicht von ihrem Mann, denn sonst hätte sie ja längst wieder schwanger werden können. Wenn er an die heutigen Väter dachte, die bei der Geburt dabei waren und mit dem Baby vorm Bauch herumliefen ... Sein Sohn war schon achtundzwanzig. Was Lore jetzt wohl machte? Ob sie noch mit diesem Bubi zusammen war? Bei dem Gedanken, der könnte versuchen, seine Zigarren zu rauchen, die er in einem Humidor in Marbella auf Vorrat liegen hatte, mußte er unwillkürlich grinsen.

Der kellnernde Schüler mit der großen Schürze über den

Bermudas stellte endlich die Getränke auf den Tisch. Das Essen käme auch gleich, kündigte er an. Das wurde aber auch Zeit, dachte Robert. Wenn seine Angestellten so lax arbeiten würden ..., ein Wunder, daß der Laden überhaupt existieren konnte. Mal ein ordentliches Management installiert und man könnte aus dem Ding eine Goldgrube machen. Bei der Lage!

Mona kam mit leicht gerötetem Gesicht zurück, setzte sich und trank gierig.

»Das tut gut! Ich hatte einen solchen Durst!«

»Und jetzt haben Sie einen kleinen Saftbart!«

Mona wischte sich mit dem Handrücken über die Lippen. »Weg?«

Robert nickte.

»Stellen Sie sich vor, ich kam nicht in den Waschraum rein. Ich mußte mir erst eine Zahlenkombination sagen lassen. Bis ich vor der Tür ankam, hatte ich die aber wieder vergessen. Zum Glück kam gerade eine Frau raus!«

»Tja«, sagte Robert, »mein Kurzzeitgedächtnis ist auch nicht mehr das beste! Aber ich erinnere mich noch gut daran, vor Ewigkeiten einen Imbiß bestellt zu haben.«

»Hinten gibt's noch einen tollen Innenhof und einen *Dining Room* mit gedeckten Tischen und Blick auf den Hafen.«

»Wußte ich gar nicht. Vielleicht sollten wir rüberwechseln. War noch was frei?«

»Ich glaube, da kommt das Essen!« Mona wies auf den Kellner. Er stellte große Teller mit Salat und gebratenen Hühnerbrüsten vor sie hin.

»Ich hoffe, Sie mögen es.«

»Sicher«, sagte Mona sachlich, »bei den Temperaturen ist ein leichtes Essen in jedem Fall vorzuziehen.«

Nach dem Essen sah Robert auf die Uhr und sagte, sie hätten noch eine halbe Stunde Zeit, bis der Wagen sie abholen käme. Mona schlug vor, zur Anlegestelle zu gehen und ein bißchen nach den Schiffen zu schauen.

»Bedauerlich«, sagte Robert, »daß ich mein Boot nicht hier habe.«

»Ja schade«, bestätigte Mona. Sie stellte sich Robert vor, wie er an einem großen Ruder aus Holz stand und über die Weltmeere schipperte.

Sie verließ hinter ihm die Terrasse des *Pioneer Inn* und folgte ihm zu den Anlegestellen. Nein, dachte Mona, Robert war zu schlank. Seemänner sollten aussehen wie Käpt'n Iglo und Fischstäbchen an Kinder verteilen! Oder wie der Seebär in *Der Geist und Mrs. Muir* und einen Zweimaster kommandieren, wie der, auf den sie jetzt wies, und auf dem ein Clown versuchte, Besucher anzulocken.

»Das Schiff ist ein Walmuseum. Statt Walfang betreiben sie hier nun Walbeobachtung«, erläuterte Robert. Er wollte verhindern, daß Mona auf die Idee käme, das Museumsschiff zu besichtigen. Rasch wandte er sich daher den anderen Piers zu. »Von hier laufen die Boote aus.«

»Wale würde ich wirklich gerne mal sehen! Wollen wir nicht vielleicht...?« Sie schaute Robert mit schräggelegtem Kopf bittend an.

»Sie meinen eine Schiffstour?«

»Das wäre toll!«

»Ich erkundige mich!«

Er stand eine Weile vor einer Frau, um die ein Häuschen herumgebaut worden war. Die Frau in dem Häuschen telefonierte. Mona setzte sich auf das Geländer gegenüber und sah zu, wie eine Gruppe von Leuten einen Katamaran bestieg, der bald darauf die Leinen losmachte und auslief.

Als Robert endlich zurückkam, erklärte er ihr, daß heute leider alles ausgebucht sei, sie aber morgen von Maalaea aus, das ohnehin näher bei Wailea liege, eine Tour unternehmen könnten, wenn sie möchte. Mona wollte. Während Robert die

Fahrt buchte, wurde ihr ganz anders bei dem Gedanken, Lars könnte in der Zwischenzeit angekommen sein. Sie sah wahrlich keinen Grund, sich auf seine Ankunft zu freuen. Vielleicht überlegte er es sich noch mal und blieb in New York. Immerhin war er ja nicht alleine. Warum also sollte sie seinetwegen auf die Wale verzichten?

»Zum Tee ins *Ritz-Carlton* oder zur Besichtigung des Iao Valley? Sie haben die Wahl!« bot Robert an.

Der Chauffeur hielt ihnen die Türen auf. Mona brauchte nicht zu überlegen. »Ins Iao Valley, natürlich!«

Eroberung

»Hoffentlich regnet es nicht!« Robert schaute durch die getönten Scheiben auf das Gebirge, über dem dunkle Wolken drohten.

»Durch die Scheiben sieht es schlimmer aus, als es ist«, behauptete Mona.

»Ich finde es wirklich toll, wie selbständig Sie sind!« sagte Robert unvermittelt.

Mona blickte um sich, als säße noch jemand im Wagen. »Meinen Sie mich?«

»Die wenigsten Frauen trauen sich doch, alleine in Urlaub zu fahren.«

»Na ja«, sagte Mona, »getraut habe ich mich auch nicht, aber ich hatte schließlich keine Wahl. Und selbständig? Also, ich weiß nicht. Gut, ich verdiene eigenes Geld. Und das ist mir sehr wichtig, auch wenn es nicht viel ist. Aber ich muß meinem Mann über das, was ich für mich ausgebe, wenigstens keine Rechenschaft ablegen.«

»Arbeiten Sie gerne? Ich meine, könnten Sie sich überhaupt vorstellen, den ganzen Tag zu Hause zu sein?«

»So aufregend ist der Job nicht, den ich mache, das dürfen Sie mir glauben. Ich könnte mir schon vorstellen, nicht mehr zu arbeiten – wenn ich ein Kind hätte, zum Beispiel. Aber als Gattin den ganzen Tag zu Hause sitzen? Ich weiß nicht. Was macht man denn, bis der Herr des Hauses von der Arbeit kommt?«

Robert zuckte mit den Schultern. »Das ist mir auch ein Rätsel.«

»Und was unternehmen Sie, wo sie jetzt mehr Zeit haben?«

»Ich treibe Sport, lese, verreise viel, was man eben macht. Zum Glück bin ich von der Vorstellung geheilt, mich in alles einmischen zu müssen.«

»Mein Mann ist bestimmt ein großer Einmischer«, sagte Mona süffisant lächelnd.

»Die wenigsten verstehen zu delegieren, wissen Sie. Gerade Firmeninhaber kleiner und mittlerer Unternehmen haben die Tendenz, jeden Kleinkram selbst entscheiden zu wollen. Das ist natürlich auch eine Sache des Vertrauens in die Fähigkeiten und Loyalität der Mitarbeiter.«

»Klar!« sagte Mona und dachte, daß Lars sicher niemandem vertraute, nicht mal ihr.

»Offen gesagt, würde ich lieber von was anderem reden.« Robert heftete seinen Blick auf den Nacken des Fahrers. Daß sie immer wieder ihren Mann ins Spiel brachte, war schon etwas störend. »In dem Tal, das wir gleich erreichen, fand eine blutige Schlacht statt, mit der Häuptling Kamehamea Maui eroberte. Er bediente sich dabei sozusagen unerlaubter Waffen«, Robert grinste verschmitzt, denn das brachte ihn auf eine Idee. »Er hatte sich Kanonen verschafft, mit denen er die einheimischen Krieger besiegte. Und er schaffte es schließlich, alle Inseln unter seiner Herrschaft zu vereinen und das Königreich Hawaii zu gründen.«

Mona hörte ihm interessiert zu. Etwas über die Geschichte des Ortes zu erfahren, machte die Sache gleich viel spannender.

Der Wagen hatte nun den Parkplatz unterhalb der Iao Needle erreicht, einem aus den umliegenden Felsen aufragenden begrünten Basaltstein, der stark vergrößerten Spitze einer Stricknadel ähnlich.

Von dem Bild, das sich ihr nach dem Aussteigen bot, war Mona hingerissen: Auf der Wiese, inmitten der Parkbuchten, tanzten in grüne Stoffröcke und weiße Blusen gekleidete Mädchen mit roten Leis im Haar! Gebannt ging Mona näher an den Ring der Zuschauer heran, der sich um die Gruppe gebildet hatte. Robert und selbst der Chauffeur folgten ihr. Sie stellte sich so, daß sie nicht die ganze Zeit die parkenden Fahrzeuge im Blick hatte, sondern den anmutigen Hula vor dem Hintergrund der schwarzgrünen Berghänge sah.

Zum erstenmal hörte Mona den Fahrer einen Kommentar abgeben. Er sagte, wo die Amerikaner einen Parkplatz angelegt hätten, das sei ein heiliger Ort, zu dem schon seit unvordenklichen Zeiten die Hawaiianer pilgerten, um den großen Schöpfer zu ehren. Verächtlich fügte er an, die Missionare hätten alles kaputt gemacht und ihnen den Hula verboten und den Glauben an ihre Götter, weil es nur einen Gott gäbe, ihren. Dabei hätten sie immer schon *einen* Gott verehrt, der eben zahlreiche Hilfsgötter habe. Und dann hätten ihnen die Missionare von Gott, dem Allmächtigen, gepredigt und von Jesus und Maria und vielen Heiligen. Er schüttelte den Kopf, als könne er das immer noch nicht fassen.

In vollendeter Harmonie tanzten und sangen die jungen Frauen zu dem Rhythmus, der von drei Männern auf traditionellen Instrumenten, wie Trommeln und einer Art Kalebasse, geschlagen wurde. Videokameras summten, Fotoapparate klickten. Die Musik endete, die Reihen der Mädchen lösten sich auf und die Zuschauer entfernten sich. Mona bedauerte, daß sie erst zum Ende der Zeremonie eingetroffen waren.

»Daß die Einheimischen alle kreuzbrave Christen sind und gleichzeitig ihre traditionellen Götter und Gebräuche pflegen, gehört für mich zu den großen Faszinationen dieser Inseln«, sagte Robert auf dem Weg durch einen Garten auf die Iao Needle zu.

»Wie schön es hier ist!« Mona blieb stehen und blickte auf den Fluß, der gurgelnd und sprudelnd an den Felswänden entlang ins Tal eilte. »Heute ist mir erst bewußt geworden, wie einzigartig diese Insel ist. Es müßte ein Traum sein, hier zu leben.«

»Aber da ereilt einen dann«, Robert schmunzelte, »angeblich die polynesische Lähmung.«

»Was ist das denn?«

»Vor lauter Wonne wird man total schlapp und träge. Bei dem herrlichen Klima ja auch kein Wunder.«

Mona lachte. »Und die gebratenen Tauben fliegen einem in den Mund. Oder verwechsle ich jetzt das Paradies mit dem Schlaraffenland?«

Auf der Aussichtsplattform angekommen, legte Robert den Arm um sie, wies auf die Spitze des grünen Felsens und sagte, da seien früher Menschenopfer dargebracht worden. Ganz impulsiv drückte sich Mona näher an ihn und legte ihren Arm um seine Taille. Noch in den Anblick des Felsens vertieft, merkte sie genau, daß er sie anschaute.

Besucher drängten sich vor ans Geländer, wandten der Basaltnadel den Rücken zu, um sich mit ihr im Hintergrund fotografieren zu lassen.

Mona war überrascht, als er sie endlich, und ausgerechnet hier oben vor allen Leuten, küßte. Aber es gefiel ihr.

Keine Wahl

Auf der Fahrt zurück nach Wailea gingen Mona nicht nur die vielen Eindrücke des Tages durch den Kopf, sondern auch die Frage, wie es wohl mit Robert weitergehen würde. Entspannt saß er neben ihr im Polster. Wahrscheinlich, vermutete Mona, träumte er von einem Birdie. Sie fand es äußerst angenehm, so in Gedanken neben ihm sitzen zu können. Er gehörte zu den souveränen Menschen, die niemandem ein Gespräch aufzwangen. Sie fühlte sich in seiner Gegenwart geborgen.

Es mußte merkwürdig sein, mit einem viel älteren Mann liiert zu sein. Mit einem, der schon alles gesehen und erlebt hatte, der alles besser wußte als man selbst. Das war allerdings bei Lars nicht viel anders, der mußte auch stets das letzte Wort behalten.

Meine Güte, sie war den ganzen Tag mit einem fremden Mann unterwegs gewesen! Aber so fremd kam er ihr nicht vor. Und sie hatte es genossen. Sie sollte sich schämen, dachte sie, es war schließlich ihr Hochzeitstag. Wenn Lars das rausbekam. Ob er schon da war? Vielleicht hatte er ja angerufen, um ihr zu sagen, daß er heute eintraf. Im Grunde war es ja wohl das mindeste, daß er an ihren Hochzeitstag dachte. Auf keinen Fall würde sie den Kontakt zu Robert fortsetzen können. Mona lächelte. Lars würde ausrasten!

»Was lächelst du so still?« wollte Robert wissen.

»Ach, nichts weiter. Ich freue mich über den schönen Tag, den wir hatten.«

»Du sagst das, als sei er schon zu Ende!«

Robert rückte ein wenig näher. Sie spürte sein Bein durch den Stoff ihres Kleides. Ein aufregendes Gefühl. Sie rührte sich nicht und sagte eine Weile kein Wort. Der Wagen hielt vor ihrem Apartment.

»Wir sind da!«

»Selbst wenn! Du beabsichtigst doch wohl nicht ernstlich, mich nach diesem wunderbaren Tag alleine zu lassen, mich womöglich diesen Plötzens auszuliefern. Kannst du das verantworten?«

Mona lachte über seine gespielte Verzweiflung. »Bin schon überredet.«

»Ich lasse dich in einer Stunde abholen, wenn es dir recht ist.«

»Ich habe ja offenbar keine andere Wahl«, meinte Mona scherzhaft.

»Das hoffe ich«, sagte Robert und zog sie an sich.

Blaue Stunde

Als sie aus der Dusche kam, hörte sie das Telefon läuten. Hatte es sich Robert anders überlegt? Sie eilte zur Küchentheke. Draußen war es fast dunkel, aber nicht ganz: blaue Stunde. Mona nahm den Hörer ab.

»Ach Lars, du schon wieder!«

»Wer sonst? Hör mal, heute mittag war das Gespräch plötzlich weg. Und jetzt versuche ich schon den ganzen Abend, dich zu erreichen.«

»Na so was! Viel Spaß in New York?«

»Komische Frage. Kann ich dir jetzt nicht erklären. Auf jeden Fall zieht sich die Sache in die Länge. Ich denke, morgen, spätestens übermorgen habe ich sie soweit. Dann nehme ich die nächste Maschine. Freust du dich?«

»Ja, wann denn jetzt: morgen oder übermorgen?«

»Weiß ich noch nicht. Holst du mich ab?«

»Das ist schlecht«, sagte Mona, »ich weiß ja nicht, wann du landest und so. Nimm dir ein Taxi, ja?« Sie nannte die Adresse. »Ein Schlüssel ist im Vorhängeschloß. Das funktioniert wie ein Tresor.« Mona nannte die Buchstabenkombination. »Hast du's dir aufgeschrieben?«

»Ich kann's mir merken. Und sonst? Wie ist es so alleine im Urlaub?«

»Ganz okay.«

»Das hört sich nicht an, als würdest du mich vermissen!«

»Ich komme ganz gut alleine zurecht. Ich erwarte dich dann also morgen?«

»Ja, oder übermorgen.«

»Bist du sicher, daß sich das für dich noch lohnt?«

»Hawaii lohnt sich immer. Vor allem, wenn man schon in den Staaten ist!«

»Lars.«

»Ja?«

»Es kann sein, daß ich unterwegs bin, wenn du ankommst.«

»Ach?«

»Ja. Für morgen habe ich eine *Whale Watching*-Tour geplant.«

»Na, dann amüsier dich gut. Aber nicht zu oft.« Lars lachte.

Blödmann! dachte Mona und sagte »Danke, gleichfalls.«

»Na hör mal, wie meinst du das?« fragte Lars. »Im Gegensatz zu dir arbeite ich!«

»Du weißt, wie ich das meine.« Mona war gereizt. Das Gespräch ging ihr auf die Nerven.

Nach einer kleinen Pause sagte Lars: »Also gut, ich muß jetzt Schluß machen. Wir sehen uns.«

Mona ließ sich auf die Couch im Wohnraum fallen und stützte das Gesicht in die Hände. Ihr Mann kam. Ihr Mann, der sie hatte alleine fahren lassen, der sich seit Jahren nur noch um seine Firma kümmerte, der ein Haus gekauft hatte, das sie haßte. Der Mann, der sie gelegentlich und wahrscheinlich momentan betrog. Sie spürte keine Wärme, wenn sie an ihn dachte. Wieso ging ihr das erst jetzt auf? Warum hatte sie dazu nach Hawaii reisen müssen? Andere kamen hierher, um zu heiraten und ihre Flitterwochen zu verbringen und sie dachte an das Ende ihrer Ehe.

Sie sagte Robert ab. In der Stimmung war sie eine schlechte Gesellschafterin.

Als sie den Hörer auflegte, sah sie im Augenwinkel, wie sich etwas auf dem langflorigen Teppich bewegte. Ein Tier! Hoffentlich keine Kakerlake! Die sollten hier ja riesig groß werden! Und sie ekelte sich vor gewissen Lebewesen, obwohl sie Tiere eigentlich sehr gerne mochte. Hoffentlich kam Frau Slatkovice auch wirklich jeden Tag vorbei, um die Dicke Bertha zu füttern. Die fühlte sich sicher einsam.

Warum war niemand da, der ihr das Vieh vom Hals schaffen konnte? Wäre sie doch nur mit Robert essen gegangen. Alleine hier herumzusitzen, machte es auch nicht besser! Wieder bewegte es sich. Sie würde sich wohl oder übel selbst darum kümmern müssen. Notfalls müßte sie es mit dem Reiseführer erschlagen. Sie bewaffnete sich mit dem Buch und suchte den Boden ab. Da war es wieder! Es hing in den Flusen fest! Mona kniete sich hin. »Wie süß!« sagte sie laut. »Ein Leguan-Baby, das seine Mami sucht!« Vorsichtig nahm sie den kleinen Ausreißer in die Hand, öffnete mit der anderen die Schiebetüren und setzte ihn auf der Terrasse ab. Flink wieselte er in die Dunkelheit hinein.

Ob sie sich etwas zu essen machen sollte? Dazu hatte sie jedoch nicht die geringste Lust. Sie ging in der Wohnung umher, nahm schließlich ein rein pflanzliches Beruhigungsmittel und legte sich aufs Bett.

Enttäuscht von Monas Absage legte Robert den Telefonhörer auf. Alles war für ein gemütliches Dinner zu zweit vorbereitet. Er hatte sich extra noch mal rasiert und sich den Nachgeschmack seiner Aperitif-Zigarre mit einem Mundwasser ruiniert. Auf dem Balkon stand ein Gaskocher, der Langustenschwänze in Sahnesauce warmhielt.

Er trat an das Geländer. Dieser Himmel! Wo sonst auf der Welt sah man so unendlich viele Sterne auf einmal? Man erkannte mit bloßem Auge sogar die Sternennebel, einfach alles, wie auf einem Himmelsglobus. Fehlten nur noch die Namensangaben.

Er stutzte. Da hatte er doch gerade gestern abend etwas gelesen ... Aus dem Schlafzimmer kam er mit einem alten Band in der Hand zurück auf den Balkon, hielt ihn etwas schräg, damit das Licht der Wandlampe darauf fiel und blätterte eine der ersten Seiten auf. Weiter war er nämlich bei seinem Versuch, Wilhelm Raabe zu lesen, den sein Vater im Alter so geschätzt hatte, noch nicht gekommen.

Inzwischen hielt er sich gern in der Bibliothek auf, die sein Vater in der Villa eingerichtet und mit schönen alten Ausgaben der Klassiker ausgestattet hatte. Was blieb ihm letztlich anderes übrig, als sich in die Welt der Romane zu flüchten? So hatte er sich für die Reise mit ausreichend Lektüre eingedeckt: *Moby Dick* von Melville, die Erzählungen von Robert Louis Stevenson und, in einer älteren, englischen Ausgabe, Kurzgeschichten von Somerset Maugham – alles hatte irgendwie mit Südsee zu tun. Der Raabe-Band war ihm eher zufällig dazwischengeraten.

Bücher empfand er mittlerweile als durchaus passende Gesellschaft; wenigstens ließen sie einen nicht im Stich, wenn man sie brauchte. Der Gedanke an Lore schmerzte noch immer ein wenig.

Nun hatte er die Stelle wiedergefunden, die perfekt hierher paßte und las sie sich halblaut vor: »Wovon man reden mag, ob Politik, Börsengeschäfte, Ästhetik: Jeder Mann und berufenste Mitredner in allem diesem darf ungehöhnt sein gescheitestes Wort abbrechen und aufblinzelnd bemerken: Da liegt auch was drin! – Nachher darf er natürlich eine Prise nehmen, wenn er schnupft; ich für meinen Teil rauche und zünde mir gern beim Anblick des unendliches Heeres der himmlischen Lichter eine frische Zigarre an, denn das leuchtet doch auch und der Mensch auf Erden ist darauf angewiesen, gegen alles und also auch gegen das ›Übermaß der Sterne‹ zu reagieren.«

Eine seiner Jahrgangs-Pyramidos von Upmann wäre nach dem Essen sicher angemessen. Er hätte noch weiter gelesen, wenn da nicht von einem Deutschen älterer Generation die Rede gewesen wäre, der gerne beim Nächstliegenden bleibt, »dem angenehmen Abend, der guten Gesellschaft«. Wie so oft, würde er alleine essen und auf eine gepflegte Unterhaltung verzichten müssen.

Alleine zu leben stellte man sich leichter vor als es war. Seine Frau hatte sich sozusagen anderweitig orientiert, sein Freund Hansernst lebte jetzt in der Schweiz, sein Sohn war angeblich ständig im Streß. Nicht, daß er dringend eine Frau gebraucht hätte, er kam ganz gut zurecht. Frauen waren unberechenbar, was sehr anstrengend sein konnte. Nein, da zog er die Gesellschaft von Männern letztlich vor, da wußte man, woran man war.

Und nun hatte er sich unversehens – sein Gedankengang stockte – verliebt? Diese aparte, ein wenig melancholisch wirkende Frau weckte seinen Beschützerinstinkt. Er hatte bis dahin nicht mal gewußt, daß er über so etwas verfügte.

Mit leerem Blick fixierte er das unbenutzte Gedeck und prostete seinem nicht vorhandenen Gegenüber zu. Er fand, er sei auf dem besten Wege, als Miss Sophie zu enden.

Surf City

Wir fanden einen ganz tollen Strand, notierte Beate mit ihrer kindlichen Christbaumkugel-Schrift in die Recyclingpapier-Kladde, die ihr als Reisetagebuch diente. *Heiko wollte lieber die Kahuku Sugar Mill besichtigen, obwohl die schon lange nicht mehr in Betrieb und nicht besonders interessant ist.*

»Was schreibst du?« fragte Heiko frisch geduscht.

»Von der Zuckerrohrmühle, in der wir so lange auf das Essen gewartet haben, weil die Bedienung so langsam war.«

»Sagen mir ruhig, lahmarschig. Ja, die Sugar Mill war interessant«, meinte Heiko und rubbelte sich die Haare mit einem Handtuch trocken, »die farbigen Rohre kommen auf den Dias sicher gut. Daß die Rohrleitungen zur besseren Unterscheidung bunt angemalt waren, ist ja mal wieder typisch. Alles für die doofen Touristen.«

»Schätzle, es wird ja nicht jeder auf Ingenieur studieren. – Und wo sind mir dann noch mal hingefahren?«

»Zu diesem Strand mit den Surfern.«

»Ach ja, richtig. Willst du nicht auch mal surfen?«

»Spinnst du? – Gib mir mal ein frisches T-Shirt!«

Beate seufzte, holte ein T-Shirt aus dem Schrank und setzte sich wieder an den Tisch, um weiterzuschreiben. *Der Sand am Banzai Beach war tief. Das Laufen fiel schwer. Wie in einem Traum, in dem man nicht vorwärts kommt. Hier befindet sich das* (sie unterstrich »das«) *Surfer-Dorado von Hawaii. Am Strand lagen dünne, langhaarige Mädchen in knappsten Bikinis und sahen den braungebrannten Jungs beim Wellenreiten zu. Dazu benutzten sie ein Fernglas, weil die nämlich viel weiter vom Strand entfernt surfen, als man denkt. Ich habe mich da nicht ins Wasser getraut, obwohl Heiko immer sagt, Fett schwimme oben, was ich ziemlich gemein von ihm finde. Aber das mit dem Baden wäre sowieso nicht gegangen, weil Heiko wie wild geknipst hat und ich auf die Tasche aufpassen mußte (wie immer, seufz!). Wir sind dann bis Haleiwa gefahren, das sich auch Surf City, USA, nennt (und von da wieder zurück nach Waikiki). Ich wollte unterwegs gerne Shave Ice essen, aber Heiko meinte, das sei zu riskant, da könne man sich leicht eine Magenverstimmung holen.*

Jetzt habe ich aber ganz vergessen, zu schreiben, daß wir vorher noch am berühmten »Polynesian Cultural Center« waren, das Heiko eigentlich besichtigen wollte. Angeblich kann man darin die Lebensgewohnheiten auf sieben verschiedenen polynesischen Inseln angucken. Original Studenten von diesen Inseln führen die Traditionen ihrer Heimat vor. Heiko fand nicht gut, daß das alles Mormonen sind. Man wisse ja nicht, hat er gemeint, ob die nicht versuchen würden, einen zu bekehren oder die ganze Zeit mit Bibelsprüchen traktierten. Das sei ihm zu riskant, wo er doch aus der Kirche austreten wolle. Wir sind dann also nicht reingegangen. Ich glaube, ihm war einfach nur der Eintrittspreis zu hoch.

»Wenn du jetzt noch duschen willst, dann mach hin!«

»Aber wehe du liest, was ich geschrieben habe!«

»Nein, nein, keine Sorge, ich guck gerade nach, in welches Lokal mir heute gehen.«

»Wehe!« sagte Beate noch einmal drohend und schloß die Badezimmertür hinter sich. Sofort griff Heiko zu der Kladde und blätterte darin. Daß sie immer so komische runde Kringel anstatt richtiger i-Punkte machte! Sein Blick fiel auf den Eintrag unter dem gestrigen Datum und er las halblaut: »Was er wohl dazu sagen würde? Gell, Beate, des isch jetzt net dei Ernscht, vermutlich.« Sie machte sich über ihn lustig, oder wie? Aber da war mit einem anderem Stift in kleiner Schrift etwas hinzugesetzt: »34 Tage.« Was das wohl zu bedeuten hatte? Wahrscheinlich zählte sie die Tage bis zur Hochzeit, aber das waren doch nur noch vier Tage. Merkwürdig.

Überhaupt, die Hochzeit. Wie sollte er das bloß Beate beibringen? Sein Vater hatte ihn am vorletzten Abend zu einem Männer-Gespräch in den *Hirsch* geschleppt. Er gab ein paar goldene Regeln für die Ehe von sich, wobei er freizügig seine Erfahrungen an der Tankstelle auf das Geschlechtsleben übertrug. »Du mußt deine Zapfsäule immer sauber und funktionstüchtig halten!« mahnte er zum Beispiel mit erhobenem Zeigefinger. Ein paar Viertele weiter hatte er dann gemeint, das mit der Hochzeit auf Hawaii sei eine Schnapsidee. Ob er dabei mal an die Omas gedacht hätte? Ha no, so ginge das jedenfalls nicht, und er würde dafür sorgen, daß hier eine anständige Trauung stattfände, wie stehe er sonst vor seinen Kunden da. Er hätte auch schon ein ernstes Wort mit Klaus Möhrle gesprochen, der sei ja leider so'n scheißliberaler FDP'ler, aber er hätte auch gemeint, politisch sei das sicher klüger, die Kinder würden in der Kirche heiraten. Er wolle schließlich wiedergewählt werden.

Seine Kumpels hatten sich auch schon beschwert, daß er sich um den Polterabend drückte. Vielleicht war es ja doch ganz nett, im Kreise der Familie zu feiern. Aber wie stand er dann vor Beate da? Hatte sie nicht gesagt, so'ne spießige Familienfeier, bei der alle besoffen sind, könne ihr gestohlen bleiben?

Tischlein deck dich ...

Es klingelte an der Tür. Das konnte nur Lars sein! Aber der wollte doch erst morgen kommen. Vielleicht hatte er das nur gesagt, um sie zu überraschen. Wie gut, daß sie nicht zu Robert gegangen war.

Immer noch lediglich mit einem Badehandtuch bekleidet, schaute Mona sicherheitshalber durch die Jalousien neben der Eingangstür. Doch da stand nicht Lars mit den obligaten

Hochzeitstagrosen in der Hand. Draußen stand ein chinesischer Koch! So richtig mit Schürze und Mütze auf! Er hatte ein Tischchen vor sich stehen. Das gab's doch nicht!

Sie öffnete, und er schob sogleich den Servierwagen hinein, auf dem ein Kübel mit einer Flasche Champagner stand, ein Teller mit einer Cloche darüber und einem Lei drumherum sowie eine Auswahl kleiner, köstlich aussehender Patisserien in verschiedenen Farben unter Frischhaltefolie. Der Koch fragte, wo sie essen möchte, aber Mona war zu verblüfft, um antworten zu können. Er schaute sich um und manövrierte dann mit viel Mühe den Servierwagen über den dicken Teppichboden ins Wohnzimmer. Mona stand noch immer wie angewurzelt im Flur. Essen auf Rädern! Nicht zu glauben!

Der Koch verbeugte sich und wies auf das Tischchen. Mona bewegte sich wie in Trance. Lars hatte ihren Hochzeitstag also doch nicht vergessen! Bestimmt hatte er am Telefon nichts erwähnt, weil er die Überraschung nicht verderben wollte. Das sah ihm ähnlich.

Der Koch ließ sie im Sessel Platz nehmen und öffnete die Champagnerflasche. Währenddessen fiel Monas Blick auf den Zettel, der unter dem Fischmesser klemmte. Vorsichtig zog sie ihn hervor und faltete das Blatt auseinander. Das war nicht Lars' Handschrift! Sie ließ ihn sinken. Lächelnd schenkte ihr der Koch Champagner ein und reichte ihr das Glas. Mechanisch nahm sie es entgegen. Dann las sie die Nachricht: *Liebe Mona! Auch wenn Du Dich nicht wohlfühlst, solltest Du eine Kleinigkeit essen. Gerne würde ich Dich aufheitern, aber ich verstehe es, daß Du lieber alleine sein willst. Es würde mich sehr freuen, wenn wir das gemeinsame Abendessen bald nachholen könnten. Dein Robert.*

Mona verspürte einen Kloß im Hals. Der Koch fragte, ob er noch gebraucht würde. Mona räusperte sich.

»Thank you very much. And give my regards to Mr. Vonhof.«

»Certainly. He is waiting in the car.«

»Oh, really?« Mona überlegte nicht lange. »Please ask him to come in.«

Der Koch verbeugte sich und verschwand. Mona nahm einen Schluck vom Schaumwein und hängte sich den Lei um. Entzückt betrachtete sie die Orchideen-Blüten.

Robert stand in der Tür und schmunzelte. Als sie ihn bemerkte, stieg ihr das Blut ins Gesicht.

»Das ist so, so unglaublich, einfach wunderbar!« stammelte Mona. »Wie im Märchen. Tischlein deck dich! Und schwupp, da kommt ein Koch und bringt ein Essen herein.«

»Freut mich, wenn's dir eine Freude macht.« Er zog sich einen Stuhl vom Eßtisch heran und hob die silberne Glocke vom Teller. »Jetzt mußt du probieren!«

»Du hast dir so viel Mühe gemacht!«

»Ich wollte mit dir auf meiner Terrasse essen und fand es schade, die Speisen einfach zurückgehen zu lassen, während du hier verhungerst.«

Mona lächelte zaghaft. »Und du?«

»Ich habe schon gegessen.«

»Willst du nicht wenigstens einen Schluck trinken?«

Robert lachte. »Ich hab kein Champagnerglas dabei!«

Sie reichte ihm ihr Glas. Er hielt ihre Hand fest, während er trank. Sie hatte immer noch nur das Handtuch um! Das hatte sie völlig vergessen!

»Weißt du eigentlich, wie bezaubernd du aussiehst? Wie eine Hawaiianerin.«

»Entschuldige bitte meinen Aufzug!«

»Mona, erstens mußt du dich niemals bei mir für irgendwas entschuldigen, sei einfach du selbst. Außerdem habe ich noch nie eine Frau gesehen, die selbst in einem Hotelhandtuch so perfekt gekleidet ist.«

»Und zweitens?«

»Zweitens haben wir aus einem Glas getrunken und müssen uns jetzt ...« Er ließ eine Pause und Mona ergänzte: »Duzen?«

»Das tun wir doch schon!« Er stand auf, beugte sich über die Meeresfrüchte und die Patisserie, nahm ihr Gesicht in beide Hände und küßte sie, daß ihr die Luft wegblieb. Oder war es die Besinnung? Mona legte ihre Arme um seinen Hals, schloß die Augen und dachte an gar nichts mehr.

Wie durch einen Nebelschleier registrierte sie, daß er das Tischchen wegschob, sie aus dem Sessel hochzog, sie erneut sehr lange küßte und ihre Brüste berührte. Sie hielt die Augen fest geschlossen, während sich das Handtuch löste und an ihr hinabglitt. Kühl und ein wenig feucht lagen die Blüten auf ihrer Haut. Wenn sie die Augen jetzt aufmachen würde, wäre sicher alles vorbei. Hatte er gerade gesagt, wie schön sie sei? War das wirklich sie, die ihm daraufhin das Hemd vom Körper riß und ihn mit sich auf den weichen Teppichboden zog?

Mona öffnete die Augen. Sie lag im Bett. Draußen war es noch dunkel und sehr still. War Robert wirklich hier gewesen? Oder hatte sie das nur geträumt? Es mußte ein Traum gewesen sein! In der Hoffnung, ihn weiterträumen zu können, murmelte sie: »Tischlein deck dich, Esel streck dich, Knüppel aus dem Sack!«

Einwurf mit Folgen

Mona genoß das Bad in ihrem Beinahe-Privat-Pool, bis sich eine ältere Frau mit Badehaube unter die Dusche am Beckenrand stellte. Der wollte sie das Vergnügen, einen Pool ganz für sich zu haben, auch gönnen und schwamm zur Leiter. Der Rasen vor dem Apartment war die reinste Fußreflexzonenmassage!

Unter der heißen Dusche überlegte sie, was sie heute, vor

der *Whale-Watch*-Tour, unternehmen könnte. Die begann um 15 Uhr. Erst als sie sich beim Abtrocknen in das Badehandtuch wickelte und sich die nassen Haare kämmte, überfiel sie schlagartig die Erinnerung an die letzte Nacht. Sie sah im Spiegel zu, wie ihr die Röte langsam, am Hals beginnend, ins Gesicht stieg. Hatten sie wirklich? Oder war das nur ein lebhafter Traum gewesen? Mechanisch zupfte sie die Haare aus der Bürste und öffnete mit der Fußtaste den Abfalleimer neben dem Waschbecken. Was darin lag, war eindeutig benutzt worden.

Als sie beim Frühstück auf der Terrasse saß, schrillte das Telefon. Sie befürchtete, es könne mal wieder Lars sein, der bereits in Maui am Flughafen stand und spürte das schlechte Gewissen in sich rumoren.

Robert bat sie, mit ihm zu frühstücken. Jetzt, wo sie seine ruhige, tiefe Stimme hörte, sehnte sie sich nach seiner Gegenwart mit einer Intensität, die sie seit Jahren nicht mehr empfunden hatte. Der Gedanke, bei ihm zu sein und alles andere zu vergessen, war überaus verlockend. Ein zufälliger Blick auf ihren Ehering genügte, um dem Impuls, sofort zu ihm zu eilen, nicht nachzugeben. Sie schlug Robert vor, auf den Golfplatz zu gehen, sie würden sich ohnehin heute nachmittag sehen. Sie brauche etwas Ruhe zum Nachdenken.

Als sie sich zur vereinbarten Zeit mit ihrem Wagen zu Roberts Hotel aufmachte, hatte sie, weil Lars kam, die freundlichen Ameisen in der Küche schweren Herzens mit einem Spray gemeuchelt, fünfundvierzig Minuten Yoga inklusive Atemübungen absolviert und die in Lahaina gekauften Postkarten geschrieben. Wie sie sich Robert gegenüber verhalten sollte, war ihr allerdings weiterhin völlig unklar. Bei dem Gedanken an Lars überfiel sie die reine Panik – bis sie dieses Problem erfolgreich verdrängte. Aloha! Hier ging doch alles irgendwie leicht und problemlos. Da würde sich auch das von selbst einrenken.

Im Hotel bat sie die Rezeptionistin, Herrn Dr. Vonhof zu benachrichtigen und fragte, wo sie die Ansichtskarten loswerden könne. Sie wurde auf einen Briefkasten auf der anderen Seite der Halle verwiesen. Mona schlenderte an der Boutique und dem *Activity Desk* vorbei und ließ gerade die Karten in den dafür vorgesehenen Schlitz fallen, als sie die Plötzens in frisch gebügelten Partnerlook-Hawaii-T-Shirts auf sich zukommen sah. Eine Flucht war zwecklos.

»Hallöchen!« rief ihr Gitte entgegen. »Was machen Sie denn hier?«

»Tag auch!« sagte Frank und reichte ihr die Hand.

»Tag. Ich hab' nur ein paar Postkarten eingeworfen.«

Gitte lachte. Ehe Mona sich versah, hakte Gitte sich bei ihr unter.

»Das ist ja nett! Was für ein Zufall. Wir haben gerade über Sie gesprochen.«

»Ach was!« Mona mußte niesen. Gitte umgab eine intensive Parfümwolke.

»Na, Sie werden sich doch hoffentlich nicht erkältet haben!« sagte Frank, während seine Frau Mona in Richtung Rezeption eskortierte.

Mona überlegte angestrengt, wie sie sich aus dem Klammergriff der beiden würde befreien können. Da sah sie Robert nach ihr Ausschau halten. Zu spät! Gitte hatte mit ihrem Rundum-Kontrollblick Robert selbstverständlich ebenfalls entdeckt und sagte neckisch zu Mona: »Sie sind mir schon so eine! Sie haben sich hier verabredet, stimmt's?«

Robert, dem das, was buchstäblich auf ihn zukam, nicht entgangen war, drehte sich zur Rezeption um und setzte zu einem ausführlichen Bericht über die Mängel der Heißwasserzufuhr im Bad an. Als die Rezeptionistin sich entschuldigte und versprach, das selbstverständlich bis abends überprüfen zu lassen, meinte er, so schlimm sei's nun auch wieder nicht, er habe nur mal darauf hinweisen wollen. Er drehte sich in der vagen Hoffnung um, der Plötzen-Krug sei an ihm vorübergegangen – und blickte direkt in das triumphierende Gesicht von Gitte, die Monas rechten Arm fest untergehakt hielt. Frank versuchte auf der anderen Seite von Mona cool zu wirken. Es sah aus, als sei sie von den Plötzens verhaftet worden.

Entsprechend wirkte sie auf Robert ausgesprochen hilfebedürftig. Er atmete kräftig ein, wölbte seinen Brustkorb vor und spannte die Rückenmuskeln an. Wenn er schon aussah wie Sean Connery, dann wollte er dem auch gerecht werden!

»Na, was ist das denn? Kidnapping?« wandte er sich mit betont sonorer Stimme an die Plötzens. Gitte ließ sofort Monas Arm los, lächelte verlegen, fing sich jedoch sogleich wieder.

»Wie nett, Sie zu treffen!« flötete sie. »Sie sehen aus, als hätten Sie was vor!«

»Allerdings«, antwortete Robert bestimmt, »zum Beispiel die Befreiung von Frau Hallstein.«

»Jetzt haben Sie sich mal nicht so!« antwortete Gitte pikiert. »Wir sind schließlich auch mit ihr befreundet.« Bestätigung suchend schaute sie die verdutzte Mona an.

»Komm jetzt, Gitte!« drängte Frank. »Du merkst doch, daß wir hier unerwünscht sind.«

Mona taten die Plötzens nun beinahe leid. Sie hatten es sicher nett gemeint.

»Wir wollen zu einer Walbeobachtungstour nach Maalaea«, sagte sie. »Ich weiß allerdings nicht, ob es noch Karten gibt.«

Robert, der sich auf einen Nachmittag zu zweit gefreut hatte, war wie vor den Kopf gestoßen.

»Was meinst du, Frank?« wandte sich Gitte an ihren Gatten.

»Was kostet das denn?« wollte Frank von Mona wissen.

»Dreißig Dollar, glaube ich. Das ist zwar ziemlich teuer, aber wo sonst kann man schon mal Wale sehen?«

»Stimmt!« sagte Gitte. »Und mein Mann interessiert sich sehr für Natur und so. Er hat sogar *Geo* abonniert.«

»Meinen Sie, man kann das mit der Kreditkarte bezahlen?« fragte Frank.

»Vermutlich!« antwortete Robert. »Was ist jetzt? Wir müssen los, sonst fährt das Boot ohne uns!«

Frank schaute Gitte fragend an. Gitte machte eine zustimmende Handbewegung.

»Also dann!« sagte Mona aufmunternd. »Mein Auto steht auf dem Parkplatz!« Mona und Robert waren im Begriff, das Hotel zu verlassen.

»Halt, halt!« rief Gitte, »Frank muß erst den Video holen, sonst lohnt das ja nicht. Wir kommen in zwei Minuten nach.«

»Mußte das sein?« wollte Robert von Mona wissen.

»Die beiden kommen ja sonst nie aus dem Hotel raus. Ich finde, da kann man schon mal ein Auge zudrücken. Es tut mir leid, wenn dir das den Ausflug verdirbt.«

»Natürlich nicht!« antwortete Robert mit Nachdruck und dachte, daß Mona, wie die meisten Frauen, konfliktscheu sei.

Mona blieb neben dem Auto stehen, damit die Plötzens sie gleich fanden und hielt Robert den Schlüssel hin. »Möchtest du fahren?«

»Nein, nein, das ist dein Auto. Ich hätte sonst eine Limo bestellt.«

Mona lachte. »Eine was, bitte?«

»Eine Limousine. Die Amis kürzen doch alles ab. Und wenn die nicht bald kommen, fahren wir ohne sie!« Er räusperte sich. »Schön, daß wir überhaupt fahren. Ich befürchtete heute morgen schon, daß du mir aus dem Weg gehen würdest. Lieber wäre ich natürlich mit dir alleine gefahren.«

Ganz spontan küßte Mona ihn kurz auf den Mund.

»War das alles?« Robert lehnte mit dem Rücken am Auto, nahm sie in die Arme und zog sie an sich. Mona stützte sich mit den Händen am Wagendach ab. Wenn sie nicht aufpaßte, würde sie mit ihm sonstwo landen, nur nicht auf einem Walbeobachtungsboot. Als sie die Augen öffnete, sah sie Frank und Gitte durch die Hotelhalle laufen. Sie löste sich aus der Umarmung.

»Da kommen sie.«

Mona wies auf die aus dem Hoteleingang hetzenden Plötzens, jetzt beide mit Baseballkappen auf – Gitte mit dem Schirm zur Seite, Frank mit dem Schirm im Nacken. Keuchend erreichten sie das Auto, an dem Robert ihnen schon die hintere Tür aufhielt. Ihren Lauf nur leicht verlangsamend, duckten sie sich und verschwanden in einer fließenden Bewegung einer nach dem anderen im Fond. Mona schmunzelte und nahm hinter dem Steuer Platz.

Echte Wale

»Wann fängt denn die Show an?« wollte Gitte wissen, nachdem sie eine gute halbe Stunde im Bug des schwankenden Bootes saßen. Von der salzigen Gischt waren ihre Gesichter schon ein wenig grau überkrustet.

»Ich seh kaum noch was!« beschwerte sich Frank, dessen Sonnenbrille sichtlich Spuren des Salzwasser aufwies, doch den anderen ging es nicht besser.

»*Show* ist gut!« grinste Robert Mona an, die dicht gedrängt neben ihm auf der kleinen Bank saß. Frank, der die ganze Zeit an der Reling gestanden hatte, wollte sich nun auch mal setzen. Gitte stand auf, Frank nahm sie auf den Schoß. Die Mitarbeiter der *Pacific Whale Foundation* erklärten über Lautsprecher, daß die Buckelwale zu dieser Zeit hier ihre Jungen zur Welt brächten. Leider sei kein Wal in Sicht, man wisse eben nie, wo genau sie sich aufhielten. Es seien aber welche da, und früher oder später würde man sie auch finden.

»Na, hoffentlich!« sagte Frank.

»Look over to starboard!« rief der Mann am Mikro und alle stürzten an die Reling. »She is breaching!«

Was immer das hieß! Sie sahen gerade noch das hochspritzende Wasser, wo sich der Wal nach dem Aufspringen hatte fallenlassen.

Eine halbe Stunde und etliche Gischtböen später entdeckten sie endlich in der Ferne die Fontäne eines Wals. Viel zu langsam schaukelte sich das Boot näher. Sie hatten Mühe, im Gegenlicht überhaupt etwas zu erkennen. Frank stand mit der Videokamera an der Reling und hielt drauf.

»Siehste Gitte«, sagte er über die Schulter, »ist doch gut, daß wir die mit dem Zwölffachzoom genommen haben.«

Gitte benutzte Frank als Wind- und Gischtschutz. Außerdem war ihr kalt. Robert trug eine nachgerade professionell aussehende blaue Segeljacke und Mona hatte, kaum daß sie an Bord gingen, einen Windbreaker mit Kapuze aus ihrer Umhängetasche gezogen. Frank und Gitte standen im T-Shirt da.

Mona lehnte neben Frank. Robert hielt sich rechts und links von ihr an der Reling fest. Sie spürte die Wärme seines Körpers an ihrem Rücken. Ein in der Ferne auftauchendes Walbaby beanspruchte ihre Aufmerksamkeit. Angeblich schwamm die Walkuh um ihr Junges herum und brachte ihm das *breaching* bei. Sie sahen nur einen kleinen, länglichen Körper auftauchen und sich aufs Wasser werfen.

»Gib mal den Akku!« rief Frank ganz hektisch.

»Was denn für'n Akku?« fragte Gitte seelenruhig zurück.

»Sag bloß, du hast den Austausch-Akku nicht eingesteckt?«

»Du, also wirklich! Was hab' ich mit dem Videozeugs zu tun?«

»Scheiße!« fluchte Frank. »Ausgerechnet jetzt!« Er ließ die Kamera sinken und schob Gitte nach vorne. »Und alles voll Salzwasser! Hoffentlich leidet die Elektronik nicht!«

Neidisch betrachtete er die anderen Touristen mit ihren surrenden Videokameras. Er hätte doch den Power-Akku kaufen sollen. Aber der war doppelt so teuer. Bisher hatte er im Urlaub nur Gitte im Liegestuhl abgefilmt. Da hatte der Saft immer gereicht. Als der Camcorder neu war, wurde er sogar zu Hause benutzt. Mit Sven hatte er was für *Bitte Lächeln* gedreht, damit sich die Kamera amortisierte. Für witzige Szenen, bei denen Kinder von der Schaukel fielen oder in ein Schwimmbecken plumpsten, gab es dreihundertfünfzig Mark!

Er wollte natürlich vermeiden, daß Sven sich verletzte und hatte damals eine Nummer mit dem Foxterrier von Schröders einstudiert. Weil: noch lieber als Kinder- oder Tierszenen wurden solche von Kindern mit Tieren genommen! War schon echt super gewesen, wie die beiden zusammen Skateboard fuhren. Struppi saß wie eine Gallionsfigur vorne drauf. Sven konnte dann aber nicht mehr so gut lenken. Der Briefträger auf seinem Fahrrad wich ihm aus und rammte dabei etwas unglücklich eine Mülltonne. So was konnte man ja nicht planen! Der war dann ziemlich sauer gewesen. Wenn sie seitdem eine Sendung quittieren mußten, steckte er immer, ohne zu klingeln, eine Benachrichtigungskarte in den Kasten, nur damit sie dann zum Hauptpostamt fahren mußten. Dabei hatte er ihm von den fünfhundert Mark Preisgeld für das »Video der Woche« fünfzig Mark abgeben wollen! Aber Gitte war dann doch dagegen gewesen.

Das Boot kehrte in die Bucht von Maalaea zurück, und die Passagiere wurden gebeten, im Innenraum Platz zu nehmen. Dort könnten sie T-Shirts und Informationen über Buckelwale erwerben.

Auf der ziemlich schweigsam verlaufenden Rückfahrt nach Wailea dachte Mona bedrückt daran, daß der Spaß jetzt vorbei war. Vermutlich saß Lars schon im Apartment und erwartete sie. Oder kam er doch erst morgen?

Vor dem Hotel redeten die anderen so lange auf sie ein, wenigstens *ein* Glas mit ihnen zu trinken, bis sie nachgab. Im *Restroom* wusch sie sich das Salz vom Gesicht, das nun ziemlich brannte. Zum Glück hatte sie Sonnencreme eingesteckt. Sie fand, sie glänze wie eine Speckschwarte, aber daran war nichts zu ändern.

Robert hatte für Mona ein Mineralwasser und für Gitte einen abenteuerlich aussehenden Cocktail namens *Lava flow* bestellt. Frank trank Bier und er selbst einen Dry Martini. Vor der untergehenden Sonne stießen sie auf die *Humpbacks* an.

»He, schaut mal da!« rief Gitte und zeigte auf das Meer. Es war ganz eindeutig die Fontäne eines Wals. »Der ist ja näher als alles, was wir vom Boot aus gesehen haben! Die sechzig Dollar hätten wir uns wirklich sparen können!«

Pacific Café

»Und was unternehmen wir morgen?« fragte Robert, als sie ohne die Plötzens im modisch-schicken *Pacific Café* saßen, das entgegen seinem Namen kein Café, sondern ein Restaurant mit französisch inspirierter pazifischer Küche war.

»Da fällt dir sicher was ein!« antwortete Mona ohne Euphorie oder Ironie in der Stimme. Heute war Lars nicht eingetroffen, also kam er ganz sicher morgen. Noch ein Tag Galgenfrist! »Eigentlich schade, daß wir nur auf Maui sind. Ich würde gerne die anderen Inseln kennenlernen, wenigstens einmal am Strand von Waikiki stehen.«

»Kein Problem!« antwortete Robert. »Dann fliegen wir morgen rüber!«

»Unsinn!« Mona lachte. »Wir können doch nicht einfach auf eine andere Insel fliegen, nur mal eben so!«

»Aber sicher, wieso denn nicht? Wenn du gerne an den Strand von Waikiki möchtest, dann düsen wir nach Oahu. Schließlich geht jede halbe Stunde ein Flieger, und außerdem«, er schmunzelte, »muß ich dann nicht befürchten, daß du die Plötzens einlädst, mitzukommen!«

»Das hat dich geärgert, stimmt's?«

»Ach was! War doch ganz nett. Aber wir kommen auch ganz gut ohne die aus, nicht?« Er griff nach ihrer linken Hand und zeichnete jeden einzelnen von Monas Fingern mit der Kuppe seines Zeigefingers nach.

»Ich weiß nicht so recht, wie ich es dir sagen soll«, begann Mona unsicher und schob den Teller von sich weg.

»Sag's einfach!«

»Ich meine, ich bin wirklich gerne mit dir zusammen, vielleicht mehr als nur gerne, aber so wie es aussieht, trifft morgen endgültig mein Mann ein.«

»Und?« sagte Robert, als ob das nichts wäre. Er ließ jedoch von Monas Hand ab.

»Du bist gut! Du glaubst doch nicht im Ernst, daß wir uns dann weiterhin treffen können!«

»Dann laß uns den Tag morgen genießen, als ob es der letzte wäre. Was er nicht ist, da bin ich mir sicher.«

Mona sah ihn erstaunt an. »Ah ja?«

»Ja, ja, glaube mal einem erfahrenen älteren Herrn.«

»Jetzt kokettiere nicht schon wieder mit deinem Alter. So viel älter bist du auch wieder nicht!«

»Ach nein? Gut zu wissen!« Roberts Lachfältchen traten deutlich hervor.

Durch die rasche Aufeinanderfolge der Gänge war das Essen, wie in amerikanischen Restaurants üblich, früh am Abend beendet. Robert gelüstete es nach einer Zigarre. Natürlich war in dem Lokal das Rauchen verboten. Auf dem Weg zum Auto nahm er Mona den Schlüssel ab und setzte sich selbst hinter das Steuer.

Als sie durch Kihei fuhren, fiel ihm die reflektierende Straßenmarkierung auf, Katzenaugen rechts und links von der Fahrbahn, zusätzlich zu Leuchtstreifen, die in der Entfernung perspektivisch zusammenrückten. Dazu leuchteten alle paar Meter Ampelanlagen.

»Man könnte meinen, man landet ein Flugzeug«, lachte Robert.

»Und das meinst du ehrlich mit morgen, ja?«

»Auf jeden Fall.« Er hielt an einer Ampel und faßte spielerisch an Monas Pferdeschwanz. »Weißt du, was ich immer schon mal fragen wollte, wozu ich aber leider nie Gelegenheit hatte?« Robert bewahrte mit Mühe ein ernstes Gesicht.

»Nein, was denn?« fragte Mona erstaunt zurück.

»Zu mir oder zu dir?«

Der weiße Hai

»Wie im Prospekt!« sagte Beate, die es an ihrem letzten Tag auf Oahu endlich geschafft hatte, Heiko gleich nach dem Frühstück an den Strand von Waikiki zu lotsen.

»Ha, jetzt ist es noch leer, aber gleich wird's voll!« prophezeite Heiko. »Strand, das ist doch's Langweiligste von der Welt!«

»Hier sind sogar die Telefonkabinen mit Hibiscusblütenmotiven geschmückt, hast du gesehen?«

»Ha joh!«

Sie breiteten ein Badetuch aus dem Hotel auf den Sand und Beate zog sich aus.

»Willst du dich nicht sonnen?« fragte sie erstaunt, als Heiko sich in voller Montur auf das Handtuch setzte.

»Spinnst du? Ich sag nur: Ozonloch!«

Beate cremte sich sorgfältig mit Sonnenschutzmittel ein.

Heiko starrte mißmutig auf den Horizont. Neben ihnen trafen drei braungebrannte Surfer in knielangen, schlabberigen, bunten Hosen ein und legten ihre Bretter ab. Beate fiel auf, daß ihre langen Haare völlig ausgeblichen waren und daß sie kein Wort miteinander wechselten, nur einfach aufs Meer hinausschauten. Sonst achtete sie ja nicht so darauf, aber irgendwie sah Heiko anders aus als die Jungs hier am Strand. Die trugen ausgewaschene Schlabbershorts, zerfranste Turnschuhe an den nackten Füßen und hatten einen Waschbrettbauch. Heiko bestand auf knapp anliegenden Badehosen, möglichst mit scheußlichem Krawattenmuster in Kackbraun. Zum Glück sah man die unter den Shorts jetzt nicht.

Die Surfer klemmten sich ihre Bretter unter die Arme und liefen auf das Meer zu, warfen das Board laut klatschend auf die Wasseroberfläche und legten sich bäuchlings darauf. Sie verschwanden in den Wellentälern und tauchten wieder auf, paddelten, bis sie nur noch ganz klein am Horizont zu erkennen waren.

Sie beobachtete, wie sich der erste, in den Knien federnd und mit vorgebeugtem Oberkörper, auf sein Brett stellte und eine Woge in schneller Fahrt entlangglitt. Dabei hielt er die Arme ausgebreitet, als wolle er vor Glück die ganze Welt umarmen. Das waren hier nicht diese ganz hohen Brecher, wie am Banzai Strand, wo sie durch die Röhren surften, die die Wellen bildeten, wenn sie sich überschlugen – und merkwürdigerweise heil am Ende wieder rauskamen, jedenfalls manche. Das war beeindruckend gewesen, aber auch beängstigend. Schade, daß sich Heiko nur für Motorsport interessierte.

Er war ja praktisch auf einer Tankstelle groß geworden. Und wenn Heiko überhaupt auf irgendwas stolz war, dann darauf, wie gut er mit Autos umgehen konnte. Immer wieder faszinierend war, wenn ihr Öko-Heiko seinen Vortrag über die Umweltverträglichkeit von schnellen Autos hielt. Porsche baue schließlich schon seit den 70ern vollverzinkte Karosserien und so. Seine Freunde nannten ihn manchmal »Heiko Fichtel + Sachs«.

Nachdem sie lange Zeit den Surfern zugesehen hatten, stand Heiko unvermittelt auf.

»Was machst du?« fragte Beate erstaunt.

»Wart's ab!« antwortete Heiko und zog Shorts und Sandalen aus.

»Gehst du ins Wasser?«

Keine Antwort. Na denn eben nicht! Sollte er doch machen, was er wollte. Sie nahm ein Taschenbuch aus dem Jutesack, in dem sie ihre Sachen zum Strand transportiert hatten und klappte es auf, wo das Lesezeichen steckte – ihre Hochzeitskarte. Die würden sie natürlich erst verschicken, wenn sie zurück waren. Wenigstens da hatte sie sich mit Hilfe ihrer Mutter gegen Heiko durchsetzen können, der auf *grauem* Recyclingpapier bestanden hatte. Zur Hochzeit! Nein, dieses bunte Mordillo-Motiv war sicher die richtige Wahl! Obwohl das ja vielleicht gar nicht so nett gemeint war, daß Frau Fichtel, ihre zukünftige Schwiegermutter, zu ihrer Mutter gesagt hatte, Beate sähe der Zeichnung auf der Karte ziemlich ähnlich. Komisch jedenfalls, daß sie bald auch »Frau Fichtel« hieß, wie Heikos Mutter.

Eigentlich hatte sie keine Lust zu lesen. Es war viel interessanter, die Leute aller Hautfarben und Altersstufen zu beobachten. Heiko hatte gesagt, Hawaii, das sei eine echte multikulturelle Gesellschaft. Hier wären alle Bevölkerungsgruppen gleichmäßig verteilt: Amerikaner, Japaner, Chinesen, Portugiesen und was noch so alles eingewandert war und sich mit den Hawaiianern vermischt hatte. Oder auch nicht.

»Nein, das kann nicht sein!« sagte Beate laut. »Sean Connery am Strand von Waikiki? Ich glaube, ich habe einen Sonnenstich! Mein Gott, wenn ich das Mutti erzähle, die fällt in Ohnmacht!«

Beate beschattete die Hand mit den Augen, um besser sehen zu können. Sean Connery war nicht alleine. Händchenhaltend näherte er sich mit einer jüngeren Frau dem Wasser. Die kannte sie doch! Die hatte im Flugzeug neben ihr gesessen, da war sie sich ganz sicher. Und hatte sie nicht erst geheult und dann einem Typ in der gleichen Reihe erzählt, ihr Mann sei verhindert und käme nach? Und die war mit Sean Connery verheiratet! Da hätte sie auch geheult, wenn der sie versetzt hätte. Die Beate Möhrle aus Esslingen neben der Frau von Sean Connery im Flugzeug! Heiligsblechle!

Ihr Herz klopfte bis zum Hals. Sie mußte jetzt aufstehen und nach einem Autogramm fragen. Das war sie ihrer Mutter schuldig. Außerdem konnte sie erst mal Frau Connery ansprechen, die erinnerte sich vielleicht an sie. Wenn sich Heiko nicht weigern würde, im Ausland mit anderen Deutschen zu reden, hätte die sich bestimmt schon auf dem Flug mit ihr unterhalten. Wo war Heiko überhaupt?

Beate traute ihren Augen nicht. Diese knappe Badehose! Der mit dem gelben Surfbrett, das konnte doch nur ihr Schätzle sein! Er stand mit den Füßen im flachen Wasser und befestigte einen Klettverschluß am Fuß, legte das Brett vorsichtig aufs Wasser und warf sich darauf. Allerdings lief die Welle gerade ab, so daß sich das Brett durch sein Gewicht in den Sand drückte, er wieder aufstehen und es im tieferen Wasser noch einmal probieren mußte.

Beate schaute schnell noch mal in Richtung Connery. Der wies gerade auf ein rosarotes Hotel und setzte sich mit seiner Frau händchenhaltend in Bewegung. Süß! Heiko hatte oft Schwitzfinger, da bot es sich nicht gerade an, mit ihm Hand in Hand zu laufen. Er fand das sowieso blöd. Aber für das Autogramm war es nun zu spät! Hoffentlich liefen ihr die beiden noch mal über den Weg!

Jetzt mußte sie Heiko im Auge behalten. Zum Glück hatten sie die Kameratasche dabei. Beate fischte darin, ohne den

Blick von Heiko zu wenden, nach dem Teleobjektiv. So konnte sie ihn ja noch viel besser beobachten!

Er hatte sich paddelnderweise gerade vom Strand entfernt, als er von einer Welle erfaßt und vom Brett gespült wurde. Vor lauter Aufregung drückte Beate auf den Auslöser. Oh Gott! Ob sie ihm zu Hilfe eilen sollte? Weiter draußen saßen die Surfer seelenruhig auf ihren Brettern, schaukelten auf und ab. Wieso taten die denn nichts? Neben dem gelben Brett tauchte – Gott sei Dank! – Heikos Kopf wieder auf. Er umklammerte es mit beiden Armen, wollte sich offenbar draufziehen, als wieder eine Welle über ihm zusammenschlug. Armes Schätzle! Doch Heiko gab nicht auf. Sie sah ihn das Brett erklimmen und mit den Armen rudern. Dann verschwand er in einem Wellental. Als er eine bange Ewigkeit später das Surfbrett vor sich her in Richtung Strand schob, eilte Beate zu ihm.

»Oh Gott, Heiko! Was machst du denn?«

Heiko spuckte Wasser und rang nach Luft. Völlig erschöpft lag er rücklings im Sand, seine Füße von den Wellenausläufern umspült. Als er wieder zu Atem kam, zeigte er auf die Kamera, die Beate immer noch in der Hand hielt.

»Herrgottsack! Was machst du denn mit meiner Kamera?«

Magnum

Mona und Robert erreichten die Strandterrasse des *Royal Hawaiian Hotel* und Mona schaute sich interessiert die verschnörkelte rosarote Fassade an. Dieses Gebäude aus den zwanziger Jahren wirkte zwischen den Bettenburgen der jüngeren Zeit wie eine Hollywood-Kulisse.

Robert schlug vor, erst hier draußen etwas zu trinken und dann reinzugehen und es sich von innen anzusehen.

»So riesige Surfbretter wie eben habe ich noch nie gesehen«, sagte Mona, als sie saßen und Getränke bestellt hatten. »Ich kann mir gar nicht vorstellen, daß man damit Wellenreiten kann. Die müssen doch unglaublich schwer sein!«

»Früher, als sie noch aus Holz waren, sicher. Aber heute, aus diesen modernen Materialien ... Na ja, schwerer als normale Surfbretter sind die *Long Boards* schon. Aber nun sag mal, wie es dir hier gefällt. Hast du dir den berühmten Strand von Waikiki so vorgestellt?«

»Nö, eigentlich nicht. Honolulu ist ja eine richtige Großstadt. All die Hochhäuser und die Schnellstraßen. Da haben wir es mit Maui entschieden besser getroffen. Trotzdem toll, daß wir hergefahren sind. Einmal im Leben muß man einfach am Strand von Waikiki gewesen sein!«

»Ah, da kommen unsere Getränke!«

»Und was hast du nun an Überraschungen parat?« fragte Mona, nachdem sie den Durst gestillt hatten.

»Das liegt ganz bei dir. Ich bin zu allen Schandtaten bereit. Shopping, Sehenswürdigkeiten, Museum, was du willst.«

»Darf ich mir auch was ganz Blödes wünschen?« fragte Mona.

Robert schmunzelte. »Schieß los! Ich bin gespannt.«

»Aber wehe, du lachst!«

»Großes 007-Ehrenwort!« versprach er und hielt dabei die Hand zum Schwur erhoben.

»Offen gesagt«, begann Mona und wurde ein wenig verlegen, »ich bin ein Fan von *Magnum*.«

»Dem Kaliber, der Champagnerflaschengröße oder was?«

»Du fängst schon an zu grinsen! Nein, von der Krimiserie. Du weißt schon, der mit dem roten Ferrari.«

Robert zog ahnungslos die Schultern hoch.

»Na, du als Bond-Double könntest das ruhig wissen!«

Er ließ sein sonores Lachen erschallen.

»Das ist so eine Krimiserie, die hier auf Oahu gedreht

wurde. Meine Kolleginnen und ich schwärmen für Tom Selleck. Und wenn ich denen erzählen könnte, ich sei am Haus von *Magnum* gewesen … Das ist jetzt furchtbar kindisch, ich weiß!«

»Nein, schon okay, ich stehe zu deiner Verfügung. Also los, suchen wir, wie hieß der gleich?«

»Thomas Magnum. Aber den gibt's doch nicht wirklich, nur das Haus. Aber da müssen wir jetzt nicht ernsthaft hin. Ich weiß sowieso nicht, wie weit das ist.«

»Hier ist nichts weit. Und Taxis gibt's auch. Worauf warten wir?«

Es dauerte eine Weile, bis sie einen Fahrer gefunden hatte, der mit dem Fahrtziel *Magnum*-Haus etwas anfangen konnte. Viel sehen könne man da jedoch nicht, warnte er netterweise vor, aber die Strecke sei sehr schön und er würde sich freuen, ihnen etwas von Oahu zu zeigen.

Auf der Fahrt am Meer entlang, wies er sie auf einen besonderen Aussichtspunkt hin und fragte, ob er halten solle. Die Hanauma Bay sei schließlich viel interessanter als *Magnum, P.I.* Robert und Mona stimmten gut gelaunt zu.

Ein Stück Fußweg unterhalb des Parkplatzes lag ein Plateau. Sie blickten auf die smaragdgrüne Bucht, in der sich dunkel die Korallenriffe im klaren Wasser abzeichneten. Die Menschen am Strand sahen aus wie Faller-Figürchen in einer künstlichen Landschaft. Und tatsächlich gab es auf Gummireifen fahrende Eisenbahnwagen, die träge Touristen vom Parkplatz an den Strand beförderten.

»Wunderschön!« sagte Mona.

»Wie der Tag mit dir!« antwortete Robert, der sie im Arm hielt.

Auf der Fahrt konnten sie noch mehr von der faszinierenden Landschaft sehen: links die hohen, zerklüfteten Bergketten, rechts den in allen Blau- und Grüntönen schillernden Pazifik.

»Von dieser Seite gesehen, ist es auf Oahu schöner als auf Maui, nicht?« fand Mona nun.

»Ja, der Kontrast zwischen den Hochhäusern und dieser wilden Küstenlandschaft ist schon erstaunlich!« meinte auch Robert. »Bei uns wäre das alles längst zugebaut. Möchte nicht wissen, was die Grundstücke kosten würden. Aber vielleicht gehört das auch schon Japanern, wie inzwischen fast alles auf den Inseln.«

»Hier muß es bald sein. Das kenne ich aus dem Fernsehen!« Mona wurde ein wenig aufgeregt. Sie hielt Ausschau nach einem florierenden Souvenirshop, der Magnum-Hemden, Magnum-Kappen und Higgins-Hosen feilbot, aber nichts dergleichen! Im Grunde nicht verwunderlich, denn die Sendung war in den achtziger Jahren gedreht worden. Trotzdem! Der Hügel kam ihr bekannt vor. Über den war Magnum immer mit seinem Ferrari gebraust. Dabei durfte man hier nie schneller als fünfundfünfzig Meilen fahren. Lars würde sich totlachen über dieses Schneckentempo. Er war passionierter Porsche-*Pilot*!

Das Taxi fuhr auf einen kleinen Parkplatz am Meer und sie gingen ein Stück die Straße zurück. Da gab es Mauern und Eingangstore, durch die man überhaupt nichts sah. Kein Hinweis, daß es sich um *Robbin's Nest* handeln könnte. Mona war enttäuscht. Bestimmt machte Robert sich jetzt im stillen über sie lustig.

»Das ist mir richtig peinlich!« Mona schaute noch immer auf ein großes Eisentor, hinter dem sich womöglich der Garten und die beiden Dobermänner Zeus und Apollo befanden. Hundegekläff war aber nicht zu hören.

»Macht doch nichts! Sag deinen Kolleginnen einfach, das sei die Stelle und fertig. Ich fotografiere dich davor, wenn du willst.«

Mona händigte ihm ihre kleine Reisekamera aus und stellte sich mit dem Rücken zum geheimisvollen Eingang. Robert stand mit dem Fotoapparat mitten auf der Straße und sie befürchtete, gleich würde der Ferrari über die Hügelkuppe brausen und er könne dann nicht rechtzeitig ausweichen.

»Mach schnell!« rief sie Robert zu.

»Erst mußt du lachen!«

Als sie zum Taxi zurückkamen, sahen sie, wie eine Frau versuchte, sich von der Uferseite dem Schauplatz der Serie zu nähern. Dummerweise hatten die Anwohner Steine ins Meer geschichtet, so daß sie über diese Mauern klimmen mußte, um überhaupt ein Stück näher an das berühmte Haus heranzukommen. Sie hatte einen dicken Mann dabei, der ziemlich am Anfang bis zu den breiten Hüften im Wasser stand und mehrfach hinter der Frau herrief: »Dear, can you see it?« – Engländer!

Mond im Meer

Am Nachmittag drängte Mona zum Rückflug. Es machte sie unruhig, so lange auf einer anderen Insel zu sein. Außerdem befürchtete sie, daß Lars inzwischen eingetroffen war und fragen würde, wo sie den ganzen Tag gewesen sei. Die Situation erinnerte sie fatal an die Zeit, als sie anfing, sich mit Jungs zu treffen, und ihre Stiefeltern sich jedesmal fürchterlich aufregten, wenn sie bei Einbruch der Dunkelheit noch nicht zu Hause war.

Auf dem kurzen Flug hatte Robert versucht, sie aufzuheitern, was ihm nicht recht geglückt war. So verlief auch die Fahrt vom Flughafen nach Wailea ziemlich schweigsam. Sie waren dann doch länger auf Oahu geblieben, als ihr lieb war, denn auf dem Weg zum Flughafen kam Robert auf die Idee, weiterzufahren bis zum Arizona Memorial, das er immer schon mal besichtigen wollte, und das konnte sie ihm schlecht abschlagen.

Inzwischen war auch der letzte helle Streifen am Horizont verschwunden. Robert starrte aus dem Seitenfenster auf die Lichter von Kihei, Mona auf die fast leere Schnellstraße.

»Guck dir das an!« rief Robert mit einem Mal aus und wies ins Dunkel.

Mona erhaschte einen Blick auf etwas Feuerrotes. »Ist das die Sonne?«

»Glaube nicht. Fahr doch mal zum Strand runter, ja?«

Sie hatte Angst vor der Begegnung mit ihrem Mann und jetzt, wo sie so unmittelbar bevorstand, nichts dagegen sie noch etwas hinauszuzögern. Also bog sie bei der nächsten Ausfahrt von der Schnellstraße ab und fuhr durch Wohngegenden hinunter zu einem der Strände von Kihei.

Fasziniert betrachteten sie das Naturschauspiel, das sich ihnen bot. Ein riesiger glühender Ball im Meer. Im Zeitlupentempo stieg er höher.

»Das ist gar nicht die Sonne!«

»Nein, das ist der Mond«, flüsterte Robert. »Der aufsteigende Vollmond. Jetzt mußt du dir etwas wünschen!«

Lars At Least

Mit sehr gemischten Gefühlen näherte sich Mona der Einfahrt zu ihrem Apartment. Das Vorhängeschloß, in dem der zweite Schlüssel lag, sah unberührt aus. Sie schämte sich ein wenig für ihre Erleichterung, während sie aufschloß. Schwungvoll warf sie ihre Tasche auf einen der Stühle um den Eßtisch – und sah ihren Mann wie ein Gespenst auf der unbeleuchteten Terrasse. Er saß vor dem blau leuchtenden Schirm seines Laptops, als sei er im Büro.

Seine Anwesenheit schockierte sie, weil sie nicht in ihr Bild von diesem Ort paßte. Hierher paßte Robert, das Gefühl verliebt zu sein. Unbeschwertheit schien hier so selbstverständlich wie große Blüten an unbelaubten Bäumen, wie der rote Mond im Meer. Und Lars hatte den Vollmond sicher ebensowenig registriert, wie er merkte, daß sie ihn betrachtete. Mona atmete tief durch und öffnete die Schiebetüren.

»Da bist du ja endlich!« sagte Lars und speicherte seine Kalkulation ab.

»Ja«, sagte Mona, »da bin ich. Ich bin übrigens schon fast eine Woche hier!«

»Ich weiß, ich weiß!« Lars klappte seinen Laptop zu. »Und es tut mir auch leid, ehrlich!«

Endlich stand er auf und umarmte seine Frau. Dann hielt er sie auf Armeslänge von sich.

»Gut siehst du aus. Schon richtig erholt und braun. Und du hast abgenommen, stimmt's? Ach, wie ich dich beneide. Scheint ja hier wirklich ganz nett zu sein. Sag mal, haben wir was zu essen da? Ich habe wahnsinnigen Hunger. Und Durst.«

»Wieso hast du dir nichts zu trinken genommen? Im Eisschrank sind Saft und Wasser.«

Lars lachte. »Was meinst du, wieso ich auf der Terrasse sitze? Ich bin nicht reingekommen!«

»So'n Pech. Du hättest dir die Kombination notieren sollen!«

Mona ging vor Lars her in die Küche, holte Gläser aus dem Schrank und goß Fruchtsaft ein. »Mit Eis?«

»Wenn wir welches haben!« Er schaute sich um. »Hatte ich mir irgendwie anders vorgestellt.«

»Ach ja? Mehr Kacheln vielleicht?«

»Und wie sind die Betten?«

»Es gibt nur eines und das ist in Ordnung.«

»Wenn du das sagst. Du bist schließlich die Expertin für Rückenleiden.«

Mona reichte ihm ein Glas, in dem Eiswürfel klimperten.

»Diese Saloontür ist echt scharf!« Lars ließ die Türflügel schwingen.

»Willst du ein Sandwich?«

»Hast du keinen Hunger?«

»Im Moment nicht.« Mona belegte zwei weiche Toastscheiben mit Käse und Salat. Sie entriegelte die nach draußen führende Küchentür, schaltete die Beleuchtung ein und stellte den Teller mit dem Sandwich neben dem Laptop ab.

»Riesiger Grill, nicht?« bemerkte Lars.

»Ja«, sagte Mona und setzte sich mit ihrem Glas Lars gegenüber. »Wie war der Flug?«

Lars zuckte mit den Schultern. Er hatte den Mund voll. »Es ging so«, sagte er einen Moment später, »Umsteigen in Los Angeles und dann noch mal ein Zwischenstopp in Honolulu. War übrigens praktisch, daß du meine Sachen mitgenommen hast.« Er wies auf seinen am Stamm der Bougainvillea hängenden Kleidersack, der Mona bislang nicht aufgefallen war. »Sonst hätte ich auch noch die Golfausrüstung mitschleppen müssen! Du bist bestimmt froh, daß ich endlich da bin. Ist doch langweilig, so ganz alleine, stimmt's? Ich meine, wo du kein Golf spielst und so. Was hast du denn den ganzen Tag getrieben? Erzähl mal!«

Mona trank von ihrem Fruchtsaft. Wieso sollte *sie* sich jetzt rechtfertigen? Er war es doch, der erklären müßte, was er die letzten Tage »getrieben« hatte. War das eigentlich schon immer so gewesen, daß er den Spieß umdrehte? »Was man im Urlaub so macht. Sich ein wenig die Gegend ansehen und so.«

»Wie sind denn die Plätze?« Lars hatte sein Brot runtergeschlungen und suchte eine Serviette.

»Was für Plätze? – Servietten habe ich vergessen zu kaufen. Nimm ein Küchenkrepp!«

»Was für Plätze«, echote Lars, »na, die Golfplätze, was sonst?«

»Es gibt hier wirklich Interessanteres anzuschauen als Golfplätze.«

»Ach, dann bist du also alleine herumgefahren? Ohne mich?«

»Ja sicher. Dachtest du, ich sitze im Zimmer und starre die leere Hälfte des Bettes an, oder was? War schon nervig genug, daß ich dein Gepäck am Hals hatte!«

»Aber der Ausrüstung ist doch nichts passiert?«

Mona befand diese Frage keiner Antwort für würdig.

»Na, wenn du so viel unterwegs warst, dann hast du sicher an das Geschenk für meine Mutter gedacht. Ihr geht es übrigens gut, hab' gestern mit ihr telefoniert.«

»Wie schön für sie.« Mona, die sich bis jetzt erstaunlich selbstsicher gefühlt hatte, bekam nun ein schlechtes Gewissen, weil sie über den Treffen mit Robert, den Auftrag von Lars, ein Souvenir zu besorgen, total vergessen hatte.

»Und was hast du gekauft?«

»Du, eine echt wertvolle Schnitzerei aus Koa-Holz«, gab Mona vor, um peinlichen Rechtfertigungen aus dem Weg zu gehen, »ein Wal beim *breaching*. Wird ihr sicher gefallen.«

»Fein, fein«, sagte Lars, der gar nicht richtig hingehört hatte. »Ich bin ziemlich fertig. Ich denke, wir gehen dann mal bald ins Bett. Kannst du mir noch ein Sandwich machen?«

Mona nahm den Teller mit in die Küche. Lars erhob sich ebenfalls, trug seinen Kleidersack und den Laptop rein und inspizierte das Apartment. Er hatte gerade den Fernseher eingeschaltet, da klingelte das Telefon.

»Das ist sicher für mich!« Lars eilte zum Apparat.

Jetzt ging das hier genauso los wie zu Hause, dachte Mona resigniert und klatschte den Toast lieblos auf den Teller.

»Yes, who's calling?« sagte Lars und nach einer längeren Pause: »Ich bin ihr Mann, was gibt's?«

Mona wurde vor Angst ganz starr. Das war sicherlich Robert. Sie lauschte.

»Meiner Frau geht es gut, wieso? Darf ich mal fragen, weshalb Sie das interessiert?«

»Aha«, sagte Lars insgesamt mindestens dreimal.

»Doch, warum nicht, ich hab' allerdings eine Weile nicht mehr... Was ist denn Ihr Handicap?«

Lars schob anerkennend seine Unterlippe vor.

»Nein, nein, das können wir nicht annehmen! Ich schlage vor, Sie kommen zu uns zum Frühstück. Um acht Uhr?«

»Nein, kein Problem.«

»Abgemacht.«

»Werde ich ausrichten.« Lars legte scheinbar zufrieden den Hörer auf.

Mona sah ihn gespannt an.

»Wir sind verabredet.«

»Mit wem?«

»Robert vom Hof. Komischer Name. «

»Vonhof! Er heißt Vonhof, in einem Wort. Du hast dich mit Robert verabredet?«

»Was dagegen? Du nennst ihn beim Vornamen?« Lars musterte sie mißtrauisch. »Duzt ihr euch etwa?«

Und nicht nur das, dachte Mona und hoffte inständig, er würde es ihr nicht gleich ansehen.

»Wir sind hier in den USA, schon vergessen? Wieso hast du dich mit ihm verabredet?« antwortete sie forsch. Wollte er ihn zum Duell fordern? Lars und Robert beim Showdown auf der Terrasse? Mona sah Blutvergießen auf sich zukommen.

»Er sagt, du hättest ihm erzählt, ich würde sehr gut Golf spielen, aber nicht so gerne alleine. Das ist mal wirklich nett von dir, daß du daran gedacht hast. Er war so freundlich, uns für morgen zu einer Partie einzuladen.«

»Uns? Ach was.«

»Ja. Du kannst gerne mitkommen, hat er angeboten.«

»Besser nicht.«

»Habe ich mir gedacht.«

»Und ihr spielt schon um acht?«

»Er kommt um acht zum Frühstück zu uns. Du machst uns ’ne Kleinigkeit zurecht, ja?«

»Auch das noch! Du kennst ihn doch überhaupt nicht und verabredest dich gleich mit ihm?«

»Wieso nicht? Alleine ist es doch uninteressant. Ich glaube, er ist richtig froh, daß er morgen einen Partner hat. Obwohl er besser spielt als ich. Na ja, wir werden es erleben.«

Mona öffnete den Kühlschrank und betrachtete seinen hauptsächlich aus Getränken, Eiern und Auberginen bestehenden Inhalt. Lars hatte sich vor dem Fernseher häuslich niedergelassen, schaltete von einem Sender zum nächsten und aß dabei sein zweites Sandwich.

»Ich fahr’ dann mal!« kündigte Mona an.

»Wo willst du denn um diese Zeit noch hin?«

»In den Supermarkt, selbstverständlich. Du hast einen Gast zum Frühstück eingeladen.«

»Bring uns Tonic mit, ja? Und eine Flasche Gin, Zitrone und so. Vielleicht noch was zum Knabbern dazu. Und denk an Servietten!«

»Sonst noch Wünsche, der Herr?«

»Nein, ich denke, das ist alles. Ach, und es kann gut sein, daß ich schon im Bett bin, wenn du wiederkommst. Sei also bitte leise, wir müssen morgen fit sein.«

Junk Food

Mona verließ grußlos die Wohnung, setzte sich ins Auto und stützte die Stirn aufs Lenkrad. Wie hatte sie das nur all die Jahre ausgehalten? Sie startete und fuhr in gemächlichem Tempo die Kihei Road an neonhell erleuchteten Restaurants und dunklen Wohnblocks entlang. Links standen fliegende

Händler und boten Touristenbedarf feil. Mona hielt an und suchte im Licht einer Propangaslampe eine hölzerne Skulptur aus. Sie fragte sicherheitshalber nach, ob es auch wirklich ein Wal und kein Delphin sei.

Jetzt bekam sie doch Hunger. Und es war gar nicht gut, mit leerem Magen einzukaufen. Kurz entschlossen parkte sie vor dem erstbesten Imbiß. Sie freute sich auf irgendein ungesundes, fettes, unappetitliches Junk food.

Drinnen spielte Elvis-Presley-Hawaii-Musik. Sie setzte sich auf eine mit rotem Plastik bezogene Bank. Ihr Wille zur Ernährungssünde schwand angesichts der Abbildungen auf der Karte. Sie bestellte einen ganz normalen Hamburger und einen Milchshake.

Eine amerikanische Familie mit zwei Kindern belegte eine der Sitzbuchten, in einer anderen saß ein älteres Ehepaar vor Seniorentellern. Die ältliche Bedienung mit rot-weiß gestreiftem Schiffchen auf dem Kopf und den obligaten Turnschuhen an den Füßen, stellte den Hamburger auf einem Porzellanteller und das Getränk in einem buntbedruckten Pappbecher vor sie hin und sagte: »Enjoy!«

Mona klappte den Burger auf. Am Deckel klebte eine Gurkenscheibe. Sie spritzte aus einer roten Plastikflasche eine saftige Ladung Ketchup auf die Zwiebeln. Die Zwiebeln hatte sie extra bestellt. Lars kam ohnehin nicht auf die Idee, sie zu küssen und wenn, geschah es ihm recht! Sie drückte die Brötchenhälften zusammen, bis die rote Sauce an den Seiten rausquoll und biß hinein.

Lars war Mundgeruch-Allergiker. Überhaupt hatte er ein sehr distanziertes Verhältnis zu allen Körperfunktionen und Gerüchen. Er gehörte zu den Menschen, die nicht einfach ein Deo, sondern ein Antitranspirant benutzten und sich jeden Tag die Zähne mit Mundwasser *und* Zahnseide reinigten. Der Knüller war jedoch, daß das berufsbedingte unregelmäßige Essen ihm Magenprobleme verursachte, und er gelegentlich einen Mundgeruch verströmte, der einen ohnmächtig werden ließ. Eine Biotonne war nichts dagegen! Und wehe, wenn sie einen Ton sagte! Dann behauptete er, das könne gar nicht sein, da er sich nach *jedem* Essen die Zähne putze.

Mona wischte sich den Ketchup aus den Mundwinkeln und sah, wie die Tür aufging. Nein, das konnte nicht sein! Die Plötzens! Hier? Solche Zufälle gab's doch gar nicht! Und dann auch noch in gebügelt und geschniegelt aussehenden Jogginganzügen. Mona duckte sich über ihren Teller.

»Na, das ist ja eine Überraschung!«

Gitte, natürlich!

»Was hat Sie denn hierher verschlagen?« wollte Frank wissen und rutschte ihr gegenüber in die Bank. »Auch mal Appetit auf was Deftiges?«

»Ja«, sagte Gitte, »dieses Etepetete-Essen im Hotel kann man auf die Dauer nicht ertragen! Ist Ihr Mann denn immer noch nicht eingetroffen?«

»Doch, schon«, antwortete Mona.

»Ach ja, und wo versteckt sich der Schlingel?« Gitte schaute neckisch unter den Tisch.

»Er war müde und ist gleich zu Bett gegangen. Jetlag, sie verstehen. Ich bin eigentlich auf dem Weg zum Supermarkt.«

»Frank, hast du gehört! Das trifft sich! Wir wollten nämlich auch was einkaufen. Da können wir uns ja anschließen.«

»Ich nehm' dieses Teriyaki Dingsbums, Chicken, meine ich, und du?« Frank hielt seiner Frau die Karte hin.

»Von mir aus! Und eine Cola light!«

Frank winkte der Bedienung.

»Klar«, sprach Gitte wieder Mona an, »daß Sie nun Ihren Kühlschrank auffüllen müssen, wenn Ihr Mann da ist. Sie machen ja sicher auch das Frühstück selbst. Mit so einem Hotelbuffet kann man da natürlich nicht mithalten. Unglaublich, was es für eine Auswahl gibt! Warum frühstücken Sie nicht einfach bei uns im Hotel?«

»Wir haben morgen früh einen Gast!« Mona war das so rausgeflutscht. Sie hätte sich die Zunge abbeißen können.

»Lassen Sie mich raten. Doch nicht etwa Robert?«

»Mmh, ja«, sagte Mona, »er will mit meinem Mann Golf spielen.«

»Nein, wie interessant! Also, Ihren Mann würde ich ja zu gerne mal kennenlernen.«

Gitte schaute Mona auffordernd an, wartete jedoch vergebens auf eine Einladung. Mona nuckelte am Trinkhalm ihres Milchshakes.

»Es wird sich sicher mal eine Gelegenheit ergeben«, sagte sie versöhnlich, als die Gesprächspause ein quälendes Ausmaß annahm.

»Ich hoffe, es macht Ihnen nicht allzuviel aus, auf uns zu warten«, sagte Frank. »Das Essen kommt sicher gleich.«

»Schon in Ordnung«, antwortete Mona, »die Supermärkte haben mindestens bis zehn auf, und falls Sie sehr langsam essen, finden wir sicher einen, der rund um die Uhr geöffnet ist.«

»Sie sind immer so witzig!« Gitte lachte. »Bis zehn Uhr! Na, das werden wir schon schaffen, was Frank!«

Heimlichkeiten

Da sie die Plötzens mit ihrem Großeinkauf sowieso bis zu deren Hotel bringen mußte, parkte Mona, nachdem die beiden Freizeitanzüge ausgestiegen waren, den Wagen und ließ sich am Haustelefon mit Robert verbinden. Noch bevor er abhob, fragte sie sich, ob das nicht ziemlich unüberlegt von ihr war. Wenn Robert nun runterkam und die Plötzens sie zusammen sahen? Oder sollte sie ihr Anliegen etwa am Telefon durch die Halle posaunen?

Robert meldete sich und bat sie, raufzukommen. Mona war in der Klemme. Hätte sie bloß nicht angerufen!

»Okay«, sagte sie nach einer Weile, »aber nur ganz kurz.«

Als sie im Aufzug nach oben fuhr, war ihr ganz schlecht vor Aufregung. Oder doch eher vom Hamburger? Im Hotelflur blieb sie stehen und war kurz davor, wieder umzukehren. Da öffnete sich eine Tür. Robert schaute in den Flur. Sie ging auf ihn zu. Er trug einen viel zu kurz geratenen Kimono. Seinem Versuch, sie zu küssen entzog sie sich – ganz gegen ihr Gefühl, vielmehr aus Vernunft. Sie hatte schließlich Zwiebeln gegessen. Unschlüssig stand sie in der Suite.

»Es tut mir leid, daß ich dich so spät noch störe. Du warst schon im Bett?«

Ja, sagte er, aber er habe gelesen und sie störe ihn keineswegs. Ob sie sich nicht setzen wolle. Mona hockte sich auf die Kante des Sofas und er ihr gegenüber in einen Sessel. Der ganz in hellen Tönen eingerichtete Wohnraum gefiel ihr. Er sah gar nicht so sehr nach Hotel aus. Sie nahm das allerdings nur am Rande wahr, denn in erster Linie starrte sie auf Roberts bis zu den Oberschenkeln nackte Beine.

Gestern abend um diese Zeit hatte Robert zwar gefragt, »zu mir oder zu dir«, sie jedoch kurzerhand an den menschenleeren großen Strand hinter den Golfplätzen entführt. Dort hatten sie sich im Mondlicht geliebt – ganz vorsichtig, wegen der Stacheln der Kiawe-Bäume, die im Sand liegen konnten.

»Ja, also«, sagte Mona, »weshalb ich gekommen bin.«

»Ja?« antwortete Robert.

»Wie konntest du dich nur mit meinem Mann verabreden?« platzte sie heraus und sah ihn an.

»Mona«, antwortete Robert ruhig, »da ist doch nichts dabei. Schau mal, als ich anrief, dachte ich natürlich, du würdest an den Apparat gehen. Ich wußte ja nicht, daß dein Mann schon angekommen ist. Ich hatte gehofft, er käme erst morgen. Oder überhaupt nicht. Was hätte ich denn sagen sollen?«

Mona blickte betrübt auf den Glastisch, auf dem amerikanische Golf-Magazine und einige Bücher lagen.

»Aber...«, sagte Mona, ohne zu wissen, wie sie den Satz beenden sollte.

»Mach dir deswegen keine Sorgen. Irgendwas muß ich doch anstellen, um dich weiterhin zu sehen.«

Mona schluckte ihre Rührung herunter und sagte dann wenig überzeugend: »Aber das geht doch nicht!«

»Sicher geht das. Es sei denn, du willst mich nicht mehr sehen, jetzt, wo dein Herr und Meister im Lande ist.«

»Er ist nicht mein Herr und Meister!« antwortete Mona gekränkt. »Wie stellst du dir das überhaupt vor? Ich kann so was nicht!«

»Du kannst was nicht?«

»Nun ja«, Mona stockte. Ihren Mann betrügen konnte sie ja offenbar problemlos. Sie stand auf. »Ich muß zurück.« Sie sagte das, als müsse sie zurück ins Gefängnis.

»Kann ich noch irgendwas für dich tun?« Robert war ebenfalls aufgestanden und nahm sie in den Arm. Sie lehnte sich an ihn, fand den Geruch seiner Haut erregend und hörte laut sein Herz schlagen. Was sollte ihr schon passieren, wenn sie noch ein bißchen blieb? Wahrscheinlich war es sowieso das letzte Mal. Sie mußte diese Affäre beenden. Spätestens morgen.

Viel Verständnis

Heiko schloß die Tür zum Hotelzimmer auf. Beate zog sich im Flur die sandigen Turnschuhe aus. Das war hier so üblich. Bei ihr zu Hause auch, wenn ihre Mutter frisch geputzt hatte. Draußen war es schon lange dunkel und Beate froh, endlich wieder zurück zu sein. Sie nahm sich Mineralwasser aus dem

Kühlschrank und setzte sich erschöpft aufs Bett. Heiko mußte ja unbedingt in so einem Billiglokal zu Abend essen, das kilometerweit entfernt lag, nur weil er einen Coupon ausgeschnitten hatte für ein kostenloses Dessert, das sich als Obstsalat aus der Dose entpuppte.

»Und jetzt muß ich auch noch packen!« quengelte Beate.

»Wie?«

»Ich denke, mir fliegen morgen nach Hilo, um zu heiraten?«

»Ha freile!« jubilierte Heiko. »Das wird ganz super! Hier auf Oahu haben mir ja auch alles durch. Würde sich gar nicht lohnen, länger zu bleiben.«

»Nein«, bestätigte Beate matt, »außer man wollte sich etwas erholen.«

Heiko lachte, als hätte sie einen Witz gemacht. »Von was mußt du dich denn erholen? Wo mir schon mal hier sind, wollen mir doch auch was sehen. Laß die anderen ruhig weiter in der Sonne liegen und sich den Hautkrebs holen. Diese Touristen am Strand von Waikiki! Kein Verständnis für die Kultur und Schönheit der Insel. Die könnten sich genausogut unter ein Solarium legen.«

Sie waren vorhin auf der Uferstraße an einer merkwürdigen Veranstaltung vorbeigekommen, die Beate nicht aus dem Kopf ging. Kinder verschiedener Altersgruppen und Hautfarben hatten sich im Licht provisorischer Scheinwerfer am Strand zu einer Formation aufgestellt und dann zu Musik aus Lautsprechern gesungen und getanzt. Sie trugen alle beige Shorts und rote T-Shirts, auf denen *Youth With A Mission* stand, dazu weiße Söckchen und schwarze Turnschuhe. Die Kleinsten waren so niedlich gewesen, richtig zum Küssen, wie sie versuchten, es den Großen gleichzutun und ihre kurzen dicken Beinchen schwangen.

»Wie fandest du denn die Kinder am Strand? Süß, gell?«

»Pervers! Was sind das denn für Eltern, die ihre Kinder in

eine Sekte stecken und dann zu einer Musik und Choreographie wie von Andrew Lloyd Webber auftreten lassen. Ich bitte dich!«

»Das ist keine Sekte. Das ist eine Gruppe von Kindern und Jugendlichen verschiedener Religionen, hat das Mädchen gesagt, das ich gefragt habe. Ich will unsere Kinder auf jeden Fall taufen lassen. Auch wenn du aus der Kirche austrittst.« Sie war inzwischen aufgestanden und hatte den Kleiderschrankinhalt auf den Boden geleert.

»Nichts dagegen. Sie können dann ja später noch austreten.« Heiko umfaßte ihre Taille. »Ha, ist das super! Mir sind im Paradies, und wenn mir erst Kinder haben, können mir die erziehen, wie mir wollen. Nach dem Packen gehen mir ins Bettchen, üben. Was will man mehr?«

Auch das noch! dachte Beate. Sie wollte eigentlich bloß mal ihre Ruhe.

Während sie die Sachen in den Rucksäcken verstaute, erläuterte Heiko ihr detailliert, wie der morgige Tag ablaufen würde: zum Flughafen fahren, Mietwagen abgeben, einchecken, abfliegen, ankommen, Mietwagen übernehmen, zum Hotel fahren, einchecken, kurz etwas essen, dann Besichtigungstour – Rainbow Falls, Boiling Pots, – und falls noch Zeit war, das Lyman Mission House und Museum. Alles weitere würde man dann spontan in Hilo entscheiden.

»Heiko?«

»Ja, Möhrli?«

»Sag mal, müssen mir eigentlich jeden Abend miteinander schlafen?«

»Das will ich meinen, mir sind praktisch auf Hochzeitsreise. Schon vergessen?«

»Nein, natürlich nicht. Aber ich bin wirklich sehr müde.«

»Ha, jetzt mach aber keine Witze. Die paar Minuten wirst du dich ja wohl wachhalten können.«

Überfall auf der Terrasse

Am nächsten Morgen stand Mona vor Lars auf, schwamm im Pool, duschte und war mitten in den Vorbereitungen zum Frühstück, als ihr Mann aus dem Bad kam.

»Morgen, Schätzchen!« Er gab ihr einen flüchtigen Kuß auf die Wange. »Lecker riecht das hier! Ich hab' geschlafen wie ein Toter. Das muß die gute Luft machen.«

Er trat auf die Terrasse, auf der Mona den großen runden Glastisch gedeckt hatte. In der Mitte stand eine Schale mit frischem Obstsalat, aus dem er sich mit einer Gabel ein Stück Papaya herauspickte.

»Schmeckt viel besser als bei uns.«

»Ist aber teurer als zu Hause, weil alles aus Kalifornien importiert wird. Und das, obwohl die Früchte auch hier wachsen«, rief Mona vom Herd aus nach draußen. Sie briet den Frühstücksspeck an, damit sie, wenn Robert eintraf, nur noch die verquirlten Eier drübergießen mußte. Aus dem Toaster sprangen vier Scheiben, die sie zwischen eine Serviette in ein Körbchen legte.

Lars lehnte sich in die Küchentür.

»Du bist spät gekommen, gestern, stimmt's? Ich hab' nämlich noch den Bag überprüft und die Schuhe gesucht, bevor ich ins Bett gegangen bin.«

Er wartete die Antwort gar nicht ab, sondern setzte sich an den Tisch, stand aber sogleich wieder auf und flüsterte in die Küche: »Du glaubst es nicht! Ich hab' eben Sean Connery gesehen! Ob der auch hier Urlaub macht? Du, der kommt direkt auf uns zu!«

Mona grinste und goß die Eier über den Speck.

Robert ging mit ausgestreckter Hand auf Lars zu. »Robert Vonhof. Entschuldigen Sie die unkonventionelle Art der Annäherung, aber ich komme zu Fuß und Querbeet, wie man so sagt.«

»Lars Hallstein. Nett Sie kennenzulernen. Nehmen Sie doch bitte Platz.«

Sie setzten sich und Mona brachte eine Karaffe mit Saft und Kaffee hinaus. Robert stand auf.

»Bleib nur sitzen!« sagte Mona und stellte die Kannen ab. Sie sah dabei im Augenwinkel, wie Lars das Gesicht verzog. Sollte sie seinetwegen Robert wieder siezen? Robert war natürlich doch aufgestanden, und sie hauchten sich gegenseitig Küsse über die Schultern.

Er stand mit dem Rücken zu Lars und sah ihr tief in die Augen, als er fragte, wie es ihr ginge. Ihre Bauchmuskeln spannten sich, die Adrenalin-Produktion legte eine Sonderschicht ein. Sie müsse schnell wieder an den Herd, das Rührei brenne sonst an, entschuldigte sie sich, bevor Lars ihre Verlegenheit bemerken konnte.

Bis ausreichend Toast sowie Marmelade, Käse, Butter und die Teller mit dem Rührei auf dem Tisch standen, mußte Mona mehrfach laufen und die Männer nutzten die Zeit, um sich zu beschnuppern. Als sie endlich mit am Tisch saß, hatte sie sich mit dieser etwas seltsamen Situation zwar nicht angefreundet, sich aber innerlich halbwegs beruhigt. Die Gastgeberin zu spielen, war sie gewohnt.

Lars erzählte, daß er gerade aus New York käme und auf dem Weg zum J. F. K. den schärfsten russischen Chauffeur gehabt habe, den man sich vorstellen könne. Ihm sei jetzt noch mulmig, wenn er daran denke, wie der gefahren sei und er selbst sei bestimmt ein sehr sportlicher Fahrer. »So viele Verkehrsübertretungen auf einmal habe ich wirklich noch nie gesehen. Laufend rechts überholt, Leute hupend abgedrängt und der Gipfel: da fährt er doch an einer Schlange vor einer Ampel auf der Linksabbiegespur einfach vorbei und stellt sich vor das erste Auto. Und keiner hat gemeckert!«

»Ist ja ein Ding!« meinte Robert.

»Eben. Bei normaler Fahrweise hätte ich allerdings die Maschine verpaßt. Und dann hat er die ganze Zeit Musikkassetten gespielt. Quer durch Brooklyn mit Musik von Dschingis Khan, grauenhaft!« sagte Lars, »wie sollte ich dem guten Mann begreiflich machen, daß mir solche Schlager nicht gefallen? Er hat das extra aufgelegt, weil ich aus Deutschland bin. Das muß man sich vorstellen!«

Das Rührei war verspeist und Mona ging wieder in die Küche, um mehr Toast zu rösten. Durch das Küchenfenster sah sie die Plötzens über das niedrige Steinmäuerchen klettern, das ihr Grundstück zum Weg hin begrenzte, wobei Gitte in der weichen Erde des diesseitigen Beetes mit Hibiscussträuchern versackte. Freudestrahlend betraten sie die Terrasse.

»Achtung! Überfall!« jauchzte Gitte. »Beinahe hätten wir Sie gar nicht gefunden, die Apartments sehen ja alle gleich aus, aber nun sind wir da!«

Robert und Lars erhoben sich verwundert. Mona trat in den Türrahmen und stellte ihrem Mann die Plötzens vor. Lars holte zwei Stühle vom Eßtisch im Wohnraum und bat die rumstehenden Besucher, sich doch bitte in die bequemeren Sessel zu setzen. Als Mona fragte, ob sie ihnen etwas anbieten könne, winkte Gitte ab.

»Machen Sie sich unseretwegen keine Umstände. Wir wollten ja nur mal vorbeischauen. Ein Täßchen Kaffee vielleicht, aber sonst brauchen wir wirklich nichts.«

Mona ging frischen Kaffee aufsetzen und Gitte stürzte hinter ihr her in die Küche.

»Nein, wie nett!« Sie öffnete die hellblaue Spülmaschinentür. »Sogar mit Spülmaschine! Ich darf doch mal?« Sie stieß die Saloontür auf und betrat das Wohnzimmer. »Sehr geräumig! Wo kann ich mich denn mal eben frisch machen?«

Mona war klar, daß sie sich unbedingt das Bad ansehen wollte und zeigte ihr die Richtung. Als der Kaffee durchzulaufen begann und Gitte immer noch nicht zurückkam, ging

Mona nachsehen. Sie fand Gitte in der Tür zum unaufgeräumten Schlafzimmer stehend.

»Das Bad ist ja etwas mickrig und das Bett müssen Sie wohl selbst machen?«

Mona schloß die Tür. »Wir sollten wieder auf die Terrasse gehen.«

»Übrigens, ich wußte gar nicht, daß Ihr Mann *so* gut aussieht!«

»Woher auch?«

»Mein Mann sieht ja auch gut aus, finde ich. Ich habe früher nämlich für Rex Gildo geschwärmt, und er sieht ihm doch wahnsinnig ähnlich, so vom Typ her, nicht?«

»Doch, wahnsinnig!« log Mona, um Gitte nicht zu mehr Geständnissen zu ermuntern.

Willig marschierte Gitte voraus, diesmal durch die Schiebetüren im Wohnzimmer. Mona schloß hinter ihr das Fliegengitter und ging durch die Küche, um den Toast mitzunehmen sowie Tassen für Gitte und Frank.

In erstaunlicher Eintracht hechelten die Männer die Fußball-Bundesliga durch und das, obwohl keiner von ihnen die Ergebnisse des letzten Spieltages kannte. Gitte setzte sich auf die Lehne von Franks Sessel und plazierte ihre Füße auf den Verstrebungen unter Lars' Sitzfläche, so daß er – wenn er geguckt hätte – ihre Beine in voller Länge bewundern könnte. Mona jedenfalls entging nicht, daß sie einen schwarzen Slip trug. Es konnte natürlich auch ein Bikini sein. Sie mußte schon wieder in die Küche. Der Kaffee war fertig. Gitte rief ihr nach, ob sie ihr eventuell einen Teller mitbringen könne, sie würde gerne vom Obstsalat probieren.

Gitte schäkerte mit Lars. »Sie sind bestimmt Löwe.«

»Wie bitte?«

»Ich meine Ihr Sternzeichen. Sie haben im August Geburtstag, nicht?«

»Nein, nein«, antwortete Lars, »im Oktober«.

»Ach!« sagte Gitte. »Sie sind Waage? Dann haben Sie aber hundertprozentig den Löwen als Aszendenten.«

Lars zuckte mit den Schultern. »Da muß ich Sie leider enttäuschen. Ich weiß es nicht. Meinen Sie denn, das sei wichtig?«

»Sicher«, sagte Gitte ein bißchen aufgeregt, »sicher das ist enorm wichtig. Als Waage-Mann sind Sie zum Beispiel romantisch veranlagt. Sie suchen das Schöne, Edle und legen Wert auf gutes Aussehen. Ihr beherrschender Planet ist nämlich die Venus, und die steht ja auch gerne vor dem Spiegel.« Gitte lachte affektiert.

»Ja«, sagte Lars, Gittes Sprechpause nutzend, »es ist langsam Zeit, auf die Runde zu gehen.«

»Wollen Sie schon gehen?« fragte Gitte irritiert. »Wir plaudern doch gerade so nett!«

»Jetzt ist die beste Zeit!« fand auch Robert. »Und wenn Herr Hallstein vorher eventuell noch auf das Putting Green möchte ...«

»Ach«, unterbrach ihn Gitte, »lassen Sie mich raten. Sie gehen auf den Golfplatz?«

»Genau«, antwortete Lars, »ich kann es kaum erwarten!«

»Sie wissen, was Sie mir versprochen haben!« Gitte schaute Robert schmollmundig an.

»Versprochen?«

»Na, daß Sie mich mitnehmen!«

»Nicht, daß ich wüßte!« antwortete Robert ungehalten.

»Spielen Sie denn auch?« wollte Lars von Gitte wissen.

»Nein, das nicht, aber ich würde zu gerne mal zuschauen.«

»Also, wenn Ihnen so viel daran liegt, dann kommen Sie doch mit«, bot Lars charmant an.

»Und was ist mit Ihrer Frau?« fragte Robert.

»Ach Mona!« Lars lachte und schaute seine Frau an, »die kann Golf nicht ausstehen.«

»Im Ernst?« fragte Robert an Mona gerichtet.

»Nicht ausstehen würde ich nicht sagen, aber erstens finde ich dieses Wettbewerbsdenken, noch dazu im Urlaub, übertrieben. Und zweitens ist Golf nicht gut für die Wirbelsäule.«

»Da haben Sie's!« sagte Lars.

»Ich glaube, Sie sehen das etwas zu kritisch«, wandte sich Robert an Mona. »So ein Aufenthalt in der frischen Luft hat noch niemandem geschadet.«

Mona irritierte, daß er sie wieder siezte. »Vielleicht nicht, aber war es nicht Mark Twain, der gesagt hat ›Golf ist in Wirklichkeit ein verdorbener Spaziergang‹?«

Robert brummelte mißmutig was von Schriftstellern, die keine Ahnung hätten und davon, daß sie schließlich nicht laufen würden, sondern mit dem Golfwagen führen, das sei hier Vorschrift.

Frank ergriff nun auch mal das Wort. »Also«, begann er, und alle schauten ihn an, »wenn Sie mit meiner Frau auf den Golfplatz gehen, was macht dann der Rest?«

Mona fand es ziemlich dreist, sie als »Rest« zu bezeichnen und schlug Frank vor, sich den anderen anzuschließen.

»Wirklich nicht!« antwortete er geradezu beleidigt. »Das ist nicht meine Welt!« Er fragte Mona, ob sie nicht gemeinsam etwas unternehmen sollten. Lars stand derweil auf, um seinen Golfsack zu holen.

»Wie wär's mit der Straße nach Hana?« schlug Frank vor.

»Das ist doch ein Tagesausflug und vielleicht möchten den die anderen mitmachen«, wandte Mona ein.

»Auf mich brauchen Sie keine Rücksicht zu nehmen!« winkte Robert ab. »Ich kenne die Strecke.«

»Und Sie?« fragte Mona Gitte, die schon unruhig auf dem Stuhl hin und her rutschte.

»Ich? Nö, danke. Den ganzen Tag im Auto? Wie langweilig!«

Mona, immer mehr über Roberts distanzierte Äußerungen verwundert, hoffte, wenigstens Lars würde Einspruch erheben. Er kam gerade mit seiner Ausrüstung auf die Terrasse zurück.

»Mona! Ich finde meinen Handschuh nicht!« sagte er drohend.

»Ich hab' die Tasche nur getragen, aber nichts rausgenommen! Und wenn, dann hätte ich mich als erstes von den Eisen verabschiedet.«

Lars zog mißbilligend die Augenbrauen hoch, lenkte dann jedoch ein. »Na ja, vielleicht findet er sich noch.«

»Sag mal, Lars, hast du nicht zufällig Lust auf die *Road to Hana*? Soll sehr interessant zu fahren sein. Viele Kurven und so.«

»Noch nie von gehört. Ich bin froh, wenn ich endlich Rasen unter die Füße kriege.«

Mona seufzte. »Herr Plötzen möchte mit mir heute die Strecke fahren. Wir könnten aber erst abends zurück sein.«

»Kein Problem!« antwortete Lars generös. »Wenn's dir nur Spaß macht! Ich wette, ich will nachmittags noch eine Runde spielen. Ich eß dann einfach was im Clubhaus. Dort gibt es doch sicher ein Restaurant«, richtete er sich an Robert.

»Ich habe uns eine Tee Time auf dem Blue Course reserviert, da gibt's ein Clubhaus und weiter oben das *Diamond Resort*, das ein sensationelles neues japanisches Restaurant haben soll.«

»Wie kommen wir überhaupt hin?« fragte Lars.

»Von meinem Hotel aus fährt ein Shuttle, aber von hier?«

Robert und Lars sahen Mona an.

»Okay, ich fahre euch.«

»Na, dann wäre ja alles geregelt!« Robert stand auf. »Können wir?«

»Sicher!« sagte Gitte. »Ich muß nur vorher noch mal für kleine Königstiger!«

»Ich hätte Ihnen gleich sagen können, daß das nicht gut geht.«

Robert steckte den Putter in die Golftasche, während Lars auf der Score-Karte eine Fünf notierte.

»Aber ich bitte Sie, ein Bogey, das ist doch genial.«

Sie fuhren zum nächsten Abschlag, der von einer Gruppe Japaner belagert wurde.

»Verstehen Sie mich nicht falsch. Ich rede hier nicht vom Einlochen, sondern von dieser Gitte Plötzen. Frauen!«

»Sie meinen, die gehören nicht auf einen Golfplatz.«

»Rennt ins Rough und hebt den Ball auf, als hätte sie ein Osterei gefunden! So was habe ich wirklich noch nie erlebt.«

»Ja, da hört der Spaß auf. Da haben Sie recht.«

Lars war damit beschäftigt, seinen Ball mit einem Spezialtuch zu reinigen. Diese Gitte hatte ziemlich gestört. Sie verabschiedete sich gelangweilt am vierten Loch, einem Par 5, dem schwierigsten auf dem Platz, bei dem er vier Putts zum Einlochen gebraucht hatte. Unfaßbar.

»Ich muß unbedingt mein Kurzes Spiel verbessern.«

»Wissen Sie eigentlich«, fragte Robert, »was Greg Norman dazu sagt?«

Lars verneinte.

»Er sagt«, referierte Robert, »die Verbesserung des Kurzen Spiels sei nicht unbedingt der Schlüssel zur Verbesserung des Handicaps«.

»Ach«, sagte Lars und hoffte, die kichernden Japaner würden endlich den Abschlag freigeben und Robert nicht immer auf sein Handicap anspielen.

»Er meint«, fuhr Robert fort, »ein mißratener Drive sei viel schlimmer, weil das gesamte Spiel leide. Auf die präzisen Abschläge käme es an.«

»Wenn man denn mal zum Abschlagen kommt!« Lars wurde unruhig. Diese Warterei machte ihn nervös.

»Gibt's denn keinen Platz, der weniger frequentiert ist?« wandte er sich an den Experten.

»Doch sicher, noch gut ein Dutzend weitere. Ich spiele jeden Tag auf einem anderen: Wailea Blue, Emerald und Gold, dann Makena North und South. Heute wäre eigentlich Makena North dran gewesen, aber ich dachte, für den Anfang wäre dieser hier für Sie angenehmer. Makena North ist ein Traum, ich sage es Ihnen, etwas anspruchsvoller, und ich freue mich schon auf morgen. In aller Frühe geht's ...«

»Wir können!« fiel ihm Lars ins Wort. Der Abschlag war endlich freigeworden und Lars begierig, das Spiel fortzusetzen.

Nach einem alles andere als optimalen Drive von Lars und einem von Robert ziemlich günstig plazierten Ball, sagte Robert, während er den Cart steuerte: »Ich bewundere übrigens Ihre Frau.«

»Wieso? Sie spielt doch gar nicht. Danke, daß Sie sich trotzdem um sie gekümmert haben.« Er lachte. »Mona ist etwas unselbständig, müssen Sie wissen.«

»Das kann ich nun nicht finden. Immerhin ist sie doch alleine gefahren.«

»Schon, aber nur weil ich aus geschäftlichen Gründen verhindert war. Und gerade auf Hawaii hatte sie sich so gefreut. Da wollte ich ihr den Spaß nicht verderben. Ich konnte ja nicht wissen, daß sich die Sache in New York so in die Länge ziehen würde. Aber da lag das Wochenende dazwischen und Verhandlungen können manchmal ganz schön zäh laufen. Sie kennen das.«

»Sicher«, antwortete Robert und brachte den Wagen zum Stehen. »Jetzt sind Sie ja da. Und was haben Sie für Pläne?«

»Pläne? Sie meinen für den Urlaub?«

Robert bejahte und entschied sich für ein 6er Eisen.

»Na, Golfspielen, was sonst? Komische Frage.«

Gitte knibbelte genervt ihren Nagellack ab. Jetzt saß sie schon eine halbe Stunde an der Haltestelle des Shuttlebusses und wartete. »Golf, pah!« sagte sie laut und verächtlich. »Blödes Spiel!« In jeder Friedhofshalle ging es lustiger zu als in dem Clubhaus, in dem sie sich noch eine Weile rumgedrückt hatte. Der Kaffee kostete ein halbes Vermögen und für was? Außer einem alten amerikanischen Ehepaar, das sich stundenlang mit der Bedienung unterhielt, war kein Mensch dort gewesen. Sonst waren doch überall so viele Deutsche. Wieso hier nicht? Sie hielt ihr Gesicht in die Sonne, die gerade zwischen den Wolken hervorschaute und schloß die Augen. Wenn doch wenigstens dieser blöde Bus endlich käme!

Souvenir aus Hana

Wegen der vor ihnen im Schrittempo durch die Kurven fahrenden Rentner, aber auch, weil Frank an jedem zweiten der – zugegebenermaßen – schönen Aussichtspunkte eine Zigarettenpause einlegen wollte, trafen sie erst um die Mittagszeit in dem kleinen Städtchen Hana an der Ostspitze von Maui ein.

Da sich seine Tochter Tanja sehr für Pferde interessiere, schlug Frank vor, in der Snack Bar der Hana Ranch zu essen. Als Mona mahnte, sie müßten an die lange Rückfahrt denken, zählte Frank das Geld für sein Essen ab, legte es vor sie hin und absentierte sich, um, wie er sagte, im Postamt noch ein paar Briefmarken zu kaufen. Sie könnten sich am Auto treffen.

Als sie zum Auto kam, hielt ihr Frank ein bunt bedrucktes T-Shirt entgegen. *I survived the road to Hana* lautete die gelbe Schrift, die sich einen Hügel vor blauem Hintergrund hinabkurvte, als ob Hana auf einem Berg läge. Und darunter stand vor einem rosafarbenen Quietscheauto in schwarzer Schreibschrift *Maui, Hawaii*.

»Ist das nicht wahnsinnig originell?« fragte Frank freudestrahlend.

»Es geht so«, sagte Mona.

»Ich würde es Ihnen gerne schenken, dafür daß Sie mich mitgenommen haben.«

»Och«, sagte Mona, und sie stiegen ein, »das ist wirklich nicht nötig.«

»Doch, doch«, insistierte Frank und drückte ihr den bunten Lappen in die Hand, »ist doch eine nette Erinnerung an unseren Ausflug. Den könnten wir, finde ich, auch gut noch ein bißchen verlängern.«

»Wie bitte?«

»Na, wir könnten sagen, daß mit dem Auto was nicht in Ordnung war und hier übernachten.«

Mona legte das Shirt auf den Rücksitz, stieg ein und ließ den Motor an. »Sagen Sie mal, was für ein Sternzeichen sind Sie eigentlich?«

»Zwilling!« antwortete Frank wie aus der Pistole geschossen und zog dabei vielsagend die Augenbrauen hoch, so als ob ihn das unwiderstehlich mache.

»Aha«, sagte Mona. »Waren Sie auf der Post?«

»Klar. Hab' mir gleich eine Karte an Sven abstempeln lassen. Sven sammelt Briefmarken. Witzig nicht! Ein ganz kleines Postamt am Ende der Welt. Bin gespannt, was Sven sagt. – Ach, könnten Sie da vorne mal anhalten?«

»Wieso das denn? Wir sind doch gerade erst losgefahren.« Mona hielt am Straßenrand.

»Da war gerade ein rustikal aussehendes Hotel, glaub' ich. Ich frag' einfach mal, ob die Zimmer frei haben.« Er zwinkerte Mona zu.

»Um Himmels willen!« rief sie, aber Frank stieg schon aus.

Bis zu seiner Rückkehr studierte sie die Karte und beschloß, die kleine Stichstraße zwischen Hana und dem Hana Airport ans Meer zu nehmen. Auf keinen Fall würde sie mit Frank hier im *Hana-Maui-Hotel* übernachten!

Mit eingezogenem Kopf schlich Frank zum Auto zurück. Sie hatten ihn angeschaut, als käme er betteln! Er konnte ja nicht wissen, daß das Hotel *so* exklusiv war! Nur mit Vorbestellung! Und dann die Preise! Dreihundertfünfzig bis neunhundert Dollar! Wer konnte sich denn so was leisten? Robert Vonhof vielleicht, aber als Normalo war man da außen vor! Dabei sah ihr Hotel in Wailea zehnmal so exklusiv aus.

»Na?« fragte Mona, als er sich wieder neben sie setzte.

»Es war schon alles ausgebucht! Tut mir leid!«

Mona schmunzelte und fuhr weiter. Daß er sich überhaupt ins *Hana-Maui* reingetraut hatte fand sie beachtlich. In eines, wenn nicht *das* Promi-Hotel der Insel.

»Ey, wieso biegen Sie von der Straße ab?« wollte Frank wissen.

Sie fuhren über einen holperigen schmalen Weg an einem unbewachten Obststand vorbei und erreichten wenig später einen Parkplatz.

»Hier ist ein State Park, den ich mir gerne ansehen würde und Sie wollten doch sowieso noch nicht zurück. Oder haben Sie es jetzt eilig?«

»Nö, aber was soll denn hier Besonderes sein?«

»Warten wir's ab!«

Zu Fuß folgten sie einem Pfad, der dicht am Rand der schwarzen Lavaklippen entlang führte.

Mona blickte auf den entfernten, pechschwarzen Strand hinunter. Die Sonnenbadenden hoben sich als bunte Tupfen ab. Aus blauem Wasser ragten bizarre Lavaformationen.

Frank ging voraus. Der Weg war uneben. Die erstarrten Lavamassen bildeten eine rauhe Oberfläche, in der man noch Blasen erkennen konnte. Mona war froh, feste Schuhe anzuhaben. Sie kam an Pandanus-Bäumen vorbei, die auf hohen

Wurzeln standen und mit ihrem Blätterdach eine Art Höhle bildeten, die von hellbraunem Laub auf dem Boden gepolstert wurde. In den Anblick der auf Stelzen stehenden Bäume mit den länglichen Blättern vertieft, bemerkte sie im Augenwinkel eine Bewegung. Frank drehte sich um und schloß den Reißverschluß seiner Shorts. Er hatte doch tatsächlich dieses Naturphänomen zum Freiluft-Pissoir entwertet!

»Sie auch mal? Ich halte Wache, daß keiner kommt«, bot er an.

»*Wenn* jemand kommt, können *Sie* das auch nicht verhindern! Außerdem sind wir hier weit und breit alleine!«

»Na also! Worauf warten Sie?«

»Ich *muß* nicht!« Mona schaute vorsichtig die steilen Felsen auf der anderen Seite hinunter. Sie befand sich auf einem Vorsprung, denn weiter unterhalb hatte heftige Brandung die Lavamassen ausgewaschen. Schön war der Dreiklang des Himmels- und Meeresblau mit dem Schwarz der Felsen und dem stechend intensiven Grün der fleischigen Pflanzen, die den kargen Boden bedeckten.

»Das sollten Sie mal aufnehmen! Das ist doch wirklich ungewöhnlich!« schlug Mona vor.

»Warum nicht. Sie können sich ja davorstellen. Nein, besser noch ...«, Frank holte seinen Camcorder aus der Umhängetasche und dirigierte Mona, »... Sie stellen sich vor die Bäume und ich schwenke dann rüber auf die Felsen und runter zur Brandung. Ob man auch sehen wird, wie tief das ist?«

»Ich stell' mich doch nicht vor Ihr Pissoir!«

»Nur so an den Rand, die Stelzenbäume sollen ja auch noch drauf!«

»Na gut, aber nur kurz, Sie schwenken dann gleich weiter!«

»Achtung jetzt!« kommandierte Frank, »lächeln!«

Mona lächelte.

»Nun sagen Sie mal was!«

Auch das noch! Was sollte sie sagen? Hallo Gitte? Die würde sich ohnehin wundern, wenn sie auf ihrem Ferienvideo Mona erblickte. Also sagte sie besser nichts, winkte auch nicht in die Linse und Frank schwenkte langsam in Richtung Steilküste. Er bewegte sich auf die grünen, bodendeckenden Pflanzen zu, machte noch einen Schritt, trat mitten rein – in eine Lavaröhre! Er stieß einen gellenden Schrei aus.

Vorsichtig näherte sie sich der Stelle. Frank hielt sich mit der rechten Hand krampfhaft an den Pflanzen fest. Mit der linken Körperhälfte hing er in dem Loch, in dem tief unten das Wasser rauschte. Mona legte sich auf den Bauch und sagte, er solle ihr seine Hand geben.

»Wie denn? Ich kann doch den Video nicht loslassen!«

»Meine Güte!« schrie Mona in Panik, »dann geben Sie mir das verfluchte Ding! Können Sie sich noch halten?«

Frank versuchte, die Kamera aus dem Loch zu ziehen, dabei schürfte er sich den Arm an den scharfen Kanten auf. Er reichte Mona das Gerät. Die warf es in hohem Bogen hinter sich und griff nach Franks Arm.

»Los jetzt! Versuchen Sie sich abzustemmen. Ich halte Sie fest!«

Frank stöhnte gequält, schaffte es aber mit Monas Hilfe, sich aus der mißlichen Lage zu befreien. Langsam kroch er aus dem Gestrüpp heraus. Mona blieb noch einen Augenblick erschöpft liegen und schaute in das Loch.

»Gut, daß sie nicht ganz reingepaßt haben, sonst hätten Sie das nicht überlebt!«

»Künstlerpech!« sagte Frank.

»Dabei ist das Loch nicht mal besonders groß! Nur tief.«

»Kommen Sie, ich helfe Ihnen!« Frank, der schon wieder stand, reichte Mona die Hand.

»Sie bluten ja!«

Frank besah sich seine Abschürfungen. »Halb so wild!« antwortete er männlich. »Das Blöde ist nur, daß ich einen Ast zwischen den Beinen hatte, der mir die Familienjuwelen abgequetscht hat. Das ist viel unangenehmer!«

»Ich hoffe für Sie, daß noch alles dran ist.«

»Ich denke schon. Stellen Sie sich vor, der Ast wäre nicht gewesen, dann wäre jetzt noch mehr beschädigt als nur...

Mona klopfte sich den Staub von den Shorts. »... die Familienjuwelen«, beendete sie den Satz. »Komischer Ausdruck.«

»Der ist von Homer Simpson. War meine Lieblingsserie im Fernsehen. – So, dann geben Sie mir den Video, gleich mal sehen, ob der Sturz auch drauf ist.«

»Tja, also, wissen Sie, die Kamera muß hier irgendwo liegen.«

»Bitte?«

Mona erklärte, sie habe sie von sich geworfen, um ihm zu helfen. Frank fragte, ob sie noch alle auf dem Zeiger hätte. Die Kamera sei fast dreitausend Mark wert, die müsse sie ihm ersetzen, plus der Leihgebühren für einen Ersatz-Camcorder. Er hoffe, sie habe eine gute Haftpflichtversicherung.

Mona fragte zurück, ob er sich nicht eventuell doch den Kopf verletzt habe. Man könne es ja erst mal mit Suchen probieren.

»Aber wehe, wenn sie kaputt ist!« drohte Frank.

Mona robbte durch das Grün, konnte aber nichts entdecken. Auf dem schmalen Trampelpfad lag sie auch nicht.

»Ich hab' sie!« rief Frank triumphierend. Die von den Pandanus-Bäumen gebildete Höhle schien eine magische Anziehungskraft auf ihn auszuüben. Immerhin war die Kamera auf dem trockenen Laub weich gelandet und noch voll funktionstüchtig. Frank ließ das Band zurücklaufen und schaute gespannt in den Sucher. Mona stand nun neben ihm und hörte ihm zu, wie er »der Wahnsinn« und »die Gitte wird Augen machen« ausrief.

»Sieht man was?« wollte Mona wissen.

»Das kann ich Ihnen flüstern!«

»Kann ich auch mal gucken?«

Frank spulte zurück. Er ließ das Gerät nicht aus der Hand und hielt es ihr hin. Mona preßte ihr rechtes Auge an die Gummimuschel des Suchers. Sie sah sich dümmlich in die Kamera grinsen, dann den Schwenk zu den Felsen, ein Stück vom Meer, Verwackelungen und schließlich war alles dunkel.

»Super, nicht? Ich hab' noch gefilmt als ich schon im Loch hing!«

»Sie meinen, Sie haben sich an der Kamera festgehalten«, antwortete Mona, »nun lassen Sie uns besser zum Auto zurückgehen, ehe noch mehr passiert. Außerdem muß ich Sie verpflastern.«

Nichts passiert

»Wie siehst du denn aus?« rief Gitte eher übellauning denn besorgt, als ihr Mann ins Bad schaute, in dem sie gerade ihre BH's und Bikinis wusch. »Was sind das denn für grüne Flecken? Die gehen doch nie mehr richtig raus.« Sie trocknete sich die Hände ab.

Frank ließ sich seufzend aufs Bett fallen und Gitte setzte sich zu ihm.

»Hattest du einen schönen Tag?« fragte er.

»Hör bloß auf!« antwortete seine Frau. »Es war furchtbar. Guck dir das Wetter an!«

»Wieso? Was ist mit dem Wetter?«

»Na, dieser Wind, und dann geht die Sonne zwischendurch weg.«

»Oh, Mann«, stöhnte Frank. »Und sonst? Wie war's beim Golf?«

»Blöd. So was von einem langweiligen Spiel. Erst war's ja noch ganz nett. Ich durfte auch mal einen Ball schlagen. Aber nur auf dem Übungsplatz. Ich mußte mit so einem Wägelchen fahren. Alleine. Über eine enge Brücke, sah aus wie auf einer Autobahn. Ansonsten war's wie beim Autoscooter.«

»Wen hast du denn gerammt?«

»Na hör mal. Ich bumms doch keine Golfwagen an!«

Frank grinste.

»Ich meine«, verbesserte sich Gitte, »es ist natürlich nichts passiert. Rein gar nichts. Meine Güte, war das öde. Und dafür bezahlen die Unsummen an Eintritt. Wieso mußtest du mit dieser Mona fahren und mich hier alleine zurücklassen?«

Frank setzte sich auf und tippte an seine Stirn. »Wer wollte denn unbedingt mit auf den Golfplatz? Außerdem könntest du dich ruhig mal nach meinen Verletzungen erkundigen.« Er zeigte auf den Verband um seinen Oberarm und die Abschürfungen am Bein.

»Na gut. Was ist denn so Schlimmes passiert?«

Endlich aufgefordert, seine Erlebnisse zum Besten zu geben, holte Frank tief Luft und ließ Gitte keine Chance mehr, ihm dazwischenzureden. »Also, erst mal hätten wir auf der Rückfahrt fast einen Unfall gehabt, total enge Straße, mitten im Regenwald, so hohe Bäume hast du überhaupt noch nicht gesehen, und drumherum Pflanzen wie aus dem Wohnzimmer von deiner Mutti, nur eben größer, es nieselte natürlich, und dann waren da Wasserfälle, praktisch mitten im Urwald und die Straße direkt am Meer entlang, steil und wahnsinnig kurvig, und in einer Kurve kam uns so ein Truck auf unserer Spur entgegen, Mona konnte gerade noch ausweichen, die Typen in dem Auto haben bloß gelacht, diese Einheimischen fahren, sage ich dir, echt lebensgefährlich, und einen richtigen Unfall haben wir auch gesehen, und stell dir mal vor: weit und breit keine Notrufsäule, da kannst du verschimmeln, bis ein Krankenwagen kommt, aber der Hammer war, ich filme gerade auf einer Klippe stehend die Gegend, da rutsche ich ab und lande in einer wahnsinnig tiefen Lavaröhre, direkt über der Brandung, zum Glück konnte ich mich an einem Ast festhalten, aber gefährlich war's schon, und ich hab' noch im Loch gefilmt.« Frank mußte Luft holen.

»Und was ist jetzt mit deinem Arm?«

»Schürfwunde. Mona hat unterwegs ein Desinfektionsmittel und Verbandszeug gekauft, weil im Auto kein Erste-Hilfe-Kasten war.

Gitte wickelte, während Frank seinen Sturz noch einmal in allen Details schilderte, den Verband ab, um sich die Wunde anzusehen.

»Na, so schlimm sieht das aber nicht aus! Da hätte auch ein Pflaster gereicht. Mir so einen Schrecken einzujagen!«

»Auf jeden Fall bin ich ziemlich gehandicapt. Der Arm ist irgendwie verstaucht, und ich kann bestimmt die nächsten Tage nicht mehr ins Wasser.«

»Armer Schatz!« sagte Gitte in gespieltem Mitleidston, »so viel Aua-aua. Soll Mami mal pusten?«

»Jetzt verarsch mich nicht auch noch!« schmollte Frank.

Fahrrad ohne Fisch

Die menschenleere Keawe Street – hügelaufwärts, parallel zur Bucht von Hilo verlaufend – wirkte nicht besonders einladend. Im Dunkeln sahen die graugetünchten Häuser noch trister aus als bei Tage.

Zwei japanische Restaurants lagen hier nur wenige Schritte voneinander entfernt. Das erste wirkte einladend, war aber menschenleer, als hätten Besitzer und Koch, die Heiko und Beate erwartungsvoll aus dem offenen Küchenfenster entgegenblickten, die Pest an Bord. Das andere erinnerte von außen an eine Fischfabrik, man konnte nicht reinsehen, aber es klang, als sei es rappelvoll.

Heiko und Beate hatten ein schlechtes Gewissen, weil auch sie sich für die Fischfabrik entschieden. Sie schlängelten sich an mannshohen Trennwänden vorbei, zu einer niedrigen Theke. Der Platz dahinter diente als Lagerraum für Pappkartons und allerlei Gerümpel.

Eine freundliche, abgehetzte junge Frau wies darauf hin, daß es mit dem Essen eine halbe Stunde dauern würde und führte sie dann an einen freien Platz. Der braungemaserte Resopaltisch neben einer wackelnden Trennwand war gerade naß abgewischt worden. Auch die senfgelben Plastiksitze fühlten sich etwas klamm an. Heiko legte seine Unterarme auf die Tischplatte. Als er sie wieder anheben wollte, mußte er sie wie Saugnäpfe vorsichtig von der Platte lösen.

»Aber es isch preiswärt!« sagte Heiko zur sich stumm umblickenden Beate. »Und es sind nur Einheimische hier.«

Nebenan am Tisch saß eine sechsköpfige, japanisch aussehende Familie. Sie warteten auch aufs Essen, unterhielten sich angeregt, während sie sich laufend aus einer zerbeulten Metallteekanne bedienten. Das Lokal mit der hohen Decke, an der ein Ventilator surrend die stickige Luft verquirlte und den vielen sich unterhaltenden Leuten, wirkte wie eine Mensa.

»Wir hätten vielleicht doch in das andere Lokal gehen sollen. Der Wirt tut mir richtig leid.«

»Ist mir auch ein Rätsel. Bestimmt ist das Essen alt.«

»Ich hab Hunger.«

»Gleich, Beate, gleich ist es soweit.«

Heiko entschied sich für gemischte Tempura, Beate für Huhn teriyaki. Nachdem sie die Bestellung bei der verschwitzten Bedienung aufgegeben hatten, schaute Heiko auf die Uhr.

Da Beate mit dem Rücken zu den anderen Gästen saß, konzentrierte sich ihre Aufmerksamkeit nun auf ein beleuchtetes Aquarium im Wandregal hinter dem Tresen. Darin blubberten Luftblasen, erzeugt von kleinen Schaufelrädern aus Plastik. Hinter einem Schiffssteuerrad schwankte ein Plastikskelett ruhelos hin und her, ein Seeräuber hob unermüdlich eine Schatzkiste hoch und stellte sie wieder ab, ein rosafarbenes Fahrrad stand still daneben. Seltsam war, daß zwischen all dem Plastiknippes kein einziger Fisch schwamm.

»Gell, das mit dem Auto war gut?« sagte Heiko. »Wie die versucht hat, uns ein größeres Modell aufzuschwätzen. Sie hätten so viele Probleme mit Einbrüchen, bei dem kleinen Modell könne man das Gepäck sehen. Guter Trick. Aber leider waren mir cleverer als sie.«

»Wieso? Mir konnten doch gar nicht wissen, daß sie uns das größere Modell ohne Aufpreis geben würde, weil sie gar keine kleinen Mietwagen mehr hatte.«

»Schon, Möhrli, aber man ist doch seines Glückes Schmied. Allerdings hat das mit dem Kofferkuli den Triumph doch ein wenig gemindert.«

»Bitte?« Beate starrte die ganze Zeit an Heiko vorbei auf das schwankende Skelett im Aquarium. Das lenkte sie vom Hunger ab.

»Na hör mal, das ist doch ein Skandal. Da kostet der Kofferkuli einen Dollar und wenn man ihn zurückbringt – und das war weiß Gott weit genug zu laufen – bekommt man aus dem Automaten nur 50 Cents zurück. Das ist Straßenräuberei. Das nächste Mal tragen mir die Rucksäcke. So laß ich mich nicht noch mal bescheißen.«

Inzwischen aß die japanische Familie. Beate konnte vor Hunger gar nicht hinsehen. Heiko schaute dauernd auf die Uhr.

»Bist du schon aufgeregt?« fragte Beate.

»Wegen was?«

»Na, wegen morgen!«

»Ha jo, richtige Vulkane wollte ich immer schon mal sehen!«

»Ich mein doch wegen der Hochzeit!«

»Ach so!«

Dann waren auch sie an der Reihe. Vor jeden wurde ein braunes Plastiktablett mit dem Menü gestellt. Auf den weißen, viereckigen Tellern lag bei Heiko das zur Unkenntlichkeit Frittierte, bei Beate Hühnerstückchen, übergossen mit einer dunkelbraunen Soße. Eine Schale mit klarer Suppe, ein Tellerchen mit Krautsalat und eine braune Warmhalteschüssel aus braungemasertem Plastik gehörten auch dazu.

»Paß auf mit der Suppe!« mahnte Beate.

»Pünktlich eine halbe Stunde«, sagte Heiko. »Und es isch preiswärt.«

Bettgeflüster

Mona lag im Bett und betrachtete über das *Maui Menue*-Heft hinweg ihren Mann dabei, wie er meterweise Zahnseide abwickelte und durch die Zahnzwischenräume zog. Dabei schnitt er Grimassen. Sie mußte unwillkürlich grinsen, obwohl ihr gar nicht danach zumute war. Lars spülte mit Mundwasser und knipste dann das Licht über dem Waschtisch aus. Er legte sich neben sie, sagte: »Was liest du denn da?« und nahm ihr gleichzeitig das Heft aus der Hand. Flüchtig blätterte er es durch, gab einen mißbilligenden Kommentar ab und warf es aus dem Bett.

»Würdest du mir bitte das Heft wiedergeben?« sagte Mona beherrscht.

»Das brauchst du jetzt nicht mehr!« antwortete Lars, rückte näher und küßte sie. Da sie ihre Lippen fest geschlossen hielt, biß er ihr zart in die Unterlippe und begann, sie zu streicheln. Mona verkrampfte sich. Nach einer Weile setzte Lars sich auf.

»Hast du deine Tage, oder was?«

Gute Idee, dachte Mona, aber was für einen Zweck hatten Ausreden?

»Oder hat sich etwa dieses Brathähnchen, mit dem du heute unterwegs warst, an dich rangemacht?«

Erbost setzte sich Mona ebenfalls auf. »Was bildest du dir eigentlich ein?« fauchte sie Lars an. »Schickst mich alleine in den Urlaub, fährst mit deiner Sekretärin zum Bumsen nach New York und wenn du dann geruhst, dich hier mal blicken zu lassen, kommst du mit solchen Unterstellungen.«

Lars lachte. Das machte Mona wütend, und er wußte das.

»Zum Bumsen nach New York! Sag mal, hast du sie noch alle? Du, ich habe wirklich keine Lust, mir solch einen Schwachsinn anzuhören.«

»Schwachsinn nennst du das also, wenn du mal wieder fremdgehst und ich wage, nachzufragen. Vielen Dank! Sehr nett!«

»Jetzt sei nicht albern! Ja, ich war mit Babs in New York. Das ist doch ganz normal, eine Assistentin zu wichtigen Verhandlungen mitzunehmen. Wir waren schließlich nicht zum Vergnügen dort!«

»Nicht?«

»Nein.«

»Diese Babs war offenbar wichtiger als unser Urlaub. Ein wirklich blöder Name übrigens.«

»Mona! Sei nicht immer so unsachlich! Und laß Babs aus dem Spiel.«

»Ah, der Herr Beschützer. Entschuldige, daß ich was gegen deine Liebste gesagt habe!«

»Mona, du treibst mich noch in den Wahnsinn! Hör endlich damit auf! Ich kann das nicht ertragen.«

»Dann geh doch wieder!«

Lars nahm sein Kopfkissen. Im Wandschrank fand er eine Decke, mit der er sich in den Wohnraum verzog.

Mona hörte, da die Schlafzimmertür offen stand, wie er

unruhig hin und her lief, dann eine Nummer wählte und sagte: »Hallo Babs, wie läuft's?«

Sie stand auf, knallte die Tür zu und heulte sich in den Schlaf.

Als sie am Morgen wach wurde, zog sie gleich den Badeanzug über und benutzte die Schiebetür im Schlafzimmer, um ins Freie zu gelangen. Das war wohl eigentlich nicht vorgesehen, denn dazu mußte sie sich innen an der hellen Rattan-Kommode vorbei und außen durch den Zierbambus quetschen, der hier als Sichtschutz angepflanzt war, doch das war ihr gleichgültig. Hauptsache, sie konnte Lars noch eine Weile aus dem Weg gehen.

Sie schwamm im Pool und verlor jedes Zeitgefühl. Auf dem Rücken liegend, blinzelte sie hoch zu den gefiederten Kronen der riesigen Palmen, die den Pool säumten. Wenn sie nur wüßte, was sie machen sollte. Sie konnte ja nicht ewig im Wasser bleiben. Außerdem hatte sie kein Handtuch dabei. Tropfnaß schlängelte sie sich durch den Bambus zurück ins Schlafzimmer, hinterließ nasse Fußabdrücke auf dem Teppichboden und öffnete leise die Tür zum Bad. Sie huschte hinein, schloß von innen ab und stellte sich unter die heiße Dusche. Das tat gut. Ein wenig versöhnlicher gestimmt, zog sie sich an.

Um in die Küche zu gelangen, mußte sie durchs Wohnzimmer. Sie lauschte im Flur. Kein Laut war zu hören. Ob Lars noch schlief? Doch das Sofa war leer. Wo war Lars? Abgereist? Sie schaute vor die Tür. Das Auto war weg!

Abreibung

»Schnuckelchen, reibst du mir den Rücken ein?« Gitte wendete sich alle halbe Stunde und nach jedem zweiten Wenden mußte die Sonnenlotionschicht erneuert werden. Sie hatten ihre Liegen weg vom überfüllten Poolbereich auf die Wiese oberhalb des Strandes gezogen. Hier störte Gitte kein Schatten, und Frank hatte einen guten Überblick über das Geschehen am Wasser, in das er ja – verletzungsbedingt – nicht reingehen konnte. Gutmütig griff er zu *Hawaiian Tropic*, ließ einen pflaumengroßen Klecks in seine Handfläche laufen und begann, die weiße, appetitlich nach Kokos riechende Lotion auf Gittes braunem Rücken zu verreiben. Gitte öffnete den Verschluß ihres Bikinis und schnurrte.

»Sag mal«, sagte sie dann, »ist dir eigentlich aufgefallen, daß Mona und Robert sich duzen?«

»Nö«, sagte Frank und rieb hingebungsvoll, »wann denn?«

»Na, auf dem Schiff! Komisch war nur, daß er sie dann bei dem Frühstück wieder gesiezt hat. Also, uns haben sie nicht das Du angeboten. Weißt du, was das heißt?«

»Nö«, sagte Frank, »aber du wirst es mir sicher verraten.«

»Da läuft was!«

»Wo läuft was?« Frank sah sich um.

»Ach, doch nicht hier! Zwischen Robert und Mona. Wetten?«

»Meinst du?« Frank schloß das Bikinioberteil seiner Frau.

»Klar! Ich hab' eine Antenne für so was. Und außerdem: beide sind Stier. Paßt doch wie Topf und Deckel!«

»Die Beine auch?«

»Wie? – Ja, bitte.«

Frank schüttelte die Flasche, ließ erneut einen großen Klecks in seine Hand laufen und verteilte die Lotion auf Gittes rechtem Bein. Unterdessen erging sich Gitte genüßlich in weiteren Vermutungen.

»Attraktiv isser ja, das Doktorchen. Kann ich schon verstehen. Aber daß sich diese Mona an ihn ranschmeißt, wo doch jetzt ihr Göttergatte da ist! Das ist ein dickes Ding!«

»Findest du?«

»Na hör mal! Und das, wo sie selbst einen so gutaussehenden Mann hat. Da macht man sich doch nicht an einen Rentner ran.«

»Was heißt hier Rentner, er ist schätzungsweise Mitte bis Ende fünfzig. Außerdem dachte ich, du fändest Robert selbst attraktiv.«

»Schon. Aber bedenke doch mal den Altersunterschied. Ein Junger ist eben doch . . ., na sagen wir, er hat einfach mehr Power. Je älter ein Mann wird, desto mehr denkt er doch an seine Bequemlichkeit.«

»So sieht Robert nicht aus!«

»Wenn du dich da mal nicht irrst! Er ist Stier. Stiere sind Chauvis und lassen sich bedienen. Ich denke, ich kenne die Männer besser als du!«

»So, so!«

»Frank, wenn das jemand sieht!« Er verrieb gerade betont langsam Sonnenschutzmittel an der Innenseite ihrer Schenkel. »Du machst mich ja ganz heiß!«

»Ich gehöre eben zur Kategorie der Männer mit Power!«

Gitte kicherte. »Was meinst du, was passiert, wenn er dahinter kommt?«

»Wer?«

»Och, Frank, du hörst mir gar nicht zu.« Gitte drehte sich zu ihrem Mann um.

»Leg dich sofort wieder auf den Bauch! Sonst ist alles im Handtuch.«

Gitte gehorchte und Frank massierte ihre Fußsohlen.

»Na, wenn Monas Mann merkt, daß sie was mit dem Vonhof hat. Meinst du, das gibt Zoff?«

»Keine Ahnung. Sind ja nicht alle so liberal wie wir.«

»Du sagst es. Und der sieht nicht so aus, als wäre er besonders tolerant.«

»Robert?«

»Auch, aber dieser Lars schon dreimal nicht!«

»Du übertreibst.« Frank legte sich wieder auf seine Liege.

»Schon fertig?«

»Ja.«

»Danke, Schatz.« Gitte beugte sich über die Lücke zwischen ihren Liegen und gab ihm einen Kuß.

»Du ahnst ja nicht, wen ich da gerade sehe!« sagte Frank.

Jetzt mußte sich Gitte doch auf den Rücken drehen, denn auf dem Bauch liegend bekam sie schließlich nichts mit.

»Nein!« sagte sie.

»Wenn man vom Teufel spricht!«

»Mona Hallstein! – Meinst du, sie sieht uns?«

»So wie die hier reinstürmt?«

»Los, geh ihr nach!«

»Wieso gerade ich?«

»Weil ich frisch eingecremt bin, darum! Nun mach schon!«

Widerwillig stand Frank auf und folgte Mona in einigem Abstand durch die Liegestuhlreihen vorbei am Pool, hinein ins Hotel. Das war in den Hang gebaut, daher lag die Rezeption vom Meer aus im fünften Stock, dort jedoch ebenerdig zur Straße. Mona stellte sich vor die Aufzugstüren. Da konnte er ja schlecht mit einsteigen. Also spurtete er die Treppe hoch. Da weiter oben die Freitreppe von allen Seiten einzusehen war, mußte er sich beeilen, um vor ihr dort zu sein und sich verstecken zu können. Außer Atem preßte er sich an eine der Säulen schräg gegenüber der Rezeption. Die Halle war riesig und die Säulen standen nur am Rand, folglich würde er kein Wort von dem hören können, was sie dort sagte. Wenn sie denn überhaupt dorthin ging.

»Ach, Herr Plötzen, ich meine, Frank, vor wem verstecken Sie sich denn?«

Frank zuckte zusammen. »Ich Idiot!«

»Bitte?« Mona schaute ihn entgeistert an.

»Ach nichts!« Er hatte nicht bedacht, daß er mit dem Rücken zu den Aufzügen stand. Dabei hatte er als Kind so gerne *Emil und die Detektive* gelesen!

»Sagen Sie, haben Sie zufällig Herrn Vonhof gesehen?«

»Suchen Sie ihn?« fragte Frank interessiert.

»Nicht direkt. Haben Sie ihn gesehen?«

»Nein. Ich sehe ihn überhaupt selten, obwohl wir ja im selben Hotel wohnen. Fragen Sie doch mal an der Rezeption!«

»Ausgezeichnete Idee, wäre ich gar nicht drauf gekommen.«

Frank, der nicht genau wußte, wie sie das wohl gemeint hatte, folgte ihr quer durch die Halle.

Mona drehte sich zu ihm um. »Ist noch was?«

»Nö. Ja, doch. Ich wollte auch gerade was fragen.«

»Nach Ihnen!« sagte Mona und trat von dem Tresen zurück. »Was machen übrigens die Verletzungen?«

Frank wies auf seinen Arm mit dem Pflaster. »Ganz gut, danke. Ich kann ja nur leider nicht ins Wasser.«

Mona lachte. »Wieso das denn? Wegen der paar Schrammen? Es ist sogar besser, wenn Luft dran kommt. Und das Wasser schadet auch nicht.«

»Was Sie nicht sagen. – Oh nein, bitte, nach Ihnen!« Frank wies mit großer Geste auf den Empfangscounter, hinter dem zwei junge Frauen standen.

Mona fragte, ob Herr Dr. Vonhof erreichbar sei. Frank stotterte rum. Mona grinste ihn an. Er wurde verlegen. Nein, meinte die Rezeptionistin zu Mona, er sei nicht auf dem Zimmer und ob er irgendwo im Hotel sei, könne sie nicht sagen. Mona bedankte sich, winkte dem immer noch herumstotternden Frank zu und verschwand durch den Haupteingang nach draußen.

»Und? Was war nun?« wollte Gitte wissen, als Frank zurückkam.

»Sie hat tatsächlich nach ihm gefragt.«

»Wußte ich's doch!« Gitte rieb begeistert die Handflächen aneinander. »Und sie haben sich heimlich getroffen, stimmt's?«

»Nein, sie ist dann weg.« Frank schlug sein Buch auf. Er wollte dieses Thema jetzt nicht weiter vertiefen.

»Wieso bist du ihr nicht nachgegangen?«

»Als was? Als Ersatz-007?«

Ziemlich viel Drive

Lars war wütend. Eine Stunde lang hatte er unermüdlich Bälle auf der Driving Range geschlagen, das erste Loch, ein Par 4, mustergültig bewältigt. Doch gleich das zweite Green war das schwierigste. Schon wieder lag der Ball in einem Bunker. Alleine dieses Geharke hinterher ging ihm auf die Nerven. Er hätte doch besser frühstücken sollen. Es war wie verhext. Der Ball rollte um das Loch herum, aber rein wollte er um keinen Preis. Nach dem dritten Versuch ließ er sich dazu hinreißen, den Ball einfach einzustecken und ärgerte sich dann über sich selbst.

Er spielte hier am Fuße des Haleakala-Kraters, ohne es groß wahrzunehmen, auf einem der schönsten Plätze der Welt, mit alten hawaiischen Steinwällen als natürlichen Hindernissen und einem beeindruckenden Blick auf das Meer, mit den Maui vorgelagerten kleinen Inseln.

Als sich Lars am späten Vormittag zum 13. Loch, einem kurzen *dog-leg* rechts Par vier, vorgearbeitet hatte und sogar mit einem Birdie einlochte, hielt er endlich einmal inne, um die Aussicht zu genießen. Das Sandwich und der Kaffee vom Snack cart hatten ihm gutgetan. Er fühlte sich für das 14. Loch gewappnet. Da lag eine echte Herausforderung vor ihm, ein Par 5 mit einem Höhenunterschied von 200 Fuß zwischen Tee und Green. Lars begab sich zum Championship-Abschlag.

»Weißt du, ich habe erstaunlicherweise kein schlechtes Gewissen.« Mona reckte sich.

»Solltest du aber!« meinte Robert, um sie zu necken.

»Das war Schicksal! Ein purer Zufall, daß ich dir vor dem Hotel in die Arme gelaufen bin.«

»Ich denke, du hast mich gesucht.«

»Schon, aber nicht deswegen.«

Robert lachte. »Schon gut, schon gut. Ich habe dich ja auch gesucht. Allerdings nicht zuletzt deswegen.«

»Wie bitte?« Mona schaute ihn mit großen Augen an.

»Immerhin habe ich für dich auf meinen Lieblingsplatz verzichtet«, sagte er verschmitzt lächelnd. »Ich sah deinen Mann bei schweißtreibenden Übungen auf der Driving Range stehen und bin hinter seinem Rücken mit dem Cart gleich wieder zurückgefahren. Er hat mich nicht mal bemerkt. Wenn er hier ist, dachte ich mir, dann bist du bestimmt einsam. Und das konnte ich doch nicht zulassen. Obwohl das ihm gegenüber nicht besonders gentleman-like ist.«

»Du sagst es!« bestätigte Mona. »Zum Glück weiß er nicht, daß du über mich herfällst, sobald er den Rücken kehrt. – Wie spät ist es eigentlich?«

»Kurz vor zwölf.«

»Was, so spät schon? Ich muß gehen!«

»Bleib doch noch! Was soll ich denn den langen Nachmittag ohne dich anfangen?«

»Du kannst dich ja mit den Plötzens unterhalten. Die streichen schon die ganze Zeit hier rum und kontrollieren, was wir machen.«

»Da gibt's ja nun nichts mehr zu sehen. Du trinkst ja nicht mal Alkohol. – Check, please«, rief er dem Barkeeper zu. »Ich bringe dich noch ein Stück.«

»Lieber nicht. Die Plötzens!«

»Jetzt hör aber auf. Wir sind doch erwachsen.«

»Eben. Na gut, am Strand lang. Das ist unverfänglicher.«
»Bist du da ganz sicher?«

Abgekartet

»Auf die Idee, daß ich mir Sorgen machen könnte, bist du wohl nicht gekommen?«
»Soll ich mich etwa zukünftig bei dir an- und abmelden?«
Lars betrachtete Mona, die, mit dem Rücken zum Herd stehend, ihre Hände in die Hüften stemmte.
»Zumindest hättest du mir das Auto lassen können!«
»Wie hätte ich dann auf den Golfplatz kommen sollen? Kannst du mir das mal verraten?«
»Von mir aus zu Fuß! Es ist total unfair, mir das Auto wegzunehmen, nur damit es den ganzen Tag auf dem Parkplatz an diesem dämlichen Clubhaus steht. Und ich bin hier in der Hütte angekettet.«
»Offensichtlich stimmt das ja nicht. Du hast doch eben selbst gesagt, du seist unterwegs gewesen.«
»Mir blieb doch gar nichts anderes übrig, als dich zu suchen!«
»In Roberts Hotel?«
Lars sah, daß sich an Monas Hals hektische Flecken bildeten. »Woher weißt du das denn?« fragte sie.
»Hatte ich also recht!« triumphierte er. »Ich hab' mich nämlich gewundert, wieso ich Robert nicht auf dem Platz begegnet bin. Und ich bin mir sicher, er hat gesagt, er wolle heute auf den Makena North Course. Das habt ihr beide ja fein hingekriegt. Ein abgekartetes Spiel. Und mir Vorwürfe zu machen – das ist doch wirklich infam!«
»Also erstens«, antwortete Mona, »versuchst du doch bloß von deiner Beziehung zu dieser Babs abzulenken.«

»Und zweitens?« fragte Lars aggressiv.

»Zweitens hätte ich da noch eine so lange Liste an Dingen zu sagen«, Mona streckte die Arme weit auseinander, »aber das ist ja doch für die Katz. Und mit Robert verstehe ich mich tatsächlich gut.«

»Ach was?«

»Ja, da staunst du.«

»Allerdings. Er kennt dich eben nicht so wie ich.«

»Vielleicht fragst du dich mal, ob das nicht an dir liegt, mein Lieber.«

»An mir?« Lars bohrte den rechten Zeigefinger in seine Brust. »An mir?« Er lachte auf. »Jeder andere Mann hätte dich längst verlassen.«

Mona lehnte sich an der Herdkante an. Die Kaffeemaschine gab spuckende Geräusche von sich und war dann ganz still. Durch die offene Terrassentür klang lautes Gezwitscher und Gekreische herein. Er war in der Stimmung, diesem dämlichen Vogel, der ihn in aller Frühe mit einem markerschütternden und nicht endenwollenden Schrei geweckt hatte, den Hals umzudrehen. Aber er wußte nicht, wie der Störenfried überhaupt aussah.

Mona war mit einem Mal kreidebleich im Gesicht. Sommersprossen zeichneten sich auf den Nasenflügeln ab. Tränen liefen zu den Mundwinkeln herab. Ihr Gesicht blieb regungslos. Eine Träne tropfte auf den dunkelgrünen Kachelboden.

Lars betrachtete den kleinen nassen Fleck und die Krümel drumherum. Auch das noch. Nun ging alles wieder von vorne los. Die ewig gleiche Geschichte, seit das Baby gestorben war. Irgendwann mußte doch mal Schluß sein. Er sollte jetzt sagen, so habe er es nicht gemeint. Sich entschuldigen. Sie beruhigen. Sie würde sich weinend im Bett verkriechen, sich bemitleiden. Er würde ein schlechtes Gewissen haben, obwohl er sich eigentlich keiner Schuld bewußt war. Sie schaffte es immer, ihm ein schlechtes Gewissen einzureden.

Er hielt das nicht mehr aus. Er würde jetzt einfach weggehen und erst wiederkommen, wenn sie sich beruhigt hatte. Es war vielleicht das Beste, sich gar nicht mehr auf das Theater einzulassen.

»Der Kaffee ist fertig.«

Lars sah Mona verdutzt an. »Wie?«

»Ich sagte, der Kaffee ist fertig. Oder willst du keinen?«

»Doch, schon. Draußen?«

»Ja, ich komme gleich nach.«

Sie verließ die Küche durch die Westernschwingtür. Er nahm zwei Tassen und die Kaffeekanne mit auf die Terrasse. Es geschahen noch Zeichen und Wunder!

Gute Unterhaltung

Mona sah sich im Badezimmerspiegel an. Das Weiße der Augäpfel war von roten Äderchen durchzogen. Sie nahm, ohne den Blick von ihrem eigenen Spiegelbild zu wenden, Lars' Naßrasierer in die Hand. Sie hielt ihn hoch, so daß sie ihn im Spiegel sehen konnte, schraubte ihn auf und entnahm die Rasierklinge. Nun ließ sie die Arme in das Waschbecken sinken. Ohne hinzusehen hielt sie die Rasierklinge an den Puls der linken Hand.

Mona starrte noch immer ihr Spiegelbild an. Und wie sollte sie sich die Pulsader der rechten Hand aufschneiden? Wieso kam ihr gerade jetzt solch ein praktisches Problem in den Sinn? Das war doch nicht normal! Außerdem klebten an der Klinge Reste von Lars' Rasierseife. Das war unhygienisch. Sie könnte sich eine Blutvergiftung zuziehen.

»Wo warst du denn so lange? Der Kaffee wird kalt.« Lars goß ihr aus der Glaskanne ein.

»Ich habe die Augentropfen nicht gleich gefunden.«

»Geht es dir wieder besser?« Lars sah sie eindringlich an. Sie wirkte so anders als sonst.

Mona umklammerte den Kaffeebecher, als wolle sie ihre Hände daran wärmen und nahm einen Schluck. »Ich finde, wir sollten uns in aller Ruhe unterhalten.«

»Nichts dagegen. – Worüber?« Lars streckte seine Beine aus und schlug die Füße übereinander.

Mona mußte sich zusammenreißen, um die Frage nach dem Worüber nicht als Unverschämtheit aufzufassen. Sie atmete tief durch.

»Über uns, denke ich.«

»Schon wieder? Wir reden doch dauernd über uns und immer mit dem gleichen Ergebnis.«

»Welchem Ergebnis denn?«

»Keinem. Oder besser gesagt: dem üblichen Mißverständnis. Ich bin Schuld und du die gequälte Ehefrau.«

»Könntest du bitte versuchen, sachlich zu bleiben?«

»Ich bin sachlich. Ich bin immer sachlich. Anders könnte ich meinen Beruf gar nicht ausüben.«

»Was ist mit Babs?« fragte Mona leise.

Lars stellte seine Tasse ab und vergrub die Hände in die Taschen seiner Shorts. »Was soll mit ihr sein?«

»Das frage ich dich.«

»Du meinst, ob ich ein Verhältnis mit meiner Assistentin habe? Mona, findest du nicht selbst, daß dies ein billiges Klischee ist?«

»Mag ja sein. Hast du?«

»Nein.« Lars sagte das in einem eher beiläufigen Tonfall.

»Also doch!«

»Ich sagte: Nein!« empörte sich Lars.

»Ja, aber wie du das gesagt hast. Darauf kommt es an.«

»Du interpretierst immer das in meine Worte, was dir in den Kram paßt. Wieso fragst du überhaupt? Du willst es doch gar nicht wissen.«

»Und ob!«

»Schon mal was von sexueller Belästigung am Arbeitsplatz gehört? Als Vorgesetzter kann man es sich nicht leisten, einer Angestellten irgendwelche Avancen zu machen. Ich hab' wahrhaftig genug andere Probleme. Aber natürlich gerate auch ich in Versuchung. Ab und an brauche auch ich mal etwas Entspannung.«

»So. Und das heißt?«

»Das heißt, daß ich unter anderem gelegentlich einen Club aufsuche.«

Mona schluckte trocken. Hätte sie das Thema doch bloß nicht berührt! »Was für einen Club denn?« fragte sie heiser.

Lars lachte hämisch. In diesem Sekundenbruchteil erschien er Mona unendlich fremd.

»Du wirst staunen, einen Massagesalon!«

Mona fühlte sich grottenschlecht und trank einen Schluck Kaffee. Gegen den aufsteigenden Ekel half das wenig.

»Ja, ich weiß, das könnte ich alles kostenlos zu Hause haben, habe ich aber nicht.«

Ihre eheliche Gemeinschaft löste sich in den Duftölen einer Thai-Massage auf. Ausgerechnet!

»Entschuldige, aber ich muß mich bewegen. Das ist alles etwas viel für mich.«

»Kann ich mir denken. Aber du hast ja auch nicht im Ernst angenommen, dreimal im Jahr zu vögeln würde mir reichen. Hast du doch nicht, oder?«

Was sollte sie sagen? Sie hatte, wie üblich, den Gedanken einfach verdrängt.

»Also, das stimmt doch nicht!« wandte sich Mona, die Terrasse abschreitend, an ihren Mann. »Wir haben öfter miteinander geschlafen.«

»Alle Jubeljahre mal«, seufzte Lars.

»Schon vergessen? Du hast nie Zeit. Mal eben 'ne schnelle

Nummer, selbstverständlich ohne die Fernbedienung für den Fernseher aus der Hand zu legen. Da wunderst du dich, wenn ich freiwillig verzichte? Dir ist es doch egal, wie es mir dabei geht.«

»Das ist mal wieder typisch! Jetzt ist es meine Schuld!« Lars sprang auf. »Habe ich es nicht gewußt? So geht es doch immer aus.«

»Reg dich ab und setz dich!« kommandierte Mona mit erschöpfter Stimme. Sie setzte sich ebenfalls wieder hin. »Sag mal, wenn du nicht wegen dieser Babs in New York warst, wieso dann?«

»Seit wann interessierst du dich für meine Geschäfte?«

»Seit heute.«

»Aha. Also, ich hatte, wie schon gesagt, dort Verhandlungen zu führen. Es war wichtig.«

»Und weiter?«

»Wenn du es genau wissen willst ...«, er ließ eine Pause.

»Ja?«

»Ich habe, glaube ich, schon mal beiläufig erwähnt, daß wir seit einiger Zeit einen neuen Geschäftszweig aufbauen. Beratung ausländischer Firmen, die sich auf dem deutschen Markt etablieren wollen. Bis jetzt hatten wir vornehmlich Kunden aus Südeuropa, Italien vor allem, aber nun hat sich gerade eine sehr wichtige Verbindung zu einem amerikanischen Konzern ergeben. Unser erster richtig großer Kunde in dieser Richtung. Darum muß ich mich natürlich persönlich kümmern. Das kann ich schlecht irgendwelchen Angestellten überlassen. Wir reden hier von einem Auftragsvolumen von über zwei Millionen pro Jahr.

»Mark?«

»Ne, Dollar.«

»Verstehe.«

»Ehrlich?«

»Sicher. Das heißt, du hast in Zukunft noch weniger Zeit.«

»Zumindest, bis sich die Sache eingespielt hat. So die nächsten zwei, drei Jahre.«

»Ich bin sehr froh, daß ich das weiß. War doch gut, daß wir mal in Ruhe miteinander geredet haben«, sagte Mona nach einer gewissen Bedenkzeit.

»Schön, daß du es so aufnimmst. Ach, was hältst du davon, wenn wir heute abend dieses neue japanische Restaurant im *Diamond Resort* ausprobieren, das so gut sein soll? Nur wir beide.«

»Ist mir recht, wenn's nur nichts Thailändisches ist.«

»Wieso?«

Langes Leben

Zur Feier des Abends benutzte Beate den zart getönten Labellostift. Schminke lehnten sie zwar ab – Heiko weil er das künstlich fand, sie wegen der Tierversuche – aber an so einem Tag konnte man schon mal eine Ausnahme machen.

Sie zog ein bodenlanges cremefarbenes Seidenjerseykleid über, das ihre sämtlichen Rundungen unvorteilhaft betonte. Doch was sollte man machen? In einen Rucksack paßte eben kein richtiges Brautkleid.

Jetzt wurde es langsam ernst. Es würde bestimmt unvergeßlich, in einem Hotel auf Hawaii zu heiraten. Obwohl es ja ein wenig traurig war, sie beide ganz alleine, ohne Familie und Freunde.

Heiko lag auf seinem Bett – es gab für jeden eines – und zappte sich durch die Fernsehprogramme. Er trug das neu gekaufte Hawaii-Hemd, das sie auf dem Rückweg vom Volcanoes National Park bei *Hilo Hattie* erstanden hatten, damit er heute abend, wenn er schon kein Sakko trug, wenigstens einigermaßen passend gekleidet war.

Beate bürstete hingebungsvoll ihre Haare. Hauptsache Heiko zog überhaupt ein frisches Hemd an. Die mitgebrachten T-Shirts waren alle völlig verschwitzt. Im T-Shirt würde sie ihn nicht heiraten, hatte sie klipp und klar gesagt. Eigentlich hätte er ihr ein paar Blumen kaufen können. Doch vermutlich waren die im gebuchten Hochzeitsarrangement inbegriffen.

»Hast du die Ringe?« fragte Beate im Lift.

»Ha jo!« antwortete Heiko nervös.

Beate bemühte sich, bei Heiko untergehakt, leichtfüßig durch die Hotelhalle zu schreiten, was in Birkenstocksandalen nicht so einfach war. Sie hatte die passenden Schuhe vergessen, aber Heiko meinte, unter dem langen Kleid sähe man die sowieso nicht. Erwartungsvoll blickte Beate in die Runde. Vor dem Restauranteingang standen Leute Schlange.

»Und wo heiraten mir?«

»Ich frag mal«, bot Heiko an.

Er wandte sich an die Rezeption und erkundigte sich, wo denn ihre Trauung stattfände. Schulterzucken, Geblätter in den Unterlagen, nervöses Lächeln, Telefonate. Schließlich kam der Chef persönlich, um sein Bedauern auszudrücken. Von einer reservierten Trauung sei ihm nichts bekannt, aber man könne das selbstverständlich für den nächsten Tag arrangieren. Morgen würden sie abreisen, wandte Heiko ein, und man habe extra dieses Hotel gebucht, nur wegen der Zeremonie. Und außerdem sei das alles vorausbezahlt und wie er sich das eigentlich vorstellen würde. Heiko wurde gebeten, das mit dem Reiseveranstalter zu klären, man habe wirklich keine Anmeldung.

»Du hättest dich ja gestern schon mal erkundigen können!« sagte Beate vorwurfsvoll, »aber nein, das einzige, was dich interessiert, sind Besichtigungstouren und deine blöden Fotos!«

»Beate!« sagte Heiko drohend. »Des isch jetzt net dei Ernscht!«

Als Trost wurde ein kostenloses Seafood Dinner Buffet angeboten, das gerade im Restaurant stattfand. Heiko nahm das Angebot gerne an und flüsterte Beate zu, immerhin kämen sie nun kostenlos an ein Essen. Eigentlich könne man ja im nächsten Hotel einfach behaupten, man hätte eine Hochzeit gebucht.

Der Hotelchef eskortierte sie an den wartenden einheimischen Familien vorbei in das Restaurant. Heiko fragte noch, ob nicht hinterher doch die Rechnung käme und wurde aufgeklärt, daß die anderen Gäste für das Buffet am Eingang bezahlen mußten.

Beim Betreten des Saales lärmten ihnen Lachen und Gesprächsfetzen entgegen. Zwischen umhereilenden Gästen mit vollen Tellern, wurden sie an einen freien Tisch geführt. Sofort schenkte ein Kellner Eiswasser aus einer Karaffe ein. Eine Bedienung balancierte Rot- und Weißweinflaschen und goß ebenfalls ein. Und Kaffeebecher standen auch noch auf dem Tisch. War alles inklusive.

»Ich hab's ja geahnt!« sagte Beate resigniert.

»Mach dir keine Gedanken, Möhrli, das klappt schon!«

»Ach ja, und wie stellst du dir das vor?«

»Wollen mir dann mal?« Heiko stand auf, so gut das hinter dem Tisch ging und wartete darauf, daß Beate ihn rauslassen würde, doch die dachte nicht daran, es ihm so leicht zu machen.

»Kannst du mir bitte mal erklären, was mir nun machen sollen?«

Heiko ließ sich wie ein Sack Kartoffeln zurück ins Polster der Sitzbank fallen. Ihm war gleich der Verdacht gekommen, sein Vater könne die Sache hintertrieben haben. Er war doch sowieso dagegen, daß sie auf Hawaii heirateten. Womöglich hatte er seinen Bruder überredet, die Buchung zu stornieren.

»Also, was jetzt?« insistierte Beate. »Ich sitze hier ungetraut in meinem Hochzeitskleid und du sagst nicht mal was!

Du hast ganz einfach vergessen, dich drum zu kümmern, gib's ruhig zu! Ich bin dir egal!«

»Aber Möhrli, das stimmt doch nicht. Es ist nur alles so aufregend, die vielen Sehenswürdigkeiten und so. Und ich konnte ja nicht ahnen, daß mein Onkel ...«

»Ha no, dein Onkel! Du hast nicht rechtzeitig nachgefragt!«

»Das hätte auch nichts geändert.«

»Hätte es doch! Und was machen mir jetzt? Mir können doch nicht unverheiratet nach Hause fahren!« Beate dachte mit Schrecken daran, daß der Termin für die kirchliche Feier sicher schon feststand. Was würde ihre Mutter sagen, wenn sie ihr beichtete, daß es mit der Trauung nicht geklappt hatte? »Mir hätten doch besser zu Hause heiraten sollen!« sagte Beate kleinlaut.

»Du wolltest doch unbedingt im Ausland heiraten!«

»Ich? Wer will denn aus der Kirche austreten?«

»Möhrli, was hat das denn jetzt damit zu tun? Aber du hast doch gesagt, so'ne konventionelle Familienfeier sei spießig.«

»Schon, aber nur, weil du das spießig findest. Und außerdem hast du gesagt, auf Hawaii zu heiraten sei sowieso viel romantischer. Und was ist jetzt damit? Nichts!«

»Nun komm, Möhrli, mir schaffen das schon.« Heiko nahm Beate tröstend in den Arm. »Spätestens auf Maui mache ich dich zu Frau Fichtel.«

»Das sagst du jetzt nur so!«

»Ich versprech's!« Wenn wirklich sein Vater dahinter steckte, würde er ihm das nicht durchgehen lassen. Das Problem war weniger, hier kurzfristig eine Trauung zu organisieren, sondern daß auf seinem Konto totale Ebbe herrschte. Von irgendwas würde er das Spektakel schließlich bezahlen müssen. Kommt Zeit, kommt Rat! Sein Magen knurrte. »Hast du keinen Hunger, Möhrli?«

»Ha jo!« maulte Beate und stand auf.

Als sie vor ihren Vorspeisen saßen, nahm auf der Empore hinter ihnen ein Gitarrist Platz, der alsbald begann, gegen die Musikberieselung anzuklampfen.

»War doch trotzdem ein schöner Tag, gell Möhrli?«

»Hätte schöner sein können.« Beate kämpfte mit den Tränen. Ob sie Heiko gestehen sollte, daß sie schwanger war? Aber sie hatte noch keinen Test gemacht und vielleicht bekam sie ihre Tage nicht, weil sie so aufgeregt war, wegen der Reise und der Hochzeit. Dann stellte sich das als blinder Alarm heraus und Heiko würde denken, sie habe ihn unter Druck setzen wollen. Dabei war das mit der Heirat seine Idee gewesen. Er meinte nämlich, man müsse früh Kinder kriegen, so alte Eltern, das sei doch nichts.

Heiko sah auf Beates halbvollen Teller. »Ißt du das nicht mehr?«

»Willst du es?«

»Klar, gib her.« In Nullkommanichts hatte Heiko Beates Reste verspeist und stand auf. »So, jetzt die Hauptgerichte! Hoffentlich ist noch was da!«

Heiko schwärmte zwischen den Gängen zum Buffet noch einmal vom Volcanoes National Park. »Gell, ein einmaliges Erlebnis.«

»Noch einmaliger wäre es gewesen, wenn das mit der Trauung geklappt hätte. Ich kann es immer noch nicht fassen. Hast du es dir anders überlegt?«

»Möhrli, spinnst du?« antwortete Heiko mit vollem Mund. »Du etwa?«

»Wie kommst du denn darauf? Ich hab's schließlich nicht versaubeutelt. Und dir scheint das ja ziemlich egal zu sein. Du stopfst hier in aller Seelenruhe Hummer in dich rein, anstatt dir Gedanken zu machen, was mir unternehmen sollen. Du könntest wenigstens mal den Reiseveranstalter anrufen und fragen, ob wirklich was mit der Buchung schiefgegangen ist.«

»In Deutschland? Weißt du, was das kostet?«

»Bei den Begrüßung-Leis hast du noch gesagt, auf die dreißig Mark solle es dir nicht ankommen, und jetzt ist dir für die Hochzeit sogar ein Telefongespräch zu teuer. Dann melde ein R-Gespräch an. Schließlich ist es deren Schuld, daß mir immer noch Singles sind.«

»Na schön, ich kann's ja morgen mal probieren.« Beate hatte eigentlich recht, dachte Heiko. Wenn es am Veranstalter lag, daß die Trauung geplatzt war, dann sollte der auch für Ersatz sorgen. Doppelt mußte man das schließlich nicht bezahlen. Wer weiß, ob man das Geld hinterher zurückerstattet bekam. »Jetzt mach dir keine Sorgen mehr«, wandte er sich an seine Beinahe-Ehefrau, »überlaß das nur alles mir. Du mußt das mal so sehen: jetzt kannst du dich noch ein wenig länger auf die Hochzeitsnacht freuen.« Er wischte seine Fischfinger an der Serviette ab und streichelte Beate zart über den Rücken. »Was allerdings nicht heißen soll, daß mir heute Nacht auf unser Vergnügen verzichten. Man muß schließlich in Übung bleiben.«

»Mir ist aber gar nicht gut.« Beate fragte sich, wie er in dieser Situation schon wieder an Sex denken konnte, wo er sie doch erst am Morgen mit dem Wunsch geweckt hatte, es den Missionaren nachzumachen. Offenbar hatte ihn das historische Wohnhaus der Familie Lyman, das sie gestern besichtigt hatten, schwer beeindruckt. Die hatten acht Kinder gehabt.

»Dann iß noch was. Das kommt vom Hunger. Gell, du mußt doch zugeben, daß es gut war, zu den Puu Loa Petroglyphen zu wandern. So was sieht man sonst nicht!«

»Mmh«, machte Beate unwillig, »ich hol' mir jetzt Nachtisch, und du?«

»Ich nehm noch mal was Warmes.«

Die blöden Petroglyphen! Nach einer endlosen Wanderung unter sengender Sonne hatten sie schließlich das von einem hölzernen Steg umbaute Feld mit den historischen Steinzeichnungen erreicht. Da merkte Heiko nach zwei, drei

Aufnahmen, daß sein Film zu Ende war und er keinen neuen dabei hatte. Also alles vergebens! Auf dem langen Rückweg zum Auto sprach er kein Wort.

Aber vorher mußte er ihr ja unbedingt noch erzählen, daß die Hawaiianer dort die Nabelschnüre ihrer Söhne in die in Stein eingeritzten Spiralkreise legen würden, damit sie ein langes Leben hätten, dabei sei das alles irgendwie ein sprachliches Mißverständnis, oder so, denn Puu Loa hieße »langer Hügel«, aber sie hätten daraus »langes Leben« gemacht. Jedesmal, wenn sie so einen in Stein geritzten Kreis gesehen hatte, war ihr ganz anders geworden. So wie jetzt von dieser Kokosnußcremeschnitte.

»Heiko, ich glaube, ich muß mich übergeben!«

Naturschönheiten

»Und paß bitte auf, wann es zu dieser *Scenic Route* abgeht«, ermahnte Heiko. Sie fuhren in nördlicher Richtung und hatten die Ausläufer von Hilo gerade hinter sich gelassen. Heute würden sie ein Apartment in Waikoloa auf der anderen Seite der Großen Insel beziehen. Der Ort lag nicht direkt an der Küste. Beate fragte sich, ob sie sich noch mal länger als zehn Minuten an einem Strand aufhalten würden.

Dann schweiften ihre Gedanken ab zu den schönen jungen Menschen, die sie gestern abend nach dem Essen im Hotel gesehen hatten. Beim Anblick der ersten strichdünnen Mädchen in Abendkleidern aus glänzenden Kunstfasern und mit Blumen in den lackschwarzen Haaren, hatte sie noch vermutet, es fände eine große Hochzeit statt und sie hätten deswegen das Nachsehen gehabt. Die jungen Männer trugen Smoking, mit Gel nach hinten frisierte Haare und Maile Leis, bis über die Hüften reichende ›Schals‹ aus duftenden grünen

Blättern. Das war das Romantischste, was sie je gesehen hatte. Sie wirkten so stolz und waren unglaublich schön: schlank und dunkelhäutig. Es fand eine Schulfeier im Keller des Hotels statt. Heimlich hatte sie mal einen Blick in den Raum geworfen und sich dabei wie ein Elefant im Porzellanladen gefühlt. *Beverly Hills 90210* in echt! Ob sie die Serie überhaupt noch gucken durfte, wenn sie erst mit Heiko zusammenwohnte? Die Ehe verlange Opfer, hatte ihre Mutter gesagt. Beate seufzte. Da war was Wahres dran.

»Heiko, tät's du nicht vielleicht einen Smoking anziehen?«

»Spinnst du? Für was denn?«

»Na für unsere Hochzeit. Wo heiraten mir nun eigentlich?«

»Ich schätze, die Abzweigung dürfte gleich kommen.« Heiko suchte nach einem Schild. »Du hast doch den Plan. Vielleicht schaust du mal rein!«

»So genau ist der nicht, auf jeden Fall, bevor es links nach Papaikou abgeht.«

»Das nützt mir viel, wenn du mir sagst, welcher Ort *nach* der Abzweigung kommt! Ich denke, hier ist es!«

Er bog von der die Insel umrundenden Hauptstraße ab, in eine kleine Seitenstraße. Über Schlaglöcher rumpelnd fuhren sie scheinbar mitten hinein in den Urwald. Durch den dichten Baumbewuchs war es dunkel wie in einer Höhle. Dann wieder fiel grelles Sonnenlicht durch Lücken im Blätterdach.

»Wenn du nicht schon das Licht an hättest, müßtest es jetzt aber einschalten«, bemerkte Beate und berührte damit unnötigerweise ein heikles Thema.

»Ha ha! Wie überaus witzig!«

Der japanische Mietwagen verfügte nämlich über einen Sensor, der angeblich das Licht einschaltete, wenn die Dämmerung einsetzte. Doch das Licht brannte, wann immer der Motor lief, also auch bei strahlendem Sonnenschein. Heiko machte das furchtbar wütend. Erst amüsierte er sich noch über entgegenkommende Fahrer, die mit Abblendlicht fuhren – bis er feststellte, daß bei seinem Auto auch die Scheinwerfer brannten, obwohl der Lichtschalter auf *Off* stand. Er nahm sich fest vor, auf die nächste Reise Leukoplastband zum Abkleben von Sensoren mitzunehmen. Man fahre ja wie ein deppiger Tourist, hatte er wiederholt gesagt.

Am Eingang zum Botanischen Garten verkündete ein Schild, er sei wegen eines Brandschadens geschlossen.

»Herrgottsack, noch mal!« Heiko hatte die Fotos von tropischen Pflanzen schon fest eingeplant. »2000 verschiedene Bäume und Pflanzen erwarten Sie und was ist? Nichts ist. Nun gut, mir sparen immerhin 24 Dollar.«

»Was, so teuer ist es?«

»Zwölf Dollar pro Person. Du wolltest doch mitgehen, oder?«

An der steil zum Meer abfallenden Onomea Bay sah man durch Bäume hindurch das blaugrün schillernde Wasser und den Hang, an dem die 2000 Pflanzenarten wuchsen. Unzufrieden über die schlechte Sicht fotografierte Heiko durch den Maschendraht.

Hinter ihnen hielt ein zweiter Mietwagen. Ein Pärchen stieg aus. Auch Deutsche, dachte Beate gleich, das sah man schon an der Kleidung. Außerdem sprachen sie kein Wort mehr, nachdem Heiko vernehmlich sein Teleobjektiv von ihr eingefordert hatte.

»Hast es gemerkt, das waren auch Deutsche«, sagte sie zu ihm, als sie weiterfuhren. »Sie haben nämlich extra nicht miteinander geschwätzt, während Amerikaner ständig und laut miteinander reden.«

»Deutsche wollen immer als Einheimische, in diesem Fall zumindest als Amerikaner, durchgehen. Das Schlimmste ist, wenn man sie für Touristen hält.«

»Aha«, sagte Beate. »Na, da sind *mir* doch ganz anders.«

Heiko schaute sie kritisch von der Seite an, mußte sich aber auf die enge Straße mit den kleinen Brücken konzentrieren.

Das war gar nicht so leicht: zu lenken und nach Fotomotiven Ausschau zu halten.

»Soll ich mal fahren?« fragte Beate, als könne sie Gedanken lesen.

»Gell, des isch jetzt net dei Ernscht?« antwortete Heiko.

In Höhe einer einspurigen Brücke entdeckte er links eine Ansammlung hoher, rot blühender Bäume. In dieser Fülle war das ein einmaliges Bild. Aber wo parken? In der Hoffnung, es würde kein anderes Auto kommen, hielt er auf der Straße an, sprang raus, lief ein paar Meter zurück zur Brücke und machte eine Aufnahme.

»Herrgottsack!« schimpfte er. »Natürlich ist gerade jetzt der Film zu Ende!« Und er hatte schon Dia 39 belichtet, obwohl nur 36 Aufnahmen auf dem Film sein sollten. Wenn er Pech hatte, wurde das Dia in der Entwicklung abgeschnitten, und er hatte nur die Hälfte der Bäume drauf. Er lief zum Auto zurück. Mit fliegenden Fingern und einem Auge im Rückspiegel spulte er einen Film ein.

»Schön, die Ula!« sagte Beate und wies hinter sich auf die Bäume.

»Was für'ne Ulla?«

»Ula oder Poinciana, so heißen die roten Bäume.«

»Was du nicht sagst! Wenn du dich so gut auskennst, kannst du zu Hause die Dias beschriften.«

Beate nahm sich vor, keinen Ton mehr verlauten zu lassen. Seine Dias sollte er sich gefälligst selbst beschriften. Sie wollte ja nicht mit einer Tonbildschau vor Publikum auftreten. Dabei würde er über den Gemeindesaal der Frauenkirche bestimmt nicht hinauskommen, und da hinein auch nur, falls er nicht schon vorher aus der Kirche austrat. Ihren Eltern würde sie es jedenfalls verschweigen, wenn Heiko sich aus der christlichen Gemeinschaft ausschloß. Hoffentlich klappte es noch mit der Trauung! Daheim würden sie das Standesamtliche auf die Schnelle nicht mehr geregelt bekommen. Hier war das kein Problem. Man mußte nur ein Hotel finden, das solche Arrangements anbot.

Siedendheiß fiel Beate ein, daß bestimmt die Familie anrufen würde, um ihnen zu gratulieren. Und was sollten sie denen sagen? Und was, wenn Heiko ans Telefon ging und alles rauskam?

Gewissensbisse

Den Versuch, zu meditieren, hatte Mona erfolglos abgebrochen. So konnte das nicht weitergehen! Außerdem hatte Lars schon wieder das Auto mitgenommen.

Sie lief auf der schattigen Terrasse auf und ab. Es war, als wollte sie sich durch Bewegung daran hindern, wieder in die Erstarrung ihres früheren Lebens zurückzufallen. Der gestrige Abend in dem japanischen Restaurant hatte sie fatal an all die steifen Geschäftsessen erinnert, die sie als Gattin absolvierte. Nüchtern betrachtet, verfügten Lars und sie nicht einmal über gemeinsame Interessen oder Gesprächsthemen. Wieso hatte sie sich damals überhaupt in ihn verliebt? Schließlich war sie diejenige gewesen, die bei Lars A. Hallstein immer »A wie Angeber« gesagt hatte. Der schöne Lars, der schon in der Schule Seidentücher im Hemdkragen trug und sich mit achtzehn einen BMW zulegte.

Damals bemühte sie sich, als Mädchen aus gutem Hause durchzugehen. Wenn die anderen mit ihren Eltern in Ferien fuhren, jobbte sie als Verkäuferin, um sich feine Klamotten leisten zu können, die auch mit Personalrabatt noch teuer genug waren. Zuhause wurde das ganze Geld nur in »die Hütte« gesteckt, Urlaub war da nicht drin.

Sie träumte davon zu heiraten und ein sorgloses Leben zu führen, möglichst weit entfernt von dieser piefigen Kleinstadt am Bodensee, in die es sie als Sechsjährige verschlagen hatte.

Und dann, in der Oberstufe, lernte sie Lars kennen. Sein Vater war von der Nestlé-Zentrale in Frankfurt zu Maggi nach Singen versetzt worden. Auch Lars ein Außenseiter, der, wie sie, schon durch die Kleidung demonstrierte, daß er mit diesem Landvolk nichts zu tun haben wollte. Statt mit Gleichaltrigen, verbrachte er seine Zeit auf dem Tennisplatz und prahlte damit, daß sein Vater selbstverständlich sofort in Überlingen einen Liegeplatz für ein Boot bekommen habe.

Lars paßte perfekt in das Bild, das sie sich damals von sich und ihrer Zukunft machte. Und er fand sie schön und geheimnisvoll. Sie waren das ideale Paar gewesen.

Durch die Begegnung mit Robert war ihr erst bewußt geworden, daß sie die letzten Jahre unter einer Glasglocke gelebt hatte. Ihren gleichförmigen Alltag empfand sie längst als völlig normal. Der Aktionsradius der anderen war schließlich auch nicht größer: Von der Arbeit nach Hause, Essen kochen oder gehen, ein- bis zweimal im Jahr Urlaub, ab und an mit einer Kollegin ins Kino und zwischendurch mal ein Wochenendseminar. Was sie an Gesprächen mitbekam, war sie nicht die einzige, die eine dumpfe Ehe führte. Was war nur aus ihren Träumen geworden? Jetzt hatten sie es zu einem gewissen Wohlstand gebracht, konnten sich zwei Autos, weite Reisen und Kleidung mit Designer-Labels leisten. Alles nur Fassade, dachte Mona bitter.

Hawaii, das war Wärme. Sehnsüchtig dachte sie an Robert. In seiner Gegenwart fühlte sie sich beschützt, heiter und entspannt. Er war, trotz des Altersunterschiedes, lockerer als Lars, zumal was alles Körperliche anging. Ihn störte nicht einmal, daß sie neulich nach Zwiebeln gerochen hatte.

Trotzdem, die Situation war unmöglich! Mit welchem Recht warf sie Lars seine Eskapaden vor, wenn sie sich selbst nicht anders verhielt, sobald sich eine Gelegenheit ergeben hatte? Wahrscheinlich steigerte sie sich in ihre Verliebtheit sowieso bloß rein. Wer weiß, wie lange das anhielt.

Sie würde Robert endgültig nicht mehr wiedersehen, auch wenn es schwerfiel. Das war die einzig vernünftige Lösung.

Wasserleichen

Im Swimmingpool warfen sich Kinder einen als Weltkugel bedruckten Ball zu. Gitte balancierte am Rand auf einem Bein. Mit dem großen Zeh prüfte sie die Wassertemperatur. Sie überlegte ernsthaft, ob sie heute mal ein bißchen schwimmen solle. Vom Ball am Po getroffen, schwankte Gitte, ruderte heftig mit den Armen, verlor dennoch das Gleichgewicht und landete im Wasser.

Als sie prustend auftauchte, blickte sie in eine Phalanx grinsender Gesichter. Endlich mal eine Abwechslung im öden Pool-Alltag. Daß ausgerechnet sie diese bieten mußte, gab ihr den Rest. Sie hustete und spuckte Chlorwasser. Ein Herr erbarmte sich, reichte ihr seinen Arm und zog sie heraus. Wenigstens war das Wasser nicht tief. Gitte hielt ihr Täschchen in der Hand. Um ihre Füße bildete sich eine Pfütze. Als erstes reklamierte sie das Fehlen eines ihrer Ohrclipse. Die Kinder machten sich einen Spaß daraus, danach zu tauchen und legten ihn wie eine Trophäe auf den Beckenrand. Gitte zwang sich zu einem dankbaren Lächeln, raffte ihre Sachen an sich und begab sich zu den Restrooms. So naß konnte sie ja unmöglich durchs Hotel gehen. Und wo bitte war eigentlich dieser knackige Blonde gewesen, der Menschenleben retten sollte? Wo sie fast ertrunken wäre!

Als sie sich im Spiegel sah, hätte sie heulen mögen. Sie nahm eine Haarsträhne in die Hand und ließ sie wieder los. Schlapp fiel sie auf den Kopf zurück. Wenn sie mal schwamm, und das kam etwa dreimal pro Urlaub vor, also *wenn*, dann hielt sie den Kopf immer über Wasser, damit die Haare nicht naß wurden, sich Wimperntusche und Lidschatten nicht auflösten. Jetzt liefen graublaue Bächlein in den Fältchen um ihre Augen herab. Was hatte das Mekong-Delta in ihrem Gesicht zu suchen?

Wenig später sah man ein Handtuch, unter dem Beine mit nassen schwarzen Lackpantoletten hervorschauten, zum Aufzug eilen. Der ließ auf sich warten. Gitte hielt das feuchte Handtuch mit beiden Händen über den Kopf und drückte mehrmals mit dem Ellenbogen auf den bereits erleuchteten Knopf neben dem Lift. Hinter sie trat ein reicher Mann. Sie erkannte das unschwer an der Geruchsmischung aus Gras, Zigarre und Leder. Er betrat mit ihr den Aufzug. Vorsichtig lugte sie unter dem Handtuch hervor und ließ es ganz schnell wieder herunter. Ausgerechnet Robert Vonhof! Hoffentlich hatte er sie nicht erkannt.

Gitte schloß sich im Bad ein. Es würde dauern, bis sie das zerlaufene Make-up runter und frisches drauf haben würde. Und die Haare mußte sie auch behandeln. An den Pool würde sie heute jedenfalls nicht mehr gehen! Was wohl die Leute dachten? Im Grunde war sie froh, daß der Beachboy in der roten Badehose sie nicht in diesem Zustand gesehen hatte. Der mußte sie ja für uralt halten! Ob sie Frank von dem Vorfall erzählen sollte? Besser nicht, vielleicht. Oder? Er hätte sie retten können! Aber er war ja nie da, wenn sie ihn brauchte.

Gitte drehte die beiden auf altmodisch getrimmten Wasserhähne auf, entnahm ihrem Kosmetikkoffer drei Flaschen und stellte sie in eine Reihenfolge: »öffnen, geben, schließen«, murmelte sie dabei vor sich hin. Inzwischen hatte das Wasser die richtige Temperatur. Sie hielt den Kopf darunter. Wieso war der Strahl so nah am Beckenrand? Und wieso waren die Waschtische in Hotels immer so klein? Wie sollte sie denn die Haare im Nacken naßmachen? Und das in einer Luxusherberge! Nicht zu glauben! Erst das Shampoo, ausspülen, dann die Kurspülung, kurz einwirken lassen, ausspülen, zum Schluß das Rinsing für Volumen. Schon fertig. Sie wickelte sich ein Frotteehandtuch um den Kopf.

Die Klinke der Badezimmertür wurde runtergedrückt. Es klopfte. Gitte schlüpfte in den kurzen blauweißen Hotelkimono, der, wie sie inzwischen aus dem Hausprospekt wußte, ein Hapi war und öffnete die Tür. Frank schaute sie erstaunt an.

»Na du. Ich hab' dich überall gesucht. Wieso bist du schon oben? Es ist doch noch viel zu früh für das Abendessen.«

»Na und? Was suchst du denn auf dem Zimmer?«

»Meinen Schnorchel. Der Kurs fängt gleich an.«

»Schnorcheln! Ich denk' das kann jeder Idiot! Wieso brauchst du einen Kurs dafür?«

»Wo hast du ihn hingetan?«

»Auf den Boden im Schrank. Sag' mal, wer hält eigentlich den Kurs?«

»Mike Nelson. Tschüs denn!«

Sein Vater hatte ihm das Schnorcheln beigebracht. Damals am Baggersee. Er hatte kräftig in die Taucherbrille gespuckt und gesagt, das sei gut gegen das Beschlagen. Und jetzt wollte er es seinem Sohn zeigen. Sven interessierte sich zwar im Moment ausschließlich für Inline Skating, aber er würde ihn schon dafür begeistern. Auf jeden Fall fand er es wichtig, die eigenen Kenntnisse vorher etwas aufzufrischen.

Er konnte sich kaum erinnern, wann er das letzte Mal so ein Ding aufgehabt hatte. Das mußte während der Schulzeit gewesen sein, kurz vor dem Abi. Er betrat den Lift und zog vor dem Innenspiegel die stark riechende Gummibrille übers Gesicht. In dem Moment öffnete sich die Aufzugstür und zwei schwatzende, zierliche Japanerinnen bekamen einen gehörigen Schreck. Die Tür schloß sich, ohne daß sie eingestiegen waren. Frank grinste und fühlte sich wieder wie sechzehn. Mädels erschrecken hatte er schon ewig nicht mehr gespielt!

Zu weiteren Albernheiten aufgelegt, erreichte er den Pool, an dem Mike in der roten Badehose den Beginn der *Snorkel-Lesson* ankündigte. Frank lächelte einer höchstens fünfundzwanzigjährigen Rothaarigen zu, deren Bikinikörbchen er auf Größe 85 D taxierte. Zum Glück war Gitte nicht in der Nähe!

Erst als Mike über die Stufen in den Pool ging, wurde ihm klar, daß die anderen Kursteilnehmer Kinder waren. Die Rothaarige winkte ihrem kleinen Sohn zu und setzte sich an den Beckenrand. Frank markierte eine Wasserleiche.

Aufwachen

Frank schlug die Augen auf: halb sieben. Die Sonne war schon bei der Arbeit. Er betrachtete seine schlafende Frau. Ihre Haare standen nach allen Seiten ab. Das sah witzig aus, so ganz und gar ungittig. Er überlegte eine Weile, welcher Tag heute war. Man verlor jedes Zeitgefühl: in so einem Hotel war ein Tag wie der andere, im Ort hatten immer die Geschäfte auf, deutsche Tageszeitungen gab es sowieso keine, und die abendlichen Fernsehnachrichten wurden alle fünf Minuten von ellenlangen Werbeblöcken unterbrochen: *Join the US Airforce Reserve* summte es in seinem Kopf. Über Politik berichteten die hier überhaupt nicht, es kamen jedoch oft Gewaltverbrechen mit vielen Leichen vor.

Ob mit den Kindern alles in Ordnung war? Beim letzten Telefonat war Mutter wieder ganz aufgeregt gewesen und hatte ständig gemahnt, sie sollten auflegen, das sei zu teuer, anstatt zu erzählen, wie es ihnen ging. Wieso dachte man im Urlaub immer, zu Hause müsse irgendwas passieren? Es passierte doch nie etwas, wieso gerade dann, wenn man weg war? Daß sich Schröders Struppi Flöhe gefangen hatte und daß zu Hause auch die Sonne schien, wollte er gar nicht wissen.

Ob die Postkarten rechtzeitig eintrafen? Es war ziemlich unangenehm, wenn man seine eigene Ansichtskarte in der Hauspost fand. Weil man die Karten im Liegestuhl geschrieben hatte, war die Handschrift krakelig und wirkte in der Büroumgebung wie von einem Spasti. Und dann der Text! Wie originell hatte man das gefunden, sich kaputtgelacht, und nun fand man es nur noch peinlich. Überhaupt war es gemein, den Daheimgebliebenen eine Karte aus dem Paradies zu schicken. Im Grunde lag ihm nichts daran, Neid zu erzeugen. Aber das gehörte sich nun mal so. Wegwerfen konnte man die Karte also auch nicht. Die Anzeigensachbearbeiterinnen forderten sie ein und pflasterten damit die Wände. Als neulich eine Disponentin in ein anderes Büro umziehen mußte, hatte sie einfach die Pappe mit den Karten von der Wand genommen und im neuen Büro aufgehängt. Sofort wirkte der Raum eng, unaufgeräumt und als ob er mal renoviert werden müßte. Die Postkartensammlerinnen nannten das gemütlich.

Ob er seinen Arbeitsplatz überhaupt noch hatte? An die üblichen Kündigungsfristen würde sich Hohbeck ja wohl halten müssen. Wenn er zurückkam, lag die Quartalsabrechnung sicher schon vor. Das konnte heiter werden. Hohbeck hatte so blöde Sprüche drauf, wie »Ein Soldat ohne Schwert ist nicht viel wert«, und kein Mensch wußte, worauf er damit anspielte.

Welcher Tag war denn nun heute? Gestern hatte er den Schnorchelkurs machen wollen, der fand freitags statt. Dann war jetzt Samstag. Und Dienstag mußten sie bereits zurück!

Gitte rekelte sich: »Morgen, Schatz! Schon wach?« Sie gab Frank einen Kuß, faßte in ihre Haare und stöhnte. »Ich hab' heute Nacht geschwitzt, ich sehe bestimmt grauenhaft aus.«

»Die haben uns um zwei Urlaubstage betrogen!« sagte Frank plötzlich aufgeregt.

»Wie bitte?«

»Ja, schau mal, wir sind am Donnerstag angekommen, fliegen aber schon am Dienstag zurück. Normalerweise fliegt man doch an dem Wochentag zurück, an dem man angekommen ist. Das war doch immer so!«

»Stimmt's, ich seh' furchtbar aus!« sagte Gitte.

»Ach was. Das ist doch ein Hammer! Wo sind eigentlich die Reiseunterlagen?«

»Im Safe.«

»Und der Schlüssel?«

»Frank, das nervt jetzt! Ich bin noch nicht mal richtig wach!«

Aber Frank war schon aus dem Bett, kramte in Gittes kleiner MCM-Umhängetasche nach dem Schlüssel, holte die Mappe mit den Flugtickets aus dem Safe im Kleiderschrank und legte sich wieder ins Bett.

»Wir fliegen am Dienstag, wußte ich's doch. Aber halt, hier steht, Ankunft am Mittwoch morgen. Klar, die Zeitverschiebung. Aber trotzdem!«

»Du mußt doch sowieso am nächsten Tag wieder arbeiten«, sagte Gitte und gähnte. »Ach, dann muß ich ja übermorgen schon packen! Das ist blöd. Feiern wir eigentlich Abschied? Ich meine, ich muß das wissen, wegen dem Packen.«

»Keine Ahnung. Wir könnten eine Kleinigkeit essen gehen.«

»Dann packe ich vorher.«

»Sag mal, brauchen wir nicht einen Gutschein für die Rückfahrt mit dem Taxi?«

»Darum kümmerst du dich, ich übernehme schon das Kofferpacken!«

»Willst du zuerst ins Bad? Du brauchst schließlich länger, wegen der Haare.«

»Jetzt hack nicht dauernd auf meiner Frisur herum.«

»Oh, ich bin Ihnen ja so dankbar, daß Sie nichts dagegen haben!« preßte Robert hervor und ließ sich aus dem Auto helfen. »Ich bin dann auf meinem Zimmer.«

»Alles klar, ich sage ihr Bescheid!« antwortete Lars und fuhr bester Laune weiter. Drei Schläge über Par und geradezu Klassen besser als Robert! Nun gut, Robert hatte sich am 17. Loch böse verrenkt, aber das änderte ja nichts. Er war wieder im Spiel, sozusagen.

»Mona?« rief er in das Apartment hinein. »Mona?«

Die Gerufene lag auf der Terrasse und las – mehr oder weniger. Lars ging zu ihr hinaus. Der kleine neugierige Leguan, der sie die letzte Zeit beobachtet hatte, verschwand den Stamm der Bougainvillea hinauf.

»Schon wieder da?«

»Schon wieder ist gut. Du, es war toll! Ich habe zu meiner alten Form zurückgefunden! So ein Urlaub wirkt Wunder.«

»Was du nicht sagst!« Mona legte das Buch beiseite.

»Was liest du denn da?« fragte Lars und nahm das Taschenbuch in die Hand. »*Beim nächsten Mann wird alles anders*? Wie darf ich das denn verstehen?«

»Wie du möchtest. Ist so ein Schmöker, den mir eine Kollegin mitgegeben hat. Auf jeden Fall handelt das Buch von was ganz anderem als man vom Titel her erwartet«, sagte Mona mit Enttäuschung in der Stimme. »Sie landet wieder bei ihrem alten Macker. Nur, weil der mit Rosen vor der Tür steht.«

»Du hast schon den Schluß gelesen!«

»Klar, mache ich doch immer.«

»Aber dann verdirbst du dir doch die ganze Spannung.«

»Das ist kein Krimi. Geht aus wie immer. Fragt sich nur, ob das im wirklichen Leben auch so ist. Aber lassen wir das!«

»Genau. Paß mal auf: ich habe Robert versprochen, daß du nach ihm siehst.«

Mona guckte Lars zweifelnd an. Hatte er seinen Verstand auf dem Golfplatz gelassen?

»Ja, also, er hat sich am 17. Loch den Rücken verrenkt, kann sich kaum noch bewegen. Und da dachten wir, ob du ihn nicht massieren könntest. Du hast doch so geschickte Hände.«

»Danke!«

»Wofür?«

»Die geschickten Hände. Ich dachte, das hättest du längst vergessen.«

»Jetzt mal im Ernst. Er braucht wirklich Hilfe, sonst kann er morgen womöglich gar nicht spielen. Es macht dir doch nichts aus, mal eben rüberzufahren?«

Mona setzte sich auf. »Ich glaube, das ist keine gute Idee!« Sie hatte sich schließlich erst gestern vorgenommen, ihn nicht mehr wiederzusehen. Und sie vermißte ihn so. Ohne ihn war ein Tag wie der andere – öde und langweilig. Lars wußte gar nicht, wie groß das Opfer war, das sie für ihre marode Ehe aufzubringen bereit war.

»Stell dich bitte nicht an. Sonst triffst du dich doch dauernd mit ihm. Ich hab's versprochen!«

»Ne Lars, wirklich nicht. Ich bin in Urlaub.«

»Jetzt sei nicht zickig! Nimm dir lieber ein Beispiel an mir, ich muß schließlich auch im Urlaub arbeiten.«

»Na gut, wenn du darauf bestehst.«

Sie ging rein, um sich anzuziehen. Als sie wieder auf die Terrasse kam, kündigte Lars an, nach dem Duschen den Grill anzuwerfen.

»Mach das. Im Kühlschrank sind noch Steaks in der Größe von Baseballhandschuhen.«

»Saucen?«

»Salsa und Ketchup. Sonst noch was?«

»Wo ist das Öl?«

»In meiner Handtasche.«

»Wie bitte? Hör mal, ich brauche Öl zum Grillen!«

»Und ich zum Massieren. Ich kann dir ja was abfüllen.« Sie regelten das unter heftigen Debatten über die benötigten Mengen.

»Ach, und Lars«, Mona stand bereits in der Tür nach draußen, »noch zwei Sachen: ich weiß nicht, wann ich zurückkomme, so was kann dauern, und morgen will *ich* das Auto.«

»Alles klar! Bis gleich!«

Als es an der Tür zu seiner Suite klingelte, setzte Robert ganz unwillkürlich eine Leidensmiene auf. Er lag nur mit dem Hotel-Hapi bekleidet auf dem Bett und genoß eine *Montecristo N° 2*, weil er so bald mit Mona gar nicht gerechnet hatte. Mona wedelte mit der Hand vor dem Gesicht herum. Im Zimmer stand eine Wolke edelsten Zigarrenqualms.

»Entschuldige«, ächzte Robert, »vielleicht möchtest du die Klimaanlage abschalten und die Türen öffnen.«

»Ist es sehr schlimm?« fragte Mona besorgt und betrachtete Robert vom Fußende des Bettes aus. Seine Beine waren kräftig und muskulös, aus dem Ausschnitt des Hapi standen Brusthaare heraus.

»Es reicht. Eine peinliche Situation. Ich komme mir vor wie ein alter Knacker.«

»Unsinn, aber Sport zu treiben ist eben riskant. – So jetzt lüften wir erst mal schön und dann sehen wir uns den bösen Rücken an.« Mona wandte sich den Balkontüren zu.

»Mona.«

»Ja.«

»Würdest du netterweise diesen Krankenschwestern-Ton unterlassen.«

»Klar. Entschuldigung, ist mir so rausgerutscht. Würdest du dich bitte zudecken?«

»Wozu das denn? Die Luft von draußen ist wärmer als die Klimaanlage.«

»Folge doch bitte den Anweisungen des Fachpersonals, ja? Sonst sage ich: wir wollen doch nicht unartig sein.«

Mona tippte Robert dabei keck mit dem Zeigefinger auf die Nase. Blitzschnell hielt er ihr Handgelenk fest, so daß sie über ihn gebeugt blieb.

»Hey, ich denke, du kannst dich nicht bewegen?« sagte sie leise.

»Die Hände schon und auch sonst eine ganze Menge.«

Robert versuchte, sie zu küssen, doch Mona wich zurück. Er ließ ihren Arm los.

Sie setzte sich in einen der Sessel. Ob die Verrenkung nur ein Vorwand war, sie hierher zu locken? Verdächtig war es schon, daß er sie sich ausgerechnet am vorletzten Loch zugezogen haben sollte. Da er mit Sicherheit vor dem Spielen keine Dehn- und Lockerungsübungen machte, wäre eine Zerrung am Anfang viel wahrscheinlicher.

»Ich sollte dir mal einige Übungen zum Aufwärmen vor dem Spielen zeigen.«

Robert lachte. »Du, ich bin ziemlich fit!«

»Ja, ich weiß. Du genierst dich, Dehnübungen auf dem Platz zu machen. Typisch Mann!« Sie stand auf, um die Lüftungsaktion zu beenden. »So, dann zieh mal das Ding aus und leg dich auf den Bauch.«

»Aber gerne.«

»*Unter* das Leintuch!«

Mona holte aus ihrer Umhängetasche die Supermarkttüte, in der sich die halbleere Flasche Öl befand.

»Massageöl habe ich keines mit, aber reines Olivenöl geht genausogut. Du kannst ja hinterher duschen. Sind hier irgendwo Kleenex?«

»Im Bad«, nuschelte Robert ins Kopfkissen.

Mona stellte die Packung neben dem Bett ab.

»Leg mal das Kopfkissen unter den Bauch und rück näher an mich ran.«

Robert robbte an die Bettkante, vor der Mona stand. Besonders behindert wirkte er dabei nicht.

»Wo tut es denn weh?«

»Ja, das weiß ich eigentlich nicht genau.«

Mona begann mit Streichungen und verrieb dabei Öl auf dem braunen Rücken. Die Haut warf leichte Falten. Robert schnurrte wie die Dicke Bertha. Sie prüfte den Zustand des Gewebes, dann, mit festeren Knetungen, die Muskelpartien. Alles locker, alles bestens. Da war doch was faul. Es gab schließlich eine Massagepraxis im Hotel. Er hatte sicher nur einen Grund gesucht, um sie alleine zu treffen. Sie schob das Leintuch tiefer. Hell zeichnete sich die Partie ab, die nie der Sonne ausgesetzt wurde.

»Au! Getroffen!«

»Dachte ich mir, der Ischiasnerv! Sie drückte fest auf den Knoten in Höhe der rechten Hüfte – Robert stöhnte – und ließ ihn wieder los. Das regte die Durchblutung an. Auf der linken Seite sah es nicht viel besser aus. Aber da hatte sie schon Schlimmeres unter den Fingern gehabt.

Ihre Hände taten ihre Arbeit, Robert grunzte zufrieden. Nein, erotisch war das nicht, bestätigte sie ihrem Gewissen, das wäre unprofessionell. Sie war zwar eine abgebrochene Krankengymnastin, aber eine voll ausgebildete Masseurin – und keine Masseuse! Auf das Niveau von Lars und seinen Clubbesuchen würde sie sich nicht runterziehen lassen.

»Du bist so schweigsam, erzähl mir was«, forderte Robert sie auf, als sei er beim Friseur.

»Ja, was soll ich sagen, ach ja, am Montag fliege ich nach Big Island.«

»Alleine?«

»Ja, wieso?«

»Und was machst du da?«

»Nach langen Telefonaten habe ich heute auf Big Island, genauer gesagt in Kealakekua, eine *kahuna*, eine berühmte Meisterin und Heilerin, gefunden. Sie massiert zwar nicht mehr selbst, aber ihre Tochter, und ich habe kurzfristig einen Termin bekommen. Bin schon sehr gespannt.«

»Ich wußte gar nicht, daß Masseure auch zur Massage gehen.«

Mona lachte. »Na hör mal, wir wissen doch am besten, wie wohltuend das ist. Außerdem mache ich das mit dem Lomi Lomi mehr aus beruflicher Neugier.«

Mona beendete Roberts Behandlung mit einem leichten Klopfen und Klatschen. Er lachte. Das überschüssige Öl rieb sie von seinem Rücken mit den Kleenextüchern ab und deckte ihn mit dem Leintuch zu.

»So. Fertig. Wie fühlst du dich?«

»Viel besser!« Robert drehte sich um, verschränkte die Arme hinter dem Kopf und sah Mona an, die auf der Bettkante saß. »Und was ist Lomi Lomi?«

»Offengestanden habe ich zuerst aus einer Frauenzeitschrift davon erfahren. ›Zaubermassage aus Hawaii!‹ Eine Offenbarung sei das. Zwei schöne blumenbekränzte Frauen massieren bei entspannender hawaiischer Musik eine schöne Nackte bis in die Haarspitzen. So sah das zumindest auf den Fotos aus. Da denkt man natürlich gleich an – na, du weißt schon, gestreßte Manager, die Entspannung suchen.«

»Ich denke, da waren nur Frauen auf den Fotos?«

»Schon, aber trotzdem! Das ist so eine übliche Sensationsmache. ›Vom Geheimtip zum Wellness-Hit‹ hieß es da, als ob das bei uns irgend jemand kennen würde. Aber wenn ich schon mal hier bin, will ich es natürlich ausprobieren.«

»Und was sagt dein Mann dazu?«

»Och, Lars. Ich frage mich, ob er es überhaupt merkt, wenn ich einen Tag lang weg bin. Es sei denn, er bringt mich morgens zum Flugplatz, was ich stark hoffe.«

»Er fährt also nicht mit?«

Mona lachte. »Ne, ganz sicher nicht. Was sollte er da auch machen?«

»Na, sich von zwei schönen Hawaiianerinnen bei entspannender Musik massieren lassen.«

Monas Gesicht verfinsterte sich.

»Entschuldige die dumme Bemerkung. Sag mal, gibt's da eigentlich einen Direktflug?«

»Der einzige Direktflug am Morgen war schon ausgebucht. Ich fliege erst nach Honolulu und von dort nach Kailua-Kona auf Big Island. Bißchen umständlich, aber was soll's.«

Robert setzte sich im Bett auf. »Ich fühle mich wieder topfit! Du hast wirklich heilende Hände!« Er hauchte einen Kuß darauf. »Danke!«

Es machte sie verlegen, wie er sie anstrahlte. Langsam kam sein Gesicht näher. Seine Zunge schmeckte ein bißchen nach Aschenbecher, aber nur im ersten Moment.

Erinnerungs-Vorsorge

»Hossa, hossa! Immer wieder sonntags kommt die Erin-nerung...« sang Gitte ebenso falsch wie fröhlich vor dem Spiegel im Badezimmer. »Wie geht das noch mal weiter, Frank?«

»Keine Ahnung. Sind das nicht zwei verschiedene Schlager? Na egal, auf jeden Fall ist heute zum Glück erst Samstag.«

»Apropos, du mußt noch alles auf Video aufnehmen.«

Frank, der gerade seine ›Zigarette danach‹ ausdrückte, setzte sich im Bett auf. »Was muß ich? Ich versteh' dich so schlecht.«

Gitte trat aus dem Bad. »Na, alles abfilmen. Das Zimmer, das Hotel, den Pool, du weißt schon. Damit wir eine schöne Erinnerung an unseren Urlaub haben.«

»Jetzt?«

»Sicher, Schatz. Wann denn sonst? Wir wollen doch noch mal gemütlich shoppen und dann muß ich ja auch schon bald ans Packen denken.« Sie setzte sich zu ihrem nackten Mann aufs Bett und kraulte ihn im Nacken. »Und weißt du was? Ich hätte Lust, tanzen zu gehen. Den ganzen Urlaub waren wir nie tanzen. Sonst sind wir immer in die Discos«, fügte sie schmollend hinzu.

»Muß das sein? Im Hotel ist doch keine Disco. Irgendwie paßt das auch gar nicht hierher.«

»Jetzt sei kein Spielverderber. Irgendeines dieser vielen schicken Hotels hier in Wailea wird doch eine Tanzfläche haben. Du mußt dich nur mal erkundigen.«

»Aber du gehst keinesfalls in deinem Hula-Kostüm.«

»Na gut, wenn du meinst. Aber ich könnte es jetzt anziehen und du filmst mich damit.« Sie sprang auf. »Das ist doch eine super Idee, das machen wir. So richtig stilecht. Los, auf, hol schon mal den Video raus!«

Gitte war nicht mehr zu bremsen. Sie kramte nach dem Hula-Rock und dem Kokosnußschalen-BH.

»Außerdem besorge ich mir vom Portier einen Lei. Das ist doch opti!« frohlockte sie, während Frank sich seine Badehose und Shorts anzog. »Du wartest hier auf mich!«

Eine Zigarettenlänge später war Gitte mit zwei Leis zurück und zog das Hula-Kostüm an.

»Die Leis sind nur geliehen. Meinst du, ich soll mir einen in die Haare machen? Oder nur einfach um den Hals legen?«

»Was du willst.«

Gitte stand vor dem Wandspiegel und drehte die Hüften, damit die Nylonfransen in Schwung gerieten. Sie wand sich den zweiten Lei um das Handgelenk, machte ihn ab, probierte es am Fußgelenk, aber das kitzelte. Dann legte sie ihn auch um den Hals, über den ersten.

»Jetzt sieht man aber kaum noch was vom Natur-BH und findest du nicht, daß mich die lila Blüten blaß machen?«

»Nein«, sagte Frank, die Kamera schon in der Hand, »überhaupt nicht.«

Er filmte, wie sich Gitte vor dem Spiegel drehte. Dann ging sie raus auf den kleinen Balkon und beugte sich neckisch rückwärts übers Geländer, damit ihre Beine besser zur Geltung kamen.

»Das ist unser Lanai und das ist ein echtes Hula-Kostüm«, erklärte sie mit ausholenden Bewegungen. Sie machte einige der im Hula-Kurs gelernten Bewegungen. Dabei riß das Bändchen, das die halben Kokosnußschalen zusammenhielt. Hell schaute Gittes rechte Brust in die Kamera. Erst erschrak sie ein bißchen, aber da Frank immer weiter filmte, nahm sie den BH ab, schwang ihn wie eine Stripperin und warf ihn an der Kamera vorbei ins Zimmer, wo er klackend landete.

»Mehr, mehr!« rief Frank. Gitte zeigte ihm einen Vogel. Enttäuscht ließ er die Kamera sinken. »Das war jetzt echt gut. Das können wir bei *Pleiten, Pech und Pannen* einreichen!«

»Bei dir piept's wohl«, meinte Gitte resolut und zog sich um. »Wir gehen jetzt runter an den Pool und du filmst mich, wie ich aus dem Wasser komme.«

Frank lachte. »*Du* willst schwimmen gehen?«

»Ich muß ja nicht wirklich reingehen. Nur so tun, als ob ich rauskomme. Den Unterschied merkt doch keiner.«

»Aber nur, wenn du mich filmst, wie ich surfe.«

»Seit wann surfst du denn?«

»Mit dem Boogie Board. Das ist so gut wie surfen!«

»Ich lach' mich tot!«

»Glaubst du etwa, deine Mutter oder die Schröders haben *Big Wednesday* oder *Point Break* als Lieblingsfilme auf Video?«

»Hä?«

»Egal. Die merken den Unterschied doch gar nicht! Wenn die Hawaii hören, denken die an Hula-Mädchen und daran, daß es hier kein Bier gibt – Ende. Meinst du die haben ein so differenziertes Hawaii-Bild wie wir?«

»Ich weiß überhaupt nicht, wovon du redest, mein Lieber. Du läßt mal wieder dein Fernstudium raushängen. Komm jetzt! Am besten gehe ich vor, und du folgst mir mit laufender Kamera. Alles klar?«

Gitte kontrollierte ihr Mienenspiel im Spiegel, zog dann die Lippen nochmals mit einem dunklen Konturstift nach und begann, die Führung durch das Hotel zu moderieren.

Grillen

Was für ein Glück, daß sie die Plötzens im Hotel getroffen hatte! Jetzt mit Lars alleine, das wäre wirklich das Letzte. Wie konnte er nur bei Robert anrufen, um zu fragen, wo sie bliebe und ihn zum Abendessen einladen! Wenn Lars nun gemerkt hatte, daß sie im Bett lagen?

Anstandshalber, und dafür konnte sie Robert nur dankbar sein, hatte er mit der Begründung abgelehnt, er wolle sich noch etwas von der Massage erholen und ihr dabei zugezwinkert. Na ja, vielleicht hatte er wirklich ein kleines Nickerchen nötig.

Fluchtartig hatte sie seine Suite verlassen. Und dann waren ihr die Plötzens filmenderweise in der Lobby begegnet. Da war ein zwanghaft lustiger Grillabend mit den beiden Quasselstrippen eindeutig einem Abend allein mit Lars vorzuziehen. Auf jeden Fall würde sie in dieser Runde ihre Gefühle erst mal in den Griff bekommen.

Sie parkte den Wagen an der gewohnten Stelle vor dem Apartment. Munter stiegen die Plötzens aus.

»Wollen wir gleich außen rum auf die Terrasse gehen?« fragte Mona und schlug bereits den schmalen, geplättelten Weg am Bambus vorbei ein.

»So, da sind wir!« rief sie Lars zu, als sie das Rasenstück

vor der Terrasse erreicht hatte. Er stand am Grill und drehte sich um.

Mona spürte immer noch Roberts Haut auf ihrer und ein angenehmes Kribbeln im Bauch. Sie dachte, jeder, vor allem Lars, müsse ihr bettwarmes Strahlen als die Befriedigung deuten, die sie tatsächlich empfand, und die stärker war als Angst und Scham.

»Ach, du hast doch Besuch mitgebracht?« kommentierte er lediglich das Erscheinen des infernalischen Duos. »Na, ist ja genug da. Als hätte ich's geahnt: ich habe gleich alle vier gemacht. Lohnt sich ja sonst nicht, den Grill anzuwerfen. Die Steaks sind gleich soweit. Mona, du könntest Servietten und Brot aus der Küche holen.«

In der Küche stand ein Salat, den Lars eigenhändig vorbereitet hatte, inklusive Dressing.

»Das ist ja lustig, daß wir immer Ihre Frau in unserem Hotel treffen«, bemerkte Gitte spitz. »Und das zur Abendstunde. Wir waren gerade auf dem Weg zum Dinner. So gut wie, wenigstens. Ganz reizend von Ihrer Frau, uns einzuladen.«

Lars konzentrierte sich auf das Wenden der Fleischstücke.

»Super Grill«, meinte Frank bewundernd. »Gas, nicht?«

Lars bestätigte dies unwillig.

»Willst du die nicht auch noch drauflegen?« fragte Mona, die mit einer Handvoll Tomaten in der Küchentür stand. Lars nahm sie ihr ab. »Stich besser mal rein, sonst platzen sie! Außerdem solltest du dir eine Schürze umbinden.« Sie griff hinter sich in die Küche und reichte Lars ein buntbedrucktes Stück Stoff.

»Ich mach mich doch nicht zum Affen!« raunzte Lars sie mit zusammengebissenen Zähnen an, so, daß die Plötzens, die sich gerade an den Tisch gesetzt hatte, es nicht hören konnten.

»Du mußt es ja wissen!« antwortete Mona die Schultern hochziehend.

Wie zur Strafe für seine Uneinsichtigkeit spritzte Fett auf, als er die Tomaten auf die Folie im Grill legte. Er fluchte und besah sich seine helle Hose.

»Einen Aperitif?« fragte Mona ihre Gäste.

»Gerne«, antwortete Gitte.

»Ein Bier tut's auch«, sagte Frank.

»Bier haben wir leider nicht, vielleicht bedienen Sie sich mit dem Wein.«

Mona wies auf den Kübel, in dem Lars schon eine Flasche kalt gestellt hatte. Frank goß seiner Frau und sich von dem Weißwein ein, so daß sich das mit dem Aperitif erledigt hatte. Mona setzte sich.

»Sie sind ja wahnsinnig braun, da kann ich überhaupt nicht mithalten.« Irgendwas mußte sie schließlich sagen, da Gitte und Frank ungewöhnlicherweise schwiegen.

»Wir werden sehr schnell braun«, antwortete Gitte.

»Waren aber auch schon vorgebräunt«, ergänzte Frank. »Meine Frau hat eine Sonnenbank bestellt. Für Zuhause. Die ist vielleicht schon da, wenn wir zurückkommen.« Er schaute Gitte an.

»Ja, man wird ja sonst schneller wieder blaß, als man gucken kann. Sie sehen jedenfalls ziemlich rot aus im Gesicht. Haben Sie zu lange in der Sonne gelegen?«

Mona griff sich an die glühenden Wangen. »Oh ja, kann sein. Die Sonne ist ziemlich intensiv hier, nicht?«

Die Plötzens nickten.

»Ich denke, du hast den ganzen Tag auf der Terrasse im Schatten gelesen?« meldet sich Lars vom Grill. »Hat eigentlich jemand für mich angerufen?«

»Nicht, daß ich wüßte.«

Lars befand die Steaks für gut und brachte sie an den Tisch. Schweigend bedienten sie sich mit Salat, Grillsaucen, Brot.

Frank aß einen Bissen und lobte dann den Küchenchef. Er habe das Fleisch erst in einer Marinade ziehen lassen, erläuterte Lars. Mona fragte sich unwillkürlich, ob ihm das Babs beigebracht hatte.

»Ach, nett mal nur so unter uns, nicht?« meinte Gitte während des Essens. »Dieser Robert ist ja doch eine andere Generation.«

Mona zuckte bei Erwähnung des Namens zusammen und hatte das Gefühl, ihre Wangen müßten nun glühen wie Leuchtbojen.

»Ich verstehe nicht, was Sie meinen.« antwortete Lars.

»Na, wo Ihre Frau doch so viel mit ihm zusammen ist, wundert es mich eigentlich, daß sie ihn nicht auch zu dieser Grillparty eingeladen hat. Also, nicht, daß *ich* ihn vermissen würde. Mit uns ist er ja nicht so befreundet wie mit Ihrer Frau.«

Mona hielt den Griff des Steakmessers umklammert. Wenn diese Gitte jetzt noch einen Ton sagte, gab's auf Hawaii wieder Menschenopfer!

»Herr Vonhof und ich spielen zusammen Golf, wie Sie wissen.«

Mona war ihrem Mann dankbar, daß er die Situation entschärfte.

»Wunderbarer Sport, wirklich, so gemächlich. Wir sind ja eher für was Flotteres, nicht Frank?«

»Wir müssen leider bald abreisen«, sagte Frank. »Schade eigentlich! Wollen wir nicht am Montag noch mal etwas gemeinsam unternehmen? Das ist unser letzter Tag, Ihrer doch sicher auch.«

Montag habe sie schon etwas vor und sie führen erst am Mittwoch, erklärte Mona.

»Aber vielleicht können wir uns anschließen. Zu mehreren macht es viel mehr Spaß!«

»Ich fliege nach Big Island!« sagte Mona.

Lars ließ die Gabel sinken und starrte Mona ungläubig an. »Wie bitte?«

»Ja«, sagte Mona betont locker, »das habe ich dir noch nicht erzählt, war ja noch keine Gelegenheit. Ich habe endlich einen Termin für Lomi Lomi bekommen und auch schon einen Flug gebucht.«

»Wann?« fragte Lars.

»Wann Lomi Lomi oder wann der Flug?«

»Jetzt sei nicht pingelig! Beides.« Mona fand Lars' aggressiven Tonfall vor den Ohren ihrer Gäste unpassend. Sie schaute zu den Plötzens, die nicht mal vorgaben, wegzuhören.

»Montag, der Flug geht um sieben. Damit du mich in aller Ruhe vor dem Golf zum Flughafen fahren kannst.«

»Wie rücksichtsvoll von dir.«

»Außerdem muß ich über Honolulu fliegen, dadurch dauert's ziemlich lange. Und wenn ich mir schon einen Mietwagen nehme, kann ich mir auch gleich was von der Insel ansehen.«

»Schön, daß ich das so nebenbei erfahre.«

»Jetzt müssen Sie uns aber mal erzählen«, schaltete sich Gitte ein, »was das ist, was Sie da machen.«

Mona erklärte es ihr, hatte aber das Gefühl, nicht ernstgenommen zu werden. Gitte lachte jedenfalls die ganze Zeit.

»Ist ja witzig. Lomi Lomi heißt das? So wie Baden-Baden? Sie kennen doch den Witz mit dem Mann, der sich bewirbt, sagt, er käme aus Baden-Baden und der Chef meint, stottern würde er auch noch.«

»Ja«, sagte Mona, »kenne ich.«

Die Plötzens mitzubringen, war wohl doch keine so gute Idee gewesen. Wer weiß, wann die wieder gingen. Vom Grill hörten sie ein ploppendes Geräusch.

»Die Tomaten!« rief Mona.

»Möchte jemand warmes Ketchup?« fragte Lars, als er vom Grill wieder an den Tisch kam.

Eine pinkfarbene Blüte der die Terrasse überrankenden Bougainvilleen segelte auf den Glastisch. Sie saßen noch beim Frühstück. Lars las in der gestrigen Ausgabe des *Honolulu Advertiser.* Robert bekam im Hotel täglich die Zeitung und hatte sie ihm gegeben. Lars fühlte sich vom Weltgeschehen abgeschnitten. Seine Mitarbeiter erzählten ihm auch bloß, daß es wahnsinnig kalt sei. Und offenbar meinten sie, ihn fragen zu müssen, wie denn das Wetter in Hawaii wäre. Was für ein Quatsch, wo hier das ganze Jahr Temperaturen um 25 Grad herrschten.

Er war zugegebenermaßen immer noch etwas sauer, weil Mona gestern abend die Plötzens angeschleppt hatte. Er hatte sie dann zum Hotel gefahren, sonst säßen sie wahrscheinlich jetzt noch hier. Mona mußte in der Zeit geduscht haben, denn im Badezimmer stand die Feuchtigkeit, als er zurückkam. Merkwürdig, sie duschte sonst nie vor dem Zubettgehen. Und sie tat so, als ob sie schliefe, dabei hatten eindeutig ihre Augenlider gezuckt. Ob da irgendwas mit Robert vorgefallen ... Mona? Lars schmunzelte. Undenkbar!

Mona las in ihrem Reiseführer über die beiden kleineren Inseln Lanai und Molokai. Sie wunderte sich, wieso Lars eigentlich nicht das exklusive Lanai gebucht hatte. Da gab es nämlich nichts außer zwei Golfplätzen.

»Molokai!« sagte sie mehr zu sich als an Lars gerichtet. »Schade. Das ist die einzige Insel auf der noch richtige Hawaiianer leben.«

»Mmh.«

»Wieso spielst du heute eigentlich nicht? Ich meine, es ist nach zehn und du sitzt seelenruhig herum.«

»Ich dachte, ganz in deinem Sinne, wir könnten den Tag gemeinsam verbringen. Ich kann heute abend noch spielen.«

»Laß mich raten: du hast keine Startzeit am Vormittag bekommen.«

»Warum mußt du alles gleich so negativ sehen?«

Mona öffnete schon den Mund, um darauf zu antworten, unterließ es jedoch.

Nach einer Weile fragte Lars: »Was machen wir beiden Hübschen denn nun?«

Mona zuckte mit den Schultern.

»Wie wär's mit einem Ausflug nach Lahaina?«

»Da war ich schon.«

»Ach ja. Was gibt es denn hier noch so Anzusehen?«

»Die Straße nach Hana, aber die hat dich ja nicht interessiert. Und das Iao Valley, aber da war ich auch schon.«

»Mit Robert, nehme ich an.«

»Richtig.« Mona schaute zu Boden. »Sag mal, hast du deiner Mutter eigentlich schon eine Ansichtskarte geschickt?« fragte sie schnell, um von diesem brenzlig werdenden Thema abzulenken.

»Wann denn?«

»Soll ich dir eine geben? Ich habe noch Karten.«

»Wir haben doch gerade erst telefoniert.«

»Sie hat ausdrücklich eine Ansichtskarte verlangt. Hinterher heißt es sonst wieder, ich hätte es nicht ausgerichtet!«

»Na gut. Muß ja wohl sein.«

»Genau.« Mona holte eine Tüte, in der sich verschiedene Karten befanden und legte sie vor Lars auf den Tisch. Dann räumte sie das Frühstücksgeschirr in die Küche, während Lars immer noch Zeitung las.

»Hör mal«, sagte sie, »du liest ja noch und dann mußt du die Postkarte schreiben, ich fahre dann mal schnell ins Hotel nebenan und ...«

»Du hältst mich wohl für völlig bescheuert?« Lars hielt Mona am Handgelenk fest. »Meinst du, ich merke nicht, was hier gespielt wird?«

»Ich weiß nicht, wovon du redest.« Mona versuchte vergebens, sich loszumachen.

»Kaum bist du mal ein paar Tage alleine, schon suchst du dir einen Beschützer. Kannst du denn nicht mal ein klein bißchen selbständig sein? Der gute Robert ist sicher«, er grinste, »harmlos, aber allein schon der Form halber! Wie sieht das denn aus, wenn meine Frau mit einem anderen Mann herumzieht, ihm noch dazu ständig hinterherrennt.«

Vor Wut und Empörung kamen Mona die Tränen. »Wer hat mich denn gestern zu ihm hingeschickt?«

»Und wer hat das schamlos ausgenutzt? Was für ein Zustand, daß ich hinter meiner Frau her telefonieren muß! Nun heul nicht schon wieder! Das macht dicke Augen!«

Er ließ sie endlich los, und Mona rieb sich das schmerzende Handgelenk.

»Und wenn ich mal mit dir ins Bett oder was mit dir unternehmen will, hast du keine Lust. Eines sage ich dir, wenn du jetzt wegrennst, sind wir das letzte Mal zusammen in Urlaub gefahren. Hast du mich verstanden?«

»Darf ich daran erinnern, daß wir *nicht* zusammen in Urlaub gefahren sind? Und unseren Hochzeitstag hast du auch vergessen! Zweite Flitterwochen, daß ich nicht lache!«

»Ich warne dich! Treib es nicht zu weit! Du hast deinen Spaß gehabt, und nun benimm dich gefälligst!«

Lars behandelte sie, als wäre er ihr Erziehungsberechtigter. Was bildete er sich eigentlich ein?

Trotzig sagte sie: »Du kannst mich mal! Mach doch alleine Urlaub!«

Heiau-Heiko

Der unermüdliche Heiko hatte für heute den »Heiau-Tag« ausgerufen. Die alten hawaiischen Tempelanlagen erst gäben seiner Diashow die historische Dimension, die ja wohl auf keinen Fall fehlen dürfe. Schließlich sei man auf Big Island auf geschichtsträchtigem Boden. Beate, die Sandwiches für unterwegs belegt hatte, fügte sich.

Seit gestern wohnten sie auf der Kona-Seite von Hawaii in einem geräumigen Apartment, das zwar direkt an einem Golfplatz, aber leider ziemlich weit vom Meer entfernt lag. Ob sie Heiko je würde dazu bewegen können, ein paar Stunden am Strand zu verbringen?

Sie befanden sich bereits auf dem Highway parallel zur Küste in Richtung Norden. Schilder an Stichstraßen zum Meer wiesen auf Ferienresorts hin, deren Strände als die besten auf der Insel galten.

»Heiko, könnten mir nicht mal kurz an einen Strand fahren? Nur gucken.«

»Muß das sein?«

»Bitte! Der Hapuna Beach Park liegt nicht weit von der Straße ab, ist eigentlich überhaupt kein Umweg.«

»Also gut, aber nur kurz, sonst schaffen mir das Programm nicht!«

Der Kontrast zu der schwarzen Lavawüste, durch die sie eben noch gefahren waren, hätte krasser nicht sein können: Sie blickten von oben über eine Wiese und Buschwerk hinweg auf den Traumstrand schlechthin. Palmen säumten den weißen Sand, der Himmel leuchtete im schönsten Blau und dann das Meer!

»Da würde man doch am liebsten reinspringen!« sagte Beate, die sich von dem blaugrün schimmernden Wasser magisch angezogen fühlte. »Können mir nicht wenigstens mal bis runter gehen?«

Heiko wollte jedoch vorher ein Foto von hier oben machen, denn das war ja wohl die Südsee, wie sie sich der Durchschnittsbürger vorstellte. Und das Licht war zu dieser Morgenstunde noch weich, so daß Meer und Bäume eine ganze Palette an Grün- und Blautönen aufwiesen, viel mehr als im grellen Mittagslicht.

Unten am Strand stellten sie fest, daß es hier keinerlei Schatten gab und es bereits heiß wurde.

»Und bei den Wellen kannst du sowieso nicht schwimmen!« sagte Heiko. »Weißt du eigentlich, wieviele Menschen jedes Jahr hier im Meer umkommen?«

»Nein, du?«

»Nein«, sagte Heiko von der Nachfrage überrascht, »nicht genau, aber es sind viele.«

»Du, Heiko, wäre es nicht schön, hier am Strand zu heiraten?«

»Am Strand?« Heiko tippte sich an die Stirn.

»Aber hier sind doch ganz viele tolle Hotels. Die richten bestimmt Trauungen aus. Da könnten mir uns doch mal erkundigen.«

»Ja, aber später. Nun laß uns mal zum ersten Heiau fahren.«

»Wann rufst du eigentlich bei dem Reiseveranstalter an?«

»Du weißt selbst, daß ich ihn am Freitag nicht erreicht habe. Und heute ist Sonntag.«

Heiko ging forschen Schrittes den Weg zum Parkplatz voran.

Beate öffnete den Kofferraum und suchte in der Tasche mit den Badesachen, die sie vorsorglich eingepackt hatte, nach Eßbarem. Eine Windböe drückte den Kofferraumdeckel herunter. Beate schrie.

»Was ist denn nun schon wieder?« fragte Heiko.

»Mein Kopf!« stöhnte Beate. »Blute ich?« Sie zeigte Heiko

die Stelle, die am meisten schmerzte. »Mir ist die Heckklappe draufgeknallt.«

»Ha no, es blutet nicht. Leichte Schläge auf den Hinterkopf erhöhen das Denkvermögen!«

Eine gute Freundin

Robert, der nach dem Golf geduscht hatte und sich rasierte, dachte gerade darüber nach, ob er heute Mona wiedersehen würde, als das Telefon klingelte und sich diese Frage anscheinend erübrigte. Aus Deutschland jedenfalls war kein Anruf zu erwarten und überhaupt schienen die ja bestens ohne ihn auszukommen.

Er nahm den Hörer im Bad ab. Die Rezeption teilte ihm mit, er würde unten erwartet. Er bat darum, Frau Hallstein auszurichten, daß sie gerne raufkommen könne. Es sei nicht diese Dame, flüsterte die Rezeptionistin diskret. »Oh!« sagte Robert verwundert. Hoffentlich kein Überfall seiner Frau! Falls das Milchgesicht sie verlassen hatte, war ihr durchaus zuzutrauen, daß sie hier auftauchte. Eine Überraschung dieser Art paßte nun gar nicht in seine Pläne. Mit einer gewissen Erleichterung vernahm er deshalb, daß die Frau, die ihren Namen nicht nennen wolle, Amerikanerin sei. Er sagte, er käme in Kürze runter und legte auf.

Vollkommen ahnungslos, um wen es sich bei dieser angeblich guten Bekannten wohl handeln könnte, beendete Robert seine Rasur, kleidete sich, wie immer, sorgfältig an, wählte gelassen eine Zigarre aus seinem Sortiment und erkundigte sich schließlich am Empfang nach der ominösen Besucherin.

Im ersten Moment glaubte er tatsächlich, es sei Lore, die ihm von der Poolbar aus zuwinke. Ab einem gewissen Alter neigten die Frauen aus seinem Bekanntenkreis dazu, sich ziemlich ähnlich zu sehen: die halblangen, ergrauten Haare blond gefärbt, auf der den mageren Körper umspannenden, stets gebräunten Haut ein Zuviel an Schmuck, das von den Falten an Händen und Hals nicht wirklich ablenkte.

»Hi, dear!« begrüßte ihn Deedee Andersen-Smith und fügte gleich schmollend an, es sei gar nicht nett von ihm, eine gute Freundin so lange warten zu lassen. Robert stand sofort das Bild vor Augen, wie Deedee vor zwei Jahren überraschend mit einer Unmenge Louis-Vuitton-Koffern bei ihnen angekommen war, als sei Düsseldorf eine einsame Insel, auf der man sie ausgesetzt habe. Mr. Smith hatte damals gerade das Zeitliche gesegnet und Deedee war, wild entschlossen, fern der Heimat die lustige Witwe zu spielen, nach Europa abgereist. Bis es ihr schließlich am Rhein zu langweilig wurde, waren Lore und sie unzertrennlich. Zutiefst beeindruckt von Deedees Unabhängigkeit, benahm sich Lore, als sei er ebenfalls schon im Orkus. Wahrscheinlich mußte er noch dankbar sein, daß seine Frau sich damit begnügt hatte, ihn lediglich zu verlassen.

Nachdem sie sich begrüßt hatten, schwang sich Deedee wieder auf den Barhocker, wobei der buntgeblümte Pareo ihre Beine bis zu den Oberschenkeln freigab. Robert, der nicht umhin konnte, es zu bemerken, schloß daraus, daß Deedee nicht zufällig hier aufkreuzte.

Lobby

Unschlüssig stand Mona an der Rezeption. Ihre schnell zusammengepackten Sachen hatte sie im Wagen gelassen. Sie fragte nach Herrn Dr. Vonhof, doch wie üblich war er nicht auf seinem Zimmer. Die Rezeptionistin lächelte sie sphinxhaft an. Und nun?

Sie ging in den hinteren Teil der Halle. Hier war die zum Meer offene Lobby wie ein Balkon vorgebaut. An einem Bistrotisch setzte sie sich in einen Rattansessel mit Blick auf Garten und Hotelpool. Sie war dort ganz alleine, abgesehen von einem gelangweilten jungen Mann hinter der kleinen Bar. Sie wollte sich Robert nicht aufdrängen, aber wo hätte sie hingehen sollen? Der Barkeeper kam an ihren Tisch. Sie bestellte einen Gin Tonic.

Als das Getränk vor ihr stand und sie einen Schluck genommen hatte, fragte sie sich, ob sie eigentlich verrückt sei, am Morgen schon Alkohol zu trinken. Sie ließ ihren Blick über das zu Blüten geformte schmiedeeiserne Gitter in den belebten Garten schweifen. Dort plätscherte ein künstlicher Wasserfall in einen Teich mit fetten Goldfischen. An der Poolbar saßen braungebrannte Urlauber vor bunten Cocktails. Mona verspürte einen schmerzhaften Stich in der Brust. Robert! Er turtelte an der Bar mit einer aufgetakelten Blondine fortgeschrittenen Alters. Selbst von hier oben konnte sie sehen, wie faltig deren Dekolleté war. Ihr Robert! Sie griff nach dem Glas und trank es halbleer.

Nun stand sie da mit ihren Siebensachen und er vergnügte sich mit einer anderen. Und wenn das seine Frau war, die sich ihm reumütig an die breite Brust warf? Sie wünschte, der Marmorboden möge sich auftun und sie verschlucken. Vom Gin war ihr schon ein wenig schwummerig zumute, was ihre ohnehin wenig ausgeprägte Fähigkeit, ihr Leben in die Hand zu nehmen, weiter verminderte.

Was blieb ihr anderes übrig, als zu verschwinden? Auf eine andere Insel am besten, nach Kauai zum Beispiel, die lag am weitesten weg. Da würde sie sich verstecken, bis es den beiden leid tat, wie sie mit ihr umgesprungen waren. Aber vorher mußte sie einen Abschiedsbrief schreiben.

Am Empfang besorgte sie sich einen Schreibblock und einen Stift. Nur, wem sollte sie den Brief zukommen lassen?

Lars? Robert? Beiden? Zwischen Lars und ihr war alles schon mal gesagt worden. Aber Robert gönnte sie ein schlechtes Gewissen. Zügig schrieb sie seinen Namen und daß sie ihn nie mehr wiedersehen wolle.

»Hallo!« rief eine Frauenstimme hinter ihr.

Sie drehte sich um. Gitte Plötzen im Minikleid!

»Habe ich doch richtig gesehen. Was machen *Sie* denn schon wieder hier? Ach, Sie schreiben. Ich hoffe, ich störe nicht. Ich darf mich doch einen Moment setzen?« Gitte ließ sich in den zweiten Sessel fallen und blickte nun ebenfalls in die Ferne. »Hübsche Aussicht hier. Und so angenehm durch die Brise. Ich muß gestehen, ich wußte gar nicht, wie nett man hier sitzen kann. Ein schönes Hotel, nicht?«

Mona fühlte sich von Gitte überrumpelt und hätte ihr gerne gesagt, daß sie verschwinden solle. Doch so unhöflich wollte sie nicht sein. Sie legte nur ihre Arme über das Blatt, da Gitte versuchte, ihr Schreiben zu entziffern.

»Was trinken Sie denn?«

»Gin Tonic.«

»Was, Sie trinken schon morgens Alkohol? Na, stille Wasser sind tief, sage ich ja immer. Und? Habe ich nicht recht?« Ohne zwischendrin Luft zu holen, rief sie dem jungen Mann hinter der Bar zu: »Gin Tonic for me, also!«

Mona fragte sich, wieso sie eigentlich nie in dieses Hotel kommen konnte, ohne auf einen der Plötzens zu treffen, oder gar beide. Ob die den ganzen Tag Patrouille liefen?

»Und was machen *Sie* hier in der Lobby?« fragte Mona. »Liegen Sie nicht sonst den Tag über am Strand?«

»Also, am Strand weniger, wegen dem Sand, wissen Sie. Den hat man dann überall, selbst zwischen den Zähnen und in der Bikinihose. Dann knirscht es richtig, wenn man aufs Klo geht.« Gitte kicherte.

Das Getränk wurde auf einer kleinen Serviette vor sie hingestellt. Sie nahm das lange, hohe Glas in die Hand, spreizte dabei den kleinen Finger ab und prostete Mona zu. »Auf einen schönen Resturlaub!«

»Cheers!« sagte Mona und trank ebenfalls.

Gitte blickte aufs Meer. Dann ließ sie ihre Augen schweifen, vermutlich, um zu kontrollieren, ob Frank noch brav auf seiner Liege lag. Sie winkte hinunter, obwohl er in sein Buch vertieft war.

»Schauen Sie, mein Mann! – Huhu, hier bin ich!« trällerte Gitte gegen den Wind.

Mona hatte gerade versucht, ihr Schreiben fortzusetzen. Als Gitte plötzlich aufschrie, erschrak Mona so, daß sie mit der rechten Hand eine unkontrollierte Bewegung vollführte. Bei *Ich kann das alles nicht länger ertra* hatte der letzte Buchstabe einen langen, unregelmäßigen Schwanz quer über das Blatt bekommen. Das kleine a sah nun aus wie ein Drache an einer Schnur.

»Was ist denn?« fragte Mona unwillig.

Gitte lehnte mit dem Oberkörper über der Brüstung und beschattete mit einer Hand ihre Augen. »Sie glauben nicht, was ich da unten sehe!«

Mona sagte ergeben, da sei sie aber gespannt.

»Robert von und zu Hof mit dieser alten, reichen Amerikanerin an der Bar! Sie ist erst heute angekommen. In einem weißen Rolls Royce. Stellen Sie sich das mal vor!«

Sie setzte sich wieder neben Mona, die den verunstalteten Brief zusammenknüllte.

Dann legte Gitte los: »Eines kann ich Ihnen sagen, ich war ja erst ganz schön sauer, daß Sie sich Robert unter den Nagel gerissen haben. Wo ich ihn doch zuerst kannte! Wir haben uns schon auf dem Hinflug wirklich hervorragend unterhalten und uns gleich verabredet. Ich bin ja auch in der ersten Klasse geflogen. Hatte ich das schon mal erwähnt?«

»Mehrfach.«

»Eben. Da lernt man wirklich nette Herren kennen, nicht

so einen Pöbel wie in der Holzklasse. Wenn sie Pech haben und einen Platz in der Nähe der Toiletten erwischen, dann lehnen sie sich immer über einen. Einmal hat sich sogar einer mit seinem fetten Arsch, pardon, auf meine Sessellehne gesetzt!« Gitte schüttelte sich. »Aber, was wollte ich eigentlich sagen? Ach ja. Ich hatte eine *Cosmo* dabei, und – das habe ich aber erst später gelesen, weil ich so was sonst überhaupt nicht lese, aber wenn einem langweilig ist, Sie kennen das sicher – da stand ein Artikel drin, daß heutzutage der Trend eindeutig zum jüngeren Mann geht. Wußten Sie das? Liz Taylor, Roseanne, Hannelore Elsner, alle haben sie jüngere Männer. Na, die Taylor ist zwar wieder geschieden, aber das ändert nichts. Wieso sollte man mit einem alten Knacker flirten, wenn man auch einen jungen mit einem Knackarsch haben kann? Macht doch viel mehr Spaß und hebt das Selbstbewußtsein. Und ich sage Ihnen ganz im Vertrauen«, Gitte legte ihre Hand auf Monas Arm, »daß ein Mann Geld hat, spielt doch nur eine Rolle, wenn man ernste Absichten verfolgt. Ne, ich dachte mir, laß ihr mal den Robert, die ist schließlich ohne Mann in Urlaub gefahren, und wer weiß, ob er noch kommt. Hätte ja auch ein Trick von Ihnen sein können.«

Mona schaute sie entgeistert an.

»Ich wußte ja nicht, daß Sie wirklich einen Mann haben, einen so gutaussehenden noch dazu! – Wie kamen wir noch auf das Thema? Richtig: Die alte Tucke, die sich gerade an Robert ranschmeißt. Nicht, daß sie die einzige wäre. Ich könnte Ihnen da Stories erzählen! Man bekommt ja so einiges mit, wenn man im gleichen Hotel wohnt. Ein wirklich luxuriöses Hotel. Jeden Tag bekommen wir frischen Kaffee ins Bad. Also nicht frisch gebrüht, aber frische Beutel für die Kaffeemaschine. Die steht im Bad. Wir machen uns nachmittags immer ein Käffchen und essen dazu die Muffins, die ich vom Frühstücksbuffet mitgebracht ... ich schweife ab. Das kommt alles nur davon, weil er doch wie Sean Connery aussieht ...«

»Das spricht man *Schohn* Connery aus«, verbesserte Mona ganz gegen ihre Gewohnheit. Ihr ging mit einem Mal unheimlich auf die Nerven, daß Gitte immer *Se-an* sagte.

»Egal. – Wirklich?«

»Ja, wirklich.«

»Wollen wir noch was trinken?« Gitte, die sich, wie es schien, öfter in Kneipen aufhielt, machte dem Kellner routiniert ein Zeichen, er solle noch mal das gleiche bringen. »Wo wir uns doch gerade so gemütlich unterhalten. Wo war ich stehengeblieben?«

»Bei Sean Connery.«

»Genau. Hier sind ja viele alleinreisende Frauen. Und sie sind alle hinter ihm her, *alle*! Das geht schon morgens beim Frühstück los. Sie sprechen ihn am Buffet an und wollen ihn bemuttern. Ob er nicht auch ein Häppchen von diesem und jenem nehmen wolle. Und dann immer die peinliche Frage, ob er, sie wissen schon, sei. Ich meine, das kann man sich doch denken. So ein berühmter Schauspieler würde doch nicht in aller Öffentlichkeit Urlaub machen. Wußten Sie eigentlich, daß Pater Ralph, ich meine Richard Chamberlain, hier auf Hawaii lebt? Und haben Sie den schon mal irgendwo gesehen? Also, ich jedenfalls nicht. Dabei schwärme ich für ihn. Er sieht doch sehr sexy aus, nicht?«

Mona nickte.

»Ich habe ihn, also Robert, ja auch schon gefragt, wie er das aushält. Immer diese Aufdringlichkeiten. Das muß einem Mann wie ihm doch auch mal lästig fallen. Meinen Sie nicht?«

»Doch«, sagte Mona, »eigentlich wollte ich in Ruhe ...«

»Auf dem Golfplatz hat er wohl seine Ruhe. Da gibt es auch eine sehr strenge Etikette. Wußten Sie, daß man nicht mit einem Spieler reden darf? Und dann heißt es, sie sprechen den Ball an, wenn sie schlagen. Ja«, Gitte lachte, »was bleibt ihnen übrig, wenn sie sich sonst nicht unterhalten dürfen.«

Sie erhob sich leicht vom Sessel, um besser über die Brüstung sehen zu können, und ließ sich dann wieder ins Polster fallen.

»Sitzen immer noch da. Die haben vielleicht Ausdauer, mein lieber Mann! Prösterchen!«

Sie erhob das Glas, an dem Wasser abperlte, und tupfte dann zierlich die Fingerspitzen an der Cocktailserviette ab. Gitte sah immer irgendwie clean aus, die Haare mit Haarspray fixiert, geschminkt, frisch lackierte Nägel an Händen und Füßen. Die Klamotten frisch gebügelt.

»Sagen Sie mal, wie machen Sie das?« fragte Mona, ehe sie sich versehen hatte. Der Alkohol!

»Was?« fragte Gitte interessiert.

»Daß Sie immer wie frisch gebügelt aussehen.«

»Ich habe natürlich ein Reisebügeleisen dabei, inklusive Adapter für weltweiten Einsatz. Sie nicht?«

Mona schüttelte heftig den Kopf.

»Das ist aber sehr praktisch! Ohne könnte ich gar nicht leben. Ich verstehe nicht, wie sich die Leute hier verschlampen lassen. Immer nur in Shorts und diesen schlabberigen bedruckten T-Shirts. Also, ich weiß nicht. Bei mir kommt auch bei T-Shirts in den letzten Waschgang ein Schuß Appretur. Sieht doch gleich viel gepflegter aus.«

Mona betrachtete ihr verknittertes Leinenkleid.

»Leinen knittert edel, sagt man«, kommentierte Gitte, die anscheinend genau wußte, was in Monas Kopf vorging, »aber mal ganz ehrlich: frisch gebügelt sieht es schicker aus. Und man fühlt sich auch viel besser, stimmt's?«

Mona fühlte sich tatsächlich hundeelend. Sie war so unattraktiv, wie sie hier mit unlackierten Nägeln rumsaß. Robert flirtete bereits mit einer anderen Frau, wenn nicht gar mit jeder. Lars vernachlässigte sie. Was blieb ihr anderes übrig, als sich mit dieser Gitte einen anzusaufen?

Gitte, die kurz und vergebens auf eine Antwort gewartet hatte, bot an, ihr das Reisebügeleisen auszuleihen. Nein, sagte Mona, das sei nicht nötig, sie habe nicht nur Waschmaschine und Trockner, sondern auch ein Bügelbrett und ein original amerikanisches Dampfbügeleisen im Apartment stehen. »Da sind Sie baff, was?«

»Mona«, sagte Gitte, »wollen wir uns nicht duzen?«

»Klar«, sagte Mona, »ich heiße Mona«. Sie griffen zu den Gläsern und tranken mit eingehakten Armen Brüderschaft. Dabei wirkten sie wie eine weibliche Laokoon-Gruppe. Nachdem sie erfolgreich und ohne zu schwappen, ihre Arme wieder entflochten hatten, seufzte Mona.

»Was haben Sie denn?« fragte Gitte mütterlich. »Vielleicht hilft es, wenn Sie, äh, du mit mir darüber redest.«

»Och nö«, antwortete Mona, eigentlich nichts, außer, daß sie von den Männern irgendwie enttäuscht sei.

»Aber Mona, Schätzchen, sind wir das nicht alle? Meinst du, ich hätte jemanden wie Frank verdient? Wir haben doch alle von dem Ritter auf dem weißen Pferd geträumt, der uns in seine Arme schließt. Dabei sind es in Wirklichkeit immer wir Frauen, die stark sein müssen. Trotzdem, ein paar Illusionen muß man sich erhalten, sonst macht das Leben gar keinen Spaß.«

»Ja, ja«, seufzte Mona, »es ist schon hart. Zweite Flitterwochen hat er gesagt.«

»Wer? Robert?«

»Unsinn, mein Mann natürlich.«

»Wenn man vom Teufel spricht!«

»Wie?«

»Dein Mann!« zischte Gitte und wies mit dem Daumen vorm Bauch nach hinten. Wie sie das wieder mitbekommen hatte, war Mona ein Rätsel. Gitte versteckte bestimmt einen Sensor unter ihrer Fönfrisur.

»Ich wollte mal sehen, wo du bleibst. – Tag, Frau Plötzen!«

»Gitte. Für Sie immer noch Gitte. Wollen Sie sich nicht zu uns setzen, wir plaudern gerade so nett über...« Gitte biß sich auf die Zunge.

Lars zog sich einen Sessel heran.

»Es tut mir leid, ehrlich. War nicht so gemeint. Komm wieder mit zurück, ja?«

»Keine Zeit«, antwortete Mona mit schwerer Zunge. »Gitte und ich haben gerade ein Meeting. So nennst du das doch immer, nicht?«

Lars roch an dem Rest der wasserklaren Flüssigkeit in Monas Glas.

»Der wievielte ist es denn?«

»Erst der zweite. Keine Sorge, ich paß schon auf«, antwortete Gitte. »Kommen Sie auch heute abend zu dem Luau?«

»Zu dem was, bitte?«

»So'n polynesisches Fest. Wird einmal die Woche vom Hotel veranstaltet. Mit Buffet und so. Da wird dann auch ein Schwein in der Erde verbuddelt.«

»Wozu das denn?« fragte Lars.

»Na, das gart im Erdofen. Schwein ist wahrscheinlich zu viel gesagt, Spanferkel trifft es wohl eher. Obwohl: wenn sich viele Gäste anmelden, dann reicht so ein kleines Ferkel sicher nicht.« Gitte kam ins Grübeln. »Wahrscheinlich muß man früh da sein, damit man was abbekommt.«

»Schön hier«, sagte Lars, »so angenehm frisch, aber ich denke, wir gehen dann mal.«

»Ach?« sagte Mona.

»Schon?« fragte Gitte. »Ich könnte meinem Mann Bescheid geben, daß er raufkommen soll. Oder wir gehen runter an die Poolbar und essen einen Happen.«

Lars sah Mona an. »Ich glaube, etwas in den Magen zu bekommen, würde meiner Frau ganz gut tun.«

Gitte stand auf. Lars erhob sich und griff an die Rückenlehne von Monas Sessel, um ihr behilflich zu sein.

»Ich will aber nicht an die Poolbar. Da ist Robert mit dieser häßlichen, blöden, alten Amerikanerin.«

Lars schaute Gitte an, als sei sie an allem schuld.

Leicht angetrunken und von Robert schwer enttäuscht, ließ sie sich von Lars begatten. Wie üblich war es vorbei, bevor Mona wußte, wie ihr geschah. Lars zog sich gleich wieder an.

»Ich hoffe, es macht dir nichts aus, wenn ich heute nachmittag eine Runde spiele.«

Mona schüttelte, verwundert über soviel Rücksichtnahme, den Kopf.

»Am Abend gehen wir dann zusammen zu diesem Fest und schauen uns die polynesische Show an. Und was machst du in der Zwischenzeit?«

»Ich wollte runter zum Strand, mich bewegen.«

»Fein, fein«, antwortete Lars und setzte sich angekleidet zu Mona aufs Bett. »Was ich noch sagen wollte ...«

Mona war gespannt, was jetzt wohl kam.

»Ehm, ja, also ich hab ja nun bedauerlicherweise unseren Hochzeitstag verpaßt und deshalb dachte ich mir... Jedenfalls habe ich eine Überraschung.« Lars strahlte. »Rate!«

Lars und seine Überraschungen! Mona seufzte. »Wir müssen morgen zurück, fliegen aber erster Klasse.«

Lars lachte. »Unsinn! Privat fliegen wir doch immer Economy, kann ich schließlich nicht absetzen. Nein, was Besseres.«

»Noch besser?« Mona konnte es kaum glauben. »Ein Dinner für zwei im Haleakala Krater mit anschließendem Helikopterflug in den Sonnenuntergang.«

Lars wurde nachdenklich. »Gibt es das? Also, wenn du dir das wünschst, können wir das machen!«

»Nein, war nicht ernstgemeint. Nun sag schon.«

»Ich dachte, wir hängen noch ein paar Tage dran.«

Mona meinte, sie müsse sich verhört haben. »*Du* willst den Urlaub verlängern?«

»Nun freu dich doch! Du klagst doch schließlich immer, ich

hätte keine Zeit für dich. Außerdem bin ich ja erst eine Woche hier und habe mir noch ein paar Tage Erholung verdient.«

Wollte Lars sie damit quälen, den Anblick von Robert und seiner Freundin noch länger zu ertragen? Bestimmt kamen die beiden auch zu dem Luau, an dem Lars so ein erstaunliches Interesse zeigte. Sonst hatte er für Touristenspektakel nur abfällige Bemerkungen übrig.

»Das geht nicht. Wer kümmert sich um die Dicke Bertha? Außerdem muß ich wieder arbeiten. Die haben mir doch bestimmt schon Patienten eingetragen«, wandte Mona ein.

»Alles längst geregelt.«

»Wie? Ohne mich zu fragen?«

»Na, dann wäre es doch keine Überraschung mehr! Am Mittwoch fliegen wir nach Molokai!«

Mona atmete auf. Eine andere Insel! Sie blieben nicht länger in diesem Apartment, in dem sie ständig an die glücklichen Momente mit Robert erinnert wurde.

»Was willst du denn auf Molokai? Da ist doch überhaupt nichts los«, fragte Mona verwundert.

»Na, dir zuliebe. Du hast doch so ein Faible für das Ursprüngliche. Schon bei der Reiseplanung hast du mir von der Insel vorgeschwärmt, touristisch nahezu unberührt und so. Du siehst also, es ist mir ernst. Jetzt kannst du mir nicht mehr vorwerfen, daß ich deine Wünsche ignoriere.«

Mona beschlich das vage Gefühl, wie eine Spielfigur hin- und hergeschoben zu werden. Mensch ärgere dich nicht. Lars würfelte einen Pasch nach dem anderen, Robert war ausgeschieden und sie einfach übersprungen worden. War das wirklich so simpel? Sie machte ihn eifersüchtig und er versuchte tatsächlich, ihre Ehe zu retten?

»Und du willst wirklich mit mir nach Molokai?« fragte Mona.

»Ja sicher, habe ich doch gesagt.« Lars gab ihr einen Kuß. »Hast du je Grund gehabt, an meinem Wort zu zweifeln?«

Von der Sonne erhitzt, kehrte Mona am späten Sonntag nachmittag zum Apartment zurück. Als sie die Eingangstür öffnete, hörte sie eine amerikanische Stimme. Sie traute ihren Augen nicht. Lars und Robert lümmelten vor dem Fernseher! Lars saß breitbeinig auf dem Sofa und Robert bequem im Pfeffer-und-Salz-gemusterten Fernsehsessel neben den offenen Terrassentüren.

»Hallo Schatz, war's nett am Strand?« fragte Lars, ohne den Blick von der Mattscheibe zu wenden.

»Tag Mona. Ich hoffe«, Robert hielt ihr eine halbgerauchte *Montecristo* entgegen, »es macht dir nichts aus? Zieht ja gleich nach draußen.«

Mona war so perplex, daß ihr die Worte fehlten. Sie kündigte nur an, ihre nassen Sachen aufzuhängen. Im Bad mußte sie sich erst mal auf den Rand der Wanne setzen und tief durchatmen. Welchen Reim sollte sie sich auf das fernsehende Duo im Wohnzimmer machen? Auch wenn er vermutlich nicht wußte, daß sie ihn gesehen hatte, war es reichlich geschmacklos von Robert, ihr überhaupt noch einmal unter die Augen zu treten, noch dazu in *ihrem* Wohnzimmer.

Sie duschte, wusch ihre Badeanzüge aus. Was nun? Sie zog sich an und war immer noch zu keinem Entschluß gekommen. Hätte sie Robert doch niemals kennengelernt! Vorher war ihr gar nicht klargewesen, was sie verpaßte. Im Grunde schade, daß sie ihn mit der anderen Frau erwischt hatte. Gerne hätte sie sich noch ein wenig der Illusion hingegeben, daß er in sie verliebt war. Aber fünfzehn Jahre Ehe konnte man sowieso nicht einfach beiseite schieben. Das war auch Lars endlich klar geworden.

Aloha! Morgen fliege ich nach Big Island und der Abend geht schon irgendwie rum.

Als sie in den Wohnraum kam, hatten die beiden ihre Gläser gerade aufgefüllt. Sie tranken Bier! Lars trank sonst nie Bier.

»Was guckt ihr denn?«

»Die Übertragung des Golf Masters in Augusta, Schatz. Wahnsinnig spannend!« Kaum hatte Lars es ausgesprochen, folgte eine Werbeunterbrechung.

»Wenn ich nicht alleine wäre, würde ich auch eine Ferienwohnung buchen«, sagte Robert. »Ist wirklich schöner als ein Hotelzimmer. Und vor allem hat man viel mehr Platz. Dein Mann hat mir gesagt, was er dafür bezahlt. Ich konnte es kaum fassen, da berechnen die mir im Hotel ein Vielfaches für einen Bruchteil der Quadratmeter. Und sich mal selbst um die Versorgung zu kümmern, kann eine nette Abwechslung sein.«

»War Monas Idee. Sie ist ziemlich häuslich und ißt nicht so gerne in Restaurants.«

»Schließlich gehen wir oft genug essen, geschäftlich. Da habe ich es wenigstens im Urlaub gerne ein bißchen gemütlich.«

»Verständlich!« sagte Robert und lächelte sie komplizenhaft an. Sie wußte genau, daß er an ihren ersten Abend dachte, an dem er sie hier auf dem Teppich, vor dem Fernseher liegend, mit Popcorn gefüttert hatte. Die Röte in ihrem Gesicht wurde um eine Nuance intensiver.

»Oh, es geht weiter«, bemerkte Lars. »Willst du dich nicht zu uns setzen?«

»Nein, ich ...« Mona zögerte. Was sollte sie statt dessen tun?

Lars nahm ihr die Entscheidung ab. »Machst du uns was Leckeres? Nur ein Häppchen. Wir haben den ganzen Tag noch nichts gegessen.«

»Was wollt ihr denn? Viel haben wir nicht mehr da.«

»Du, mach irgendwas und laß uns gucken, ja? Wann kann man schon mal eine Übertragung vom Finale sehen?«

»Oh nein, Norman hat schon wieder einen Bogey! Sein Vorsprung schmilzt dahin.«

»Das wäre schon tragisch, wenn er es diesmal wieder nicht schafft, ins Grüne Jackett zu kommen. Ich würde ihm den Sieg gönnen.«

Mona betrat durch die Western-Schwingtür die Küche und räumte leere Bierdosen in den Müll. Mußten die beiden es sich ausgerechnet in *ihrem* Apartment gemütlich machen? Im Clubhaus gab's bestimmt einen Fernseher und einen Restaurationsbetrieb außerdem! Jetzt sollte sie die beiden auch noch bekochen! Sehr lustig. Außerdem war der Kühlschrank mal wieder leer.

»Wieso habt ihr nichts zu essen mitgebracht, wo ihr doch Bier gekauft habt?« fragte Mona ins Wohnzimmer.

»Was ist los?« antwortete Lars.

»Nichts, schon gut. Wie wäre es mit Fisch?«

»Was schnell geht.«

»Nein!« riefen beide entsetzt.

»Greg Norman hat schon wieder einen Bogey!«

»Faldo holt mächtig auf«, sagte Robert besorgt.

Mona machte sich auf in den Supermarkt. Da sie bis zum *Star Market*, in dem sie am liebsten einkaufte, durch ganz Kihei fahren mußte und jede der zahlreichen Ampeln auf der Hin- und der Rückfahrt rot war, dauerte es eine ganze Weile, bis sie wieder in die Einfahrt zu den Apartments einbog. Dabei wäre sie fast vom Lieferwagen eines Pizzadienstes gerammt worden, der das Gelände fluchtartig verließ. Mona schickte ihm eine Salve Schimpfwörter hinterher, die eines Kapitän Haddock würdig gewesen wäre. Das war ihr alles sowieso lästig. Vom Schwimmen war sie ziemlich erschöpft und dann noch einkaufen, kochen, Konversation betreiben und nicht aus der Rolle fallen. Als sie, mit Plastiktüten beladen, die Eingangstür öffnete, roch es nach Pizza!

Sie schloß die Tür mit einem Fußtritt und lud die schweren

Tüten auf dem Eßtisch ab. Das war ja wohl der Gipfel! Lars und Robert balancierten je einen Karton auf den Knien und hielten nach Knoblauch und Käse riechende Pizzadreiecke in den Händen!

»Wahnsinn!« schrie Lars. »Wahnsinn!«

Der Sprecher sagte was vom 22. Eagle in der Karriere von Jack Nicklaus und die Kameras zeigten das frenetisch jubelnde Publikum.

»Ist es zu glauben?« meinte Robert. »Darauf müssen wir trinken!«

Die beiden prosteten sich zu. Sie hatten nicht mal gemerkt, daß Mona zurückgekommen war.

»Ich fasse es nicht!« sagte Mona aufgebracht.

»Ach, Schatz! Ja, das ist schon unglaublich!« meinte Lars.

»Allerdings. Wozu fahre ich eigentlich in den Supermarkt, wenn ihr euch in der Zwischenzeit Pizza bestellt? Das hättet ihr auch gleich tun können!«

»Du, es hat so lange gedauert und wir hatten Hunger. Da wurde im Werbeblock so eine Nummer eingeblendet, und da haben wir dann aus Spaß gleich mal angerufen. Ging auch wirklich schnell! Toller Service.«

»Und was soll ich jetzt mit den ganzen Lebensmitteln machen? Ins Klo schütten, oder was?«

»Kühlschrank. Essen wir morgen, wenn du nicht da bist. Willst du ein Stück von meiner Pizza?«

»Phh! Das blöde Junk food kannst du alleine essen. Hoffentlich bricht sich euer Greg Norman das Genick!«

Robert und Lars sahen Mona verwundert an – es war gerade wieder eine Werbeunterbrechung.

Eigentlich wollte sie gar nicht hingehen. So ein Luau sei doch eine nette Abwechslung, und man müsse ja nicht den ganzen Abend dort verbringen, meinte jedoch Lars.

Mona hatte sich manikürt und frisiert und sich dann in ihr schlichtes schwarzes Kleid geworfen, in dem sie wirklich gut aussah. Sollte sich Robert ruhig ärgern. Draußen war es längst dunkel. Lars saß am Telefon. Robert war schon vor fast zwei Stunden gegangen. Mona öffnete den Kühlschrank und goß sich ein Glas Guave-Maracuja-Saft ein. Nach kurzem Zögern verfeinerte sie den Fruchtsaft mit Gin.

Endlich legte Lars den Hörer aus der Hand.

»Was ist jetzt mit dem Luau?« fragte Mona. »Willst du dich nicht mal bald in Schale werfen?«

»Gleich, Schatz, gleich. Versuch du mal, Montag morgens um sieben jemanden zu erreichen! Also gib mir noch ein paar Minuten. Oder besser: Geh doch einfach vor, ich komme nach.«

»Ja, das kenne ich nun schon!« antwortete Mona. »Langsam gewöhne ich mich ans Single-Dasein.«

Großzügig bot Lars an, ihr das Auto zu überlassen und selbst zu laufen. Er drückte ihr eine Eintrittskarte in die Hand und ließ ihren Widerspruch nicht gelten.

Mona fuhr zum festlich erleuchteten Hotel. Sie hörte melancholisch klingende hawaiische Lieder aus den Boxen über dem Platz am Meer schallen. Der Weg zum Luau-Garten war mit Fackeln gesäumt. Lachende, braungebrannte Menschen hatten sich hier versammelt, als würde gleich ein Urlaubswerbefilm gedreht.

Mona nahm einen Mai Tai in Empfang und drängte sich mit dem Plastikbecher zwischen runden Tischen mit redenden und essenden Leuten durch. Alle hatten Leis um, nur sie nicht. Die waren wohl gerade ausgegangen, bei mehreren hundert Gästen kein Wunder. Kinder tobten zwischen den Tischen und hätten sie fast umgerannt.

Da hinten war das Buffet, aber wo war noch ein Platz frei? In Menschenmengen hatte sie die allergrößten Probleme, bekannte Gesichter zu entdecken. Deshalb verabredete sie sich selbst mit Lars nie in einem Lokal, sondern immer davor. Jemand rief »huhu«. Ob sie gemeint war? Sie blickte sich ergebnislos um. Dann zupfte es an ihrem Kleid.

»Hier sind wir!« tönte Gitte. Sie hatte sich an ihrem Mann vorbei zu Mona gebeugt, die mit dem Rücken zum Tisch stand. »Wo ist denn dein Mann?«

»Hallo«, sagte Mona, »ich habe euch gar nicht gesehen! Lars kommt nach.«

»Wir haben extra zwei Plätze freigehalten! War gar nicht so einfach, nicht Frank?«

»Stimmt«, sagte Frank. »Setzen Sie sich doch.«

Erst jetzt sah Mona, daß Robert mit seiner neuen Flamme ebenfalls am Tisch saß. Sie hatten sich an dem runden Sechsertisch so plaziert, daß jeweils ein Stuhl zwischen ihnen und den Plötzens frei blieb. Sie konnte sich also entweder zwischen Robert und Frank niederlassen oder zwischen der Amerikanerin und Gitte. Wenn sie sich zwischen die beiden Frauen setzte, würde sie sich den ganzen Abend mit Gitte unterhalten müssen, aber das war vielleicht besser als neben Robert zu sitzen. Gitte wies auf den leeren Stuhl an ihrer Seite.

Robert stand auf. »Darf ich dich mit Deedee Andersen-Smith bekannt machen?«

Mona reichte ihrer Sitznachbarin die Hand. Sie trug eine weiße Bluse aus durchsichtigem Material über einem goldfarbenen Bustier. Auf der Brusttasche der Bluse prangte in Gold ihr Monogramm: D.A.S. – Die Alte Schnalle, wie passend!

»Please meet Mona Hallstein«, sagte Robert zu Deedee. Sie

lächelte Mona an und reichte ihr die üppig beringte Rechte: »Nice to meet you.«

Mona ließ es ebenfalls bei dieser Floskel bewenden und setzte sich.

»Das Beste hast du ja schon verpaßt!« sagte Gitte eifrig.

»Wieso?«

»Na, die Imu-Zeremonie bei Sonnenuntergang, wunderbar, nicht Frank?«

»Echt super! Wenn man was sieht.«

Mona wich dem Blick von Robert aus.

»Hat nicht schlecht geschmeckt, das Schwein aus dem Erdofen, ist aber schon alle«, erläuterte Gitte. »Warum bist du nicht früher gekommen? Wir sind schon seit Stunden hier.«

»Ich habe auf meinen Mann gewartet.«

»Du hast keinen Lei«, bemerkte Robert und stand auf. Deedee verfolgte ihn mit den Augen.

»Kein Problem«, winkte Mona ab.

Doch er stand schon hinter ihr und legte ihr seinen über die Schultern. »Aloha«, sagte er. »Eine schöne Frau ohne Lei, das geht doch nicht!«

Ihre Nackenhaare sträubten sich. Gitte rettete die Situation, indem sie das Glas erhob und zum gemeinsamen »Anstoßen« aufforderte.

Sie hätten alle schon gegessen, ob sie sich nicht auch am Buffet bedienen wolle, fragte Gitte. Sicher finge die Show bald an. Sie warte noch auf ihren Mann, antwortete Mona. Mit dem anderen Ohr hörte sie, wie sich Robert leise auf englisch mit ihrer Nachbarin zur linken unterhielt. Sie lachten. Ob sie über sie lachten? Mona fühlte sich unbehaglich. Frank ging zur Bar, um Getränkenachschub zu holen. War schließlich im Preis inbegriffen, wie er freudestrahlend bemerkte.

Worüber sollte sie sich schon wieder mit Gitte unterhalten? Das Gespräch von heute vormittag war ihr ja völlig entglitten. Hoffentlich wollte sie daran nicht anknüpfen. Wenn nur Lars endlich käme.

Gitte faßte an Monas Kleid und machte eine Bemerkung, bei der Mona nicht zugehört hatte. Das Wort »bügelfrei« klang in ihrem Ohr nach.

»Ja«, sagte sie, »da ist Synthetik drin.«

»Dafür sieht es aber gut aus!« bemerkte Gitte, als handle es sich um einen Fummel von C&A.

»Das ist von Dolce & Gabbana«, erklärte Mona.

»Ach? Ist das eine dieser neuen Kaufhausketten?«

Perlen vor die Säue, dachte Mona.

»Was Sie meinen, sind die Billigläden von Hennes & Mauritz. Dies ist ein italienisches Designerkleid.« Lars hatte es ihr letzten Sommer aus Mailand mitgebracht. Sie wies auf Gittes Tigerlookmodell, das mit Sicherheit aus einem Versandhauskatalog stammte. »Das ist doch auch aus Synthetik!«

»Viskose!« protestierte Gitte empört. »Ich dachte, wir duzen uns?«

Robert und Deedee standen auf. Mona schaute ihnen nach. Sie gingen zum Buffet. Roberts Halbglatze kam ihr erst jetzt so richtig zu Bewußtsein. Sie glänzte im Schein der Fackeln. Eigentlich paßten sie ganz gut zusammen – die Kraft der zwei Herzen. Sie trug einen weißen Jeans-Minirock, so daß man sie von hinten und von weitem für Mitte zwanzig halten konnte. Was für ein Schock, wenn sie sich umdrehte, dachte Mona befriedigt.

Da sie nun mit Gitte alleine am Tisch zurückblieb, konnte sie sich schlecht ebenfalls davonmachen. Als Frank endlich von der Bar zurückkehrte, hatte Gitte sie schon wieder in ein Gespräch verwickelt.

Die beiden Herrschaften im zweiten Frühling nahmen mit Desserttellern in der Hand Platz. Deedee nippte an ihrer Kokosnuß-Sahnetorte und wandte sich an Mona, als Gitte gerade einen Schluck trank.

»Where are you from?«

»Frankfurt«, antwortete Mona. »And you?«

»Denver, Colorado, but originally we came from Germany«, sie nannte einen Ort, den Mona nicht verstand.

»Oh, I see«, antwortete Mona, »you emigrated from the Nazis, how interesting.«

Das saß! Deedee zog die mit reichlich Kajal umrandeten Augen zu schwarzen Balken zusammen. Sie wandte sich an Robert und forderte ihn auf, »this bitch« zu erklären, ihre Eltern seien immigriert, nicht sie. Sie sei amerikanische Staatsbürgerin und würde sich solch unverschämte Anspielungen auf ihr Alter nicht gefallen lassen. »Dear, I am not that old, I am still in my mid-forties!« Sie sagte das in der typisch hohen und für Mitteleuropäer immer leicht hysterisch wirkenden Tonlage älterer Amerikanerinnen.

Mona mußte lachen und hielt die Serviette vor den Mund. Robert konnte sie vielleicht weismachen, sie sei Mitte vierzig, aber ihr nicht. Bestenfalls, aber auch nur wirklich wohlwollend geschätzt, war sie, wie Robert, Mitte fünfzig, wahrscheinlich aber älter. Man mußte sich doch bloß die Hände ansehen.

Robert meinte, Mona habe das sicher falsch verstanden und nicht böse gemeint. Er erklärte es Mona.

»I am so sorry«, sagte Mona daraufhin so übertrieben zerknirscht, daß jeder merken konnte, wie es gemeint war, »I did not mean to offend you.«

Sie nickte den beiden zu, stand auf, und ging den Weg ins Hotel, suchte den *Powderroom* auf, in dem kleine weiße Frotteehandtücher zum Händeabtrocknen auslagen und wählte dann an einem der edelstahlverkleideten Münztelefone im Vorraum die Nummer ihres Apartments. Sie setzte sich dabei auf den o-beinigen Hocker, der für erschöpfte Gäste und längere Telefonate bereit stand. Mindestens zehnmal ließ sie es klingeln. Lars hob nicht ab. Na, wenigstens telefonierte er nicht mehr.

Als sie zurück an den Tisch kam, saß Lars auf ihrem Platz!

»Da bist du ja! Ich habe gerade versucht, dich anzurufen.« Mona stand neben dem Stuhl, auf dem sie eben noch gesessen hatte. Alle schauten sie an.

»Wir dachten, es wäre netter, wenn wir etwas gemischt säßen«, sagte Robert, stand auf und zog den Stuhl neben sich vom Tisch ab. »Keine Angst, wir beißen nicht!« fügte er mit einem Blick auf den breit grinsenden Frank hinzu.

»Hoffentlich fängt die Show bald an«, klagte Gitte, »mir wird langweilig!«

Mona blieb gar nichts anderes übrig, als sich zwischen die beiden Charmebolzen zu klemmen. Nun saß sie überdies mit dem Rücken zur Bühne. Wie überaus zuvorkommend von den Herren!

Nach einer Anstandsminute, in der keiner der beiden mit ihr sprach, stand sie wieder auf und fragte Lars, ob er mit zum Buffet käme.

Dort war nun nicht mehr viel los und sie hatten die freie Auswahl unter den Resten. Mona ließ sich von den Köchen hinter den warmen Speisen jeweils deren Bezeichnung nennen: Huli Huli Chicken, Lomi Lomi Salmon (»Yes please, a little bit«), Char-Broiled Teriyaki Steaks, Grilled Fresh Fish, von dem sie sich ebenfalls ein kleines Stückchen auf den Teller legen ließ, dazu Fried Rice.

Sie zeigte auf Schälchen mit einer grauen, ins lilafarbene tendierenden Masse. »Lars, schau mal, das ist Poi«, sagte sie zu ihrem Gatten, der seinen Teller, trotz Pizza, ziemlich vollfüllte.

»Und?«

»Na, dieses traditionelle hawaiische Dings, das aus den Wurzeln des Taro gewonnen wird.«

»Ah ja!« sagte Lars. »Ich geh' dann mal wieder zurück zum Tisch.«

Mona versuchte, den Teller in der einen und das Poi-Schälchen in der anderen Hand zu balancieren, was ihr auch gelang, bis sie an den Tisch kam.

»Kann mir bitte mal jemand das Schälchen abnehmen?«

Sie brauchte beide Hände, um den Teller hinzustellen. Frank und Robert griffen gleichzeitig zu, aber diesmal siegte nicht 007, sondern Frank.

»Igitt, was ist das denn?« Er schaute auf die etwas unappetitlich aussehende Masse, auf der sich vom Stehen schon eine Schicht wasserartiger Flüssigkeit gebildet hatte.

»Poi«, sagte Mona.

»Ich hab' mich eben schon gefragt, wer das wohl ißt«, sagte Frank, »auf dem Buffet steht ja eine ganze Batterie davon.«

»Das ist wenigstens mal was Originales. Davon haben sich die Hawaiianer früher hauptsächlich ernährt«, erklärte Mona.

»Was sie nicht sagen! Wenn es so schmeckt, wie's aussieht, ist das jedenfalls nichts für mich.« Frank zündete sich eine Zigarette an. »Es macht Ihnen doch nichts aus? Ich meine, es ißt ja dauernd jemand, da könnte man ja sonst überhaupt nicht mehr rauchen.«

Mona probierte ein Löffelchen voll Poi und fand, es schmecke am ehesten nach angegorenem Apfelmus. Gerade als sie das den anderen mitteilen wollte, verstummte die Musik. Hastig griff Frank nach seiner Videokamera, die mitten auf dem Tisch lag. Ein Moderator trat ans Mikrofon. Er kündigte die Polynesische Show an: »Traditional Hawaiian hula, Tahitian drums and dancing, dancers from Fiji and a Samoan fire-knife dance finale.«

Robert drehte seinen Stuhl in Richtung Bühne, berührte dabei wie zufällig ihr Bein mit seinem Knie und warf ihr einen, wie sie fand, lüsternen Blick zu. Sie konnte sich gerade noch beherrschen, ihn vor den anderen anzufauchen.

Als die erste Gruppe Hula-Tänzerinnen singend auf die Bühne tanzte, rief Gitte über den Tisch: »Seht mal, was für unvorteilhafte Stoffröcke, die machen ja total breite Hüften!«

Nach dem Fiasko und den Aufregungen des gestrigen Tages war Mona froh, endlich wieder mal ein paar Stunden für sich zu sein. Sie stand in der Schlange vor dem Gate und wartete darauf, daß das Boarding für den Flug nach Honolulu begann.

Wieso hatte sich Robert eigentlich bemüßigt gefühlt, ihr, kaum daß die Show zu Ende war, die Anwesenheit dieser Deedee zu erklären? Noch dazu, wo Lars in Hörweite saß. Natürlich wußte Robert längst von Gitte, daß sie beide ihn mit der Amerikanerin an der Bar gesehen hatten. Von wegen alte Bekannte, die nur mal kurz vorbeigekommen sei. Das konnte er seiner Großmutter erzählen. Sie habe keinen Begleiter für den Luau gehabt, und er habe sich notgedrungen angeboten. Lachhaft! Und außerdem war es irgendwie unhöflich, sie mitzubringen, da sie kein Wort von dem verstand, was am Tisch gesprochen wurde. Lars und Robert, die Kavaliere, hatten dann Englisch parliert. Das verstanden aber wiederum die Plötzens nicht so gut. Also mußte sie sich opfern und sich mit Gitte und Frank unterhalten. Es war ein ausgesprochen fröhlicher Abend gewesen!

Mona war endlich bis ins Flugzeug vorgedrungen und suchte nach einem freien Platz, den sie schließlich am Gang neben zwei japanischen Herren fand, die sie feindselig beäugten. Sie waren formell wie Geschäftsleute gekleidet, trugen jedoch auf dem Hemd groß den Aufkleber einer Reisegruppe. Damit sie nicht verloren gingen, vermutete Mona.

Die Herren hatten sich prächtig mit Deedee amüsiert und sie sich mit den Plötzens über Vertikutierer unterhalten, bis sich herausstellte, daß die gar keinen Garten besaßen, sondern Frank lediglich ein Heft der *Stiftung Warentest* nacherzählte. Dann war das Gespräch zwanglos in eine lebhafte Diskussion der Frage übergegangen, ob Dampfreiniger wirklich eine Erleichterung für die Hausfrau darstellten, wobei der

Nebenschauplatz Hochdruckreiniger mehr als nur gestreift wurde. »Ja, man nennt ihn auch Mister Obi«, hatte Gitte stolz über ihren Mann gesagt.

Und während sie sich bemühte, Franks detaillierter Anleitung zum Basteln einer Tischtennisplatte zu folgen, faßte ihr Robert ans Bein! Frank, dem nicht entgangen war, daß sie plötzlich hellwach geschaut hatte, nahm es als Aufforderung, die möglichen Komplikationen beim Auftragen der weißen Feldbegrenzungen noch einmal genau zu erläutern.

Langsam hatte sie ihre rechte Hand unter die Tischkante rutschen lassen, um Roberts Finger von ihrem Oberschenkel zu entfernen. Dabei hatte er ihre Hand festgehalten, ohne seinen Blick von Lars zu wenden, der gerade etwas rasend Amüsantes über Golfplätze in Florida zum Besten gab. Da half nur Aufstehen und Weggehen, also gab sie vor, sie müsse auf die Toilette. Da Frank gerade mal wieder an der Bar war, als sie zurückkam, hatte sie sich auf seinen Platz gesetzt, wodurch sie sich allerdings in den Klammergriff der Plötzens begab, die sie nun abwechselnd von beiden Seiten mit Schnurren aus dem Leben ihrer Elektrogeräte beschallten.

Daß sie sich überhaupt hatte hinreißen lassen, mit Robert zu schlafen, war ihr inzwischen peinlich. Beim ersten Mal konnte sie die Schuld auf das Beruhigungsmittel schieben, das sie anscheinend völlig enthemmt hatte. Doch dann hatte sie sich Robert ja geradezu an den Hals geschmissen. Wenn sie das nur ungeschehen machen könnte! Zu allem Überfluß mußte sich Lars mit Robert verbrüdern. Glücklicherweise war der Aufenthalt auf Maui sowieso bald zu Ende!

Daran, daß sie erst gestern mit ihren Sachen vor Roberts Hotel gestanden hatte, bereit sich in seine Arme zu werfen, durfte sie schon gar nicht denken. Meine Güte, dachte Mona, wie blöd kann man eigentlich sein?

Die Maschine setzte zur Landung in Honolulu an.

Überraschung

Auf dem Weg durch die Gangway fiel Mona ein, daß Robert sie gefragt hatte, ob sie auch wirklich alleine nach Big Island fliege. In einem Anfall von Jungmädchenromantik hatte sie gedacht, er wolle sie womöglich heimlich begleiten. Fassungslos über ihre Naivität schüttelte sie den Kopf.

In der Halle angekommen, mußte sie sich durch einen Pulk abflugbereiter Passagiere drängen. Plötzlich stand er vor ihr. Der Rückweg war abgeschnitten. Ihr Puls beschleunigte sich.

»Robert! Was machst du denn hier?«

»Ich muß mit dir reden!«

»Es gibt nichts zu reden. Außerdem muß ich zur Maschine nach Kailua.«

»Mona, bitte. Du kannst die nächste nehmen.«

Der Tonfall seiner Stimme, dieser innige Blick waren ihr inzwischen beängstigend vertraut. Sie schwankte.

»Na gut, aber mach's kurz.«

Robert ging mit ihr in eine schummrig beleuchtete Bar in der Halle, in der sie die einzigen Gäste waren. Er versicherte ihr noch einmal, daß die Amerikanerin wirklich eine alte Bekannte sei, eine Freundin seiner Frau. »Außerdem ist sie jetzt auf dem Weg nach Waikiki, wo sie ein Apartment besitzt.«

»Du hast sie also hierher begleitet, wie zuvorkommend!« sagte Mona schnippisch.

»Ja, aber nur weil ich sowieso kommen wollte. Aber worum es eigentlich geht: Sie war vor kurzem in Marbella.«

»Ach was?« sagte Mona und trank einen Schluck Mineralwasser.

»Lore, also meine Frau, hat ihr – wohlwissend, daß sie es mir weitererzählen würde – gesagt, sie reiche in den nächsten Tagen die Scheidung ein.« Robert seufzte.

Mona fragte sich, was das mit ihr zu tun habe. War er nach

Honolulu geflogen, um sich bei ihr auszuheulen, weil seine Frau sich scheiden ließ? Das wurde ja immer besser!

»Erst war ich etwas irritiert. Ich meine, das hätte sie mir selbst sagen sollen, aber nun bin ich doch erleichtert.«

Mona sah ihn fragend an.

»Das mag ja durchaus lächerlich klingen…«, begann er und sah ihr in die Augen.

Mona hielt seinem Blick nicht stand und schaute auf seine Hand, die er über ihre gelegt hatte.

»… aber ich will mich nicht damit abfinden, daß es mit einem Mißverständnis endet… es überhaupt endet… ich weiß, der Altersunterschied, aber ich liebe dich.« Es war ihm nicht gerade leichtgefallen, das zu sagen. Aber wenn man das Glück hatte, sich zu verlieben wie ein junger Spund, dann mußte man einfach aufs Ganze gehen.

Es entstand eine lange Pause. Mona fühlte sich unfähig, zu reagieren. Wann hatte Lars das letzte Mal diese drei Worte zu ihr gesagt?

Robert blickte Mona an, die wie benommen dasaß. Eigentlich, überlegte er, war das eine Platitüde, seine Gefühle von heute mit denen vor dreißig Jahren zu vergleichen. Damals war er jung und unsicher gewesen; voller Hoffnungen, aber auch belastet von Erwartungen, die seine Familie an ihn stellte. Die Ehe mit Lore hatte seine Mutter eingefädelt, nachdem er beiläufig erwähnt hatte, sie gefiele ihm ganz gut. Lore und er funktionierten ganz so, wie man es von ihnen erwartete. Seine Frau hatte, so betrachtet, vollkommen recht, sich von ihm zu trennen, nachdem sie ihren Teil der Vereinbarung erfüllt hatte. Keine Illusionen und keine Ziele mehr zu haben, nur noch dem Grab entgegenzudämmern, das war es doch, was einen wirklich alt machte. Und Mona schien, obwohl viel jünger, in einer ganz ähnlichen Lage zu sein. Wahrscheinlich war es die aufkeimende Chance, dem eigenen Leben noch einmal einen neuen Dreh zu geben, die sie einander so nahe brachte. Er drückte ihre eiskalte Hand. »So sag doch was!«

Ihre Pupillen glänzten feucht, doch sie schluckte die Rührung herunter.

»Es geht nicht. Es tut mir leid für dich, daß sich deine Frau scheiden läßt. Aber du weißt, ich bin verheiratet. So einfach ist das nicht. Außerdem hat Lars mir versprochen, sich zu ändern. Gestern hat er ein paar Tage auf Molokai gebucht, als Ersatz für die verpaßte erste Urlaubswoche und den vergessenen Hochzeitstag. Er gibt sich wirklich Mühe!«

»Verstehe«, sagte Robert enttäuscht. »Und du bist dir sicher?«

»Sicher?« Mona lachte gequält. »Gewohnheit gibt mir Sicherheit. Unvorhergesehenen Situationen bin ich einfach nicht gewachsen. Alles gerät durcheinander. Lars hat schon recht, ich bin unselbständig. Kaum war er mal nicht da, habe ich mich an einen anderen geklammert.«

Robert hielt ihre Hand noch fester. »Bist du jetzt nicht ungerecht? Du weißt ganz genau, daß das nicht stimmt.«

»Ich weiß gar nichts mehr. Gestern wollte ich deinetwegen meinen Mann verlassen, dann habe ich dich mit der anderen gesehen und nun erzählst du mir, das sei alles ein Mißverständnis.«

»Du wolltest wirklich ...?« Robert stockte. »Meinst du, ich wäre hierher gekommen und hätte auf dich gewartet, wenn mir nicht sehr viel an dir läge?«

»Danke«, sagte Mona, »danke für alles« und sah ihm noch einen wortlosen Moment in die Augen. »Ich muß zu meiner Maschine.«

Sie stand auf und verließ eilig die dunkle Bar.

Frank platzte mitten in den rund um den Pool stattfindenden Begrüßungscocktail für neu eingetroffene Gäste. Er war verschwitzt von einem fast halbstündigen Fußmarsch. Als er feststellen mußte, daß der Pool hier an diesem Billighotel in Kihei dreimal so groß war wie der an seiner Luxusherberge in Wailea, fühlte er sich nicht nur um den Gutschein für den Taxitransfer betrogen.

Die Reiseleiterin Inge Müller-Schwurnitz forderte gerade dazu auf, ihr mal aus Spaß den ellenlangen hawaiischen Namen eines Fisches nachzusprechen. Ihr Kollege Klaus-Peter Bäumig goß aus einem Kanister Mai Tais in Plastikbecher und füllte reichlich Eis hinzu.

Frank drängte sich zwischen die Durstigen, ließ sich ein Getränk aushändigen und hörte der Reiseleiterin, am Rande des Pools stehend, bei der Aufzählung der Ausflüge zu, die man doch am besten gleich bei ihr buchen solle. Was hätte man alles unternehmen können! Schade, daß sie schon wieder abreisen mußten.

Als sich der Andrang an der Mai Tai-Ausgabe gelegt hatte, wandte sich Frank wegen des Vouchers für die Rückfahrt an Herrn Bäumig.

»Sagen Sie nichts, ich hab's gleich!« bremste ihn der schwitzende Mann mit dem Namensschild am Hawaiihemd, bevor Frank überhaupt den Mund aufgemacht hatte.

»Die selbstgemachten Cocktails, stimmt's?«

Frank nickte verlegen und dachte an Gitte, die noch einmal richtig Sonne tankte, während er sich um diesen dämlichen Voucher kümmern mußte.

»Herr, ähm, Moment, unsere glücklichen Gewinner, das Ehepaar...«, er biß auf seine Fingernägel, die schon ziemlich abgeknabbert aussahen, »... Klotzen? Nein, das Ehepaar Klötzen, stimmt's?«

»Plötzen«, verbesserte Frank unwillig. »Ich komme wegen des Gutscheins für den Taxi-Transfer.«

»Ach?«

»Ja! Den hätten Sie uns ruhig in unser Hotel bringen können! Das ist doch kein Zustand, daß ich deswegen hinter Ihnen herlaufen muß.«

»Also, ja wirklich, das tut mir leid. Doch da fällt mir ein, den Voucher haben wir Ihnen ausgehändigt, als wir Sie im Hotel besuchten. Da bin ich mir ganz sicher. Hätten Sie doch angerufen!«

»Hab ich ja. Und da hat man mir gesagt, ich fände Sie hier. Und an den Gutschein kann ich mich nicht erinnern.«

»Moment, ich frag' mal eben meine Kollegin.«

Er ging zu ihr rüber und flüsterte in ihr Ohr. Sie nickte, tippte sich an die Stirn und schüttelte den Kopf. Dann flüsterte sie ihrem Kollegen etwas zu und begann, Hula-Hoop-Reifen zu verteilen. X-beinig kam Klaus-Peter Bäumig zu Frank zurück.

»Sie ist sich auch ganz sicher, daß sie Ihnen den Gutschein gegeben hat und meint, sie sollten mal Ihre Frau fragen.«

Ohrenbetäubende Musik setzte ein und machte eine weitere Verständigung unmöglich. Mit verbissenen Gesichtern bemühten sich die Neuankömmlinge den Reifen mit den Hüften in Bewegung zu halten.

»Wo Sie schon mal hier sind, beteiligen Sie sich doch an den Poolspielen!« brüllte ihm Herr Bäumig ins Ohr. »Es gibt einen Ausflug zu gewinnen!«

Für einen Ausflug war es nun zu spät. Außerdem mußte er zurück ins Hotel, den blöden Voucher suchen.

Reggae-Musik aus dem Radio übertönte ihre Gedanken an die Begegnung mit Robert. Vielleicht war es ein Fehler gewesen, ihn so brüsk zurückzuweisen. Hätte sie etwa sagen sollen, »Laß uns gute Freunde bleiben«? Mona mußte lächeln. Robert würde Ausschlag kriegen, wenn man ihm mit solchen Floskeln käme. Sie versuchte – nicht zum erstenmal – sich Robert in ihrem wahren, profanen Leben vorzustellen. Wie er mit ihr einkaufen ging oder ihr half, die Wäsche aufzuhängen. Es gelang ihr nicht. Probeweise ersetzte sie Robert durch Lars. Sie mußte lachen. Lars beim Wäscheaufhängen! Was für eine absurde Vorstellung.

Mona lenkte ihren Mietwagen durch den Kona Distrikt der Großen Insel in Richtung Süden. Der Ort, den sie suchte, hieß Kealakekua. Das klang wunderschön weich und melodisch, wie überhaupt alle hawaiischen Worte. Das zischende S fehlte im hiesigen Alphabet ebenso wie das drohend rollende R. ›Mona‹ klang hawaiisch – nur ein Buchstabe trennte sie davon, *moana*, das Meer, zu sein.

Sie entdeckte am Straßenrand das gelbe Haus, das ihr Maili, die Tochter der Kahuna, am Telefon beschrieben hatte. Jetzt konnte sie sich beruhigt noch ein wenig die Umgebung ansehen. Ihr Lomi Lomi-Termin war erst gegen Mittag.

An der Kealakekua-Bucht, in der James Cook 1779 umkam, sollte ein Monument stehen. Das Picknick mit Robert, bei dem sie über die Entdeckung der *Sandwich Islands* gesprochen hatten, schien Ewigkeiten zurückzuliegen. War das wirklich erst vor einer Woche gewesen?

Mona parkte den Wagen am Ende einer steil bergabführenden schmalen Straße vor einer Art Kiosk und stieg aus. Der Wind war angenehm. Sie öffnete ihre Haare, ließ sie im Wind flattern und stieg auf das kleine Mäuerchen aus Lavabrocken, gegen das transparentes Meereswasser mit weißen Spitzensäumen plätscherte. Neben ihr versuchten noch andere Besucher die blendendweiße Stele am anderen Ende der durch ein Riff geschützten Bucht zu erkennen. Linker Hand paddelten Touristen in Kanus zum Monument und zurück auf einer geraden Linie quer über die Bucht, die von Klippen mit undurchdringlichem Grün begrenzt wurde.

Mona stieg von der Mauer und betrachtete mit zusammengekniffenen Augen das junge Pärchen, das dem weißen Mietwagen entstieg, den es genau vor ihrem Auto geparkt hatte, so daß sie Schwierigkeiten haben würde, wegzukommen, ohne den klapprigen Kiosk zum Einsturz zu bringen. Natürlich Deutsche! Er so ein langer Dünner, sie eher zur Korpulenz neigend.

Die beiden hatte sie doch schon mal irgendwo gesehen! Genau: das waren ihre schwäbischen Sitznachbarn aus der Maschine nach Los Angeles. Komischer Zufall.

In Hörweite begann der Typ mit großer Geste und heftig schwäbelnd, sich über Cook und seine »Schweinereien den Einheimischen gegenüber« auszulassen.

Mona vertrieb sich die Zeit am Strand und machte sich dann auf den Rückweg. Sie war ein wenig aufgeregt, was sie im Haus der Kahuna erwarten würde.

Die Kahuna

Maili führte Mona um das Haus herum zu einer Fliegengittertür, vor der sie nach hawaiischer Tradition die Schuhe auszog. Das sei ihr Büro, sagte sie, ihre Mutter käme gleich. Der Raum sah eher aus wie eine Wohnküche, mit typisch amerikanischem Herd, dessen wacklige offene Heizspiralen beim Kochen etwas gewöhnungsbedürftig waren. Auf dem Tisch lag eine Wachstuchdecke.

Mona wurde angewiesen, auf einem Hocker neben einem Schreibtisch Platz zu nehmen. Im Halbdunkel zeichnete das durch Jalousien scheinende Sonnenlicht helle Streifen in den Raum. Draußen zwitscherten Vögel. Mona sah auf die Uhr. Die Massage würde ungefähr zwei Stunden dauern.

Wie sie schon fast erwartet hatte, war ihr Lomi Lomi-Erlebnis von den Illustriertenbildern weit entfernt. Maili trug weder Blumenkränze noch bunte Tücher um die Hüften, sondern eine Jogginghose und ein Poloshirt. Und zur Massage spielte auch keine Hawaiimusik, sondern der Straßenlärm drang in monotonem Singsang durch die Fliegengitter.

Aber schließlich massierte sie ihre Patienten auch nicht im Trachtenkleid und mit der *Volkstümlichen Hitparade* als Untermalung.

Es war toll gewesen. Lomi sei die Verbindung von Hand, Herz und Seele, hatte ihr Maili erklärt, eine liebevolle Berührung. Mal abgesehen davon, daß Maili auch mit den Unterarmen arbeitete, was ein besonders angenehm kühlweiches Gefühl verursachte, fand Mona die Unterschiede zur klassischen Massagetechnik nicht so groß. Die Bewegungen waren wohl etwas sanfter, auch viel entspannender. Da wurde nicht jeder Muskel intensiv geknetet. Als Maili sagte, der Patient solle die Liebe durch die Hände spüren, die Seelen sollten sich verbinden und dann würde die Heilkraft des Herrn durch beide Körper strömen, konnte sie nur noch entspannt seufzen.

Man massiere aus dem Handgelenk heraus, dann aus dem Ellenbogen, der Schulter, der Hüfte, dem Fuß. Es sei wichtig, dabei richtig zu atmen, das Gewicht zu verlagern, sich harmonisch zu bewegen. Es sei wie beim Hula, hatte sie lächelnd hinzugefügt.

Maili war durch einen Gang in den hinteren Teil des Gebäudes verschwunden, aus dem Mona Stimmen hörte. Langsam näherte sich eine kleine Gestalt. Mona stand auf. Die Kahuna!

Beide Arme ausgestreckt, rutschte sie auf dicken Wollsocken sehr langsam auf sie zu. Das Gehen fiel ihr schwer. Wärme durchströmte Mona, als sich ihre Hände berührten. Wortlos begrüßte die Kahuna sie auf hawaiische Art, was Mona, die sich vorgebeugt hatte, ein bißchen verlegen werden ließ. Die Kahuna berührte nämlich ihre Wangen mit der Nase und schnüffelte. Immer noch hielt sie ihre Hände und sagte ein herzliches Aloha. Leuchtende und sehr lebendige schwarze Augen betrachteten Mona eindringlich.

Die kleine alte Dame füllte den Raum mit ihrer Präsenz. Mona hatte das mit der Aura immer für Hokuspokus gehalten. Doch jetzt fühlte sie sich in die Ausstrahlung der Kahuna eingehüllt wie in eine warme Decke.

Sie ließ sich Monas Füße zeigen und betastete mit ein wenig gichtig aussehenden Fingern die Zehen. Mona lasse ihre Gefühle nicht zu, diagnostizierte sie. Sie müsse endlich vergeben. »*Ho'oponopono*«, sagte die Kahuna. Es fiel Mona nicht leicht, in ihre dunklen, wissenden Augen zu schauen.

»Vergebung für dich und andere. Leere Herz und Seele. Immer vor Sonnenuntergang mußt du dir selbst, deiner Familie, Verwandten, Freunden, allen vergeben. *Ho'oponopono*. Das ist eine hawaiische Praxis. Es ist eine Übung des Herzens. Wir bitten Gott um Vergebung und vergeben selbst. So wie man jeden Tag den Körper reinigt, sollte man auch die Seele reinigen, bevor der Tag endet.«

Meine Güte, wie recht die Kahuna hatte, dachte Mona. Jahrelang hatte sie sich in ihrem Kummer häuslich eingerichtet, wollte nie mehr ein Kind bekommen, aus Angst sie sei vom Tod verfolgt. Und immer hatte sie anderen dafür die Schuld gegeben, daß ihr Leben nicht so verlaufen war, wie sie es sich ausgemalt hatte.

»Dreh mir deinen Rücken zu!«

Die Kahuna drückte durch das Kleid hindurch gezielt auf eine Stelle unterhalb des linken Schulterblattes. Ein stechender Schmerz durchfuhr Mona wie ein heißer Blitz. Sie stöhnte auf. Es war, als sei ein Knoten gelöst, als könne sie nun freier atmen. Sie konnte sich wieder umdrehen.

Zutiefst beeindruckt fragte Mona, ob man Lomi Lomi lernen könne. Ja, sie habe Schüler in aller Welt, die bei ihr studiert hätten. Sie veranstalte Kurse, obwohl sie ja eigentlich längst in Rente sei, aber da immer wieder Schüler kämen, schicke sie die Schecks der Rentenkasse zurück. Mona bekundete Interesse an einem Kurs und die Kahuna sagte, ihre Tochter könne ihr später Informationen mitgeben.

Dann erzählte sie von sich. Sie sei als Kind von ihrem Großvater ausgewählt und zur Kahuna bestimmt worden. »Mein Großvater war ein Kahuna. Ein Kahuna ist ein Mann der Geheimnisse. Sie reden nicht, sie schauen dich nur an. Aber ich rede, weil ich möchte, daß die Leute sich selbst verstehen lernen.«

Ihr Großvater habe die Gabe des Heilens an sie weitergegeben. Ihr Großvater hieß Kealii, war also ein Alii, Angehöriger des alten Priester- und Herrschergeschlechtes. »Meine Großmutter war die Tochter eines Fürsten, eines Alii. Nun gibt es keinen König mehr. Alle Inseln gehören zur USA. Aber Sie sehen«, fügte sie an, in dem Sinne, daß sich die Hawaiianer nicht unterkriegen ließen, »ich unterrichte immer noch«.

Als die Kahuna die Frage stellte, wo Mona herkäme, war ihr klar, daß das Gespräch nun seinem Ende entgegen ging.

Was sie glaube, wie alt sie sei, fragte die Kahuna und schaute dabei kokett wie ein junges Mädchen. Mona sagte, das wisse sie schon von der Tochter. Über achtzig, aber man sähe es ihr wirklich nicht an.

Die Kahuna lächelte und griff an ihre schwarzen Locken. »Oh, ich färbe mir ab und zu die Haare.«

»Love means loving yourself«, hatte die Kahuna zum Abschied gesagt. Und: »Tue alles, was du tust mit Liebe!« Dann hatte sie ihr eine schwarze Avocado aus ihrem Garten geschenkt.

Stand nicht auch in der Bibel »Liebe deinen Nächsten wie dich selbst«? Mona hatte es immer in dem Sinne von »Was du nicht willst, das man dir tu, das füg auch keinem anderen zu«, verstanden. Das hatte ihr mal eine Mitschülerin ins Poesiealbum geschrieben und es mit Zeichnungen von Hunden illustriert. Mona hatte ihr überhaupt nur aus dem Grund das Poesiealbum gegeben, weil sie so gut Hunde zeichnen konnte – allerdings ausschließlich Cockerspaniel.

Vermutlich hatte sie den Bibelspruch bis jetzt falsch verstanden. Es war gemeint, sich selbst zu lieben oder wenigstens zu akzeptieren, sei die Grundlage dafür, anderen positive Gefühle entgegenbringen zu können.

Mona fuhr über eine kleine Straße durch Zuckerrohrfelder, die parallel zum Highway in südlicher Richtung verlief. Weiter oberhalb an den Berghängen lagen die Plantagen, auf denen der berühmte Kona-Kaffee wuchs. Ihr Ziel war der Puuhonua O Honaunau National Historical Park, den ihr Robert zu besichtigen nachdrücklich empfohlen hatte.

Sie betrachtete sich im Rückspiegel. Ihre Augen strahlten. Sie fühlte sich viel frischer und freier als vor der Behandlung. Die Kahuna hatte, so schien es ihr, Wunder gewirkt.

Mona bog in die Zufahrt ein und suchte auf dem großen Parkplatz eine Weile nach einer freien Nische. Die Luft flirrte über dem Asphalt.

Der Park selbst empfing sie mit einer kühlenden Brise und hohen Kokospalmen, die grafische, sich ständig verändernde Schatten auf den mit weißem Sand bedeckten Boden der »Palace Grounds« warfen. Unter der Nummer 1 im Informations-Faltblatt erfuhr sie, daß hier früher das Stammesoberhaupt gewohnt hatte, mit den Hütten der niedrigeren Ränge drumherum. Wo die Alii lebten, war der Boden heilig und normale Menschen mußten sterben, wenn sie zufällig oder absichtlich die Tabuzone betraten.

Obwohl die vielen Autos auf dem Parkplatz zahlreiche Besucher vermuten ließen, herrschte eine Atmosphäre außerordentlichen Friedens. Das Rauschen der Palmen übertönte die Stimmen amerikanischer Familien. Sie sammelten sich an den niedrigen Nummernpfosten und ein Familienmitglied las die Erläuterungen aus dem Begleitblatt vor. Mona vermied es, sich dazu zustellen und übersetzte die Angaben still vor sich hin.

»3: Konane (sprich: koh-nah-nay), ein altes hawaiisches Schachspiel, das noch heute von vielen gespielt wird. (Die Regeln sind am Schalter des Besucherinformationszentrums erhältlich.)«

Auch wenn das Gelände insgesamt etwas von einem Brettspiel an sich hatte, bei dem man sich von einem Pfosten zum nächsten bewegte, flößte es ihr Ehrfurcht ein. Vielleicht war ja doch etwas dran, am Mana, das die Alii und die Kahunas besessen haben sollten: Eine spirituelle Kraft, nicht nur in ihrer Person, in ihren Besitztümern, sondern auch in dem Boden, in dem ihre Gebeine ruhten.

Am Wasser angekommen, hielt Mona inne. Der Ausblick, der sich ihr bot, war so schön, daß sie laut seufzte. Der blitzblanke blaue Himmel über einem glasklaren Meer: kleine weiße Schaumkrönchen schwebten über schwarzen Lavasteinen. Hinter einer kleinen Bucht mit feinem weißen Sand standen zwei aus Stämmen geschnitzte Götterstatuen, mit aufgerissenen Mündern, als wachten sie darüber, daß kein Mensch auf die Idee käme, sich zum Sonnen an den heiligen Strand zu legen. Sie konnte sich kaum satt an dieser Bilderbuchidylle sehen, durch die ab und an Besucher in Shorts, Shirts und Sneakers liefen.

Von ihrem Platz aus hatte Mona auch eine Tempelanlage und einen Teil einer großen Mauer im Blickfeld. Sie ging an der Bucht entlang darauf zu. Die Mauer war aus Lavasteinen beachtlichen Ausmaßes zusammengefügt. Der aus Holzgeflecht gebaute, mit ausgeblichenen Blättern und Farnen bedeckte Hale-o-Keawe-Heiau mit den grimassierenden Holzfiguren davor, wirkte furchteinflößend. Mona stellte sich Priester vor, die unter dem spitzgiebeligen Dach schaurige Rituale vollzogen. Sie näherte sich nur zögernd der den Heiau umgebenden Palisade, mit den Götterstatuen dahinter. Bildete sie sich das jetzt nur ein oder spürte sie wirklich, wie von diesem Ort eine große Kraft ausging?

Sie zog ihre Sandalen aus und sprang seewärts von einem schwarzen Stein zum nächsten, bis sie etwa die Mitte des ins Meer führenden Lavafeldes erreicht hatte. Sie blickte sich um. Die Götterstatuen schauten sie an.

Dies war ein besonderer Ort, kein Zweifel. Ein Platz, an den sich früher alle zum Tode Verurteilten flüchten konnten, wo ihnen vergeben wurde und sie eine zweite Chance erhielten.

Auch ihr Leben war reif für eine zweite Chance. Sie hockte sich auf einen der meerumspülten schwarzen Steine. Er war glatt und sehr warm. Um ihn herum schwammen Luftblasen, als würde er unter Wasser atmen.

»Ich will endlich die Vergangenheit ruhen lassen!« sagte Mona beschwörend zu sich selbst. »Es wird höchste Zeit für mich, aufzuwachen und mein Leben in Ordnung zu bringen.«

Während sie noch eine Weile dahockte, das Gesicht Wind und Sonne zugewandt, empfand sie zum erstenmal seit fünfzehn Jahren wieder Zuversicht. Sie fühlte sich unglaublich lebendig.

Als sie die Besichtigung fortsetzte, strahlte sie. Und sie dankte im stillen den fremden Göttern für die Magie dieses Ortes.

»Wollen mir uns nicht doch mit den Holzfiguren an der kleinen Bucht fotografieren?« fragte Beate nun schon zum zweitenmal. »Das wären doch nette Erinnerungsfotos.«

»Beate!« Heiko schaute sie strafend an, »des isch jetzt net dei Ernscht. So was machen doch nur Touristen für's Fotoalbum.«

»Eben!« antwortete Beate betont, aber Heiko war schon weiter, entlang auf dem Museumspfad durch Pu'uhonua, die Zufluchtszone. Er blieb ungeduldig stehen, weil Beate nicht so schnell nachkam.

Als sie ihn erreicht hatte, informierte er sie, daß er jetzt bis ans Wasser ginge, denn da seien Gezeitentümpel, in denen Meerestiere zu finden sein müßten, von denen sich die Flüchtlinge ernährt hätten, solange sie sich hier aufhielten. Beate setzte sich mit dem Informationsblatt in den Schatten der Mauer und sah Heiko über die Lavabrocken in Richtung Meer balancieren.

Im Prospekt stand, daß im hinter ihr befindlichen Heiau von 1615 bis 1818 mindestens 23 Oberhäupter begraben wurden, zuletzt der Sohn von Kamehameha I. Ihre Knochen enthielten ihr Mana und hätten den Ort mit immer mehr Kraft aufgeladen. Beate hielt inne, streckte die Arme seitlich aus und versuchte, die Kraft zu spüren. Aber es war nur die Hitze, die ihr bewußt wurde. Sie suchte nach der Rolle *Life Savers*, die sie in Heikos Fototasche versteckt hatte, entnahm ihr eines der runden Pfefferminzbonbons mit dem witzigen Loch in der Mitte.

Morgen war ihr letzter Tag auf der großen Insel und sie waren immer noch nicht getraut! Immer nur Heiaus, aber keine Heirat. Ob Heiko es sich anders überlegt hatte? Und was würde dann aus der großen Feier zu Hause? Bestimmt war ihre Mutter schon in heller Aufregung. Sie traute sich gar nicht, daheim anzurufen. Dabei warteten die Eltern sicher auf Nachricht, wollten ihnen bestimmt zur Trauung gratulieren. Was sollte sie denen sagen?

Heiko kam zurück, sichtlich unzufrieden über seine magere Fotoausbeute, und sie setzten ihren Weg auf dem Pfad durch den Park fort. »Nummer 13: Ka'ahumanu Stein«, erklärte Beate.

»Das kann nicht sein!« behauptete Heiko. »Das soll der Stein sein, unter dem sich die Lieblingsfrau von König Kamehameha vor ihm verborgen haben soll? Da paßt ja nicht mal ein Kleinkind drunter.« Er inspizierte den ovalen Steinbrocken von allen Seiten.

»Hier heißt es«, sagte Beate, »ihr Schoßhund habe sie durch sein Bellen verraten. Also, ich finde es mutig von ihr, vor ihrem Mann davonzulaufen!«

»Quatsch!« sagte Heiko. »Das ist doch alles Quatsch! Zum Glück hat sich ja wenigstens einer von uns auf diese Reise gründlich vorbereitet. Also: bei Mark Twain steht ausdrücklich, der Stein habe zwar mal auf mehreren kleineren Steinen gelegen, die ja wohl offensichtlich inzwischen im Sand verschwunden sind, aber trotzdem hätte die dicke Königin – und Twain schreibt, sie hätte die Statur eines Ochsen gehabt – also, sie hätte sich niemals unter den Stein quetschen können. Und was hätte sie damit auch gewinnen können? Das hätte ihren Mann doch nur noch wütender gemacht.«

»Ha, ich find das jetzt echt blöd, daß du alles immer miesmachen mußt!« schmollte Beate. »Ich finde die Legende romantisch!«

»Was ist daran romantisch, wenn die Frau eines Königs mit Kreti und Pleti schläft, nur um ihn zu provozieren?«

»Wie kommst du denn jetzt darauf? Hier steht nur, sie hätten sich gestritten und hinterher glücklich zusammengelebt, bis ans Ende ihrer Tage.« Beate überlegte, ob sie nicht auch einfach weglaufen und sich verstecken solle. Aber was, wenn Heiko sie nicht fand?

»Phh!« schnaubte Heiko verächtlich und wandte sich zum Gehen.

»Wieso machst du kein Foto von dem Stein?«

»Ist mir echt zu blöd! Gibt optisch nichts her!«

Beate nahm sich fest vor, für die nächste Reise eine eigene Kamera zu kaufen.

Love Fifteen

Lars stöhnte. Der gelbe Filzball war, unerreichbar für ihn, kurz vor der Grundlinie abgesprungen. Das neunte As! Aufschlagen konnte Robert, da gab es nichts zu meckern.

Dafür war er schneller am Netz. »Fünfzehn : dreißig«, rief er nach dem zweiten gelungenen Volley triumphierend zu Robert hinüber und wischte sich den Schweiß von der Stirn. Es gelang ihm tatsächlich, Robert seinen Aufschlag abzunehmen. Im Vollgefühl seines Triumphes unterlief ihm jedoch bei eigenem Aufschlag ein Doppelfehler. Vom Nebenplatz riefen zwei junge Frauen, die gerade pausierten, »Love fifteen« zu ihnen herüber. Robert lachte und winkte ihnen mit dem Tennisschläger zu. Lars zog ein verkniffenes Gesicht. Blieb nur zu hoffen, daß die Tussis bei seinen genialen Angriffen am Netz ebensogut aufgepaßt hatten. Was mochten die sonst von ihm denken? Den Satz konnte er abhaken. Robert gewann mit 6 : 4.

»Spiel, Satz und Sieg!« sagte Lars zu Robert und reichte ihm die Hand. »Ich bin ziemlich aus der Übung.«

»Die Partie war doch recht ausgeglichen«, beschönte Robert Lars' Niederlage und kam jetzt zu seinem eigentlichen Ziel. Er wollte Lars dazu bringen, von sich aus den Vorschlag zu machen, er solle mit nach Molokai kommen. Wenn diese unselige Deedee nicht dazwischen gefunkt hätte, wäre Mona gestern nicht wieder reumütig zu ihrem Mann zurückgekehrt. Jetzt wollte er sein Wissen nutzen und seinem Glück kräftig, aber auch diskret, nachhelfen. »Wir sollten unbedingt öfter zusammen Tennis spielen.«

»Ja, hat wirklich Spaß gemacht! Als Jugendlicher habe ich viel gespielt, aber in den letzten Jahren nur noch ab und an mal im Sommer. Bei der knappen Freizeit, die einem bleibt, muß man sich für eine Sportart entscheiden, und Golf ist kommunikativer.«

»Du meinst, dabei kann man zwischendurch telefonieren!«

Lars lachte. »Na ja, stimmt schon. Man ist eben oft mit Geschäftsfreunden auf der Runde, nicht?«

Sie hatten inzwischen die Umkleidekabine erreicht, zogen sich aus und stellten sich unter die heiße Dusche. Lars musterte Robert ziemlich unverhohlen, schien aber nicht weiter beeindruckt zu sein.

»Wirklich schade«, sagte Robert, »daß du schon bald wieder abreisen mußt! So einen herausfordernden Partner wie dich finde ich sicher nicht mehr.«

»Ja, da hast du recht«, antwortete Lars, dem dieses Kompliment runterging wie Öl, »ein bißchen Konkurrenz kann auch im Urlaub nicht schaden. Sonst ist das Leben ja langweilig.«

Robert stellte die Dusche ab und wickelte sich in ein Handtuch. Lars wusch das Shampoo aus seinen Haaren. Als sie dann nebeneinander standen und sich anzogen, setzte Robert noch einmal nach.

»Willst du nicht doch überlegen, ob du noch bleibst? Ich meine, du bist ja erst eine Woche hier. Das ist doch sehr kurz.«

»Ehrlich gesagt«, antworte Lars, »ich habe Mona versprochen, noch für ein paar Tage nach Molokai zu fliegen.«

»Molokai, ach was?« antwortete Robert mit gespieltem Erstaunen. »Wie ausgefallen!«

»Ja, Mona lag mir die ganze Zeit mit der Insel in den

Ohren, weil die nicht so touristisch sei. Aber immerhin soll es einen passablen Golfplatz geben und auch Tennisplätze direkt im Resort.«

»Klingt doch ganz gut!«

»Für ein paar Tage wird's auszuhalten sein und Mona und ich sind quitt!«

»Wieso quitt?«

»Na, weil sie doch alleine fahren mußte. Das wäre ja nicht das schlimmste gewesen, aber daß ich unseren Hochzeitstag vergessen habe, das hat sie mir richtig übelgenommen. Du weißt ja, wie Frauen sind! Die machen immer so ein Theater um den Hochzeitstag. Also, ich weiß ja nicht, was ich eigentlich auf der Insel soll. Mona will sich bestimmt die unverbaute Natur zu Gemüte führen, aber ich fühle mich nur auf Asphalt richtig wohl. *New York, that's my kind of town!* Mensch«, sagte Lars mit einem Mal enthusiastisch und schlug Robert, der gerade im Sitzen seine Schuhe anzog, auf die Schulter, »komm doch einfach mit!« Freudestrahlend über seinen guten Einfall und auf Roberts Begeisterung wartend, schaute er ihn an.

»Meinst du wirklich?« fragte Robert und gab sich Mühe, nicht zu grinsen. Dieser Lars war wirklich berechenbar wie der Energieverbrauch ihres neuen Ökosparmodells Geysir V 23 DH, von dem ihm letzte Nacht die aktuellen Verkaufszahlen gefaxt worden waren.

»Klar, wieso nicht? Du bist doch unabhängig! Also, abgemacht?« Lars hielt Robert die erhobene Handfläche hin. »*Gimme five*!«

»Na gut, du hast mich überredet!« Robert schlug ein. Er fand das Street-Gang-Gehabe von Lars ziemlich albern, aber was machte man nicht alles, wenn man verliebt war.

Einpacken

»Jetzt sag endlich, was du morgen für ein Hemd anziehen willst, du siehst doch, daß ich packe!« Gitte stand vor ihrem MCM-Koffer, der offen auf dem Bett lag und füllte ihn mit Schuhen, Schmutzwäsche und noch sauberen Kleidungsstücken.

»Such mir eins aus!« antwortete Frank vom Balkon aus, auf dem er gemütlich ein Bier zischte.

»Das ist doch mal wieder typisch! Anstatt mir zu helfen, liegst du auf dem Balkon und genießt die Abendsonne. Und dann kriege ich auch noch solche Antworten.«

»Aber du suchst mir doch immer die Sachen aus, die ich anziehen soll!« protestierte Frank. »Du weißt doch am besten, was noch frisch ist.« Er war noch ein wenig sauer auf seine Frau, weil sie den Coupon für den Taxi-Transfer in das Portemonnaie mit dem deutschen Geld gesteckt und dort vergessen hatte. Die Lauferei und das Suchen hatten ihn den letzten Urlaubstag gekostet. Dabei war der Urlaub ohnehin mal wieder zu kurz gewesen. Gerade, wenn man anfing, sich zu erholen, mußte man zurück.

»Drei langärmelige Hemden!« Gitte streckte die Hand mit den Kleiderbügeln von sich und betrachtete kritisch die Knicke vom Falten, die sich nicht ausgehangen hatten. »Erstklassig koffergeplättet! Aber glaub' bloß nicht, ich bügel dir die noch auf! Von mir aus kannst du sie so anziehen.«

»Um so besser!« kommentierte Frank vom Balkon. Diese ewige Bügelei seiner Frau war ihm den ganzen Urlaub lang auf die Nerven gegangen. Mal so gesehen, freute er sich regelrecht auf die Arbeit: Morgens aus dem Haus, zu Kunden fahren, Abschlüsse tätigen und sich gleich im Auto ausrechnen, wieviel Provision das ergab. Und abends in Ruhe fernsehen. Ach ja, endlich mal wieder deutsche Nachrichten und samstags Fußball gucken.

»Socken?« fragte Gitte und erhielt keine Antwort. »Frank! Socken?«

»Von mir aus!«

»Was heißt hier von mir aus? Bei uns ist es wahrscheinlich kalt. Und im Flieger zieht's immer so. Natürlich brauchst du Socken!«

»Warum fragst du dann?«

Gitte würdigte ihn keiner Antwort und legte ein Paar saubere Strümpfe auf den Sessel zu einem der langärmeligen Hemden. »Die Jeans und die braunen Slipper«, sagte sie halblaut vor sich hin, »und was ziehe *ich* an?«

Gitte ließ sich auf den freien Teil des Bettes fallen und betrachtete die noch im Kleiderschrank hängenden Sachen, die überhaupt nicht miteinander kombinierbar waren. Die gefütterte Jeansjacke vom Hinflug hatte sie hier kein einziges Mal angehabt.

»Hast du was gesagt?« fragte Frank.

»Nein. Ich weiß nicht, was ich anziehen soll.«

»Du kannst ja wieder das schwarze Stretchkleid ...«

»Hast du sie noch alle? Auf keinen Fall das Schwarze. Außerdem muß es in die Reinigung.« Ich könnte auch die Jeans ... und dazu die Turnschuhe ... Gitte besah sich ihre weißen Stoffschuhe mit den Tüllbändchen anstelle von Schnürsenkeln, die etwas schlapp und grau herunter hingen. Ne, geht auch nicht. Die Schuhe sehen aus wie Hund. Obwohl das ja sehr sportlich-dynamisch wirken würde, dazu das Maui-T-Shirt mit der goldenen Muschel. »Meinst du, ich soll die Turnschuhe noch waschen?«

»Wie? Wozu? Wir fahren doch morgen.«

»Genau deswegen. Ich kann doch nicht mit so schmutzigen Schuhen zu Hause einlaufen. Das sieht absolut unmöglich aus!«

»Denkst du, die Lokalpresse empfängt uns am Bahnhof? Also, wirklich!«

»Wahrscheinlich hast du recht. Aber dann wasche ich wenigstens die Tüllbändchen und bügel sie trocken. Zu dumm, daß ich das Bügeleisen ganz unten in den Koffer gelegt habe. Wegen des Gewichts. Schwere Sachen immer nach unten.«

»An die Räder, Gitte, an die Räder. Nicht nach unten!« Frank kam ins Zimmer, um sich die letzte Bierflasche aus dem Kühlschrank zu holen. Was weg muß, muß weg.

»Aber an den Rädern ist doch unten!« widersprach Gitte.

»Hinten. Von dir aus gesehen, hinten.«

»Ja, jetzt!« triumphierte Gitte, »aber wenn der Koffer zu ist, ist es unten.«

»Okay, okay!« lenkte Frank ein. »Was machen wir denn nun heute abend? Ich meine, wenn du dein Bügeleisen gefunden und die Schnürsenkel deiner Turnschuhe gebügelt hast.«

»Wir könnten zu Mona und Lars rübergehen, um uns zu verabschieden. Vielleicht grillen sie gerade wieder.«

»Meinst du nicht, wir sind ein bißchen zu oft drüben? Und wenn, dann müßten wir eigentlich sie einladen.«

»Wovon denn? Außerdem denke ich nicht, daß das nötig ist. Die haben's doch dicke!«

»Und was ist mit Robert? Den fandest du doch immer so nett.«

»Na ja, es geht so. Sag mal, hast du den eigentlich auf Video?«

»Keine Ahnung. Vielleicht ist er bei dem Ausflug auf dem Schiff irgendwann mal ins Bild gerutscht.«

»Mensch, Frank«, Gitte hielt in ihrer Suche nach dem Reisebügeleisen inne, »den *müssen* wir noch filmen. Dann erzählen wir allen, wir hätten mit Sean Connery Urlaub gemacht.«

»Daran hättest du auch mal eher denken können! Wenn der nun gar nicht mehr im Hotel ist? Essen mit seiner Freundin oder so.«

»Du meinst diese reiche Amerikanerin? Ach was, die ist doch schon abgereist. Hat Robert mir selbst bestätigt. Du rufst jetzt in seiner Suite an und fragst, ob er zu Hallsteins mitkommt. Und wenn er wissen will wieso, sagst du, sie hätten uns eingeladen.«

Frank sah Gitte an, als zweifle er an ihrem Verstand, fragte jedoch brav an der Rezeption nach der Nummer von Robert und ließ es eine Weile in seiner Suite klingeln.

»Hab ich dir doch gleich gesagt. Der ist unterwegs. Schade eigentlich. Wär' schon super, wenn wir den auf Video hätten.«

»Wieso muß nur immer *ich* an alles denken? Und was ziehe ich jetzt zu Hallsteins an?«

Völlig verfilmt

Mona nahm sich am Flughafen auf Maui ein Taxi. Sie war fest entschlossen, heute abend in aller Ruhe mit Lars zu reden. Sie würde ihm sagen, daß sie eine Affäre mit Robert hatte und sie diese Selbstbestätigung wohl gebraucht habe. Sie habe lange genug unter den Ereignissen der Vergangenheit gelitten und sei nun bereit, nach vorne zu schauen. Sie hätten sich zwar in den letzten Jahren auseinandergelebt, aber noch sei es nicht zu spät. Auf der Rückbank des klimatisierten Taxis sitzend, stellte sie sich vor, wie sie auf Molokai doch noch ihre zweiten Flitterwochen verleben würden.

Das Taxi bog vom Highway ab in die Straße, die zu der Apartmentanlage führte. Sie fühlte sich, als würde sie nach Hause kommen, als sei sie mehrere Tage verreist gewesen. Beim Anblick des Traveller's Tree, der seinen Blätterfächer im warmen Abendwind bewegte, geriet ihr Herzschlag aus dem Takt. Nein, sie durfte nicht mehr an Robert denken! Falls sie ihn morgen noch mal traf, würde sie sich ganz korrekt von ihm verabschieden und ihn nie mehr wiedersehen.

Der Himmel war tiefblau, nur über dem Meer noch grau, mit rötlichen Rändern um vereinzelte Wolken. Das Taxi machte kehrt und verschwand. Es hinterließ eine Abgaswolke, die zwischen den Blütendüften stand, bis der Traveller's Tree sie weggewedelt hatte. Mit Herzklopfen ging Mona auf die Eingangstür zu. Als sie den Schlüssel zum Schloß führte, wurde die Tür abrupt von innen aufgerissen.

»Ah, da bist du ja endlich!« Gitte strahlte Mona an, die mit dem Schlüssel in der ausgestreckten Hand dastand und eine leerlaufende Bewegung vollführte.

»Du müßtest mal dein Gesicht sehen! Schaut doch mal«, rief Gitte hinter sich, »wie Mona guckt!«

Mona hatte immer noch nicht den Fuß über die Schwelle gesetzt, auf der Gitte breit grinsend, die rechte Hand lässig an der Tür, stehengeblieben war. Lars trat aus dem Hintergrund hinzu.

»Würden Sie meine Frau bitte reinlassen?« fragte er Gitte und schob sie beiseite. »Wir haben das Taxi gehört. Ich war gerade in der Küche beschäftigt. Nun komm doch rein!«

Er legte den Arm um seine Frau, gab ihr einen Kuß und ging mit ihr ins Schlafzimmer. Monas Herz schlug schneller, als Roberts Lachen von draußen hereinschallte. Sie setzten sich aufs Bett.

»Weißt du«, sagte Lars zur immer noch stummen Mona, »Robert und ich saßen ganz friedlich auf der Terrasse, als plötzlich die Plötzens erschienen – Nomen est omen. Was will man machen? Sie wollen sich bloß verabschieden. Man kann den Leuten einen kleinen Drink schlecht abschlagen. Es ist doch ihr letzter Abend. Au Mist! Der Grill!«

Lars lief hinaus. Mona sackte in sich zusammen. Tränen rannen über ihr Gesicht. Entschlossen putzte sie sich die Nase und stand auf.

Eine halbe Stunde später hatte Mona geduscht, den Plötzens, Lars und Robert, auch sich selbst vergeben und ihre Fassung wiedergewonnen. Trotz des anstrengenden Tages fühlte sie sich nun erholt. Strahlend betrat sie die Terrasse, auf der die anderen essend beisammen saßen. Robert und Lars standen auf.

»Entschuldige bitte, daß wir schon angefangen haben, aber wir mußten den Fisch vom Grill nehmen«, sagte Lars und rückte für Mona den freien Stuhl neben sich zurecht. Robert setzte sich ebenfalls wieder und kündigte eine Überraschung an.

»Jetzt sollten wir aber Mona erst mal etwas zu Essen geben«, fand Lars. »Du hast doch bestimmt Hunger. Möchtest du Fisch?«

»Gerne!« antwortete Mona und nahm sich etwas von der Wassermelone, die in Schnitzen auf dem Tisch stand.

»Die ist aber erst für den Nachtisch, das Dessert, meine ich«, glaubte Gitte bemerken zu müssen. Frank sah sie strafend an. »Ich mein' ja auch bloß! Ich hab' sie schließlich vorbereitet. Sogar entkernt. Aber auf die Überraschung bin ich ja mal gespannt.«

»Später dann«, antwortete Robert.

Lars kam mit Monas Teller aus der Küche zurück, wo er eines der Ahi-Koteletts in Alufolie warm gehalten hatte.

Robert erhob sein Glas. »Auf Ihren letzten Abend und einen guten Rückflug!«

»Danke, danke!« antworteten Gitte und Frank synchron.

Robert lachte. Sie tranken. Mona, die tatsächlich großen Hunger verspürte, probierte den Fisch.

»Wie war's denn nun bei diesem Dings-Dings?« fragte Gitte.

»Ja, wie war's denn?« wollte auch Robert wissen.

»Sehr schön«, sagte Mona, nachdem sie den ersten Bissen runtergeschluckt hatte. »Lomi Lomi ist ein Erlebnis.«

»Und wie war der historische Park, diese Zufluchtsstätte? Interessant nicht? War doch ein guter Tip, oder?«

»Auf jeden Fall«, bestätigte Mona. Robert hatte wirklich Nerven! Tat einfach so, als sei nichts passiert und ging zur Tagesordnung über. Dabei hatte sie ihn für feinfühlig gehalten.

»Nun erzähl schon!« forderte Gitte, »das mit dem Lomi Lomi war sicher lustig.« Sie kicherte vorausschauend.

»Jetzt lassen Sie meine Frau doch erst etwas essen!« mischte sich Lars ein. »Salat?«

Mona nickte. Lars legte ihr eine Portion Tomaten, gemischt mit den grünen Blättern auf, die sie gestern gekauft hatte. Sie sahen aus wie Rauke und schmeckten auch so.

Frank, der die ganze Zeit geschwiegen hatte, legte sein Besteck beiseite und stand auf. Obwohl gerade niemand sprach, klopfte er feierlich an sein Glas.

»Ja, also. Ich möchte mich dann mal bedanken. Auch im Namen meiner Frau Gitte ...«

Gitte kicherte: »Die wissen, daß ich Gitte heiße!«

»Ja, Gitte, schon gut. Also, ja, äh, vielen Dank also, und es war nett, Sie kennenzulernen. Wir würden uns sehr freuen, wenn Sie uns mal besuchen würden. Au!« Frank verzog das Gesicht. Gitte, lächelnd, als sei nichts geschehen, hatte ihn vor das Schienbein getreten. »Oder wir treffen uns in Frankfurt. Ich hab' dort sowieso öfter beruflich zu tun. Da sitzen nämlich die Werbeagenturen. Man kommt halt rum. Ja, was wollte ich sagen? Ach, meine Frau fände es schön, wenn wir unsere Adressen austauschen würden. Sie hat extra Zettel mitgebracht. – Nur für den Fall, daß Sie Ihre Visitenkarten nicht zur Hand haben.«

Um Roberts Augen verstärkten sich die Lachfältchen. Er blickte Mona an, wohl eine gemeinsame Belustigung über die Plötzens unterstellend, doch Mona wich ihm aus. Sie fand es nett von Frank, sich zu bedanken. Daß er nicht so souverän sprach wie Robert oder Lars, würde *sie* ihm nicht vorwerfen.

»Also, nochmals Danke für die Einladung und Ihnen noch ein paar schöne Tage.« Frank setzte sich wieder. Gitte tätschelte seinen Arm.

»Ich hole dann mal meine Visitenkarte«, kündigte Lars an. Während Mona ihn drinnen seinen Terminplaner suchen sah, schob Gitte Robert einen Zettel zusammen mit einem Hotelkugelschreiber hin und reichte Mona einen weiteren Zettel, auf dem die Plötzen-Adresse stand.

Mona bedankte sich. Robert schrieb pflichtschuldigst etwas auf das Blatt, faltete es in der Mitte und reichte es Gitte, die ihm daraufhin ihre Anschrift mit den Worten übergab: »Aber daß Sie sich auch melden! Sie haben schließlich am meisten Zeit.«

Robert schob den Zettel achtlos in seine Hosentasche und griff zum Weinglas. Lars reichte Gitte seine Visitenkarte und setzte sich wieder.

»Jetzt die Überraschung!« sagte Gitte.

»Nun gut«, antwortete Robert, »aber Sie betrifft es schließlich nicht. Sie reisen morgen ab.«

»Wir würden ja gerne noch bleiben. Aber die Arbeit ruft. Was meinen Sie, was los wäre, wenn mein Mann mal länger als vierzehn Tage weg wäre. Das können die sich doch gar nicht leisten, umsatzmäßig meine ich. Außerdem haben wir schließlich Familie«, konterte Gitte in beleidigtem Tonfall.

»Ich habe mich entschlossen, auch nach Molokai zu fahren!«

Mona, die gerade getrunken hatte, verschluckte sich und mußte husten. Lars klopfte ihr fürsorglich auf den Rücken.

»Mona, du Ärmste«, sagte Robert besorgt. »Ich hoffe, du hast dich nicht deswegen verschluckt. Geht's wieder?«

Mona japste mit hochrotem Kopf nach Luft.

Robert fuhr fort. »Lars hat mir das netterweise vorgeschlagen und da *ich* mir meine Zeit einteilen kann«, er blickte Gitte an, »spricht nichts dagegen, noch ein paar Tage dranzuhängen. Außerdem wissen wir uns als Golf- und Tennispartner inzwischen sehr zu schätzen. Das findet man schließlich nicht alle Tage.«

Lars schaute Mona erwartungsvoll an.

So war das also. Egoistischer Mistkerl! Am liebsten hätte sie laut geschrien. Wenn sie wenigstens in die Serviette beißen könnte, ohne daß es auffiel. Sie hätte es wissen müssen, daß Lars im letzten Moment Begleitschutz suchen würde. Wann hatte er es schon mal mit ihr alleine ausgehalten? Entweder rannte er auf den Golfplatz oder er lud Leute ein. Und Robert? Ganz schön aufdringlich! Aber auch wieder lieb, irgendwie. Er gab sich nicht geschlagen. Und wenn Lars etwas merkte? Jetzt, wo Robert mitfahren wollte, konnte sie Lars nicht mehr beichten was geschehen war, ohne ihn in eine unangenehme Lage zu bringen.

»Also, was sagst du?« fragte Lars.

»Nichts! Was soll ich dazu sagen? Ich meine, es ist alles längst beschlossen, oder etwa nicht?«

»Ja, schon, aber wenn es dir nicht recht ist...«

»Doch, doch«, sagte Mona hastig, obwohl sie das Gegenteil meinte. »Schon in Ordnung.«

Sie schaute verstohlen zu Robert und meinte im flackernden Licht der Kerzen jungenhaften Übermut in seinem Blick zu erkennen. Eben hatte sie noch geglaubt, sie könne das, was passiert war, irgendwie ausbügeln. Statt dessen saß sie nun endgültig in einer Beziehungsfalle.

»Na, Sie sind mir ja ein ganz Schlimmer!« neckte Gitte und stieß Robert dabei mit dem Ellenbogen kumpelhaft in die Seite. »Die beiden Turteltäubchen wären sicher gerne mal alleine gewesen! Schließlich sollte es die zweite Hochzeitsreise werden, wenn ich richtig informiert bin.«

»Molokai ist zwar eine kleine Insel, aber so klein auch wieder nicht! Man kann sich immer aus dem Weg gehen, wenn man will. Sie freuen sich ja auch täglich, die Hallsteins zu treffen, nicht? Da werden Sie mir das sicher ebenfalls zugestehen!«

Nachdem er Frau Plötzen pariert hatte, schaute er zu Mona, die wiederum die Serviette in ihrem Schoß intensiv betrachtete und fügte an, das mit der zweiten Hochzeitsreise habe er schließlich nicht wissen können und er wolle auf keinen Fall aufdringlich erscheinen.

»Schon gut. Kein Problem!« antwortete Lars. »Der Urlaub ist ohnehin irgendwie verpfuscht.« Ihm wurde anscheinend bewußt, wie Robert das auffassen mußte, denn er setzte hinzu: »Nein, also nicht, weil du mit nach Molokai fährst. So war das nicht gemeint.«

»Äh«, meldete sich Frank, »wieso wir überhaupt hier sind.« Alle schauten ihn an. »Das ist mir jetzt aber etwas peinlich.«

»Los, nun mach schon!« bestärkte ihn seine Frau.

»Wir wollen zur Erinnerung sozusagen noch eine Aufnahme machen, mit dem Video. Aber jetzt ist es schon viel zu dunkel, fürchte ich.«

»Unsinn!« sagte Gitte.

»Aber dann sieht doch jeder aus wie 007«, tuschelte Frank ihr ins Ohr.

»Egal«, meinte Gitte, »probier's aus!«

»Ich kann die Terrassenbeleuchtung einschalten«, bot Lars an.

»Dann kommen aber die Mücken«, sah Mona voraus und ging rein, um sich mit einem Insektenschutzmittel einzusprühen.

»Ich will nicht zu viele Umstände machen«, sagte Frank und holte seine Videokamera aus der Tasche, »aber haben Sie zufällig ein Stativ?«

»Sie könnten die Kamera auf einen Golfschläger aufstützen«, schlug Lars vor, »aber mein Bag steht im Clubhaus. Vielleicht finde ich drinnen etwas Passendes.«

»Ich mache mich dann mal frisch!« kündigte Gitte an und suchte mitsamt ihrer Umhängetasche das Bad auf. Nur Robert saß immer noch seelenruhig in seinem Sessel und bereitete sorgfältig eine Zigarre auf den Rauchgenuß vor.

Lars kam mit dem Bügelbrett zurück und fragte Frank, ob das wohl als Stativ ginge.

»Super Idee!« fand Frank und postierte sich mit der Videokamera dahinter. »Das mit dem Licht könnte klappen. Das ist nämlich eine teure Kamera mit einem ziemlich lichtempfindlichen Objektiv. – Wo bleiben denn die Frauen? Immer gehen sie zu zweit aufs Klo und verschwatzen sich dort. Komische Angewohnheit.«

Lachend kehrten Mona und Gitte aus der »Keramikabteilung«, wie Gitte meinte, zurück. Mona antwortete, wenn sie das schon Keramikabteilung nenne, dann müsse sie erst mal ihr Haus sehen! Gitte kicherte laut, obwohl sie den Witz nicht verstanden haben konnte.

Mona brachte ihre kleine Kamera mit. Da sie über einen Selbstauslöser verfügte, nutzte sie die Gelegenheit und das Bügelbrett, um eine Gruppenaufnahme zu machen. Alle blickten wie erstarrt auf das blinkende rote Lämpchen und freuten sich, als es endlich blitzte. Frank übernahm wieder die Regie.

»Na, dann können wir ja endlich! Ihr müßt enger zusammenrücken, sonst bekomme ich euch nicht alle drauf!« Er blickte durch den Sucher und dirigierte. »So geht's! Jetzt lächeln und so tun, als würdet ihr euch unterhalten. Achtung, Aufnahme!«

Gitte und Mona, die sich eben noch solidarisch über »die Männer« lustig gemacht hatten, konnten dieses Thema nun schlecht fortsetzen. Robert stieß Rauch aus. Lars fiel nichts Besseres ein, als zu fragen, ob noch jemand etwas trinken möchte. Mona und Gitte waren jedoch so angestrengt damit befaßt, in die Kamera zu lächeln, daß er keine Antwort erhielt. Er schenkte Robert und sich nach. Dann sagte er, an Frank gerichtet, nun sei es aber genug, er möge sich doch bitte wieder setzen, es sei so ungemütlich, wie er hinter dem Bügelbrett stünde. Dabei sah auch Lars, wie das Bügelbrett ganz langsam niedriger wurde.

Gespannt schauten sie sich die Szene an. Frank beugte seinen Rücken immer tiefer, ganz auf seine Aufnahme konzentriert. Er zoomte, was das Zeug hielt. Mona und Gitte dachten im gleichen Moment, daß Männer zu blöd seien, ein Bügelbrett stabil hinzustellen und grinsten nun nicht mehr krampfhaft, sondern lachten aus reiner Schadenfreude. Mit einem metallisch-knirschenden Geräusch gab das Gestell dem Gewicht von Frank endgültig nach und faltete sich ruckzuck platzsparend flach zusammen.

Singin' in the Rain

Am nächsten Tag setzte ergiebiger Regen ein. Die Art von Regen, bei der sich im Lehmboden Rinnen bilden, durch die das Wasser gurgelt, und in Senken Seen entstehen. Die Art von Regen, bei der sich Plötzens beglückwünschen konnten, daß sie gerade heute abreisten. Die Art von Regen, die Golfer wie Robert und Lars unruhig im Zimmer umher laufen und flehende Blicke gen Himmel werfen ließ. Die Art von Regen auch, bei der eine Frau wie Mona sich auf den Teppichboden vor den Fernseher legt, ausnahmsweise eine Familienpackung *Frozen Yoghurt* mit einem Eßlöffel in sich reinschaufelt und einen alten Film anschaut. *Singin' in the Rain*, wie passend!

»Eigentlich ist es ja warm draußen«, stellte Robert in der Terrassentür stehend fest.

»Und ziemlich naß!« ergänzte Lars. »Die tiefergelegenen Löcher kannst du die nächsten Tage abschreiben!«

Robert schaute besorgt. »Was für ein Glück, daß wir morgen nach Molokai abfliegen.«

»Wie wahr. Oder meinst du, da regnet es auch?«

»Nicht anzunehmen. Das kann noch Stunden dauern. Und ganz plötzlich scheint wieder die Sonne.«

»Kein Wunder, daß alles so grün ist.«

»Obwohl die hier viel bewässern müssen. Gerade auf Maui ist Regen eher selten.«

»Könnt ihr euer Geschwafel über's Wetter nicht woanders abhalten?« fragte Mona gereizt dazwischen.

»Madame ist heute etwas ungnädig«, bemerkte Lars spitz. »Von mir aus können wir uns auf die Terrasse setzen.«

»Gute Idee«, meinte Robert.

Lars folgte ihm mit seinem Laptop nach draußen. Sie schlossen die Schiebetüren.

Gene Kelly sang und tanzte gerade die auf einer Leiter in einem leeren Filmatelier stehende Debbie Reynolds an, der er nur so seine Liebe gestehen konnte. Mona schmolz schneller dahin als ihr Eis. Bald darauf fand sie es ziemlich merkwürdig, daß Kelly und Reynolds offenbar mit Kellys lustigem Kumpel zusammenlebten. Das war ja schon fast wie mit Robert, nur daß der keine Grimassen schnitt und auch nicht tanzen konnte. Oder doch? Was die beiden wohl ausheckten? Kurze Zeit später ging die Schiebetür auf.

»Es ist einfach zu feucht draußen. Der Laptop spinnt. Dauert der Film noch lange?«

»Glaube nicht«, antwortete Mona, »die Werbeunterbrechungen alle zehn Minuten nerven ohnehin.« Sie schaltete das Gerät ab.

»Unseretwegen hättest du ruhig weitergucken können«, beeilte sich Robert zu versichern. »Wir könnten ja auch zu mir gehen. Aber...«

»… da macht euch keiner Kaffee oder etwas zu essen. Schon verstanden.«

»Na hör mal«, entrüstete sich Lars, »gestern habe *ich* mich ums Abendessen gekümmert. Jetzt tu bloß nicht so, als müßtest du immer kochen.«

»Wir könnten essen gehen«, schlug Robert vor.

»Ich gehe jetzt jedenfalls spazieren.« Mona erhob sich und stellte den halbleeren Eisbecher zurück in den Kühlschrank.

»Bei dem Wetter?« fragte Lars.

»Klar, nasser als beim Schwimmen wird man im Regen auch nicht. Außerdem ist es warm draußen. Ich nehme das Auto bis zum Strand. Gute Geschäfte, die Herren!«

»Hör mal«, sagte Robert, als Mona weg war, »störe ich auch bestimmt nicht? Vielleicht hat deine Frau doch was dagegen, daß ich mitkomme.«

»Wieso?«

»Nur so. Sie schien mir einen etwas, wie soll ich sagen, …«

»… launischen Eindruck zu machen? Das ist bei ihr ganz normal. Hat nichts mit dir zu tun.«

»Na, dann bin ich ja beruhigt.«

»Wir haben wirklich gerne Gesellschaft.« Lars grinste. »Zum Alleinsein ist ja nachts noch ausreichend Gelegenheit.«

Robert räusperte sich. »Also, an sich finde ich die Idee, diese fünfzigprozentige Sonderabschreibung für Bauinvestitionen im Osten zu nutzen, gar nicht schlecht. Aber kannst du denn so viel Kapital flüssig machen?«

Auf Reiseflughöhe

»Also«, sagte Gitte, »die haben uns ja schön reingelegt!«

»Wer?« fragte Frank, der kurz davor war, endlich einzuschlafen.

»Na, Robert und Lars. Die haben uns bloß ihre Firmenadressen gegeben. Eigentlich eine Unverschämtheit.

»Na und? Hast du tatsächlich gedacht, die würden uns anrufen?«

»Wieso nicht? Wir müssen uns vor denen doch nicht verstecken!«

»Aber du hast mir doch vors Schienbein getreten, als ich gesagt habe, sie könnten uns mal besuchen kommen.«

»So habe ich das nicht gemeint!«

»Schlaf jetzt, der Flug ist noch lang.«

»Ich kann aber im Flugzeug nicht schlafen, das weißt du doch! Außerdem mache ich mir Sorgen um unsere Geschenke.«

»Wieso das denn?«

»Ich hab' sie ja kaum in die Koffer bekommen. Und wenn da jetzt das Gepäck von anderen Leuten draufliegt, wird alles gequetscht. Hast du überhaupt gesehen, wie verschrammt das gute MCM schon aussieht? Wie die damit umgehen, unmöglich! Hoffentlich kommt es heil an. Meinst du, Mutti freut sich über die Topfhandschuhe?«

»Bestimmt!«

»Kann sie ja auch gut gebrauchen, wo sie doch so gerne für uns kocht. Und die Macadamianüsse für Schröders, meinst du, die sind noch gut? Man weiß ja nie, wegen des Schokoladeüberzugs. In der Hitze bekommt die Schokolade dann so einen grauen Belag. Das sieht unappetitlich aus. Der Schachtel sieht man's ja nicht an. Ich sag dann einfach zu Schröders, daß wir ja nicht reinsehen konnten. Für Mutti habe ich Macadamianüsse ohne Schokolade. Sie hat sowieso zugenommen. Na ja, Schröders könnte es auch nicht schaden, Diät zu halten. Aber das ist ja nicht unsere Sache. Für den Hund haben wir natürlich nichts. Hoffentlich sind sie deswegen nicht sauer. Wo sie doch um ihren Hund immer so ein Theater machen.

Ob Sven und Tanja wohl größer geworden sind? Gerade in

dem Alter haben sie oft einen Wachstumsschub. Da sieht man sie eine Weile nicht, und dann sind sie auf einmal gewachsen und man muß ihnen schon wieder neue Sachen zum Anziehen kaufen. Was meinst du? Frank! Frank, hörst du mir zu?«

Der Mann im Sitz vor ihr beugte sich über den Gang. »Könnten Sie bitte endlich Ihre Klappe halten! Wir wollen schlafen!«

»Also, was bilden Sie sich eigentlich ein? Ich rede, so lange ich will. – Das hat man nun davon, daß man in der Touristenklasse reist. In der *First* ist mir das noch nie passiert.«

Ultimatum

Heiko und Beate saßen in ihrem Apartment beim Abendessen. In die Stille hinein klingelte zum erstenmal das Telefon.

»Wer kann das sein?« fragte Heiko erschrocken. Seinen Onkel hatte er gestern endlich erreicht. Das war schwierig gewesen, weil er nur telefonieren konnte, wenn Beate unter der Dusche stand und nichts davon mitbekam. Der Reiseveranstalter hatte ihm nämlich erklärt, daß die Buchung der Hochzeit nachträglich storniert wurde. Sein Onkel wußte jedoch angeblich von nichts und hatte ihm versichert, daß er das Hochzeitsarrangement auf jeden Fall bezahlen würde. Ob er es sich wieder anders überlegt hatte?

Beim dritten Klingeln sprangen Heiko und Beate gleichzeitig auf. Beate, die mit einem Anruf ihrer Mutter rechnete, drängte Heiko zur Seite.

»Wer ist es denn?« fragte Heiko, doch Beate ließ sich nicht stören.

»Deine Mutter?« fragte Heiko, als sich Beate, etwas blaß um die Nase, wieder zu ihm an den Eßtisch setzte.

»Mmm!« brummte Beate.

»Ja und? Was wollte sie?«

»Was wohl? Mir alles Gute für meine Zukunft als Ehefrau wünschen!«

»Ha, aber mir sind doch noch gar nicht verheiratet!«

»Eben! Alle haben sich natürlich Sorgen gemacht, wieso mir uns nicht gemeldet haben. Die konnten ja nicht wissen, daß du plötzlich kalte Füße kriegst!«

»Ich? Spinnst du? Das ist doch nicht meine Schuld! Mein Vater hat sich da reingehängt und das verhindert«, platzte Heiko unversehens heraus.

»Ach ja?« sagte Beate aufgebracht, war aber zu sehr mit ihren eigenen Gedanken beschäftigt, um sich zu wundern oder nachzufragen. »Mir hätten ja auch hier heiraten können. Ich hab ja gleich gesagt, laß uns in einem der Hotels fragen, aber du, du mußtest jeden Tag diese Heiaus besuchen! Als ob das wichtiger wäre!« Beate kamen die Tränen. »Und nun ist es zu spät.«

»Aber nun wein nicht, Möhrli, nur weil heute unser letzter Abend auf Big Island ist. Mir fahren doch noch nach Molokai und nach Maui.«

»Aber auf Maui sind mir wieder in einem Apartment und da ist es dann das gleiche wie hier. Ich muß den ganzen Tag mit dir Sehenswürdigkeiten angucken und abends auch noch Essen machen! Also, entweder mir heiraten auf Molokai oder ich sag' die ganze Feier ab!«

»Feier? Was denn für eine Feier?« Heiko wunderte sich, daß Beate davon wußte.

Beate war entschlossen, es jetzt darauf ankommen zu lassen. So konnte es schließlich nicht weitergehen. Das hatte auch ihre Mutter gemeint.

»Die daheim, natürlich! Es ist schon alles vorbereitet: kirchliche Trauung und das Essen mit anschließendem Tanz im *Romantik Restaurant Zum Ochsen*. Und du, du willst am liebsten gar nicht mehr heiraten, stimmt's? Wenn ich nun schwanger wäre, was dann?«

Heiko lachte gereizt auf. »Des isch jetzt net dei Ernscht, Beate! Wir waren uns doch einig, daß eine Familienfeier nicht in Frage kommt! Vor allem, wo mir doch schon die Geschenke haben, müssen mir der Verwandtschaft doch nicht noch ein Essen bezahlen. Das ist doch rausgeschmissenes Geld. Und überhaupt: wie soll das denn erst werden, wenn mir verheiratet sind, wenn du jetzt schon hinter meinem Rücken ... und dich meinen Entscheidungen widersetzt!«

»Glaubst du etwa, die Verwandtschaft finanziert uns die Reise und verzichtet auf die Feier? Natürlich muß zu Hause noch eine ordentliche kirchliche Trauung stattfinden. Wie sieht das denn sonst aus? Und wo doch der Pfarrer immer bei euch tankt!«

»Aber ich will aus der Kirche austreten!«

»Dazu ist immer noch Zeit, wenn die Kinder erst groß sind. Morgen fliegen mir nach Molokai und da nehme ich die Sache in die Hand! Wäre ja gelacht! In spätestens drei Tagen sind mir getraut!«

Neben den Wolken

Robert, Lars und Mona drängten sich in die enge Sitzreihe, nachdem sie mit viel Mühe ihr umfangreiches Handgepäck untergebracht hatten. Mona saß eingeklemmt zwischen Lars und Robert in der Mitte, eine Tüte mit Lebensmitteln zwischen den Beinen. Sie griff nach dem Magazin der Fluggesellschaft in der Sitztasche vor ihr und blätterte zerstreut darin. Sie war nervös, wußte jedoch nicht, warum. Schließlich würde der Flug von Honolulu nach Molokai nur etwa zwanzig Minuten dauern.

»Na, wird's bald!« sagte Lars, der ungern wartete. »Wir haben ohnehin schon fünfzehn Minuten Verspätung. Und überhaupt: von Maui nach Honolulu, von Honolulu nach Molokai. Was für ein Umstand!«

Robert kontrollierte die Uhrzeit. »Es wäre schon gut, wenn wir noch im Hellen im Resort ankämen. Ich würde mir gerne gleich den Platz ansehen und für morgen reservieren.«

»Na eben! Aber wenn wir nicht bald starten, ist der Pro Shop wahrscheinlich schon geschlossen.«

Sehr zur Erleichterung der Herren rollte die Maschine auf die Startbahn und erhob sich bald darauf in die Luft. Pech, daß sie auf der rechten Seite saßen und Honolulu nun nicht von oben sehen konnten. Mona versuchte, etwas durch das Fenster links, neben der Zweiersitzreihe, erkennen zu können, doch sie sah nur dicke weiße Wolken, wie sie hier über jeder Insel zu beobachten waren.

Die ganze Zeit wunderte sie sich über einen merkwürdigen Essensgeruch, vermutlich heiße Teriyaki-Sauce. Schnüffelnd beugte sie sich noch ein wenig weiter über Robert in Richtung Gang und sah schräg gegenüber unter einem Sitz eine weiße Plastiktüte mit Styroporpackungen stehen, in denen eine ältere Frau offensichtlich warme Mahlzeiten nach Hause mitbrachte. Ob's auf Molokai nichts zu essen gab?

Sie setzte sich wieder aufrecht in ihren Sessel, schaute vor sich, versuchte zu ignorieren, daß es hier wie in einer pazifischen Imbißbude roch und gleichzeitig zu erkennen, was das eigentlich für ein wirres lila-rotes Stoffmuster war, mit dem die Sitze bezogen waren.

Das Flugzeug hatte inzwischen seine Reisehöhe erreicht. Ein Geräusch irritierte sie. Das klang irgendwie nicht normal, nicht wie sonst, jedenfalls. Ob das den anderen auch auffiel? Lars las sein amerikanisches Golfmagazin, das er sich am Flughafen gekauft hatte. Sie blickte an ihm vorbei aus dem Fenster. Hilfe! Die Wolken bewegten sich nicht! Das Flugzeug stand in der Luft! Gleich würde es wie ein Stein nach unten fallen. Ins Meer. Oder bildete sie sich das nur ein? Vor ihr flüsterten Japaner miteinander und sahen ebenfalls aus dem Fenster. Ob die es auch gemerkt hatten? Sogar die Amerikaner, die sich sonst stets lautstark unterhielten, waren verstummt. Immer noch stand die Wolke vollständig sichtbar neben dem Flugzeug.

Mona hielt sich rechts und links an den Sessellehnen mit den überflüssigen Klappaschenbechern fest, als könne sie damit die Maschine antreiben. Robert und Lars bewahrten stoische Mienen. Was, wenn sie jetzt abstürzten? Sie zwischen Lars und Robert. Wie im Kino. Man würde die Leichen finden. Schreckliche Vorstellung. Wo waren eigentlich die Schwimmwesten? Sie suchte in der Sitztasche mit fliegenden Fingern nach dem Faltblatt mit den Sicherheitshinweisen. Bei den Erklärungen vor dem Start hatte sie, wie üblich, nicht hingehört. Lars schaute von seiner Lektüre auf und sah Mona an, die das Faltblatt aufschlug.

»Was ist denn mit dir los?«

»Ich glaube, da ist was mit der Maschine nicht in Ord...«, preßte sie hervor.

»Mach dir keine Sorgen«, antwortete Lars, bevor sie den Satz zu Ende gesprochen hatte, »wir sind ja bald da!«

»Es wird schon nichts passieren«, sagte Robert fast gleichzeitig.

Die hatten gut reden. Wieso konnten sie so sicher sein, daß nichts passierte? Das war doch reiner Zweckoptimismus.

Aus der Kanzel erfolgte nun endlich eine Durchsage, der sie mit angehaltenem Atem folgte. Es war von Luft, die nicht richtig angesaugt würde, oder so ähnlich, die Rede. Daß die immer so nuscheln mußten, wo man doch sowieso Mühe hatte, sie zu verstehen, konnte Mona nicht begreifen. Man würde jetzt eine Schleife über das Meer fliegen und, wenn der Fehler dann immer noch aufträte, wieder in Honolulu landen.

Ein allgemeines Aufstöhnen ging durch die Kabine. Wieso gab's eigentlich keine Fähren? Schließlich lag Molokai neben Maui, aber sie mußten den Umweg über Honolulu nehmen, der ihnen jetzt zum Verhängnis zu werden drohte.

Das Bordpersonal hatte sich unsichtbar gemacht. Die legten bestimmt schon Fallschirme an. Noch weiter aufs Meer hinaus, das schien ihr riskant zu sein. An Land würde sie jedenfalls nicht schwimmen können, so viel stand fest. Und bei *dem* Seegang nützte ihr auch eine Schwimmweste nichts. Ihre Hände krampften sich noch fester um die Sitzlehnen.

Robert schaute sie von der Seite an und drückte dann ganz kurz seine Hand auf ihren Arm. Mona schaute ihn dankbar an. Vorsichtig und ganz sacht rückte er sein rechtes Bein näher an das ihre heran. Von der großen Tüte zwischen Monas Beinen geschützt, berührten sich ihr linker und sein rechter Schuh.

Lars schaute durch das zerkratzte Plastikfenster auf die blauen Wogen sehr tief unter sich. Robert blickte stumm den Gang hinunter auf die verschlossene Cockpittür.

Nach bangen Minuten, die Mona wie eine Ewigkeit erschienen, ging die Maschine in den Sinkflug über. In wenigen Sekunden würde sie auf dem Wasser notlanden und dann ratzfatz untergehen. Wieso wurden sie nicht aufgefordert, die Schwimmwesten anzulegen? Von dem Essensgeruch wurde ihr übel. Bestimmt mußte sie sich gleich übergeben. Ob jetzt ihr Leben vor ihrem inneren Auge vorbeiziehen würde? Angeblich war das doch so, wenn man starb. Ihre Biografie ergab sowieso bloß einen Kurzfilm. Was war schon groß passiert? Nichts, außer einem Ereignis, das ihr Leben zum Stillstand gebracht hatte. Und dann die Begegnung mit Robert. Wenn sie mit ihm zusammen war, fühlte sie sich – lebendig! Verdammt, dachte Mona, ausgerechnet jetzt! Ich will nicht sterben! In Erwartung des Aufpralls auf dem Wasser kniff sie die Augen ganz fest zu.

»Ich denke«, sagte Robert an Lars gerichtet, »wir landen wieder in Honolulu.«

»Auch das noch!« lamentierte Lars. »Es wird bald dunkel.«

Kaum war die Maschine ausgerollt und Mona zunächst einmal froh, wieder auf festem Boden zu sein, verließen die Stewards und Stewardessen zusammen mit dem Kapitän die Maschine.

»Was hat das denn zu bedeuten?« fragte Mona.

»Die Ratten verlassen das sinkende Schiff!« scherzte Robert halbherzig.

Ein Techniker kam an Bord, ging ins Cockpit und ließ die Tür offenstehen. Sie hörten, wie unter ihnen die Bodenklappe geöffnet und darin gewerkelt wurde.

»Und jetzt?« fragte Mona.

»Sie werden uns sicher eine andere Maschine bereitstellen«, erklärte Robert. »Dann inspizieren wir den Platz eben morgen. Bestimmt gibt's auf Molokai kurzfristig Tee Times.«

»Hoffentlich«, meinte Lars.

Ein junger Mann vom Bodenpersonal betrat mit einem Sprechfunkgerät in der Hand die Maschine. Stark schwitzend zählte er die Passagiere durch.

»Der muß jetzt für alle Hotelzimmer besorgen!« witzelte Robert.

»Eben hast du doch noch gesagt, wir bekämen eine andere Maschine«, wandte Mona ein. »Die können uns doch nicht hier übernachten lassen. Wir haben schließlich auf Molokai reserviert – Hotel, Mietwagen und so.«

Ein paar Reihen vor ihnen fragte jemand, was denn los sei und alle in Reichweite lauschten. Eine andere Maschine stünde nicht zur Verfügung, hörten sie, und die Zeit reiche nicht für einen ausführlichen Check, da es dann zu spät würde, um noch auf Molokai zu landen.

»Wieso?« fragte Mona Robert, »haben die keine Beleuchtung auf dem Flugplatz?«

Robert zuckte mit den Schultern. »Vielleicht wegen Lanai. Die Maschine fliegt doch nach Lanai weiter.«

Die Bodenklappe wurde hörbar geschlossen, der junge Mann wischte sich den Schweiß von der Stirn und der Techniker verließ das Cockpit. Die ältere Frau mit dem Essen stöhnte. Der Geruch war schwächer geworden. Der Pilot und die restliche Besatzung kamen nach einer Weile wieder an Bord. Alle Passagiere warteten gespannt auf eine Durchsage.

Man habe das technische Problem nicht finden können, würde jedoch einen erneuten Versuch machen, da keine andere Maschine zur Verfügung stünde. Wer wolle, könne nun aussteigen. Mona schaute Robert an. Lars schaute Robert an.

»Also«, sagte Robert, »wenn die Besatzung fliegt, gibt's keinen Grund auszusteigen. Die nächste Maschine geht erst morgen und ich habe keine Lust, im Flughafen von Honolulu zu übernachten.«

»Sehe ich ganz genau so«, bestätigte Lars. »Die bringen sich nicht freiwillig in Gefahr. Außerdem ist unser ganzes Gepäck in der Maschine.«

Von hinten kamen junge Paare mit kleinen Kindern und strebten auf den Ausgang zu. Dann wurde die Tür geschlossen. Kaum war sie zu und die Turbinen gestartet, stand ein Hawaiianer, breit wie ein Schrank, auf, schnappte sich sein Baby und zog seine Frau an der Hand zum Ausgang. Nach einer kurzen Diskussion wurden die Turbinen gestoppt, die Tür erneut geöffnet und die Familie hinausgelassen.

»Anyone else?« fragte ein Steward und blickte dabei in bleiche Gesichter.

Daß überhaupt Leute das Flugzeug verließen, bestärkte Monas Ängste. Sie schwebten nun erneut in einem Bogen über Honolulu und Mona lauschte auf verdächtige Geräusche. Sie betrachtete dabei intensiv das Polstermuster vor sich – eingewebte lilafarbene und rote Hibiskusblüten.

Durch die Lücken zwischen dicken Wolken blickte Heiko hinunter auf die wie ein Hai geformte kleine Insel Molokai. Er sah einen flachen Vulkan mit unzugänglichem Buschwerk, dann eine Weidelandschaft, die von oben grün, aber öde wirkte. Im Reiseführer stand, die Landungen auf dem Hoolehua Flughafen seien immer etwas holperig. Er wurde nicht enttäuscht. Beate war sichtlich froh, daß sie überhaupt gelandet waren. Frauen hatten immer Angst. Er ließ ihre Hand los, damit sie aussteigen konnten. Statt zwanzig Minuten hatte der Flug nun eine Stunde gedauert.

»Ich bin total fertig!« brüllte Beate auf dem Rollfeld gegen den Flugzeuglärm Heiko zu.

Heiko hielt mit einer Hand seine Mütze fest, mit der anderen die Kameratasche und eilte in das kleine Gebäude, durch das die Turbinen dröhnten und der Wind fegte.

»Ich stell mich am Mietwagenschalter an, du kümmerst dich um das Gepäck!« schrie er und drängte sich ans Ende der Schlange, die sich vor einem Loch in der Wand gebildet hatte, hinter dem eine gestreßt wirkende Frau ihren Computer bediente.

Beate stand, nur wenige Schritte von Heiko entfernt, mitten im Gedränge sich umarmender Hawaiianer, die bestimmt ebenso froh waren wie sie, den Flug überlebt zu haben. Sie schlängelte sich vor, zu einer niedrigen, metallverkleideten Bank, die auf der anderen Seite nur durch einen Maschendrahtzaun vom Flugfeld abgetrennt war, so daß sie beobachten konnte, wie das Gepäck entladen wurde.

Es näherte sich ein Elektrowagen samt vollgeladenem Anhänger. Der Flugzeuglärm steigerte sich, die Maschine, mit der sie gekommen waren, rollte davon. Eingezwängt stand sie zwischen anderen Reisenden an der niedrigen Theke, die sich mit immer mehr Gepäckstücken füllte. Da wurde ein paar

Schritte links von ihr Heikos Rucksack auf darunterliegende Container geknallt und ein schwerer Hartschalenkoffer direkt oben drauf! Wenn Heiko das sah, würde er ausrasten.

Eine Frau mit Pferdeschwanz wollte gerade nach dem Koffer greifen, als ihr ein Mann zu Hilfe kam. Oh Gott, Sean Connery! Er war ihr so nah gewesen, daß sie sein Rasierwasser riechen konnte. Leider entfernte er sich rasch mit der Frau in Richtung Parkplatz.

Heikos Rucksack hinter sich herschleifend, kämpfte sie sich zu ihrem eigenen Rucksack vor, der am anderen Ende abgeladen wurde. Sie befreite ihn aus dem Kofferberg und hoffte, die Räucherstäbchen seien nicht zerbrochen. Halbe Räucherstäbchen waren unromantisch. Mit den schweren Rucksäcken beladen ging sie die paar Schritte zu Heiko, der nun endlich bis zum Schalter vorgerückt war.

Heiko verhandelte angestrengt mit der Frau hinter dem Counter. Es war immer dasselbe. Diese deutschen Mietwagengutscheine stießen hier auf Mißtrauen oder Unverständnis, auf jeden Fall dauerte es bei ihnen immer am längsten, bis sie endlich den Schlüssel für ein Auto erhielten. Heiko rollte in Beates Richtung mit den Augen.

Beate wurde unruhiger, je mehr sich die Nacht über den Flughafen senkte. Die Luft war naß und schwer, als könne man sie greifen. Dicke Tropfen fielen. Es roch nach Kerosin. Hinten über dem Rollfeld war es noch recht hell, aber auf dem Parkplatz und erst dahinter, wo die Straße verlief, hoben sich schlanke Pinien schwarz gegen dunkle Wiesen ab.

Das blaue Auto, das ihnen zugewiesen wurde, hatte einen Platten, was sie natürlich erst merkten, als sie das Gepäck schon im Kofferraum verstaut hatten. Schließlich saßen sie in einem funktionstüchtigen smaragdgrünen Nissan. Beate breitete den Straßenplan auf den Knien aus, und als Heiko den Schalter für den Scheibenwischer gefunden hatte, ging's endlich los. Sie fuhren ganz allein auf der Straße, die zwar nicht beleuchtet war, jedoch in kurzen Abständen blaue Katzenaugen auf dem Mittelstreifen sowie reflektierende Markierungen aufwies. Es ging stetig bergan, mitten hinein in eine Nebelbank. Regen *und* Nebel! Beate machte sich ganz klein in ihrem Beifahrersitz und sprach kein Wort. Sie wußte, Heiko mußte sich konzentrieren. Erst als sie den Berg wieder hinunter und aus dem Nebel hinausfuhren, platzte Beate mit ihrer Entdeckung heraus.

»Sean Connery macht auch auf Molokai Urlaub! Mann, ich dachte, ich fasse es nicht.«

»Wer?«

»Sean Connery!« wiederholte Beate mit Nachdruck. »Der Schauspieler, der früher den James Bond gespielt hat. Wird doch dauernd im Fernsehen wiederholt!«

»Und der soll ausgerechnet hier auf dieser Insel sein?«

»Genau! Mit der Frau, die neben uns in der Maschine nach Los Angeles gesessen hat.«

»Gell Beate, des isch jetzt net dei Ernscht? Die neben uns, das war eine Deutsche!«

»Na und? Wieso sollte der nicht mit einer Deutschen verheiratet sein? Bette Midler ist in Honolulu geboren und mit einem Deutschen verheiratet. Oder Tina Turner – auch mit einem Deutschen liiert.«

»Ja, mit deutschen Männern! Das ist auch was ganz anderes!«

»Chauvi! Du hättest ihn wenigstens fotografieren können! Wo mir nun schon wieder kein Autogramm für meine Mutter haben.«

»Sei nicht kindisch. James Bond, pah. Platte Streifen aus der Zeit des Kalten Krieges. Ha noi, Beate, für so was verplempere ich doch kein wertvolles Filmmaterial. – Wann müssen mir eigentlich rechts ab?«

»Das finde ich jetzt echt nicht nett von dir!« Beate schaute aus ihrem Seitenfenster. Man konnte immer noch die Zäune am Straßenrand, die weiten Wiesentäler dahinter erkennen. Schwarze Regenwolken verdeckten das rapide schwindende Tageslicht. Beate fand die dunkelgraue Landschaft unheimlich. Manchmal dachte sie, der hellere Streifen am Horizont könnte das Meer sein, aber wahrscheinlich waren es nur Wolken. Nirgendwo ein Licht. Kein Auto war ihnen bisher entgegengekommen, keines vor oder hinter ihnen, soweit sie sehen konnten. Wenn jetzt was passierte. Bitte nicht, flehte Beate im stillen. Für heute hatte sie genug Aufregung gehabt, jetzt wollte sie nur noch aufs Zimmer und endlich etwas essen.

Der Weg durch das Resort am westlichen Ende der Insel endete in einem Kreisel und ein Schild wies auf die Hotelrezeption hin. Heiko sagte, er wolle im Wagen warten. Beate folgte einem schmalen Weg durch dunkle Anpflanzungen, der nach einigen Windungen auf eine erleuchtete Halle zuführte. Hinter einem Tresen stand eine ältere Hawaiianerin in einem weiten, knöchellangen Kleid, das ihre üppigen Formen lose umspielte.

Heiko hatte schon gemeint, so ein typisch hawaiisches Kleiderzelt mit Blumendruck, *Muumuu* genannt, das wäre auch was für sie. Das war ziemlich gemein von ihm gewesen. Doch da sie bald weite Kleider brauchen würde, schien ihr die Idee gar nicht mehr so abwegig. Die Hawaiianerin lächelte freundlich.

Noch bevor Beate das Anmeldeformular ausfüllte, fragte sie, ob man hier heiraten könne. Lachen breitete sich über dem Gesicht der Frau aus und ihr Busen bebte, als sie das bejahte.

»Gott sei Dank!« seufzte Beate erleichtert.

Na, gut erholt?

Auf Hawaii war jetzt Abend. Frank gähnte den beschlagenen Badezimmerspiegel an. Wie sollte er sich die Zähne putzen, wenn er dauernd gähnen mußte? Das Duschen hatte auch nicht viel gebracht. Dieser Jetlag! Die ganze Nacht putzmunter und jetzt zum Sterben müde. Ob er im Büro anrufen sollte, daß er einen Tag später käme? Nein, das konnte er nicht machen. Bestimmt lag der Schreibtisch voller Arbeit.

In der Küche hörte er den Wasserkessel pfeifen. Seine Schwiegermutter bereitete das Frühstück. Warum benutzte sie nicht die Kaffeemaschine? Die Kinder mußten zur Schule. Gitte lag noch in den Federn und genoß ihren selbstverordneten Nachurlaub.

Er rasierte sich in aller Eile, zog die warmen Sachen an, die Gitte ihm vorsorglich rausgelegt hatte und trank einen Schluck Kaffee. Auf dem Weg zum Auto fragte er die Kinder, ob sie auch die Hausaufgaben gemacht hätten. Er fuhr sie zum Unterricht.

Der Pförtner muffelte einen Gruß zurück, als er das Verlagsgebäude betrat. Vor dem Aufzug stand der Sportredakteur, der sonst frühestens gegen Mittag ins Haus kam und sagte: »Morgen, allerseits!«

Im Lift bekam Frank schon wieder einen Gähnanfall.

»Na, wohl zu lange gefeiert, wie?« fragte der Sportredakteur.

»Ne, frisch aus dem Urlaub«, antwortete Frank, »gestern erst zurückgekommen.«

»Da haben Sie sich scheint's nicht gerade erholt! Wohl mal kräftig die Sau rausgelassen. Na, muß ja auch mal sein, tschüs denn, und schönen Tag noch!«

Der Sportredakteur stieg aus, Frank mußte noch eine Etage höher. Auf dem Flur kam ihm Kollege Mützchen entgegen.

»Hallo Frank, wieder da? Na, wie war's? Siehst müde aus, mein Alter. Solltest mal zur Kur fahren.«

»Danke für den Hinweis. War echt klasse, der Urlaub. Weniger prickelnd ist allerdings der Jetlag. Meine Güte, bin ich fertig.«

Mützchen öffnete seine Bürotür und schob Frank vor sich her ins Zimmer.

»Darauf einen Underberg!« Er zog das untere Fach seines Schreibtisches auf, in dem kleine Flaschen umherkullerten, und fischte zwei Magenbitter heraus. Einen reichte er Frank. »Auf deinen ersten Arbeitstag. Prost!«

Frank ließ den Alkohol in seine Kehle gluckern, in der Hoffnung, das würde seinem Kreislauf etwas aufhelfen. Zumindest wurde ihm spontan recht warm.

»Wie war's denn so auf Hawaii?«

Mützchen reichte ihm sein Mundspray. Frank legte den Kopf in den Nacken und betäubte seinen Rachen mit Pfefferminzaroma.

»Rassige Hula-Mädchen abgeschleppt?«

»Ich bin Familienvater!« protestierte Frank. »Aber das Hotel war 'ne Wucht und das Meer erst! Die ganze Zeit Sonne, Exotik und Komfort. Das ist schon was anderes als Gran Canaria! Ich hab' natürlich alles auf Video. Vielleicht bringe ich das Band mal mit.«

»Mach das«, sagte Mützchen ohne großes Interesse.

»Danke für den Starter, aber jetzt muß ich rüber.«

»Alles klar, wir sehen uns in der Mittagspause.«

In der Tür drehte sich Frank noch einmal um: »Ach, wie ist denn Hohbeck drauf?«

Mützchen machte mit der rechten Hand eine So-So-Bewegung.

Frank ging zuerst in das Büro, in dem die Disponentinnen saßen. Es war mit seinem durch eine Glastür verbunden, die allerdings von seiten der Damen mit einem Plakat verhängt worden war, auf dem Busengrapscher am Arbeitsplatz angeprangert wurden. Ihn hatte das zuerst geärgert, weil er sich in dieser Hinsicht nichts vorzuwerfen hatte. Er konnte jedoch nicht durchsetzen, daß es abgenommen wurde.

»Aloha, die Damen!« Vier Augenpaare schauten ihn aufmerksam an. Er hatte ihre stechenden Blicke vergessen.

»Morgen, Herr Plötzen«, sagte Gudrun, die Älteste, »na, gut erholt? Bei Ihnen sieht man das schließlich nicht, Sie sind ja immer blau – braun meine ich, braun. Entschuldigung. Komischer Versprecher.«

Die anderen Frauen kicherten.

Frank sah auf seine Schuhspitzen. Es war ungewohnt, wieder Strümpfe zu tragen. »Alles gut gelaufen, ja?«

»Doch, gut, ja. OWBG & Friends hat übrigens eine große neue Kampagne in der Tagespresse gestartet.«

Ach du Scheiße! dachte Frank. Das bedeutete sichere Provision über mehrere Wochen und die hatte sich nun vermutlich Hohbeck selbst gekrallt.

»Aber Sie mußten ja in Urlaub fahren. Na, wenigstens war der umsonst. Stimmt doch, oder?«

Schon wieder kicherten sie.

»Wer sagt das denn?«

»Man hört eben so dies und das. Sie sollen das ja bei einem Preisrätsel gewonnen haben. Uns haben Sie aber was ganz anderes erzählt.«

»Aber wir lassen uns nix erzählen«, erschallte Patricias triumphierende Kinderstimme.

»Was haben Sie uns eigentlich mitgebracht?« wollte Gudrun wissen.

»Wie, mitgebracht?«

»Na, Souvenirs aus dem Urlaub. T-Shirts, 'ne Ananas, irgend so was eben.«

»Das wollen wir doch gar nicht erst anfangen«, sagte Frank bestimmt. Was war denn in die gefahren?

»Ist meine Karte schon angekommen?«

»Jetzt sagen Sie bloß, Sie haben doch an uns gedacht«, wollte Gudrun wissen.

»Wie könnte ich Sie vergessen?«

»Haben Sie denn wenigstens Ihre Urlaubsfotos dabei?« fragte nun Corinna interessiert.

»Nein«, antwortete Frank, »ich filme. Video, wissen Sie.«

»Schade!« sagte Corinna und wandte sich wieder ihrem EDV-Terminal zu.

»Tja, dann will ich mich mal wieder in die Arbeit stürzen! Gibt's schon Kaffee?«

»Nö, wir trinken jetzt immer Cappuccino aus der Tüte, das macht weniger Arbeit. Nur heißes Wasser drauf. Gibt's in verschiedenen Geschmacksrichtungen.«

»Also gut, bis später. Ich bin dann bei Hohbeck.«

Um nicht auf das Plakat schauen zu müssen, nahm Frank wie üblich den Weg über den Flur in sein Büro. Er wunderte sich, daß die Mädels ihn überhaupt nicht ausgefragt hatten, wie es denn gewesen war, auf Hawaii. Sonst nutzten sie doch jede Gelegenheit zu einem Schwätzchen.

Auf dem Flur roch es nach einer Mischung aus Kaffee und Desinfektionsmittel. Als er die Tür zu seinem kleinen Büro öffnete, erblickte er einen, bis auf seine gewohnte blaue Wärmekanne, leergeräumten Schreibtisch. War er gekündigt und wußte es noch nicht? An der Tür stand aber noch sein Name, oder? Er schaute sicherheitshalber nach. Jetzt wollte er erst mal das Gespräch mit Hohbeck hinter sich bringen, der würde auf seinen Besuch sicher warten.

Hohbecks Sekretärinnen grinsten wissend, als er ins Vorzimmer trat und fragten, ob er jetzt endlich einen ausgäbe, wo er doch den Urlaub gewonnen habe. Die Tür zu Hohbecks Büro stand offen, und er ging rein. Hohbeck sah die Post durch.

»Ach, der Hawaii-Urlauber! Na,« fragte er kollegial, »wie war's denn?«

Frank dachte an Hohbecks Frau, die sich angeblich darüber beklagte, daß sie immer nur nach Österreich fuhren und fand, es sei wohl taktisch klüger, die Sache runterzuspielen.

»Recht nett, aber überschätzt, eigentlich nichts für mich, wissen Sie. Die Kanarischen Inseln zum Beispiel haben schließlich auch ihre Reize und sind ja preislich eher in dem Rahmen, den ich mir erlauben kann.«

»Na ja, nun tun Sie mal nicht so bescheiden!« sagte Hohbeck überraschenderweise.

Das hatte doch bestimmt einen Haken!

»Sie haben die Reise schließlich gewonnen und einem geschenkten Gaul, Sie wissen schon! Ich freue mich übrigens, daß Sie Wort gehalten haben.«

Wie? Wo? Was ist los? Frank hatte keine Ahnung, worauf Hohbeck anspielte.

»Na, der OWBG & Friends-Auftrag ist inzwischen eingetroffen! Sie haben doch selbst einen großen Auftrag angekündigt, bevor Sie gefahren sind! Erinnern Sie sich nicht mehr?«

»Doch, doch!« behauptete Frank und ihm fiel ein, daß er vor zwei Wochen ein Geschäft prophezeit hatte, nur um Hohbeck zu beruhigen.

»Na sehen Sie! Ich sag es ja immer: Einsatz trägt Früchte. Wo ein Willi ist, ist auch ein Weg!« Hohbeck lachte über seinen Kalauer. »Offiziell kommen die Quartalszahlen zwar erst nächste Woche, aber ich kann Ihnen schon mal verraten, daß Sie mit dem Auftrag zur Spitzengruppe aufgerückt sind! Das lobe ich mir! So, und jetzt frisch ans Werk, mein Lieber! Von nichts kommt nichts!«

Frank stand auf.

»Ach, Plötzen, sagen Sie mal«, hielt ihn Hohbeck zurück und senkte seine Stimme zu einem Flüstern, »ganz unter uns, gibt's da wirklich so ...«, er ließ eine vielsagende Pause und versuchte, seinem Gesicht einen zweideutigen Zug zu geben, »... Hula-Mädchen?«

Frank nickte ganz automatisch.

»Das wäre bestimmt das richtige für die Jahresfahrt vom Kegelclub. Ich muß das mal vorschlagen. Danke für den Tip.«

Ziemlich verdattert, aber auch erleichtert, betrat Frank sein Zimmer. Da öffnete sich die Tür zum Büro nebenan, die vier Disponentinnen guckten herein und riefen im Chor »Überraschung«. Gudrun trug eine offensichtlich selbstgemachte Torte mit Papierschirmchen und Ananasstücken herein. Frank war gerührt.

Molokai am Morgen

Mona warf sich von einer Seite auf die andere und wurde dann vollends wach. Bei dem Lärm konnte doch kein Mensch schlafen! Außer Lars, vielleicht. Es hörte sich an, als ob draußen ein Unwetter niederginge. Durch das luftig gebaute Studio mit zum Teil unverglasten Fenstern heulte der Wind. Außerdem lief dauernd das Aggregat des Kühlschranks, der in der Küchenzeile neben dem Bett, etwa in Höhe ihrer Füße, stand. Mona tastete im Dunkeln nach dem Reisewecker. Es war noch nicht einmal drei Uhr. Sie versuchte, wieder einzuschlafen.

Später hörte sie noch einmal, wie laut die Ruhe der Natur sein konnte: draußen mußten sich Heerscharen von Vögeln zu einer Demonstration versammelt haben. Ob Vögel hier in den USA gewerkschaftlich organisiert waren? Sie stellte sich vor, wie sie mit Spruchbändern auf der Wiese unter ihrem Balkon langmarschierten. Ob sie aufstehen und nachsehen sollte? Aber die Augenlider waren zu schwer, um sie zu öffnen.

Stimmen drangen zu ihr durch. Und Vogelgekreische. Mona öffnete die Augen. Es war heller Tag, das Bett neben ihr leer. Im Bad rauschte die Dusche. Wer redete denn da so laut? Das mußte der Fernseher aus dem Nachbarzimmer sein! Wie konnte man morgens um sieben schon den Fernseher laufen lassen? Und das in dieser Lautstärke. Mona stand auf, öffnete die Tür zum Balkon und trat hinaus. Herrlich warm und windig! Durch die Palmen auf der abschüssigen Wiese schimmerte Meeresblau. Die Palmwedel hatten sich im Sturm wohl nur wie heftiger Regen angehört, denn Pfützen waren nirgendwo zu sehen.

An der Balkonbrüstung stehend, konnte sie beobachten, wie die ersten Golfer mit ihren Carts vom Pro Shop losfuhren. Bestimmt war Lars ganz begierig, eine Runde zu spielen. Ob Robert schon wach war? Sie beugte sich über das Geländer, um auf den Balkon rechts von ihr schauen zu können. Die Türen waren geschlossen. Sie ging wieder rein. Lars trat, nur ein Handtuch um die Hüften, putzmunter aus dem Bad und wünschte ihr einen schönen Morgen.

Auf dem Weg in das Hotelrestaurant, in dem sie mit Robert verabredet waren, kamen sie am Swimmingpool vorbei. Die Panoramasicht aufs Meer war wirklich atemberaubend. Links, parallel zum Fairway des ersten Lochs, zog sich ein kleiner Sandstrand hin, der am Ende durch einen schwarzen Felsen abgeschnitten wurde. Der Strand wirkte urtümlich und wild. Lavabrocken lagen herum und die Wellen spritzten ihre Gischt hoch in die Luft. An den steil ins Meer fallenden Felsen direkt unter ihnen brandeten die Wogen meterhoch. Auf den Gläsern ihrer Sonnenbrillen schlug sich ein feiner Salzbelag nieder. Weiter rechts, hinter dem Restaurant, fiel das rasenbegrünte Gelände zum Ufer hin ab, stieg dann wieder an zum zehnten und elften Loch, die beide parallel zum Meer lagen.

Lars atmete tief durch. »Schön hier, nicht?«

»Ja, sehr«, bestätigte Mona.

»Aber jetzt habe ich einen Bärenhunger!« Lars legte seinen Arm um Monas Schulter und gemeinsam betraten sie das große, jedoch kaum besetzte Lokal. Sie erhielten einen Platz mit Blick auf den Ozean.

»Robert scheint noch nicht da zu sein«, stellte Lars nach einem Rundumblick durch das Lokal fest. »Und ein Buffet gibt's auch nicht.«

Mona hatte sich ebenfalls auf ein üppiges Hotelfrühstück gefreut, sagte aber nichts und schaute in die Karte.

»Was nimmst du denn?« fragte Lars.

»Gute Frage.«

Ein Kellner schenkte ihnen stark verwässerten Konakaffee ein und scherzte über ihre Köpfe hinweg mit einem Kollegen. Zwei Kellnerinnen in Muumuus kamen vorbei und machten sich lauthals lustig.

Lars bestellte sich Waffeln mit Ahornsirup, Mona Toast mit Butter und Marmelade.

»Da kommt Robert!«

»Hi, folks!« sagte Robert gutgelaunt. Er wirkte munter wie jemand, der schon einiges erledigt hatte. »Gut geschlafen?«

»Es geht so«, antwortete Mona.

»Wie ein Stein!« sagte Lars. »Und selbst?«

»Bis halb sechs gut, dann haben die Vögel einen barbarischen Lärm veranstaltet. Um sechs habe ich den Versuch, wieder einzuschlafen, aufgegeben und mir ein wenig die Gegend angesehen. Der Platz, grandios, einfach grandios! Mal abgesehen von den wilden Truthähnen am 7. Abschlag. Die haben kurze Beine, sind ganz zutraulich. Aber es irritiert natürlich schon, wenn die einen aufmerksam angucken und kaum ist dein Drive zu kurz oder zu lang geraten, mit den Köpfen wackeln.«

»Sag bloß, du hast schon gespielt?«

»Ach was. Bin nur mal über den Platz gelaufen, ziemlich easy zu spielen, aber schönes Gelände mit faszinierenden Ausblicken. Wenn man spielt, achtet man ja nicht so darauf. – Was frühstückt ihr denn?«

»Och, viel Auswahl gibt es nicht. Ich nehme Waffeln.«

»Ich könnte einen Truthahn verdrücken. Laufen macht hungrig.«

Robert bestellte sich Rührei mit Speck, Toast und Marmelade.

»Wußtet ihr eigentlich, daß das alles Nichtraucherzimmer sind? Da habt ihr mich ja ganz schön reingeritten! Man darf nur auf dem Balkon rauchen. Ich mußte mir im Check-in erst mal einen Ascher holen. So ein wunderbares heimgebatiktes Gefäß mit Sand drin. Es wurde mir übrigens mit einem Ausdruck tiefer Verachtung überreicht.«

»Hast du eine Tee Time reserviert?«

Robert lachte. »Ich glaube, das ist nicht nötig. Und was machst du?« fragte er Mona.

Wieso interessierte ihn das eigentlich? überlegte Mona. Anscheinend war er wirklich nur mitgekommen, weil er sich mit Lars amüsieren wollte. Und sie hatte das Nachsehen. Männer waren doch alle Egoisten. Verdrossen antwortete sie daher: »Das Übliche. Ich werde zu Fuß ein bißchen die Gegend erkunden und mich dann an den Pool legen.«

Postkarten

»Und du willst wirklich mit den Mulis runter reiten zu den Leprakranken?« Beate schüttelte sich und goß Heiko Kaffee nach.

»Na hör mal, das ist hier die größte Sehenswürdigkeit.«

»Leprakranke als Sehenswürdigkeit, also ich weiß nicht.«

»Die leben ja nur noch dort, das ist nicht mehr ansteckend!«

»Trotzdem! Ich gehe ja auch sonst nicht freiwillig in ein Krankenhaus und dann gleich eine ganze Leprakolonie?«

»Das soll aber aufregend sein. Stell dir vor, wie die früher die kranken Menschen im Meer vor der Landzunge ausgesetzt haben. Die sind auf Kalaupapa bei lebendigem Leibe verrottet, falls sie es überhaupt bis an Land geschafft haben. Erst der belgische Pater Damian hat eine Krankenstation gebaut und eine Kirche mit Spucklöchern im Boden, damit auch die Kranken, bei denen schon die Lunge angefressen war, an der Messe teilnehmen konnten. Dafür ist er immerhin vom Papst selig gesprochen worden.«

»Was sagst du das so anerkennend? Ich denke, du hältst nichts mehr von der Kirche? Und von den Katholen doch schon gar nicht.«

»Was hat das denn jetzt damit zu tun?«

»Ich mein ja bloß.«

Sperlinge und graue Kardinäle mit witzig aussehenden roten Häubchen flogen immer wieder die Balkonbrüstung an. Beate schloß aus den vielen weißen Flecken auf dem Geländer, daß sie es gewohnt waren, gefüttert zu werden und legte einige Müslikrümelchen aus. Sofort stürzten sie sich laut tschilpend auf das Eßbare, pickten es auf und stoben hektisch mit der Beute davon.

»Süß, gell?« meinte Beate.

Heiko schaute zunächst auch ganz fasziniert auf dieses Schauspiel, doch als sie zum zweiten Mal Körner und Flocken auslegen wollte, protestierte er vehement.

»Spinnst du? Tu sofort das Müsli weg! Die Tiere verlernen, sich selbst zu ernähren! Merkst du es nicht? Du störst quasi das ökologische Gleichgewicht.«

»Ist ja gut! – Und was machen mir heute?«

»Was gibt's denn umsonst?«

Beate reichte Heiko die Broschüre der Autovermietung, und die erste Anzeige, auf die Heiko stieß, war gleich ein Volltreffer.

»*Free Admission & Educational Tour, Purdy's Natural Macadamia Nut Farm* – die schauen mir uns an!«

»Auf jeden Fall müssen mir jetzt endlich Postkarten schreiben! Die warten doch daheim. Die nehmen mir mit und bringen sie in Kaunakakai auf die Post.«

»Du bist immer so praktisch, Möhrli!«

Beate trug die leeren Joghurtbecher rein und kam mit einem Stapel Postkarten, zwei Kugelschreibern und einem Zettel mit den Adressen der Lieben daheim zurück.

»Den Omas schreibst aber du!« befand Heiko.

»Deiner Tante Frieda hättest du ruhig eine Karte aus Waikiki schicken können!«

Heiko wühlte den Postkartenstapel nach einer Ansicht der Hochhäuser am Strand von Waikiki durch. Beate kaufte überall Postkarten, das war eine richtige Marotte von ihr.

»Sag bloß, du schickst den Omas Karten mit Walen drauf?«

»Klar, die sind doch goldig!«

»Möhrli, Omas wollen Landschaft sehen, denen kannst du doch keine Karte mit einem Buckelwal schicken! Außerdem hat meine Oma selbst einen Buckel und denkt, du wolltest eine Anspielung machen.«

Beate stöhnte. »Na gut, dann eben Molokai. Besser?« Sie hielt ihm die Abbildungen hin, die sie gleich gestern abend an der Rezeption gekauft hatte.

»Das ist Kalaupapa! Das geht auch nicht. Lepra-Kolonie, du verstehst? Die werden nicht gerne an den Tod erinnert.«

»Damit entfallen dann auch die Punchbowl von Honolulu und das Arizona Memorial, das sind ja quasi Friedhöfe. Und was jetzt?«

»Jetzt nimmst die Palmen am Strand. Ende.«

»Palmen am Strand sind blöd. Mir gehen doch nie baden.«

»Ha, mach doch, was du willst!«

Synchron kauten beide auf ihren Kugelschreibern herum und überlegten. Heiko schrieb dann erst mal die Anschrift. Schließlich schien ihm ein Text einzufallen, und er legte los.

»Was schreibst du?«

»Pscht!« machte Heiko, damit er den Faden nicht verlor. Als er seine Unterschrift unter die Grüße setzte, hatte Beate immer noch keine Zeile zu Papier gebracht.

»Ich weiß nicht, was ich schreiben soll!«

»Dann guck in dein Reisetagebuch.«

»Da steht ja fast nichts drin. Ich hatte doch kaum Zeit, was einzutragen. Wir waren ja dauernd auf Tour. Lies mal vor!«

»Na gut. *Liebe Tante Frieda, nun sind wir schon gut zwei Wochen unterwegs und haben viel gesehen. Das Hotel in Waikiki war ganz toll, man konnte direkt in die Zimmer einer Jugendherberge schauen.*«

»Wie feinfühlig!«

»Jetzt unterbrich nicht dauernd! *Wir sind jetzt auf Molokai, wo wir ein großes Apartment mit einem Ventilator über dem Bett bewohnen. Leider sind die Nebenkosten einer Hawaii-Reise viel höher als wir gedacht haben.*«

»Du spinnst doch, so was zu schreiben!«

»*Geheiratet haben wir dann doch nicht, weil das spießig ist.*«

Beate riß ihm die Karte aus der Hand. »Gell, das hast du nicht im Ernst geschrieben?«

Heiko nahm ihr die Karte wieder ab, bevor sie es überprüfen konnte. »Nein, natürlich nicht, Möhrli. *Aber sonst ist es schön und das Wetter ganz herrlich, wenn auch morgens etwas diesig. Viele Grüße, Dein Heiko.*«

»Und was ist mit mir? Wo soll ich unterschreiben?«

»Sorry, alte Junggesellenangewohnheit. Du kannst ja *Deine Beate* noch dahinterquetschen!«

»Nett!«

Beate begann ihre Palmen-am-Strand-Karte an Oma Göckele mit *Liebes Omili*, und Heiko vermutete, das mache sie, damit sie schon in der Anrede drei ihrer Christbaumkugel-I-Punkte unterbringen konnte. Nach einer längeren Gedankenpause, bei der Heiko sie unentwegt angesehen hatte, so daß sie sich nicht konzentrieren konnte, ging sie mit einigen Karten rein, um ungestört am Eßtisch zu schreiben.

Liebes Omili, es war total süß (zwei Christbaumkugeln auf dem u) *von Dir, uns den Aufenthalt in diesem schönen Studio auf Molokai zu schenken. Hier ist es wunderbar! Zwischen all den dicken Amis fühle ich mich richtig schlank. Manchmal gibt es Sonnenuntergänge, wie man sie sich in der Südsee vorstellt. Heiko sagt, wir seien gar nicht in der Südsee, das sei der Nordpazifik. Es wird bestimmt nicht leicht, verheiratet zu sein. Bald fahren wir nach Maui. Braun bin ich nur an den Armen, den Beinen und im Gesicht. Ich hoffe, du bist wohl auf und hast unseren Abschiedsabend gut überstanden. Alles Liebe und Aloha aus Hawaii von Beate &*

Beate ließ Platz für Heikos Unterschrift und schrieb die Adresse in das dafür vorgesehene Feld. Jetzt, wo er nicht meckern konnte, nahm sie für seine Oma eine Buckelwalkarte.

Liebe Oma Fichtel, die Unterkunft auf Molokai ist wirklich prima und wir fühlen uns sehr wohl hier. Vielen Dank. Uns geht es gut und das Wetter ist auch toll. Wir haben schon viel gesehen: Vulkane, historische Tempel und ab und an auch mal Strand. Heiko interessiert sich eben sehr für die Kultur eines Landes und hält mir immer lange Vorträge. Bald fahren wir nach Maui, unserer letzten Station, und darauf freuen wir uns schon. Nochmals vielen Dank! Aloha aus Hawaii von Beate &

»Bist du endlich fertig?« fragte Heiko von draußen.

»Noch die an Oma Möhrle!«

Ihrer Oma väterlicherseits schrieb sie fast den gleichen Text wie Oma Fichtel. Dann stand sie auf und legte die Karten Heiko zum Unterschreiben vor.

»Die Anspielung darauf, daß dein Omili am letzten Abend von ihrem selbstangesetzten Kirschschnaps einen sitzen hatte, hättest du dir ruhig verkneifen können! Und was soll eigentlich heißen, ›es wird sicher nicht leicht, verheiratet zu sein‹? Hast du Grund zur Klage?«

»Nein. Omili weiß schon, wie ich das meine.« Und bevor Heiko irgendwas darauf sagen konnte, fügte sie schnell hinzu, daß sie unbedingt noch ihren Eltern, ihrer Tante und ihrem Onkel Karten schicken müsse.

»Dann mach hin!« forderte Heiko, »die Nüsse werden warm.«

Polynesische Lähmung

Jetzt hatte es sie doch noch erwischt – die polynesische Lähmung, von der ihr Robert an der Iao Needle erzählt hatte. Träge lag Mona schon den ganzen Tag lang im Liegestuhl am Pool, ließ sich Getränke bringen und träumte sich in Roberts Arme. Schade, daß er seine Hände nur noch benutzte, um Tennis- oder Golfschläger zu halten. Wenn er sie wirklich liebte, mußte er doch merken, daß sie sich nach ihm sehnte.

Was darf's denn sein?

Am späten Nachmittag saßen Heiko und Beate auf dem Sofa im Holzbungalow der Hotelrezeption. Auf den Knien hielten sie eine große Kunstledermappe mit Klarsichthüllen, in denen die verschiedenen Elemente abgebildet waren, die man für eine Hochzeitszeremonie bestellen konnte.

»Also«, sagte Beate und tippte auf die Abbildung, »so einen Smoking auf jeden Fall!«

»Spinnst du? So was steht mir nicht.«

»Aber Heiko, wie sieht das denn auf dem Video aus, das die drehen? Ich im langen Kleid und du in Shorts?«

»Video? Was das wieder kostet! Fotos tun's auch. Und eigentlich kann ich die sogar selber machen.«

Beate zeigte ihm einen Vogel. »Das sieht ja dann aus wie eine Single-Heirat! Ne, Heiko-Schätzle, Video muß sein. Die daheim wollen schließlich sehen, wofür sie bezahlt haben!«

Heiko stöhnte. »Weißt du übrigens, daß du vorhin auf der Macadamia-Farm für über fünfzig Mark Nüsse gekauft hast?«

»Weißt du übrigens«, erwiderte Beate, »das die für Leute sind, die mehrere tausend Mark haben springen lassen, damit mir herfahren konnten?«

Beate wandte sich wieder dem Katalog zu.

»Von den Blumenarrangements nehmen mir das mittlere! Französischer Champagner oder kalifornischer Schaumwein?« Beate überlegte einen Moment, daß sie eigentlich keinen Alkohol trinken dürfe, aber bei der eigenen Trauung konnte man sicher eine Ausnahme machen. »Also Champagner! Bliebe noch das Hochzeitsessen.«

»Ich denke, mir essen im *Ochsen*!«

»Ja, nach der kirchlichen Zeremonie, aber übermorgen essen mir hier und zwar richtig feierlich. Also ich finde, das Restaurant gibt nicht so viel her, da nehmen mir das Menü am Strand. Das sieht doch gut aus. Mit eigenem Koch. Ha jetz, guck!« Beate zeigte auf das Foto.

»Muß das sein?«

»Du hast wirklich keinen Sinn für Romantik. Wofür sind mir denn hier? Mir zu zweit allein im Sonnenuntergang! Das ist romantisch!«

»Und wenn's übermorgen regnet? Ach, brauchen mir nicht einen Trauzeugen? Ist der auch im Angebot? Also ich tät die Blondine da auf dem Bild mit dem Essen am Strand nehmen. Was kostet die?«

»Heiko! Benimm dich! Also, wenn mir nicht zufällig noch jemanden finden, dann kann ja auch der Koch als Trauzeuge unterschreiben. Oder jemand vom Hotel.«

»Und das nennst du romantisch? Einen Koch als Trauzeugen?«

»Dann sind mir uns ja nun einig und können bestellen.« Beate klappte die Mappe zu und zog Heiko zur Rezeption. »Was hast du für eine Anzuggröße?« Heiko zuckte mit den Schultern.

Die Natur nimmt ihren Lauf

»Na, was unternehmen wir denn heute?« fragte Lars, für Mona völlig unerwartet, nach dem Aufstehen am nächsten Morgen.

»Hast du ehrlich Lust auf einen Ausflug?«

»Klar«, antwortete Lars, während er sich ankleidete, »wir könnten uns die Insel ansehen.«

»Ich dachte, du wolltest wieder auf den Golfplatz.«

»Kann ich doch immer noch.«

»Und was ist mit Robert?«

»Wir fragen ihn beim Frühstück, ob er mitkommen will.«

Robert saß im Restaurant, als sie eintrafen.

»Du hast schon gefrühstückt?« fragte Lars.

»Ja, ich konnte nicht schlafen, wegen der Vögel. Meine Güte, was machen die einen Lärm! Besonders die Graukardinäle sind ja ganz hübsch, nur eben viel zu viele auf einmal.«

»Mit Vögeln kennst du dich aus, wie?« meinte Lars grinsend und fügte hinzu: »Hätte ich gar nicht vermutet!«

Mona brauchte einen Moment, um zu realisieren, was sich da gerade zwischen den beiden abspielte. Verlegen griff sie zur Kaffeetasse.

»Tja, von außen sieht man es den Leuten schließlich nicht an«, konterte Robert. »Das zeigt sich immer erst, wenn man der Natur ihren Lauf läßt, ich meine, sich in der Natur aufhält.«

»Apropos Natur. Wir haben gedacht, wir sehen uns heute die Insel an«, sagte Lars.

Robert schaute Mona an. Mona hielt abwehrend ihre Hände nach oben. »Ich war's nicht. Lars hat das von sich aus vorgeschlagen.«

»Kommst du mit?« fragte Lars.

Robert sah auf die Frage hin schon wieder Mona an. »Also ich weiß nicht ...«

»*Ich* habe nichts dagegen«, sagte Mona, die Schultern hochziehend. »Ich bin im Gegenteil froh, wenn ihr *mich* mitnehmt.«

»Also gut.«

»Na, dann ist doch alles klar. Wir unternehmen unsere Expedition, und wenn wir zurück sind, spielen wir eine Runde«, beschloß Lars.

Das Ziel hieß Halawa Valley und Lars brauste über den einzigen Highway von Molokai, als habe er am anderen Ende der langgestreckten Insel einen Termin. Das ist doch mal wieder typisch, dachte Mona in Höhe eines Kokospalmenhains.

Entlang der Straße stand auf gepflegtem Rasen eine kleine Holzkirche neben der anderen. Dann passierten sie den Hauptort Kaunakakai. Bald wurde die parallel zum Meer verlaufende Straße schmaler und das Busch- und Baumwerk stellenweise dichter. Zu den unzugänglichen Bergen hin lagen immer mal wieder Grundstücke mit einfachen Wohnhäusern, um die herum Autowracks vor sich hinrosteten. Man sah sozusagen die komplette Auto-Biografie der Besitzer. Zwischen dem Schrott standen üppig blühende Bäume und Palmen. Hunde dösten am Straßenrand. Dunkle Wolken hingen über den Bergen, während gleichzeitig die Sonne schien; eine Stimmung wie vor einem Gewitter.

Lars' und Roberts angeregte Unterhaltung rauschte an Mona vorbei. Die Klimaanlage lief, so daß sie auf der Rückbank ohnehin kaum etwas verstehen konnte. Sie konsultierte gerade den Reiseführer, als Lars sich zu ihr umwandte.

»Wenn wir anhalten sollen, mußt du es sagen.«

»Gut. Dann bitte gleich hier!«

Lars bremste und fuhr rechts ran. »Was, an der Kirche etwa?«

»Genau. Saint Joseph Church von Pater Damian gebaut. Das ist der, der sich um die Leprakranken gekümmert hat.«

Lars verzog das Gesicht.

»Ihr könnt ja im Auto bleiben.«

Um die Kirche herum waren gerade Gärtner mit dem Schneiden von Hecken und Bäumen beschäftigt. Mona betrat die winzige Holzkirche, in der durch die offenen Fenster der ohrenbetäubende Lärm der Schneidegeräte sowie der Geruch von frisch gemähtem Rasen und Treibstoff drang. Die weißgetünchte Kirche war nicht weiter bemerkenswert.

Draußen stand eine schwarze lebensgroße Metallskulptur, die Pater Damian darstellte, der mit seinem leprösen Gesicht zum Fürchten aussah. An die Kirche grenzte ein Rasenstück, über das zwischen blattlosen Plumeria-Bäumen verstreut Gräber mit weißen Holzkreuzen lagen. Mona ging ein paar Schritte auf eine Frau zu, die, begleitet von lauter Reggae-Musik aus einem Ghettoblaster, frische Schnittblumen auf ein Grab dekorierte. Mona stutzte beim Anblick von Bierdosen der Marke *Coors Light*, mit denen das Grab eingefaßt war.

»Hi!« sagte Mona schüchtern.

»Hi!« antwortete die Frau und sortierte weiter ihre Blumen.

Mona faßte sich ein Herz und fragte, was die Bierdosen auf dem Grab sollten. Die Frau schaute kurz auf und wunderte sich sichtlich über die Frage. Man gebe den Toten das mit aufs

Grab, was sie am liebsten getrunken hätten. Das sei hier so Sitte.

»Sonst noch irgendwelche tollen Sehenswürdigkeiten?« fragte Lars, als Mona wieder einstieg. Robert strahlte sie an.

»Eine Meile weiter ist das Smith-Bronte-Landing«, antwortete Mona.

»Die Stelle, an der die Piloten des ersten zivilen Transpazifikfluges notlanden mußten«, ergänzte Robert. »Aber sehen kann man da doch nichts!«

»Na und? Nur im Auto zu sitzen, kann ja wohl auch nicht der Sinn einer Inselerkundung sein, oder?«

»Da hast du durchaus recht«, meinte Robert lachend. »Außerdem wollte ich sowieso wenigstens einen von den Fischteichen sehen, die vor hunderten von Jahren hier die ganze Küste entlang angelegt wurden.«

An gelbgestrichenem Rohrgestänge unter Palmen baumelte ein grob handgeschnitztes Holzschild mit dem Hinweis auf die besagte Stelle.

»Hier kann ich aber nirgendwo parken!« nörgelte Lars. Unmittelbar neben der Straße begann ein Sumpfdickicht. Da kaum Verkehr herrschte, hielt Lars an, wollte jedoch im Auto bleiben. Robert und Mona stiegen aus.

Über matschige Kokosnüsse auf einem schmalen Weg durch das Grün, umrundeten sie die historische Stelle. Ein kleiner schwarzer Bulle ganz in der Nähe beobachtete sie dabei aufmerksam.

»Keine Sorge, er ist angekettet!« meinte Robert.

»Ich mache mir keine Sorgen!« antwortete Mona.

Durch die Bäume sahen sie den Ozean und gingen darauf zu. Unweit eines kleinen schwarzsandigen Strandes sammelten einheimische Frauen in gebückter Haltung Beeren von wilden Pflanzen. Robert zeigte auf die halbrunde, die Bucht zum Meer hin abgrenzende Steineinfassung und sagte, das sei so ein historischer Fischteich.

»Aha«, antwortete Mona. Das war ihr jetzt ziemlich gleichgültig. Viel mehr interessierte sie, warum sich Robert so eigenartig verhielt. Erst macht er ihr eine Liebeserklärung und dann war er mit einem Mal dick mit Lars befreundet und ließ sie links liegen. Männer! dachte Mona verächtlich.

Schweigend schauten sie auf die graue glatte Wasserfläche.

Robert, der sich im Unklaren war, ob Mona sich so abweisend verhielt, weil es sie störte, daß er mitgekommen war, entschloß sich, eine Abfuhr in Kauf nehmend, wie beiläufig seinen Arm um ihre Schulter zu legen. Da sie sich nicht dagegen wehrte, eigentlich überhaupt nicht darauf reagierte, näherte er sich langsam ihrem Gesicht und küßte sie. Sie schloß die Augen.

Die drei erntenden Frauen ließen sich durch die Anwesenheit der beiden Touristen in ihrer Unterhaltung nicht stören. Robert nickte ihnen freundlich zu, als sie wortlos zur Straße zurückgingen. Erst als sie Lars, neben dem Auto stehend, ungeduldig auf das Dach klopfen sahen, ließ Robert Monas Hand los.

Ein paar Meilen weiter gefiel Mona wieder eine der vielen weißen Holzkirchen mit rotem Dach auf grüner Wiese, weil diese sich leuchtend gegen den dunklen Hintergrund der Berge und Wolken abhob. Das große Holzkreuz aus rohen Stämmen davor drohte den armen Sündern mehr mit ewiger Verdammnis, denn mit Erlösung.

Schöne Aussichten

Durch sonnenbeschienenes Weideland stieg die Straße stetig an, hinauf zu den steilen Klippen, die Kalaupapa zur Landseite hin abschirmten. Wo das Weideland in Wald überging, verschwand, wie abgeschnitten, die Sonne. Wolkenfetzen hingen in den Baumspitzen. Eine Serpentine weiter mußte Heiko die Scheibenwischer einschalten. Auf dem leeren Parkplatz überlegte Beate, ob sie überhaupt aussteigen solle. Heiko griff nach seinem ausgeleierten Sweatshirt, das auf der Rückbank lag und drückte es Beate in die Hand.

»Jetzt gucken mir uns zuerst den Phallic Rock an.«

Der Weg führte durch einen Wald aus Eisenholzbäumen, in deren langen fedrigen Nadeln unzählige glitzernde Tröpfchen hingen. Der Pfad wurde schmal und die Steine, die wie Treppenstufen den Hang hinaufführten, waren glitschig. Heiko ging vor, und Beate hielt sich am Bund seiner Hose fest.

Sie kamen oberhalb des freistehenden braunen, leicht bemoosten Felsens an, der schräg aus dem mit abgestorbenen Nadeln bedeckten Waldboden zu wachsen schien. Aus dem größeren Unterteil stand vorne spitz ein Felsteil vor, der wie eine überdimensionale Eichel aussah. Da der Phallic Rock zudem feucht glänzte, genierte sich Beate ein wenig. Heiko nahm sie bei der Hand und umrundete mit ihr den Fels, bestaunte ihn gebührend von allen Seiten.

»Gell Möhrli, ein dolles Ding.«

»Ha jo. Können mir jetzt wieder gehen?«

»Weißt du eigentlich ...« begann Heiko und Beate stöhnte gequält. »Da haben die Einheimischen natürlich noch etwas nachgeholfen. An der Form, meine ich. Aber sieht doch ganz beeindruckend aus. Was sagst du denn als Frau dazu?«

»Heiko, mir ist kalt.«

»Weißt du eigentlich, daß unfruchtbare Frauen nachts hierher kommen? Es heißt, sie würden dann schwanger.«

»Dann können *mir* ja wieder gehen!«

»Ha, wieso das jetzt? Ich hab' noch keine Fotos gemacht!«

»Heiko.«

»Ja, Beate, was ist?«

»Heiko, ich denke, ich bin schon schwanger!«

»Nein!«

»Doch. Ziemlich sicher. Als Frau fühlt man das. Was sagst?«

»Ging schnell. Ha jo, was anderes habe ich von mir auch gar nicht erwartet.«

»Wie? Von dir?«

»Na, jeder Schuß ein Treffer. Familientradition, sozusagen. Da mußt du jetzt aber besser auf dich aufpassen. Nicht so viel im Regen rumlaufen, daß du dich nicht erkältest. Weißt du was? Zur Feier des Tages mach ich jetzt doch mal ein Foto von dir! Beate Möhrle auf dem Phallic Rock!«

Die Drei im Tal

»Du hättest Slalomfahrer werden sollen!« meinte Mona zu Lars, als sie unten im Halawa Valley ankamen und das Auto abstellten. *End State Highway* stand doch tatsächlich auf einem Schild, dort, wo der schmale Asphaltweg abbrach, ein gelber Schulbus parkte und ein Trampelpfad zum Meer führte, dessen Tosen ihnen entgegendonnerte.

»Scharfe Strecke!« meinte Lars selbstzufrieden. »Aber die Automatik bringt's einfach nicht. Schade, daß ich meinen Neunelfer nicht hier habe!«

»Was für ein Glück!« riefen Robert und Mona aus einem Munde und mußten lachen.

»Jetzt leben wir noch ein Jahr zusammen!« meinte Mona zu Robert.

»Ach, sagt man das?« fragte Lars pikiert.

»Klar, wenn man gleichzeitig das gleiche sagt. Weißt du doch.«

»Na, *ich* bin ja nicht abergläubisch!« antwortete Lars.

Drei zutrauliche wilde Hunde, zwei braun, einer schwarz, begrüßten sie schwanzwedelnd in ihrem Revier, einem großen Rasenstück, das von der Mündung eines Flusses, vom Meer und von steilen Felsen begrenzt wurde.

»Von oben sah das aber irgendwie schöner aus!« meinte Mona und streichelte die Hunde. »Es wirkt so, als sei hier gar keine Sonne. So trist, findet ihr nicht?«

»Schon«, meinte Robert. »Und was machen wir jetzt?«

»Keine Ahnung!« Lars stand unschlüssig mit den Händen in den Hosentaschen herum und ließ seine Haare vom Wind zerzausen.

In der Ferne konnten sie inmitten von Urwald einen senkrechten hellen Strich erkennen, einen Wasserfall, der in die Schlucht stürzte.

»Tja«, sagte Robert. »Schade, daß hier kein Lokal ist. Ich hätte jetzt Appetit.«

»Hier ist weit und breit nichts, wo man sich verpflegen könnte. Aber ihr mußtet ja unbedingt an Kaunakakai vorbeibrausen, als sei die Polizei hinter euch her. Dabei hätten wir uns dort leicht mit Proviant versorgen können.«

»Hinterher ist man immer klüger!« sagte Lars. »Und paß auf, daß du keine Flöhe kriegst!«

Mona kraulte immer noch hingebungsvoll die Hunde. Der wildere Schwarze umkreiste sie, die Braunen lagen vor ihr im Gras und genossen die Zuwendung.

»Wir können uns ja noch ein wenig umsehen und dann wieder fahren«, schlug Robert vor.

»Was willst du hier denn angucken? Das sieht doch aus wie eine Müllhalde!« muffelte Lars mit Blick auf das Wrack eines roten Chevrolets.

»Also, Lars, ehrlich!« protestierte Mona. »Nur weil das hier nicht so manikürt ist wie deine geliebten Golfplätze!«

Wo der Trampelpfad wieder in den asphaltierten Weg überging stand das Schild *Begin State Highway*. Bei den fliegenumschwirrten staatlichen Restrooms, neben überdachten Picknicktischen, absentierte sich Lars. Robert und Mona schlenderten ganz langsam weiter über die von hohen Bäumen überdachte Straße. Philodendron umrankte die Stämme. Seine Luftwurzeln baumelten fast bis zu ihren Köpfen herunter. Bei den Mauern einer ausgebrannten Kirche blieben sie stehen.

»Weißt du noch, wie wir zusammen an der Iao Needle waren?« fragte Robert, ohne sie anzusehen.

»Ja sicher«, bestätigte Mona. »Du fragst das, als sei es Jahre her.«

»Mir kommt es tatsächlich vor, als würden wir uns schon viel länger kennen.«

Mona mußte sich eingestehen, daß es ihr ebenso ging. »Ich werde den Tag sicher nie vergessen«, sagte sie mehr zu sich als zu ihm.

»Ja und nun ...« Robert hielt inne und sah Mona an.

»Nun ist Lars da.«

»Eine prekäre Situation. Ich meine, ich würde die Zeit lieber mit dir alleine verbringen. Mona?«

»Ja?«

Robert griff nach ihrer Hand. »Ich konnte einfach nicht abreisen und dich hier zurücklassen. Es ist mir durchaus bewußt, daß ich mich wie ein verliebter Trottel aufführe, aber ich möchte nur eines: mit dir zusammensein.«

Mona schaute ihn mit großen Augen an. Er schien es wirklich ernst zu meinen! Und diese unerwartete Verbrüderung mit Lars? Doch nur ein Vorwand, um sie zu sehen?

»Mona, ich will dich nicht drängen. Aber du sollst wissen, daß ich immer für dich da bin. In der Zwischenzeit spiele ich hier das dritte Rad am Wagen.«

»Das fünfte.« Robert sah Mona irritiert an. »Man sagt: das fünfte Rad am Wagen. Und da kommt der Fahrer!«

Lars näherte sich raschen Schrittes.

»Na, was gibt's denn da zu sehen?«

»Och«, sagten die beiden schon wieder gleichzeitig, schauten sich erstaunt an und mußten grinsen.

»Nichts Besonderes«, fügte Robert an. »Aber da vorne ist noch eine Kirche. Die scheint intakt zu sein.«

Er wies auf ein kleines weißes Holzgebäude mit einem gepflegten tropischen Gärtchen drumherum. Mona meinte, das sähe verwunschen aus. Lars fand jedoch, diese Kirchlein gebe es hier dutzendweise und man müsse die nun nicht auch noch angucken, so als habe er sich überhaupt schon eine angesehen.

»Also, dann fahren wir jetzt wieder!« beschloß er und rieb sich die Hände. Er freute sich schon auf die enge kurvenreiche Straße den Berg rauf und wieder runter.

»Macht es dir etwas aus, wenn ich mich auf der Rückfahrt zu deiner Frau nach hinten setze?«

Treffpunkt Kanemitsu's

»Unglaublich!« Perplex stand Beate in dem kleinen Laden und starrte auf die Spender mit den Müslimischungen, Trockenfrucht-Cocktails und sonstigen Körnern. »Und das *hier*!« Solch eine Auswahl gab's nicht mal in Stuttgart. Heiko stöberte derweil in den dunklen Winkeln des *Outpost Natural Foods*-Ladens, zog altmodisch bedruckte Päckchen mit Teebeuteln hervor, deren Zellophanverpackungen vom Staub schon ganz matt waren und stellte sie wieder zurück.

Die freundlich wirkende, grauhaarige Ladeninhaberin unterhielt sich über die Kasse hinweg mit einem ziemlich rustikal aussehenden Mann in Jeans und kariertem Hemd.

Beate hatte sich inzwischen mit den Schäufelchen verschiedene Mischungen in Tüten abgefüllt und stand mit Heiko vor dem Obst. Die Orangen waren schwarz und die Papayas sahen auch irgendwie alt aus. Unschlüssig nahm Beate Früchte in die Hand, fragte Heiko um Rat, der auch nicht wußte, ob man das essen könne und legte sie wieder zurück.

Da unterbrach der Mann seinen Flirt mit Tante Emma und bot Beate an, die besten Früchte für sie auszusuchen. Als Beate einwandte, die dunkle Schale sähe seltsam aus, erklärte er ihr, die seien ganz besonders gut und reif geerntet. Er müsse das schließlich wissen, denn er baue sie an und habe sie eben geliefert. Und die Farbe bekämen die Zitrusfrüchte durch die Nachttemperaturen und die seien hier eben nicht so niedrig wie in Kalifornien. Heiko und Beate waren beeindruckt.

»Das ist es«, meinte Heiko, als sie bepackt in das grelle Sonnenlicht traten, »Obst direkt vom Erzeuger. Eben noch am Baum und gleich gegessen. Und du brauchst jetzt Vitamine!«

Der Naturkostladen befand sich am Anfang der nur wenige Häuser langen Einkaufstraße von Kaunakakai.

»Gell, wie in einem Western!« Holzfassaden täuschten auch hier ein nicht vorhandenes erstes Stockwerk vor. Rechts und links am Straßenrand parkten dicht an dicht Pick-up Trucks, Geländewagen und betagte »Ami-Schlitten«, wie Heiko sich ausdrückte. Da wurden Einkäufe aus den beiden Supermärkten verstaut, der neueste Klatsch ausgetauscht und überhaupt herrschte reges Leben.

Natürlich wußte Heiko mal wieder aus seinem amerikanischen Reisehandbuch, daß die Kanemitsu Bäckerei die einzige am Ort und über die Grenzen Molokais hinaus bekannt für ihr Brot sei. Sie betraten den geräumigen Laden und stellten sich hinter den Wartenden an.

Der Raum weitete sich L-förmig. Im fensterlosen langen Teil, der links neben der Brottheke weit nach hinten führte, schien so eine Art Kneipenbetrieb zu sein. Spielautomaten blinkerten. An einfachen Tischen mit Bänken oder Stühlen saßen Einheimische beim Essen.

Nachdem Beate Brot und einige süße Backwaren erstanden hatte, lotste Heiko sie an einen der freien Tische. Heiko, inzwischen Experte für japanische Nudelsuppen, bestellte sich Saimin, Beate das Tagesgericht, eine *lunch plate*, von der sie nicht wußte, was darauf sein würde.

»Unmöglich!« sagte Lars. »Hier können wir unmöglich irgendwo essen!«

Sie liefen Kaunakakais kurze Hauptstraße nun schon zum zweiten Mal entlang, entdeckten jedoch kein Lokal, das Lars' Anforderungen rein äußerlich genügt hätte.

»Also, ich habe Hunger«, sagte Mona. »Ich hole mir jetzt auf jeden Fall drüben in der Bäckerei ein Stückchen, egal, was ihr beschließt.«

»Irgendwas essen müssen wir schließlich!« fand Robert.

»Wir können ja im Supermarkt einkaufen, und ich koche dann heute abend«, schlug Mona vor.

»Im Zimmer?« fragte Lars, als sei Mona nicht recht bei Trost.

»Wo sonst? Auf den Balkon kann ich den Herd schlecht rausschieben! Also los jetzt!«

Sie ging neben Robert über die Straße. Lars folgte ihnen widerstrebend in den Laden. Er blieb nahe beim Ausgang stehen, als ginge ihn das alles nichts an.

Mona und Robert betrachteten das Angebot in den Vitrinen und unterhielten sich, was sie nehmen sollten. Als die Verkäuferin sie nach ihren Wünschen fragte, wiesen sie beide auf dasselbe und mußten lachen. Mona drehte sich nach Lars um.

»Soll ich für dich mit aussuchen?« rief sie zu ihm hinüber.

»Von mir aus!« antwortet er und betrachtete eingehend den mannshohen roten Kaugummiautomaten, an dem ein großes handgeschriebenes *Out of Order*-Schild klebte. Dann schaute er auf die Straße hinaus.

Als Mona und Robert mit ihren Tüten auf Lars zutraten, schlug Mona vor, ein warmes Sandwich zu essen.

»Gute Idee!« meinte Robert.

»In dieser Wartehalle?« fragte Lars entsetzt.

»Jetzt sei doch nicht immer so verdammt pingelig. Die anderen essen doch auch hier, wieso also wir nicht?«

»Genau!« sagte Robert, »Hauptsache was in den Magen!«

Lars gab widerspruchslos nach. Er konnte nur gerade noch verhindern, daß Mona die Bänke weiter hinten im Lokal ansteuerte und setzte sich schnell an einen der Tische nahe der Fensterfront, die anscheinend von den anderen Gästen gemieden wurden.

»Unglaublich!« Beate vergaß zu kauen.

»Was denn, Möhrli?« Heiko kleckerte mal wieder mit Nudelsuppe.

»Sean Connery hat sich gerade da vorne an einen Tisch gesetzt! Dreh dich jetzt bloß nicht um!«

»Du spinnst! Was du immer mit deinem Sean Connery hast! Als ob der in so ein Lokal gehen würde! Die Suppe ist übrigens nicht so gut wie in Waikiki. Und wie ist jetzt dein's?«

Beate hatte einen Teller mit würzigem, geschmortem Schweinefleisch, Reis und einer Kugel geschmacklosem Nudelsalat vor sich.

»Es ist ganz okay. Also ich fasse es nicht! Meinst du, ich soll hingehen?«

»Wozu das denn?«

»Na, wegen dem Autogramm für Mutti.«

»Ha noi, jetzt iß!«

Schnell aß Beate ihren Teller leer – bis auf den Nudelsalat. Den verputzte Heiko als Nachtisch zu seiner Suppe. Beate stand auf. Heiko mahnte an, daß sie erst zahlen müßten, aber das war Beate egal. Sie nahm all ihren Mut zusammen und ging zum Idol ihrer Mutter. Heiko, dem das unangenehm war, schaute ihr nicht nach.

»Excuse me, Sir, may I have an autograph, please?« unterbrach Beate das Schweigen am Dreiertisch. Sechs Augen schauten sie an. »For my mother!« ergänzte sie verlegen.

Robert schmunzelte. »Tja, der Ruhm hat seinen Preis!« meinte er lachend zu den beiden am Tisch.

»Sie sind ja gar kein Engländer!« rief Beate so laut, daß es auch Heiko hören konnte. Er drehte sich um.

»Schotte!« sagte Robert amüsiert.

»Ha noi, Sie sind doch Deutscher! Sie sehen Sean Connery aber saumäßig ähnlich«, meinte Beate entrüstet.

»Und der ist Schotte!« sagte Robert. »Daß ich hin und wieder mit ihm verwechselt werde, ist mir selbst unangenehm.«

»Mir erst«, bestätigte Beate, die sich blamiert fühlte. »Hätte ich mir eigentlich denken können, wo Sie doch mit einer deutschen Frau verheiratet sind.«

Die Drei schauten sie entsetzt an.

»Ha no, das ist doch Ihre Frau.« Sie wies auf die verdutzte Mona. »Gell, mir haben nebeneinander im Flugzeug gesessen. Ich hoffe, ich habe Sie mit meiner Erkältung nicht angesteckt. Ha, und dann habe ich Sie zusammen am Strand von Waikiki gesehen!«

Monas Magen krampfte sich zusammen. Robert wirkte irritiert.

»So, so, in Waikiki, was Sie nicht sagen. Das ist ja interessant«, bemerkte Lars bitter und forderte Beate auf, sich zu ihnen zu setzen.

»Heiko, kommst du mal!« rief Beate und zog sich einen Metallrohrstuhl von einem der anderen Tische heran.

»Das ist der Heiko Fichtel und ich bin die Beate Möhrle.«

»Das ist die Mona Hallstein und ich bin der Lars Hallstein«, ahmte Lars Beates Vorstellung nach.

»Und ich heiße Robert Vonhof.«

»Ha, dann sind also gar nicht Sie, sondern Sie miteinander...«, Beate stockte. »Also, *mir* sind quasi auf Hochzeitsreise!«

»Ach?« sagte Mona, froh über den Themenwechsel. »Wieso quasi?«

»Na, mir wollten eigentlich in Hilo heiraten, aber das hat nicht geklappt und nun heiraten mir hier, gell Heiko?«

»Da kann man ja gratulieren!« meinte Robert. »Molokai ist sicher ein schönes Ziel für die Flitterwochen.«

»Hawaii«, verbesserte Heiko. »Mir machen Insel-Hopping. Waikiki beziehungsweise Oahu, Big Island, Molokai und dann noch Maui. Kennen Sie Maui?«

»Das kann man wohl sagen!« meinte Robert. »Da waren wir vorher.«

»Und was ist mit Kauai und Lanai?« fragte Lars. »Die Inseln fehlen in Ihrer Aufzählung.«

»Wie ist es Ihnen denn so ergangen?« fragte Mona verbindlich. »Jetzt fällt es mir wieder ein, habe ich Sie nicht auch an der Kealakekua-Bucht gesehen, beim Captain Cook Monument? Sie hatten, wenn ich mich recht entsinne, meinen Wagen zugeparkt.«

»Ach, Sie haben ein Auto?« meinte Lars spitz. »Ich dachte, Sie trampen.«

»Siehst du, Heiko, ich hab' ja gleich gesagt, stell das Auto woanders hin! Dem Heiko tut das leid, gell Heiko?«

Heiko nickte. Er machte schon die ganze Zeit ein grüblerisches Gesicht.

»Möchten Sie etwas trinken? Eine Cola, vielleicht?« fragte Robert.

»Mir müssen eigentlich gleich weiter«, antwortete Heiko. »Mir wollen noch in das Halawa Valley.«

»Ach, was für ein Zufall«, sagte Mona, »da kommen wir gerade her.«

»Und? Wie ist es?« fragte Beate.

»Tja, also ...«, sagte Mona und wurde von Lars unterbrochen.

»Wunderbar, ein echtes Erlebnis. Da müssen Sie einfach

hin. Ein Naturschauspiel, das alles, was Sie bisher gesehen haben, in den Schatten stellt.«

»Toll!« sagte Beate. »Gibt's auf der Strecke viele Kurven?«

»Och, es geht, jedenfalls sehr gut zu fahren. Hier ist ja alles so fantastisch ausgebaut.«

»Da bin ich aber erleichtert«, meinte Beate. »Mir wird nämlich schnell schlecht, bei den Serpentinen. Wissen Sie, ich bin schwanger.«

Mona sah betroffen auf die Resopalplatte. »Ein bißchen kurvig ist es schon«, korrigierte sie ihren Mann. »Aber wenn Sie selbst fahren, werden Sie es sicher nicht so merken.«

Beate schaute Heiko an. »Siehst du, du läßt mich nie ans Steuer. Aber ins Halawa Valley fahr jetzt ich!«

Mona lächelte still. Das war doch überall das gleiche. Männer und Autos. Ein Thema ohne Variationen.

»Waren Sie schon am Phallic Rock?« plauderte Beate weiter. »Das ist so ein ziemlich obszön geformter Stein oben beim Aussichtspunkt nach Kalaupapa.« Sie kicherte. »Angeblich werden unfruchtbare Frauen an dem Stein schwanger. Was glauben Sie, wie der Heiko geguckt hat. Ich meine, daß es sofort wirkt, hätte er nicht gedacht.«

»Ach, Sie haben es ihm eben erst gesagt?« fragte Mona.

»Na dann wird's aber Zeit mit dem Heiraten!« meinte Lars und schaute dabei Mona an, die sich durch diese Ermahnung an ihre eigene Vergangenheit noch flauer fühlte, als ihr ohnehin schon zumute war.

Heiko, der die ganze Zeit angestrengt überlegt hatte, kam nun endlich drauf. »Sie heißen doch Vonhof, haben Sie gesagt«, wandte er sich an Robert. »Geysir Werke?«

Robert bestätigte dies.

»Ist das Vonhofsche Patent etwa von Ihnen?«

Robert schmunzelte. »Na hören Sie mal, junger Mann, ich sehe möglicherweise älter aus als ich bin, aber das Patent ist von 1910. Es stammt von meinem Großvater.«

»Ha jo, das hättest du dir doch denken können!« mischte sich Beate ein. Heiko wedelte mit der Hand in ihre Richtung, sie solle die Klappe halten.

»Aber die Firma gehört doch Ihnen?« fragte Heiko, der sich nun so ausschließlich Robert zugewandt hatte, daß sich Mona und Beate leise über die Freuden und Leiden der Schwangerschaft unterhielten und Lars trübsinnig sein Glas anstarrte.

»Die Geysir Werke sind eine AG, wieso fragen Sie?«

»Ha no«, meinte Heiko und rutschte nervös auf dem Stuhl herum, »ich müßte«, er wies mit dem Ellenbogen auf Beate, »denn doch mal mit dem Studium fertig werden und da tät ich noch dringend einen Praktikumsplatz benötigen. Und beim Daimler sieht's damit gar nicht gut aus, zur Zeit.«

Robert grinste und erklärte ihm, daß er mit Personalangelegenheiten nichts zu tun habe, sich aber mal umhören könne und fragte Heiko nach seiner Karte.

»Meinen Sie meine Kreditkarte? Was hat denn das jetzt damit zu tun?«

Robert nestelte grinsend nach seiner Visitenkarte und schrieb einen Namen darauf.

»Rufen Sie unseren Personalchef einfach mal an und beziehen Sie sich auf unser Gespräch. Vielleicht klappt's ja.«

Da nun die Sandwiches aufgetragen wurden, nahmen Heiko und Beate die Gelegenheit wahr, sich zu verabschieden. Vielleicht sähe man sich noch mal.

»Unwahrscheinlich!« antwortete Lars.

Klare Verhältnisse

Zurück in ihrer Unterkunft war Mona zunächst damit beschäftigt, ihre Supermarkteinkäufe im Kühlschrank unterzubringen. Lars zog sich zum Golf um. Über den halbhohen

Raumteiler, an dem auf der einen Seite die Küche, auf der anderen der offene Schrank angebracht war, fragte Mona Lars, warum er so unfreundlich zu den beiden Schwaben gewesen wäre. Statt ihr gleich zu antworten, kam Lars, das Polohemd noch in der Hand, hinter der Wand vor.

»Na, was denkst du wohl?« fragte er aufgebracht.

Mona erhob sich, schloß den Kühlschrank und ließ sich auf dem Bett nieder.

»Ich denke gar nichts, sonst hätte ich nicht gefragt.«

»Meinst du, ich merke nicht, was vorgeht?«

»Was wo vorgeht?«

»Jetzt tu bloß nicht so!«

Lars zog sich entschlossen das Hemd über. Nun standen seine Haare ab, und Mona mußte grinsen.

»Was gibt es da so blöd zu lachen?«

»Deine Haare!«

»Ach Scheiß drauf! Ich will jetzt wissen, was das mit Waikiki auf sich hat!«

»Sag bloß, du bist eifersüchtig?«

»Na hör mal, erst kichert ihr im Auto total kindisch auf der Rückbank rum, während ich mich auf die schwierige Strecke konzentrieren muß, und dann halten dich diese schwäbischen Ökos für Roberts Frau!«

»Für die Frau von Sean Connery!«

»Hör jetzt auf mit den Witzen!«

»Stimmt, du hast ganz recht.« Mona, deren Gefühle seit Roberts neuerlicher Liebeserklärung zwischen Euphorie und Verzweiflung schwankten, fühlte sich, als sei sie zwischen die Mühlräder von Vergangenheit und Zukunft geraten. »Es war nicht meine Idee, daß er mit hierher kommt.« Sie ließ sich auf das Bett fallen und schaute den rotierenden Ventilator an.

Es klopfte an der Tür. Mona antwortete darauf mit einem beschleunigten Herzrhythmus. Das mußte Robert sein, der Lars zum Golf abholte.

»Komme gleich nach!« rief Lars, ohne sich die Mühe zu machen, die Tür zu öffnen.

Nachdem die Schritte auf der Holztreppe verklungen waren, sah Mona Lars an und sagte leise: »Du hast schon richtig beobachtet. Robert ist in mich verliebt. Und wenn ich ehrlich bin, ich auch in ihn.«

»Verliebt, so ein Schwachsinn! Das bildest du dir doch bloß ein. Nur, weil er ein bißchen nett zu dir ist.«

»Robert ist mehr als nur ein bißchen nett zu mir. Typisch für dich, daß du das nicht eher gemerkt hast.«

Lars lachte hämisch. »Willst du etwa behaupten, du warst mit ihm im Bett?«

»Nicht nur im Bett, wir haben uns auf Maui auch auf dem Teppichboden im Wohnzimmer und nachts am Strand geliebt.« Mona merkte, wie sich wieder ihr Magen zusammenkrampfte. Diese Intimität preiszugeben, kam ihr wie ein Verrat an Robert vor. Lars gegenüber empfand sie seltsamerweise keinerlei Schuld. Sie hatte das in dem klaren Bewußtsein gesagt, damit einen Schlußstrich unter ihre Ehe zu ziehen, denn verzeihen würde ihr Lars das nicht, dazu war er zu eitel.

»Das glaube ich nicht! Du willst mich nur provozieren!«

»Und ich habe es genossen!« setzte Mona nach. »Natürlich wollte ich die Sache beenden, als du ankamst, aber dann hast du mich persönlich zu Robert beordert. Geschickte Hände, du erinnerst dich?«

Lars schnaubte. »Wahrscheinlich nimmt er ein Potenzmittel. In seinem Alter bekommt er doch sonst keinen mehr hoch. Ich hätte nie gedacht, daß dir was an senilen Spielchen liegt. Wie man sich doch irren kann. Aber der kann was erleben! Ich lasse mich doch nicht zum Idioten machen!«

Fehdehandschuh

Nachdem Robert eine Weile lustlos auf Bälle eingeschlagen hatte, sah er Lars entschlossenen Schrittes über die Wiese auf sich zukommen. Hoffentlich hatte Mona ihrem Mann endlich reinen Wein eingeschenkt. Vielleicht war es ja ein günstiger Zufall gewesen, daß sie den beiden Schwaben begegnet waren. Bei dem Gedanken, daß diese Beate sie für ein Ehepaar gehalten hatte, mußte er unwillkürlich schmunzeln. Na, was nicht ist, kann ja noch werden!

Er hätte es ja gar nicht so weit kommen lassen, wenn Mona nicht schon in Lahaina gesagt hätte, sie wisse nicht, ob sie ihren Mann noch liebe. Und dieser Lars war doch eindeutig ein Schnösel! Typisches Mitglied der Handygang. Jetzt wollte er sich auch noch im Immobiliengeschäft betätigen, Golfhotel und so – die totale Luftnummer! Aber was machte er, wenn sich die beiden ausgesprochen und versöhnt hatten? Nein, dachte er, das hätte bestimmt länger gedauert.

»Das wirst du mir büßen!« rief Lars von weitem. »Ich weiß alles!«

»Das dachte ich mir bereits!« Kampfeslustig funkelte Robert ihn an.

»Tragen wir es wie Männer aus!« entgegnete Lars pathetisch.

Rivalen

Mona traute ihren Augen nicht. Auf dem Weg vom 9. Loch zum 10. Abschlag kamen Lars und Robert, beide mit hochroten Köpfen, auf dem schmalen Weg unterhalb des Hotelpools vorbei, ohne sie zu bemerken. Sie hatte schon den Arm in der Luft, wollte nach ihnen rufen, als sie Lars laut und deutlich sprechen hörte.

»Von mir aus kannst du es mit meiner frigiden Frau treiben, diskret versteht sich, aber nach dem Urlaub ist Schluß damit!«

Mona war wie betäubt. Noch ehe sie einen klaren Gedanken gefaßt hatte, sprang sie auf, lief hinter den beiden her, faßte Lars von hinten an der Schulter. Er drehte sich überrascht um. Mit der geballten Kraft ihrer trainierten Arme versetzt ihm Mona eine Ohrfeige. Lars taumelte. Bevor er überhaupt wußte, was ihm geschehen war, ging sie hocherhobenen Hauptes davon.

Robert grinste und hielt den aufgebrachten Lars davon ab, hinter Mona herzulaufen. »Laß sie! Sie hat doch recht. Eigentlich hätte ich dir dafür eine verpassen müssen.«

»Dann tu's doch! Worauf wartest du?« zischte Lars und ballte die Fäuste.

»Ich denke, wir haben uns auf eine zivilisiertere Art der Auseinandersetzung geeinigt. Benehmen wir uns doch wie Gentlemen! Wir liegen gleichauf, du bist am Schlag.«

Die Entscheidung würde frühestens am kurzen 16. Loch oder gar erst am Schluß, am langgestreckten 18. Loch fallen. Doch Lars war so aufgebracht, daß er am 11. Green, einem Par 3, den Ball im Meer versenkte und damit das Loch verlor. Verbissen kämpfte er weiter. Am 16. Loch lagen sie wieder gleichauf. Sie sprachen kein Wort miteinander. Zum Glück war der Platz ziemlich leer. Sie sahen aus, als würden sie sich den Abschlag notfalls freischießen.

Am entscheidenden letzten Loch lag Robert in Führung. Er lockerte seine Armmuskeln und holte tief Luft. Dann hielt er inne und sah seinen Rivalen an.

»Lars«, sagte er, »wir benehmen uns wie die Idioten!«

»Na und«, antwortete Lars, »nachdem ich mich habe zum Affen machen lassen, kann ich mich doch wohl wie ein Idiot aufführen, oder?«

»Hör mal, das ist doch Unsinn. Was soll das schon bezwecken? Das ist doch ganz allein Monas Entscheidung.«

»Lächerlich!« antwortete Lars und schwang probeweise seinen Schläger.

»Genau!« bestätigte Robert.

Lars drehte sich um und sah Robert an. »Du hast doch keine Ahnung. Mona läßt sich vielleicht auf ein Verhältnis ein, aber sie wird mich niemals verlassen!«

Sonnenuntergang

Mona hatte gekocht und Lars währenddessen auf dem Balkon Gin in sich hineingeschüttet. Unbeobachtet senkte sich der dunkle Vorhang über das farbenprächtige Schauspiel am Himmel. Unberührt standen die beiden Teller mit Steaks und chinesischem Brokkoli vor ihnen.

»Geckos!« sagte Mona mehr zu sich selbst, und sah hoch zu den kleinen Reptilien, die kopfüber an der Überdachung des Balkons hingen.

Lars' glasiger Blick bekam einen entschlossenen Ausdruck. »Geh packen! Wir reisen morgen früh ab. Mit der ersten Maschine.«

Mona sah ihren Mann traurig an.

»Guck nicht so!« sagte Lars in scharfem Ton. »Das wirkt bei mir nicht!«

Mona atmete tief durch. »Lars, ich fahre nicht mit dir zurück. Ich komme auch nicht mehr zurück in dein geliebtes Haus. Es ist an der Zeit, getrennte Wege zu gehen.«

»Das kannst du nicht!«

»Oh doch! Das kann ich!«

»Wie stellst du dir das denn vor? Denkst du, du kannst einfach zu Robert ziehen?« Er lachte gehässig.

»Laß Robert aus dem Spiel!«

»Da hast du dir den Richtigen ausgesucht. Mit ein bißchen guter Pflege könntest du ihn sicher darüber hinwegtäuschen, daß du es als Frau nicht bringst.«

Monas Augen zogen sich zu engen Schlitzen zusammen.

Morgengrauen

Robert stand auf dem dunklen Balkon und rauchte in die Nacht hinaus. Immer wieder kämpfte er den Impuls nieder, bei Lars und Mona anzuklopfen, um den heftigen Streit, der in Wellen zu ihm herüberbrandete, zu schlichten. Durch die offene Konstruktion der Apartments ließ sich akustische Indiskretion leider nicht vermeiden.

Nebenan ging die Tür auf. Im Schein der Zimmerbeleuchtung sah er eine Flasche im hohen Bogen über die Balkonbrüstung fliegen, hörte sie dumpf aufschlagen und über das Gelände rollen. Lars hatte getrunken! Wer weiß, wozu er in diesem Zustand fähig war.

Die Balkontür stand immer noch auf. Die beiden mußten unmittelbar dahinter stehen. Robert hielt den Atem an.

»Eines sage ich dir, Schätzchen, eine Scheidung kannst du glatt vergessen!«

»Lars, das hat doch alles schon lange keinen Zweck mehr! Ich muß endlich mein eigenes Leben führen!«

»Das könnte dir so passen!« brüllte Lars. »Du hast mir schon mein bisheriges Leben ruiniert, glaube bloß nicht, daß ich mir jetzt auch noch meine Zukunft von dir kaputtmachen lasse!«

»Moment mal«, erwiderte Mona mit einer nasalen, fast fremd klingenden Stimme, »mein Leben war auch kein Freudenhaus.«

Robert mußte unwillkürlich lächeln.

»Du hättest ja studieren können«, hörte er Mona unbeirrt weiterreden, »das war doch deine Entscheidung, statt dessen sofort Geld zu verdienen.«

»Schon vergessen? Du warst schwanger. Wir mußten heiraten! Konnte ich ja nicht ahnen, daß du eine Frühgeburt hast. Mein Sohn! Andere Frauen können doch auch gesunde Kinder kriegen, wieso du nicht?«

»Frag doch mal deine Mutter...« Mona hielt inne.

»Was hat denn meine Mutter damit zu tun?« Lars begann, mit festen Schritten auf und ab zu laufen. »Schieb doch nicht immer alles auf andere!«

»Sie hat mich total unter Druck gesetzt. Das war der reinste Telefonterror. Jeden Tag, wenn du arbeiten warst, hat sie mich ins Gebet genommen. Wie anständig du doch bist, so eine wie mich zu heiraten. ›Lars, der gute Junge, hat was Besseres verdient, als so hereingelegt zu werden. Wo er doch eine große Zukunft hätte haben können‹, und sie danke Gott, daß dein Vater das nicht mehr erleben müsse. Dauernd hat sie mir angeboten, eine Abtreibung zu bezahlen, wenn ich nur aus deinem Leben verschwinde. Weißt du«, sagte Mona nach einer Pause, »ich war dem einfach nicht gewachsen!« Sie schluchzte laut auf. »Letztlich haben wir alle nicht das bekommen, was wir am meisten wollten.«

Robert, der unfreiwillig, gleichwohl gebannt, Zeuge dieser Enthüllung geworden war, beschloß, eine Weile spazieren zu gehen.

Im Liegestuhl unten am Pool mußte er kurz eingeschlafen sein, denn als er zurück in sein Apartment kam, zeigte die Uhr am Bett den Beginn des neuen Tages an. Er war sich unsicher, ob es nur der Wind war, der die Palmen rascheln ließ und durch das Zimmer säuselte, oder ob Lars und Mona immer noch leise miteinander stritten.

Lore hatte sich ohne Tränen, ohne Vorwürfe, ohne Streit, aus seinem Leben verabschiedet. Am geplanten Abreisetag hatte sie ihm schlicht mitgeteilt, daß sie in Marbella bliebe und er sich doch bitte in Zukunft nicht mehr herbemühen möge. Da er nicht so recht glauben konnte, was sie da sagte, hatte sie zur Bekräftigung diesen schnöseligen Pascual angeschleppt und gesagt »gleiches Recht für alle. Auch ich will jetzt mein Leben genießen.«

Mona dagegen schien ebenso mit ihrer Vergangenheit wie um ihre Zukunft zu ringen. Die Frage war, wie es ausgehen würde. War er nur der Funke gewesen, der die Explosion ausgelöst hatte?

Sollte er sich jetzt noch eine Zigarre anzünden oder doch lieber versuchen, einzuschlafen?

Etwa um fünf Uhr morgens, draußen war es noch vollkommen dunkel, wurde Robert von einem anhaltenden Schrei aus dem Nebenzimmer geweckt. Von den schlimmsten Befürchtungen getrieben, sprang er aus dem Bett, stürzte auf den Balkon und rief nach Mona. Wieder hörte er einen gedämpften Schrei.

In einem waghalsigen Manöver kletterte er auf die hölzerne Brüstung, hangelte sich über den Abgrund auf den Balkon nebenan. Zwei Geckos huschten davon. Die Vorhänge waren zugezogen und die Balkontür verriegelt. Nur der schwache Schimmer der Nachttischlampen drang nach draußen. Ohne zu überlegen wickelte Robert seine Pyjamajacke um die rechte Hand und schlug das dünne Glas der Schiebetür ein. Es knirschte, als er auf die Splitter trat. Bevor er einen Blick in das Zimmer werfen konnte, mußte er sich aus dem Vorhang befreien. Niemand da?

Er hörte heftiges Atmen. Und wenn sie …? Hätte er sich doch besser rausgehalten! Er machte sich hier zum Narren!

»Hilfe!« rief Mona.

Robert entdeckte die beiden in der Ankleidenische zwischen Wohnraum und Bad. Sie wälzten sich auf verstreuten Kleidungsstücken neben einem halbgepackten Koffer.

»Faß mich bloß nicht an!« stieß Mona mit erstickter Stimme hervor. Lars hatte nun die Oberhand gewonnen, hockte auf ihr und hielt ihre Hände fest. Verzweifelt versuchte Mona ihn abzuschütteln. Roberts Blick fiel auf den Golfsack, der in Reichweite unter den halb von den Bügeln gerissenen Kleidern stand.

Drohgebährden

»Du läßt sie jetzt sofort los!« sagte Robert ruhig, aber bestimmt. Lars blickte sich um und sah ihn mit dem Golfschläger in der Hand hinter sich stehen. Mona nutzte die Ablenkung geistesgegenwärtig aus. Sie rammte ihr Knie zwischen seine Beine. Lars schrie auf und ließ sich zur Seite fallen. Robert, der noch immer den Schläger hielt, reichte Mona die linke Hand und half ihr beim Aufstehen. Schützend stellte er sich vor sie.

»Ich glaube, es ist besser, du gehst!« sagte er zu Lars, der sich mit schmerzverzerrtem Gesicht erhob. Robert steckte den Schläger wieder in den Bag zurück.

»Misch dich gefälligst nicht ein!« Lars hoppste mit der Hand am Schritt herum wie Michael Jackson.

»Sah aber ganz so aus, als sei das nötig!« antwortete Robert. »Ich nehme an, du willst die Frühmaschine noch erreichen, ich fahre dich gerne zum Flughafen.«

»*Wir* fahren zum Flughafen! Du glaubst doch wohl nicht, daß ich Mona hierlasse!«

»Das wirst du wohl müssen!« antwortete Mona und trat hinter Robert hervor. »Ich komme nicht mit und ich komme auch nicht zu dir zurück, begreif das doch endlich!«

Lars antwortete nicht. Die Zeit schien stehenzubleiben. Mona kamen die Tränen. Entschlossen wischte sie sich mit der Hand über die Augen.

»Ich packe jetzt deine Sachen. Robert, läßt du uns bitte noch für einen Moment alleine?«

»Also, ich weiß nicht. Bist du sicher?«

»Ja, geh nur.« Mona hockte sich auf den Boden, um die herumliegenden Kleidungsstücke einzusammeln.

Robert schaute zu Lars. Der rutschte mit dem Rücken an der Badezimmertür entlang und ließ sich auf den Boden sacken.

»Gut, ich warte dann draußen.«

»Mona«, sagte Lars in einem Tonfall, der dem eines quengelnden Kindes ähnelte, »tu mir das nicht an! Ich kann ohne dich nicht leben!«

Mona wandte sich zu ihrem Mann um. »Komm mir jetzt nicht mit solchen Phrasen. Ich dachte immer, ich sei auf dich angewiesen. Aber das ist ein Irrtum. Den hätte ich vielleicht noch lange nicht bemerkt, wenn du mich nicht alleine hierher geschickt hättest. Im Grunde muß ich mich bei dir bedanken.«

»Also gut«, sagte Lars nach einer langen Pause, »ich muß sowieso wieder in die Firma, aber glaub ja nicht, daß du mir so einfach davonkommst.«

»Hör auf, mir zu drohen! Das wirkt nicht mehr.«

Sie schloß den Koffer und reichte ihm seinen Kleidersack. »Ach ja, was mir noch einfällt: das Souvenir für deine Mutter findest du sicher aufbewahrt im Beutel mit deiner Schmutzwäsche.«

Der aus Koa-Holz geschnitzte springende Wal würde garantiert einen Ehrenplatz auf dem wertvollen Sideboard von Lars' Mutter bekommen. Daß der mal zwischen schmutziger Wäsche gelegen hatte, gab ihr wenigstens eine kleine Befriedigung.

»Lars!«

»Ja?«

»Vergiß deine Golfausrüstung nicht!«

Als Mona die Augen aufschlug, blickte sie in Roberts besorgtes Gesicht.

»Wie geht es dir?«

»Ich weiß nicht. Was ist passiert?« Mona schaute sich um. Die Zimmer sahen ja wohl alle gleich aus, aber das war nicht ihr Apartment. Robert griff nach ihrer Hand und hielt sie ganz fest.

»Alles in Ordnung. Mach dir keine Sorgen.«

»Ist er ... «

»Ja, er ist weg. Ich habe ihn persönlich zum Flughafen gefahren und gewartet, bis die Frühmaschine gestartet ist. Sei ganz ruhig.«

»Wie komme ich in dein Zimmer? Das ist doch dein Zimmer?«

»Weißt du nicht mehr? Ich habe dich zu Bett gebracht, bevor ich losgefahren bin. In dem Chaos konnte ich dich ja schlecht zurücklassen. Ich hab' dir ein leichtes Schlafmittel gegeben.«

»Kein Wunder, daß mein Kopf wie in Watte gepackt ist.«

»Möchtest du einen Kaffee? Hast du Hunger?«

Mona nickte. Während Robert ihr Kaffee eingoß und ein paar Kuchenstückchen auf einen Teller legte, fragte sich Mona, ob Robert Lars nicht doch einfach umgebracht und irgendwo verscharrt hatte. Sie konnte sich nur noch daran erinnern, wie er plötzlich mit nacktem Oberkörper hinter Lars gestanden und einen Golfschläger hochgehalten hatte. Ihr Retter! James Bond wäre stolz auf ihn. Sie mußte lächeln. »Au, tut das weh!« Mona griff sich auf den rechten Wangenknochen.

»Du hast leider ein bißchen was abbekommen. Iß erst mal was, dann gebe ich dir einen Eisbeutel.«

»Sieht es schlimm aus?«

»Noch nicht. Aber morgen wirst du einen blauen Fleck haben. Zum Glück ist nicht mehr passiert.«

»Wenn du nicht gekommen wärst ... Danke.« Mona beugte sich vor, um Robert einen Kuß zu geben. »Und Lars? Ist er schwer verletzt?«

»Ich bitte dich!« Robert grinste übers ganze Gesicht.

»Was lachst du?«

»Diese Art Schmerz ist nicht von Dauer. Zumindest nehme ich an, daß nichts nachbleiben wird. Aber alle Achtung, du kannst ganz schön gefährlich werden!«

»Ich?« kiekste Mona mit zu hoher Stimme.

»Na ja, du hast ihn schließlich kampfunfähig gemacht. So heftig, wie du ihn zwischen die Beine getreten hast, hab' sogar ich gezuckt.«

»Und du hast ihm nicht mit dem Golfschläger ...?«

»Unsinn! Reine Drohgebärde. Lars hast du ganz alleine erledigt. Im Auto hat er mir dann gesagt, du hättest dich wie eine Besessene auf ihn gestürzt. Stimmt das? Ich dachte natürlich, *er* wäre gewalttätig geworden.«

»Na ja«, sagte Mona gedehnt, »mein Geduldsfaden ist ziemlich lang, fünfzehn Jahre lang, um genau zu sein, aber irgendwann sehe auch ich Rot. Als er sagte, eine Scheidung käme überhaupt nicht in Frage, bin ich ausgerastet. Der glaubt wohl, er könne alles mit mir machen. Aber damit ist jetzt Schluß! Endgültig!«

Aus dem Nebenzimmer hörten sie, wie Glasscherben zusammengekehrt wurden. Aufgeregt schnatterten die Putzfrauen miteinander. Robert schlug Mona vor, sie solle noch ein wenig schlafen.

»Aber nicht weggehen!« sagte Mona und kuschelte sich ins Kissen.

Der Strand war menschenleer und so lang, daß Mona schon meinte, sie würden vielleicht gar nicht vor Einbruch der Dunkelheit zurück am Auto sein. Sie hatte den halben Tag verschlafen und hoffte, die starke Brise würde die Nebelschwaden aus ihrem Kopf vertreiben. Die Ereignisse der letzten Nacht kamen ihr immer noch unwirklich vor, dabei mußte sie nur in den Spiegel sehen, um es zu glauben. Noch nie, selbst in ihren schlimmsten Zeiten, hatte sie Lars in einem solchen Zustand erlebt. Als sie wütend auf ihn losging, war er vollkommen ausgeklinkt. Meine Güte, dachte Mona, er hätte mich umgebracht, wenn Robert nicht gekommen wäre! Sie drängte sich näher an ihren Retter. Wie immer tat er genau das Richtige. Er legte den Arm um sie.

»Robert?«

»Ja?«

»Ich habe Angst.«

»Ist dir kalt?« fragte er fürsorglich.

»Nein, nein, aber halt mich fest, ja?«

Robert blieb stehen und drückte sie an sich. »Ich habe nicht vor, dich wieder loszulassen!«

»Aber irgendwann müssen wir zurück.«

»Ins Hotel?«

»Mach dich nicht lustig! In drei Tagen geht mein Rückflug. Ich darf gar nicht daran denken!«

»Du mußt nicht zurück! Komm mit zu mir! Das Haus ist groß genug.«

»Das ist lieb von dir, doch das geht nicht. Ich muß endlich versuchen, alleine zurechtzukommen. Außerdem will ich meine Arbeit nicht aufgeben.«

Schweigend gingen sie weiter. Vielleicht konnte sie bei einer Kollegin wohnen, bis sie eine eigene Bleibe gefunden hatte. Eine ungekachelte Zweizimmerwohnung konnte sie sich von ihrem Gehalt auf jeden Fall leisten. Sie nahm die Sonnenbrille ab und die Zusammenhänge waren ihr schlagartig klar. Lars hatte ihr die ganze Zeit Sand in die Augen gestreut.

Warum hatte sich Lars nicht längst von ihr scheiden lassen? Warum war er durchgedreht, als sie ihm sagte, es sei endgültig aus zwischen ihnen? Ganz klar: sie hatten keinen Ehevertrag. Als sie heirateten, waren sie beide völlig mittellos gewesen. Und nun gehörte ihr von allem die Hälfte! Und seiner Firma schien es ja blendend zu gehen, wenn sie nur an den Auftrag aus New York dachte. Mona atmete erleichtert auf. Sie hatte Lars in der Hand!

In der Entfernung lief eine Frau mit einem großen schwarzen Hund auf das Wasser zu. Sie warf einen Ast in die Brandung und der Hund hechtete hinterher. Nach einer Weile tauchte er aus der Gischt wieder auf und apportierte den Stock. Mona grinste. Sie würde Lars springen lassen!

»Jetzt strahlst du wieder!« stellte Robert zufrieden fest.

»Ja, mir geht es auch schon viel besser! Es tut gut, mit dir hier langzulaufen. Die Sonne geht gleich unter. Müssen wir nicht zurück?«

Robert blieb stehen und sah Mona an. »Laß dir Zeit. Ich will dir auch nicht das Blaue vom Himmel versprechen, obwohl es gerade hier so nahe läge, aber ich weiß, daß wir miteinander sehr glücklich sein können, auch in Zukunft. Die Zeit vergeht so schnell, und ich möchte noch viel gemeinsam mit dir erleben.«

»Ja, es gibt viel nachzuholen!« antwortete Mona. »Wir werden uns bestimmt wiedersehen.«

Mona sah Robert die Enttäuschung über diese vage Antwort an, aber sie wollte jetzt Beteuerungen vermeiden, die sie beide, nach Deutschland zurückgekehrt, womöglich weder halten konnten, noch wollten.

Statt dessen zog sie ihren Ehering vom Finger und warf ihn im hohen Bogen ins Meer. Ein schmaler Streifen ungebräunter Haut blieb wie ein Schatten zurück.

Sie kehrten um.

»Ach, sag mal«, Mona hielt inne, »wachsen an deinem Haus eigentlich Rosen?«

»Ja, wieso?«

»Och, war nur so eine Frage.«

Zurück an ihrem Ausgangspunkt, setzten sie sich eng umschlungen in den Sand und schauten der Sonne dabei zu, wie sie sich errötend in die Wogen sinken ließ.

Hochzeitstag

Beate schlug die Augen auf und legte die Hand auf ihren Bauch. Bald würde sie das Baby spüren. Sie lächelte glücklich. Heute war endlich Hochzeitstag.

Ob Heiko sie nach der Hochzeit noch Möhrli nennen würde? Hoffentlich kam er nicht auf die Idee, Mama zu ihr zu sagen, wenn der kleine Ingo erst mal da war oder die kleine Tamara – sie hoffte auf ein Mädchen, Heiko erwartete natürlich »einen Stammhalter« – dann würde ihre Mutter bestimmt gerne auf das Kleine aufpassen, so daß sie ihr Referendariat nachholen konnte. Heiko sollte bloß nicht meinen, sie würde so eine typische schwäbische Hausfrau, die sich jeden Tag ein anderes Zimmer zum Putzen vornahm. Sollte er mal selbst mit anfassen! Sie wurde Lehrerin, egal, was Heiko dazu sagte.

Heiko sagte: »Morgen, Möhrli, gut geschlafen?« und gab ihr einen Kuß. »Was machen mir denn heute?«

»Heiraten!«

»Siehst du, ich hab' doch gleich gesagt, ich mach dich noch zu Frau Fichtel, bevor wir zurückfahren. Jetzt wird's auch höchste Zeit. Geht's dir gut?«

»Ja, prima. Du, Heiko?«

»Ja, Möhrli.«

»Gell, mir heiraten dann noch kirchlich, mit allem Drum und Dran.«

»Sicher, Möhrli, war doch von Anfang an geplant.«

»Des isch jetzt net dei Ernscht!« sagte Beate, wie sonst nur Heiko.

»Ha no, eigentlich wollte ich mich dem Druck der Familie ja nicht beugen, aber wo mir nun bald selbst eine Familie sind ... Man muß schließlich zusammenhalten.«

Anstelle einer Antwort zog Beate ihr Sleepshirt aus und sie übten noch ein letztes Mal für die Hochzeitsnacht.

»Und was machen mir, bis es soweit ist?« fragte Heiko unvermittelt, als sie wieder nebeneinander lagen. »Es soll ja schon ein besonderer Tag sein. Tja,« klagte er, »da schmiedet man daheim wochenlang Pläne, und wenn man erst da ist, kann man sich keine Ausflüge leisten. Daß der Muliritt nach Kalaupapa für uns beide 370 Mark zuzüglich Steuern kostet! Und diese Safari-Tour, bei der man angeblich hier in der Nähe Giraffen sehen kann, kostet auch über fünfzig Mark. Pro Person!«

»Zuzüglich Steuern!« ergänzte Beate. »Dafür könntest du dann so tun, als wärst du in Afrika gewesen.«

»Das paßt aber nicht in die Diashow. Was hältst du davon, wenn mir die zum erstenmal auf unserer Hochzeitsfeier zeigen?«

»Schätzle, du spinnst!«

»War nur ein Scherz. Weißt du was, ich glaube, das mit der Diashow war sowieso keine gute Idee. Aber wenigstens kann der kleine Ingo später mal sehen, wo er im Bauch seiner Mama schon überall war. Spürst du schon was?« Heiko legte seine Hand auf ihren Bauch.

Übermütig schrieb Mona mit dem Lippenstift, den sie gerade in der Hand hielt, *Aloha!* über den Spiegel im Bad, denn das sagte man hier als Willkommensgruß ebenso wie zum Abschied, aber auch, wenn man verliebt war.

Die letzten Tage mit Robert war sie entschlossen, in vollen Zügen zu genießen, mochte danach auch kommen, was wolle. Nachdem sie heute in kleinen Buchten gebadet und noch einmal Hand in Hand den langen Strand entlanggelaufen waren, hatten sie es beide – Mona grinste neckisch ihr Spiegelbild an – sehr eilig gehabt, zurück ins Zimmer zu kommen, wo sie sich der Liebe am Nachmittag hingaben.

Mit ihm sei alles so wunderschön, als könne es gar nicht wahr sein, hatte sie zu Robert gesagt. Sie fühle sich wie in einem Lore-Roman. Die Stimmung kühlte daraufhin für einen Moment ziemlich ab. Natürlich war es nicht ihre Absicht gewesen, ihn an seine Frau zu erinnern.

»Fertig?« fragte Robert und schaute zu ihr ins Bad. Sie befestigte gerade ihre Perlenohrstecker. Reichlich Rouge auf den Wangenknochen verdeckte die Blessur.

»Toll siehst du aus!«

»Du aber auch!«

Robert trug wieder den hellen Anzug, wie an dem Abend, an dem sie sich kennengelernt hatten, und er sah darin zum Küssen aus. Auch sie hatte, ohne darüber nachzudenken, das türkisfarbene Kleid angezogen. Gemeinsam machten sie sich auf, der Hochzeitsfeier des schwäbischen Paares beizuwohnen.

»Ist doch irgendwie nett, daß die uns eingeladen haben, hätte ich denen gar nicht zugetraut«, meinte Robert. »Überhaupt, daß du die hier am Pool getroffen hast! Aber wie sagte schon der Heimatdichter Ludwig Aurbacher: ›Den Schwaben und das schlechte Geld, führt der Teufel durch die ganze Welt.‹«

»Erinnere mich nicht, kurz zuvor habe ich mit einer Ohrfeige tätliche Auseinandersetzungen eingeläutet. Jedenfalls, *der* Heiko und *die* Beate meinten, ihnen fehle noch ein Trauzeuge, hier braucht man offenbar nur einen. Und ich sei doch auf jeden Fall romantischer als der Koch, hat *die* Beate gemeint. Ich habe mich sehr geschmeichelt gefühlt.«

»Kann ich mir denken!«

»Und es wäre toll, hat sie gemeint, wenn ich dich mitbringen würde. Bestimmt erzählen sie zu Hause, Sean Connery sei ihr Trauzeuge gewesen.«

»Bestimmt!« Robert lachte.

»Doch der Gipfel war, daß er hinzugefügt hat, sie würden dann fest mit uns rechnen, ›aber nur zur Zeremonie, nicht zum Essen!‹«

Auf dem Weg hinunter zum Strand erzählte Robert, Arno, der Sohn seines Freundes Hansernst, habe zuerst auch auf Hawaii heiraten wollen. Aber er und seine Frau Simone hätten schon die Abbildungen in den Katalogen so schrecklich kitschig gefunden, daß sie es vorgezogen hätten, sich ganz formlos in New York das Ja-Wort zu geben und auf Hawaii nur die Flitterwochen zu verbringen.

»Das ist aber schade«, meinte Mona.

»Tja«, antwortete Robert, »käufliche Romantik ist nicht jedermanns Sache.«

Sie näherten sich dem Strand und Mona brach in Gelächter aus. »Das darf nicht wahr sein! Guck dir das an!«

Robert feixte. Auf einem Wiesenhügel oberhalb des Strandes stand ein Tisch mit zwei Stühlen, ein Buffet und ein Koch.

»Der Koch trägt zu seiner weißen Jacke eindeutig eine Schlafanzughose!« sagte Mona.

»Eine Jogginghose!«

»Es könnte aber auch eine Schlafanzughose sein!«

Von der anderen Seite der Anlage näherte sich gemessenen

Schrittes Hand in Hand das Brautpaar. Vor ihm her lief ein Mann im dunklen Anzug, der wohl die Trauung vornehmen würde, und ein zweiter, der mit einer Videokamera hantierte. Ein Fotoapparat baumelte zusätzlich an seiner Seite.

Die Prozession strebte auf eine ambulante weiße Hochzeitslaube am Strand zu, die von zwei Hotelangestellten am Wegfliegen gehindert wurde. Pünktlich färbte sich über dem Meer der Himmel rosa. Robert und Mona beschleunigten ihren Schritt und reihten sich hinter dem Brautpaar ein. Sie trug einen hübschen Blumenkranz im Haar und er hatte einen grünen Maile Lei umhängen, der im Wind flatterte.

Das Kleid der Braut war im Rücken ausgeschnitten und gab den Blick frei auf einen frischen Sonnenbrand zwischen weißen Streifen vom Bikiniträger. Sie mußte den ganzen Tag in der Sonne gelegen haben. Sein Anzug saß etwas knapp und roch ein klein wenig nach Mottenkugeln. Aber sonst ein schönes Paar! Wenn der Mann mit der Videokamera nicht ständig um die beiden rumgetanzt wäre, hätte sogar eine feierliche Stimmung aufkommen können.

Beate drehte sich um und lächelte Mona zu. Sie erreichten die Laube. Erst jetzt fiel Mona auf, daß die Braut keine Schuhe trug. Wie Aschenputtel!

Andächtig schauten sie zu, wie die beiden zu Mann und Frau erklärt wurden, die Ringe tauschten und sich küßten. Verliebt und ein bißchen sehnsüchtig blickten sich Mona und Robert an, bevor sie vortraten und den Brautleuten gratulierten.

»Alles Gute, und schöne Flitterwochen auf Maui! Sie werden dort sicher sehr glücklich sein.«

»Viel Glück für Ihre Ehe!« wünschte Robert und trat wieder zu Mona. »So ein Urlaub auf Hawaii kann doch tatsächlich das ganze Leben verändern!«

Aloha! dachte Mona und schaute Robert liebevoll an.

* * *

Toller Urlaub!

Bei Plötzens klingelte es.

»Machst du mal auf, Frank! Das sind Schröders«, rief Gitte aus dem Bad. Daß die auch immer auf die Minute pünktlich kommen mußten! Es war gerade mal halb acht. Hoffentlich hatten sie den Köter nicht dabei, der haarte immer den Teppichboden voll, und sie hatte schließlich gerade erst gesaugt.

Gitte zog die Lippen mit dem dunklen Konturstift nach und setzte ein Lächeln auf. Mist! Lippenstift an den Zähnen, auch das noch. Schröders standen schon in der Diele. Während sie damit beschäftigt war, ihr Aussehen zu perfektionieren, steckte Struppi vorwitzig seinen Kopf durch die Badezimmertür.

»Gehst du wohl raus!« fauchte Gitte und wedelte mit der Hand. Struppi verzog sich.

In einer Wolke von *Trésor* begrüßte sie die Gäste. »Herbert. Eva. Da seid ihr ja, wie nett! Und ihr habt schon abgelegt, na dann kommt mal durch.«

Schröders rührten sich nicht vom Fleck und starrten Gitte mit offenem Mund an. Frank stand seelenruhig daneben.

»Ach«, sagte Gitte und wies graziös mit beiden Händen von oben nach unten an ihrem Körper entlang, »das ist ein Hula-Kostüm. Also, eigentlich trägt man das ja auf der nackten Haut, aber weil es doch verhältnismäßig kalt ist in unseren Breiten, dachte ich, ich zieh einfach den Bodystocking drunter.« Sie rückte die kneifenden Kokosnußschalen über den Brüsten zurecht. »Wie gefällt's euch denn?«

»Karneval ist aber doch schon vorbei«, kommentierte Herbert Schröder trocken.

»Wo ist denn Struppi?« fragte Eva und sah sich um.

»Na, nun kommt ins Wohnzimmer!« forderte Frank den Besuch auf.

Struppi saß bereits auf dem Schoß von Gittes Mutti, ließ sich mit Gebäck füttern und sah mit ihr fern.

»Ach, Mutti, nun zieh aber die Kittelschürze aus, ja? Schröders sind schon da! Frank, hol doch mal die Kinder.«

Schröders nahmen in der Sitzgruppe Platz und Struppi legte sich brav unter den Couchtisch. In gespielter Erschöpfung ließ sich Gitte in einen Sessel fallen.

»Hach ja«, seufzte sie, »nun sind wir also wieder zu Hause.«

»Habt ihr euch gut erholt?« fragte Eva. »Braun seid ihr schließlich immer.«

»Ach, findest du? Na ja, man tut, was man kann. Wir bekommen übrigens nächste Woche eine eigene Sonnenbank. Sechzehn Röhren à 100 Watt! Das ist doch irgendwie hygienischer als in der Fitneß-Oase. Und man kann sich mal eben zwischendurch drauflegen. Wenn Frank erst den Keller hergerichtet hat, laden wir euch auch mal dazu ein.«

»Ja, nun erzählt doch erst mal, wie's war!« forderte Eva.

»Nein, also, es war wirklich traumhaft. *Traumhaft*! Das müßt ihr euch unbedingt auch mal gönnen. Ihr werdet es ja gleich selbst sehen. So was von einem Luxushotel, ich kann euch sagen! – Frank, da bist du ja. Was ist denn mit den Kindern?«

»Die haben keine Lust. – Ein Bier, Herbert?«

Herbert nickte.

»Unsinn, Schatz, was heißt hier keine Lust? Die Kinder wollen doch auch sehen, wie schön wir es hatten. Und außerdem trinken wir zur Feier des Tages ein Gläschen Schampus. Wo bleibt Mutti denn? Also, ihr entschuldigt mich mal ein Momentchen, ja? Ich muß wohl selbst nach dem Rechten sehen.«

Mit je einem widerspenstigen Kind an jeder Hand kam Gitte zurück ins Wohnzimmer. Hinter ihr her trug Mutti ein Gläsertablett samt Faber Sekt.

»Ihr setzt euch jetzt auf den Boden. Frank, nimm Mutti doch mal das Tablett ab.«

»Video ist ätzend!« meinte Tanja.

»Ich setz mich nicht neben die da!« meinte ihr Bruder Sven, »die stinkt nach Parfüm.«

»Also, Sven, bitte! Sagt Schröders guten Tag.«

»Tag!« sagten die Kinder.

Frank öffnete die Sektflasche mit einem Knall, Gitte rief »huch!« und ihre Mutti meinte, das sei ja wie an Silvester.

»Prösterchen!« Gitte hielt ihr Glas in Richtung der ein wenig verstört auf dem Sofa sitzenden Schröders. Eva griff zum Salzgebäck.

»Also, falls du Hunger hast, gleich gibt's auch noch eine Kleinigkeit zu essen. Aber erst nach dem Video. Frank wollen wir dann mal?«

»Kann ich jetzt wieder gehen?« fragte Tanja.

»Nach dem Video!« zischte Gitte. »Du willst doch sicher deinen Freundinnen berichten, wo deine Eltern Urlaub gemacht haben.«

Frank nahm die Fernbedienung des Rekorders zur Hand. »Also, das ist jetzt ungeschnitten. Ich hatte noch keine Zeit, mich drum zu kümmern. Ihr wißt ja, wir sind erst am Mittwoch zurückgekommen.«

»Und sie haben mir sogar was mitgebracht!« sagte Gittes Mutti. »Topflappen in Ananasform, einen Kamm aus dem Hotel und Seifenpröb ...«

»Also Mutti!« fiel ihr Gitte ins Wort, »wir haben dir doch auch noch was anderes Schönes mitgebracht!«

»So ein T-Shirt mit einem Wal drauf.« Mutti kicherte verlegen. »Ich weiß ja auch nicht, wann ich das mal anziehen soll. Und die Nüsse! Die heben wir aber für besondere Gelegenheiten auf.«

»Macadamianüsse. Das Stichwort. Haben wir euch natürlich auch mitgebracht. Frank, hol mal!«

»Wo sind die denn?«

»Im Schrank, wo sonst?«

»Mir ist langweilig!« quengelte Sven. »Ich hol jetzt meinen Gameboy.«

»Du bleibst hier!« Gitte hielt ihren Sohn am Pullover fest.

Frank gab Gitte die Schachtel und Gitte reichte sie an Eva weiter. »Was ganz Besonderes, die Königin der Nüsse, sagt man. Das sind Macadamianüsse mit Schokoüberzug, die wachsen auf Hawaii. Ich hoffe, sie schmecken euch!«

»Wollen wir sie gleich aufmachen?« fragte Eva großzügig.

»Um Himmels willen!« rief Gitte erschrocken. Wenn die Schokolade nun grau angelaufen war, nicht auszudenken. »Nein, die müßt ihr zu Hause ganz in Ruhe genießen!«

»So«, sagte Frank, »sind wir nun soweit? Gitte hat das Video auch noch nicht gesehen. Ist sozusagen eine echte Premiere.«

Alle schauten zum Fernseher. Es flimmerte, man sah Gitte im Hula-Kostüm, inmitten einer Gruppe schwergewichtiger, in Shorts und T-Shirts gekleideter Frauen, merkwürdige Verrenkungen veranstalten.

»Das war der Hula-Kurs, den ich gemacht habe!« erklärte Gitte. »Frank, wieso wackelt denn das Bild?«

»Tschuldige, aber ich mußte bei der Aufnahme wahnsinnig lachen! Ne, war das komisch!«

»Frank!« rief Gitte ermahnend. »Also, wißt ihr, das ist nämlich viel schwerer als man denkt. Man muß ganz verschiedene Arm-, Bein- und Hüftbewegungen gleichzeitig machen und die haben alle eine Bedeutung. Vielleicht führe ich nachher mal was vor.«

Es folgten Aufnahmen vom Meer.

»Das habe ich vom Boot aus gefilmt!« bekundete Frank stolz. »Da waren wir auf einer Walerkundungstour. Seht ihr? Dahinten, das ist ein Wal. Ein Buckelwal, um genau zu sein, die bringen vor Maui ihre Jungen zur Welt.«

»Sind die Wale nicht zauberhaft?« fragte Gitte ihre Tochter.

»Was'n für Wale? Man sieht ja bloß Wasser!«

»Jetzt sei nicht frech zu deinem Vater, ja!«

»So jetzt kommt der Regenwald!« kündigte Frank an. »Das war auf der Fahrt nach Hana.« Die Kamera schwenkte Bäume hoch. »Hups! Jetzt hat's gewackelt, da wäre ich fast umgefallen. Die Bäume sind aber auch hoch, das könnt ihr euch gar nicht vorstellen.«

Sven gähnte.

»Das Kind muß ins Bett!« sagte Gittes Mutti.

Herbert Schröder plünderte das Salzgebäck.

»Das bist ja gar nicht du!« sagte Eva, als Mona im Bild erschien.

»Frank!« rief Gitte entsetzt. »Das bin ja gar nicht ich!«

»Das ist Mona Hallstein, eine Urlaubsbekanntschaft!«

»So, so!« meinte Herbert. »Du bist mir ja ein schlimmer Finger!«

»Jetzt habt ihr verpaßt, wie ich in das Loch gefallen bin und mich verletzt habe. Ich laß noch mal zurücklaufen.«

»Muß das sein?« stöhnte Tanja.

»Jetzt! Der Schwenk über die Klippen und Achtung! Da bin ich in die Höhle gefallen.« Er drückte auf die Stopptaste. »Wahnsinn, nicht? Aber im Grunde war das nicht so prikkelnd.«

»Noch alles dran und funktionsfähig?« fragte Herbert.

»Herbert!« mahnte seine Frau.

Gitte kicherte. »Da war ich gerade mit, na, das verrate ich noch nicht, auf dem Golfplatz!«

»Ach was?« meinte Eva.

Frank ließ das Band weiterlaufen. Man sah eine Hula-Gruppe auf eine Bühne kommen. Geschmeidig und vollkommen synchron bewegten sie sich zu den melodischen Klängen, die etwas verzerrt aus dem Fernseher schepperten. Gleich am Anfang hörte man, wie Gitte bemerkte, die hätten ja total breite Hüften.

»Schön!« sagte Eva.

»Das war der Luau von unserem Hotel«, sagte Gitte und erzählte von dem Schwein im Erdofen. Als sie geendet hatte und die schönen Hula-Tänzerinnen sich immer noch anmutig bewegten, forderte sie Frank auf: »Spul mal vor, da sind wir ja nicht drauf.«

Im Schnelldurchlauf sah man hektisch wogende Tanzgruppen in verschiedenen Kostümen, doch von dem beeindruckenden samoanischen Feuerzauber am Schluß der Vorführung konnte man, wie Frank bedauernd feststellte, kaum etwas erkennen. Das Band lief nun wieder in normaler Geschwindigkeit.

Gitte stand im Hula-Kostüm auf dem Hotelbalkon und warf ihr Oberteil an der Kamera vorbei.

»Jetzt wird's interessant!« meinte Herbert und seine Frau boxte ihn ihn die Rippen.

»Frank, also wirklich, das hättest du aber rausschneiden können! Die Kinder! Leider kann man sich in den USA ja nicht oben ohne sonnen. Jetzt habe ich zum erstenmal hellere Stellen. So, aber nun seht ihr endlich das Luxushotel, in dem wir untergebracht waren.«

Man hörte Gitte aus dem Off die Einrichtungen kommentieren: Rezeption, Restaurants und so weiter, bis sie schließlich am Pool angelangt waren. Frank hielt das Band an.

»Das muß ich kurz erzählen. Also, einmal, ganz am Anfang, hat mich die Gitte zur Schnecke gemacht, weil die Handtücher auf den Liegen weg waren. Richtig sauer war sie. Dabei konnte man sich laufend frische holen, unten am Pool, meine ich. Aber das hat sie erst später spitz gekriegt.«

»Nun mach schon weiter!« forderte seine Frau.

Sie sahen Gitte trockenen Körpers aus dem Wasser steigen, aber das fiel niemandem auf. Franks leicht verwackelte Übungen mit dem Boogie Board wurden auch bloß von seinem Sohn kommentiert. Das Bild wurde nun deutlich dunkler, man konnte gerade noch einen Tisch erkennen, um den mehrere Personen saßen.

Gitte holte Luft. »So, das sind jetzt unsere Urlaubsbekannten, neben mir Mona Hallstein, dann ihr Mann Lars – Frank halt doch mal an – ganz reizende Leute, sehr wohlhabend, wollen uns unbedingt bald besuchen.«

»Das«, sagte Frank, »habe ich mit einem Bügelbrett als Stativ an unserem letzten Abend aufgenommen. Gute Idee, nicht?«

Herbert wackelte abschätzig mit dem Kopf. »Hättest dir eben doch einen Scheinwerfer kaufen sollen. Vielleicht leihe ich dir meinen mal, aber nur zum Testen. Wirst sehen! Gleich viel professioneller!«

Frank zündete sich eine Zigarette an.

»Und wer ist das hinter der Qualmwolke?« fragte Eva.

»Wart's ab! Der Knüller! – Frank, du bist doch noch näher rangegangen, nicht? Damit man ihn erkennen kann.«

»Schon.« Frank ließ nun den Rest des Bandes ablaufen. Es folgte ein Zoom auf die Gesichter. Gitte und Mona grinsten breit, Lars verdeckte beim Einschenken der Gläser Robert mit dem Arm. Als er den Arm wegnahm, waren die Köpfe abgeschnitten. In einer flüssigen Bewegung rutschte der Bildausschnitt weiter nach unten, man sah den Tisch und schließlich nur noch die Füße.

»Voll geil!« meinte Tanja. »Kann ich jetzt gehen?«

»Ja, Kind«, sagte Gitte enttäuscht. »Mutti, bring bitte Sven ins Bett.«

»Schön hattet ihr's!« sagte Mutti und nahm Sven mit raus.

»Origineller Schluß! Und wer war das nun? Der hinter dem Qualm, meine ich, hatte der nicht 'ne Halbglatze?« fragte Eva.

»Sean Connery!« antwortete Gitte matt.

»Einer, der so aussieht wie Sean Connery«, verbesserte Frank. »Leider erkennt man das nicht so richtig.«

»Tja«, sagte Eva, »aber sonst war's doch nett, oder?«

»Ein ganz toller Urlaub!« bestätigte Frank.

»Der Sekt ist endlich alle. Kann ich jetzt ein Bier haben?« fragte Herbert.

Frank stand auf.

»Mach bitte die Mikro an«, rief Gitte ihm nach.

»Was gibt's denn zu essen?« wollte Herbert wissen.

»Was ganz stilechtes, natürlich. Toast Hawaii.«

Ann-Christin Kaemmerer

Drei Männer und ein richtiger

Roman. 264 Seiten. SP 2234

Corinna, »Corry« genannt, ist eine erfolgreiche Schriftstellerin Ende Dreißig. Nun möchte ihr Verlag einen autobiographischen Roman. Corrys Leben bietet auch einiges: Sie hat nicht nur einen Hund namens Einstein, sondern auch drei Männer auf einmal. Mit Georg, dem einfühlsamen Psychologen, verbindet sie eine platonische Liebe. Mit dem verheirateten Götz, Kulturredakteur und Abenteurer, bereist sie die Welt. Und Harry, einige Jahre jünger als sie, ist der anschmiegsame Lover, der sie verwöhnt. So weit, so gut, denn die Herren kennen einander und wissen ein unkonventionelles Liebesleben zu schätzen. Kritisch wird es erst, als Corry Sándor Szkárosi über den Weg läuft, ein exzentrischer, hochsensibler Dirigent von Weltformat aus Ungarn…

Martina Mettner

Karriere in Aspik

Roman. 372 Seiten. SP 2514

Für Simone Störmer, 34, Kunsthistorikerin mit Doktortitel, geht es seit neuestem um die Wurst. Sie läßt sich von Cäsar Zipfel, einem mittelständischen Unternehmer der Fleischwarenbranche, als PR-Chefin einstellen und gerät damit ziemlich in Teufels Wurstküche. Ein Wahnsinns-Job: Der Chef, ein chaotischer Visionär, das Betriebsklima ebenso am Nullpunkt wie die Qualität des täglichen Kantinenessens, die persönliche Assistentin demotiviert und diätbesessen. Und zu alledem eine Wochenendbeziehung in der Krise. Als ihr Chef schließlich die gesamte Republik mit Schlemmerpassagen überziehen will, krönt Simone Störmer ihre Karriere mit einem Werbefilm, den sie ohne Etat und sinnvolles Material in kürzester Zeit auf die Beine stellt. Daß der Film ein voller Erfolg für Simone wird, paßt weder dem Chef noch den Kollegen… Mit sprühendem Witz und launigen Einfällen ist Martina Mettner ein köstliches Karriere-Drama mitten aus dem deutschen Büroalltag gelungen.

SERIE PIPER

Franziska Stalmann

Champagner und Kamillentee

Roman. 230 Seiten. SP 1541

Nach dreizehnjähriger Ehe wird die 39jährige Ines von ihrem Mann in Rekordzeit »ausgemustert«. Er wird anderweitig Vater und will cinc schnelle Scheidung. Ines steht fassungslos und allein da, ohne Beruf, ohne Ausbildung, ohne Freunde.

Wie sie sich langsam fängt und sich mit neuem Outfit und neuen Aufgaben zum Schwan mausert, schildert die Autorin mit Charme, Sprachwitz und viel Situationskomik.

Eine Emanzipations-Komödie der allerfeinsten Art. Franziska Stalmanns spritziger Roman, erzählt in wunderbar leichtem Ton, ist längst zu einem Bestseller geworden, der sich bei Frauen wie ein Lauffeuer herumgesprochen hat.

Ein »Frauen-Power-Buch, süffig wie ein Glas Champagner.«
Brigitte

»Spaß vom Allerfeinsten.«
Die Welt

Lieber die Taube in der Hand

Roman. 260 Seiten. SP 1788

Agnes hat auf einmal ihre schaumgebremsten Männerbeziehungen gründlich satt, besonders ihr Arrangement mit Rainer, der mit ihr ins Bett und auch mal ausgeht, sonst aber nicht viel braucht. Agnes ist vierzig und Psychologin, seit langem geschieden, und hat noch Jessica, eine wohlgeratene Tochter, die schon studiert. Jetzt, nach all den mageren Jahren, könnte sie sich eigentlich mal was Richtiges gönnen, eine schöne, fette Liebe mit allem Drum und Dran. Doch wie und wo findet man in diesem Alter den passenden Mann? Sie weiß, daß sie eigenwillig und anspruchsvoll ist und nicht bereit, jeden zu nehmen. Sie weiß, daß ihre inneren Werte ansehnlich, die äußeren dagegen reichlich vernachlässigt sind. Unterstützt von Feundin Lea macht Agnes sich systematisch ans Werk. Da wird sie zum Abendessen eingeladen und begegnet Felix.

Gaby Hauptmann

Suche impotenten Mann fürs Leben

Roman. 315 Seiten. SP 2152

Wer seinen Augen nicht traut, hat richtig gelesen: Carmen Legg meint wörtlich, was sie in ihrer Annonce schreibt. Sie sucht den Traummann zum Kuscheln und Lieben – der (nicht nur) im Bett seine Hände da läßt, wo sie hingehören. Die Anzeige entpuppt sich als Knüller, und als sie schließlich in einem ihrer Bewerber tatsächlich den Mann ihres Lebens entdeckt, wünscht sie, das mit der Impotenz wäre wie mit einem Schnupfen, der von alleine vergeht.

Gaby Hauptmann ist das Kunststück gelungen, das Thema »Frau sucht Mann« von einer gänzlich anderen Seite aufzuziehen und daraus eine fetzige und frivole Frauenkommödie zu machen, die kinoreif ist.

»Mit Charme und Sprachwitz wird der Kampf der Geschlechter in eine sinnliche Kommödie verwandelt.«
Schweizer Illustrierte

Eine Handvoll Männlichkeit

Roman. 332 Seiten. SP 2707

Das kann noch nicht alles gewesen sein, meint Günther, wohlsituiert und aus den besten Kreisen. Am Abend seines sechzigsten Geburtstags faßt er einen nachhaltigen Beschluß: Eine neue Frau muß her! Auf seiner großartigen Geburtstagsparty sticht ihm die nichtsahnende Linda, die junge, attraktive Freundin des Bürgermeistersohns, ins Auge, das Gegenmodell zu seiner perfekten Frau Marion. Frei nach dem Motto: Hauptsache, er steht, setzt Günther alles daran, Linda herumzukriegen. Außerdem trifft er die notwendigen Vorbereitungen, sein beträchtliches Vermögen vor Marion in Sicherheit zu bringen. Doch Marion kommt ihm auf die Schliche und setzt ebenso unerwartet wie durchschlagend zur Gegenwehr an. Gaby Hauptmann weiß, was Männer mögen – und Frauen gerne lesen.

Gaby Hauptmann

Nur ein toter Mann ist ein guter Mann

Roman. 302 Seiten. SP 2246

Ursula hat soeben ihren despotischen Mann beerdigt. Doch obwohl sich der Sargdeckel über ihm geschlossen hat, läßt er sie nicht los. Während sie sich von der ungeliebten Vergangenheit trennen will, fühlt sie sich weiter von ihm beherrscht. Sie wirft seine Wohnungseinrichtung hinaus, will seinen Flügel und seine heiß geliebte Yacht verkaufen, übernimmt die Leitung der Firma. Er schlägt zurück: Männer, die ihr zu nahe kommen, finden ein jähes Ende – durch ihre Hand, durch Unglücksfälle, durch Selbstmord. Erst als Ursula langsam hinter das Geheimnis ihres Mannes kommt, gewinnt sie die Macht über sich selbst zurück. Und als sie dabei eine Ex-Freundin ihres Mannes kennenlernt, öffnet sich ein völlig neuer Weg für sie – doch dann stellt sich die große Frage: Woran ist ihr Mann eigentlich gestorben?
Gaby Hauptmann hat eine listige, rabenschwarze Kriminalkomödie geschrieben: einen frechen und hinterhältigen Roman über eine Witwe, die eine Ehe lang im Schatten ihres mächtigen Mannes stand. Eine Frau, die auf dem Weg zu sich selbst nicht nur ein paar Verehrer unter die Erde bringt, sondern vor allem mit ihrem verstorbenen Gatten abrechnet. Der neue Erfolgsroman der Autorin des Bestsellers »Suche impotenten Mann fürs Leben«.

Die Lüge im Bett

Roman. 315 Seiten. SP 2539

Für Nina ist Brasilien ein Geschenk des Himmels: Es wird Zeit, Sven loszuwerden. Doch in Rio kommt es nicht nur zu turbulenten Ereignissen während der Dreharbeiten ihres Fernsehsenders, sondern ernsthaft neue Perspektiven in Sachen Liebe tun sich auf: Hals über Kopf verliebt sich Nina in den smarten Nic. Ihr Puls klopft, ihr Herz rast – nur Nic scheint es nicht zu merken... Mit hinreißend leichter Hand und sprühendem Witz schickt Gaby Hauptmann ihre hellwache und erfrischend durchtriebene Heldin Nina in einen scheinbar undurchdringlichen Dschungel der Gefühle.

SERIE PIPER

Carmen Rico-Godoy

Perfekte Frauen haben's schwer

Roman. Aus dem Spanischen von Volker Glab. 196 Seiten. SP 1576

Der Horror einer ganz »normalen« Ehe: Carmen und Antonio. Sie zweimal, er einmal geschieden. Jeder hat aus seiner früheren Ehe Kinder mitgebracht. Sie ist Journalistin, er Geschäftsmann. Sie ist emanzipiert, er ist ein Pascha mit gelegentlichen Anfällen von Softie-Allüren. Wenn er krank ist, muß alles stehen und liegen bleiben. Wenn sie krank ist, wird's schon irgendwie gehen. Wenn er Seelenwehwehchen hat, ist ihr mitfühlendes Ohr gefordert, wenn sie platzt, sind ihre Gefühle ihr eigenes Problem.

»In unverblümt direkter, oft witziger Sprache nennt die Autorin die Dinge beim Namen.«

Rhein-Neckar-Zeitung

So nicht, mein Lieber

Roman. Aus dem Spanischen von Volker Glab. 160 Seiten. SP 2010

Unglücksfrauen leben besser

Roman. Aus dem Spanischen von Volker Glab. 166 Seiten. SP 1906

Nach dem großen Erfolg von »Perfekte Frauen haben's schwer« jetzt ein neuer, haarsträubend-lebensnaher Roman der Autorin: Antonio, Carmens dritter Ehemann, hat ihr ein letztes Mal das Wochenende vermiest, weil er an einem Samstag das Zeitliche segnete. Doch endlich kann die flotte Endvierzigerin tun und lassen, was sie will: nachts ausgiebig frühstücken, hemmungslos fernsehen, ganz eigene Wege gehen. Die führen sie über exzessive Tage und Nächte in Paris nach Buenos Aires, wo sie einem Mann begegnet, der nicht nur ihren Hang zum Chaos teilt, und schließlich zurück nach Spanien. Hier hat Carmens Tochter, die offensichtlich genauso zu Katastrophen neigt wie die Mutter, eine Überraschung parat…

»Eine heitere Satire auf das Leben alleinstehender, beruflich erfolgreicher Frauen.«

Das Neue Blatt

Susanne Mischke

Freeway

Roman. 219 Seiten. SP 2191

Eine »Road Novel« um zwei grundverschiedene Frauen, bei der nicht nur Thelma- und Louise-Fans auf ihre Kosten kommen. Anne, Millionärstochter und Karrierefrau, begegnet auf einer Flughafentoilette der punkigen Katie und trifft deren Zuhälter – mit einer Flasche am Kopf. In einem New Yorker Luxushotel, wo Anne ihren Kummer über ihren untreuen Verlobten ertränkt, stoßen die beiden Frauen erneut aufeinander. Katie fackelt nicht lange. Sie schleppt Anne raus aus dem Plaza und rein in die New Yorker »Szene« mit ihren skurrilen Wahrsagerinnen, Seifenoper-Diven und anderen schrägen Vögeln. Doch Katie bekommt Probleme, denn sie besitzt etwas, worauf noch mehr Leute scharf sind. Die beiden flüchten auf der legendären Route 66 nach Kalifornien. Als es gefährlich wird, rettet Anne die Situation und verkauft etwas, was ihr gar nicht gehört…

»Solide Unterhaltungsliteratur, spannend, komisch und voller kluger Beobachtungen.«
Brigitte

Stadtluft

Roman. 251 Seiten. SP 1858

Die junge, attraktive Eva flieht vor der Langeweile der Provinz nach Kreuzberg, um den Frust mit ihrem scheidungsunwilligen Lover zu vergessen und dem echten, wilden Leben zu begegnen. Dieses läßt nicht lange auf sich warten: Eine Bauchtänzerin samt ihrem rotznasigen Popper-Söhnchen, ein müsliverschlingender Therapeut, ein versoffener Maler, ein verliebter Bratpfannenvertreter und ein verdauungsgestörter Kater machen Eva die Hölle heiß.

Mordskind

Roman. 360 Seiten. SP 2631

»›Mordskind‹ ist ein Kriminalroman der Extraklasse, lebensnah und spannungsvoll… Die distanzierende Ironie kommt nicht zu kurz dabei.«
Der Tagesspiegel

Andrea Parr

Herzen pflastern ihren Weg

Ein Schicksalsroman. 219 Seiten. SP 2473

Susana ist die Frau mit den vielen Gesichtern, die mit großem Sportsgeist und fachmännischem Können unzählige Herzen zu pflücken und zu brechen versteht. Da tritt Rupert in ihr Leben und die Wende ein: Sie wird Gattin eines echten Lords in einem echten Schloß in Canterbury – ein Traum!
Mit viel Sprachwitz und überraschenden Pointen erzählt Andrea Parr Susanas sagenhafte Lebensgeschichte, und ihr trockener Humor läßt keinen Zweifel daran, daß hier ein ernster Kern – das pralle Schicksal einer Frau von heute – mit parodistischer Leichtigkeit und satirischer Virtuosität präsentiert wird.

Holly-Jane Rahlens

Becky Bernstein Goes Berlin

Roman. Aus dem Amerikanischen von Sigrid Ruschmeier. 304 Seiten. SP 2533

Becky Bernstein, gerade von ihrem Lover sitzengelassen, verordnet sich selbst und ihrer chaotischen Wohnung eine radikale Diät. Während sich Becky über Berge von ausgedienten Klamotten, alten Schallplatten und Liebesbriefen hermacht und dabei brav an ihrem Mineralwasser nippt, werden nicht nur Erinnerungen an ihre wilden Jahre wach: wie sie sich in New York Hals über Kopf in den Berliner Studenten Jürgen verliebte, weil er aussah wie Dustin Hoffman, wie sie ihm in die flippige WG nach Berlin folgte und seitdem nie mehr von dieser Stadt lassen konnte. Schließlich ist Karstadt fast so toll wie Macy's! Am Ende dieses Kurbads in der Vergangenheit ist Beckys Taille wieder schlank, der Begriff Heimat neu definiert und der Traummann fast gefunden.

Peter van Straaten

Agnes

Szenen eines unordentlichen Lebens. Aus dem Niederländischen von Sibylle Mulot. 192 Seiten. SP 2240

Agnes ist in den Dreißigern, geschieden, alleinerziehend, liebenswert, attraktiv und total chaotisch. Sie lebt mit ihrem kleinen Sohn Daniel und hat ihren mehr oder weniger festen Freund Arthur. Am meisten liebt sie die Unabhängigkeit, und ihre größte Sehnsucht gilt der grenzenlosen Liebe. Zum Kummer nicht nur ihrer gutbürglichen Eltern widmet Agnes sich voll Hingabe ihren leichtlebigen und nicht selten in Weißwein getränkten Abenteuern und stolpert mit nie versiegendem Optimismus durch ihr unordentliches Leben.

»Sie ist kein Luder und auch keine Rabenmutter. Agnes ist einfach eine liebenswerte Schlampe, den Männern und dem Weißwein gleichermaßen zugetan. Und dann ist da noch der kleine Sohn Daniel, den lädt sie, wenn nötig (oft!), bei ihrer Mutter ab. Wer diese witzigen Agnes-Anekdoten liest, verspürt schnell den Wunsch, selbst dem Schlampentum zu verfallen.
›Agnes‹ ist in den Niederlanden längst eine Kultfigur.«

Brigitte

Agnes
Augen zu und durch

Aus dem Niederländischen von Hans-Ulrich Jäckle. 188 Seiten. SP 2241

In diesem zweiten Roman läßt sich die Heldin, besonders wenn sie schon ein wenig an ihrem Lieblingsgetränk genippt hat, immer wieder zu diesem und jenem verführen, neugierig und aufgeschlossen, wie sie ist – die Einladung zu einer Dreierkiste allerdings lehnt sie dankend ab. Ihr Sohn Daniel kommt fühlbar in die Pubertät, und mit der Stop-and-go-Beziehung zu Arthur scheint es endgültig aus zu sein. Dann trifft Agnes den gewandten, aber verheirateten Titus...

Cécile Vargaftig

Wechselstrom

Roman. Aus dem Französischen von Nadine Miller. 285 Seiten. SP 2527

Paris, heute: Frédérique ist vierundzwanzig Jahre alt und führt ein ständig absturzgefährdetes Leben. Sie ist so jung, daß sie sich unmöglich vorstellen kann, noch einmal vierundzwanzig Jahre zu leben. Und sie ist so jung, daß sie noch nicht weiß, wen sie mehr liebt – Männer oder Frauen. Oder beide? Zwischen Lebenshunger und Selbstzweifel stürzt sich Frédérique in das Leben und wird doch immer in die eigene Leere zurückgeworfen. Die virtuose literarische Achterbahnfahrt durch das Gedanken- und Gefühlschaos treibt Cécile Vargaftig durch pointierte Dialoge voran. Nach dem Vorbild von Charles Bukowski und der Beatnicks erzählt sie sprachgewaltig von Liebe, von Alkohol, von Shit und von den Jahren zwischen zwanzig und dreißig.

Richard Wagner

Lisas geheimes Buch

Roman. 228 Seiten. SP 2572

Lisa ist Prostituierte, was ihr ganz eigener Entschluß war: einfach, um ein bißchen mehr vom Leben zu haben. Sie braucht Geld, viel Geld, alles ist so teuer geworden seit der Wende. Nebenher führt sie eine ganz gewöhnliche Existenz – drei Kinder, ein Mann, eine schlecht möblierte Vier-Zimmer-Wohnung und die üblichen Fallstricke des Lebens. Richard Wagner hat die langen Gespräche mit ihr auf Tonband aufgezeichnet, und er betritt die Grauzone unserer Gesellschaft, wenn er Lisa erzählen läßt – von den biederen und bizarren Wünschen ihrer Kunden, die des Zuspruchs bedürfen; von Tommy, ihrem Freier, den sie begehrt und der sie schlägt; von den Verlockungen, der Ernüchterung und vom Alleinsein. Richard Wagner ist mit diesem Buch ein beeindruckendes Stück »faction« gelungen, ein Dokumentarroman von bewegender Authentizität.

SERIE PIPER

Edith Wharton

Der flüchtige Schimmer des Mondes

Roman. Aus dem Amerikanischen von Inge Leipold. 320 Seiten. SP 2277

Scharfsinnig nimmt die »Grand Old Lady der Literatur« hier die amerikanische High Society in Europa aufs Korn. Susy und Nick Lansing, beide ebenso unternehmenslustig wie brillant auf gesellschaftlichem Parkett, haben leider ein großes Manko: Sie sind ohne einen Cent. Weil sie trotzdem das Leben im Luxus lieben, verlegen sie sich ungeniert aufs Schmarotzen – und machen sich damit abhängig.

»Die Menschen sind oberflächlich, je reicher desto mehr und nur ganz selten entstehen Augenblicke der wahren Empfindung. Wenn Edith Wharton diese raren Momente der Ungeschütztheit beschreibt, plötzlich inmitten der verlogenen und verschwätzten Sozialität, wird die ironische Gesellschaftskritikerin ganz ernst und melancholisch. Das sind – neben dem Vergnügen am (heute so sehr vermißten) Esprit – die großen Momente dieses heiteren Romans.«
Süddeutsche Zeitung

Zeit der Unschuld

Roman. Aus dem Amerikanischen von Richard Kraushaar und Benjamin Schwarz. 480 Seiten. SP 1264

Edith Whartons 1921 mit dem Pulitzerpreis ausgezeichnetes Meisterwerk ist heute inzwischen ein Klassiker der Weltliteratur. Der Roman erzählt die Geschichte des jungen New Yorker Anwalts Newland Archer, der aus gesellschaftlichen Gründen seine Leidenschaft für die unkonventionelle Ellen Olenska unterdrückt und damit das Glück seines Lebens verspielt.

»Ein facettenreiches und überaus präzises Bild der exklusiven Gesellschaftsschicht.«
Süddeutsche Zeitung

Sommer

Roman. Aus dem Amerikanischen von Michaela Nissen. 260 Seiten. SP 1263

Eine beklemmend schöne Liebesgeschichte von unglaublicher Dichte und Intensität.

Winter

Novelle. Aus dem Amerikanischen von Michaela Nissen. 160 Seiten. SP 1262

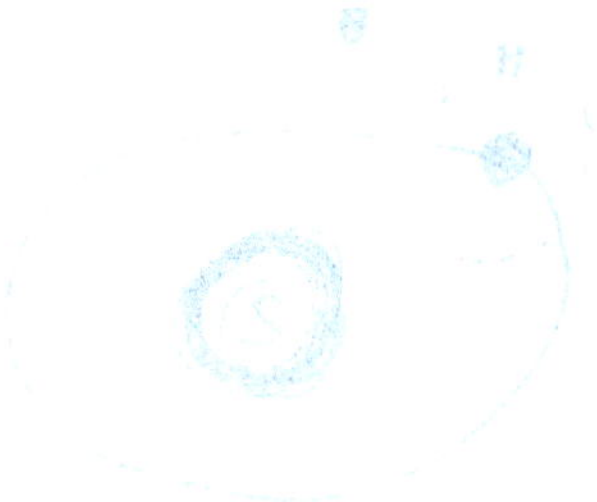